CB074460

Um Pombo e um Menino

Um Pombo e um Menino

MEIR SHALEV

Traduzido do hebraico por
Tova Sender

BERTRAND BRASIL

Copyright © 2007, Meir Shalev

Título original: *Yona V'naar*

Capa: Raul Fernandes
Foto de capa: Flickr/GETTY Images
Foto do Autor: Dan Porges

Editoração: DFL

Texto revisado segundo o novo
Acordo Ortográfico da Língua Portuguesa

2010
Impresso no Brasil
Printed in Brazil

CIP-Brasil. Catalogação na fonte
Sindicato Nacional dos Editores de Livros, RJ

S539p Shalev, Meir, 1948-
Um pombo e um menino/Meir Shalev; traduzido do hebraico por Tova Sender. – Rio de Janeiro: Bertrand Brasil, 2010.
364p.

Tradução de: Yona V'naar
ISBN 978-85-286-1442-8

1. Ficção israelense. I. Sender, Tova, 1951-. II. Título.

CDD – 892.43
10-2992 CDU – 821.411.16'08-3

Todos os direitos reservados pela:
EDITORA BERTRAND BRASIL LTDA.
Rua Argentina, 171 – 2º andar – São Cristóvão
20921-380 – Rio de Janeiro – RJ
Tel.: (0xx21) 2585-2070 – Fax: (0xx21) 2585-2087

Não é permitida a reprodução total ou parcial desta obra, por quaisquer meios, sem a prévia autorização por escrito da Editora.

Atendimento e venda direto ao leitor:
mdireto@record.com.br ou (21) 2585-2002

Para Zohar e Michael

Capítulo Um

1

— E DE REPENTE — disse o velho americano de camisa branca —, sobre todo aquele inferno, de repente, voou um pombo.

Fez-se silêncio. Seu hebraico inesperado e o *pombo* que surgiu de sua boca surpreenderam todos os presentes. Até mesmo aqueles que não entendiam o que ele estava dizendo.

— Pombo? Que pombo?

O homem — alto e bronzeado, de mocassins e com uma vasta juba branca — apontou para a torre do mosteiro. Muito tempo se passara, mas ele ainda se lembrava do terrível combate que havia sido travado ali.

— E esquecer — declarou — jamais esquecerei.

Não somente o cansaço e o terror, não somente a vitória.

— Uma vitória que surpreendeu ambos os lados — completou.

Assim como os pequenos detalhes, aqueles cuja importância só salta aos olhos depois: por exemplo, de vez em quando, um projétil perdido, ou talvez intencional, atingia o sino do mosteiro.

— Eis aí, exatamente este sino.

E ele voltava a emitir um som agudo, estranho de se ouvir, que se alongava e cessava, mas prosseguia retumbando na escuridão por longo tempo.

— E o pombo?

— Um som estranho. No início, era agudo e alto, como se o próprio sino tivesse sido pego de surpresa, e então ia enfraquecendo, como o que dói mas não mata, até ser atingido novamente. E um de nossos feridos chegou a dizer: "Sinos costumam receber os golpes do lado de dentro, e não de fora."

E riu consigo mesmo, como se, apenas naquele momento, ele tivesse entendido. Seus dentes ficaram à mostra, e eram muito brancos.

— Mas, e o pombo? Que pombo era aquele?

— Um *homing pigeon*. Noventa e nove por cento de chance de ter sido um pombo-correio do Palmach. Lutamos a noite inteira e, pela manhã, duas ou três horas depois de o sol raiar, de repente nós o vimos alçar voo.

O hebraico que ele articulava sem um cuidado prévio era bom, apesar do sotaque, mas *homing pigeon* em inglês soava mais agradável e correto do que "pombo-correio" em hebraico, ainda que ele tivesse pertencido ao Palmach.

— Como vocês sabiam?

— Enviaram conosco um treinador de pombos. Era assim que se chamava. Um especialista em pombos com um pequeno pombal às costas. Talvez ele tenha conseguido libertá-lo antes de ser morto, ou, talvez, o pombal tenha se quebrado, e o pombo, fugido.

— Ele foi morto? Como?

— Como? Por acaso faltava aqui alguma maneira de ser morto? Você só precisava escolher: com uma bala, um estilhaço na cabeça, na barriga, na maior artéria da coxa. Às vezes, instantaneamente, outras vezes, aos poucos, algumas horas depois de você ter sido atingido.

Seus olhos amarelos se cravaram em mim.

— Veja só que coisa — gracejou ele —, fomos ao combate com pombos-correio, como na Grécia antiga.

2

E, DE REPENTE, sobre todo aquele inferno, os combatentes viram um pombo. Surgido dos bulbos de fumaça, resgatado das mortalhas de poeira, ele alçou voo. Por cima dos gemidos e gritos, por cima dos sussurros de estilhaços na friagem do ar, por cima dos caminhos invisíveis de projéteis, por cima da explosão das granadas, do rugido das metralhadoras e do estrondo dos canhões.

A visão de um simples pombo: azul-acinzentado com pernas escarlate e duas listras escuras como as pontas de um xale de orações enfeitando as asas. Um pombo como milhares de outros, parecido com qualquer outro pombo. Somente os ouvidos de um especialista poderiam captar o vigor daquelas batidas de asas, duas vezes mais fortes do que as de um pombo comum. Somente os olhos de um especialista poderiam discernir o peito largo e profundo, ou o bico que prosseguia pela inclinação da testa em linha reta, ou a típica inchação de cor clara ligando-o à cabeça. Somente o coração de um apaixonado por pombos poderia captar e guardar as lembranças saudosas que se acumulavam na ave, que lhe indicavam uma direção e lhe derramavam forças. Mas esses olhos já haviam escurecido, os ouvidos já tinham ficado surdos, o coração se esvaziara e se calara. Restara somente o pombo, sua nostalgia de casa, seu último desejo.

Acima. Sobre o sangue, sobre o fogo e as colunas de fumaça. Sobre os feridos cuja carne estava perfurada, mutilada, queimada, silenciada. Sobre aqueles cujo corpo ficaria como despojo, mas cuja alma se extinguia. Sobre os que morreram e, com o passar dos dias, que morreriam uma vez mais com a morte de quem deles se lembrava.

Acima. Mais alto e mais distante, até que o tiroteio fizesse um tique-taque enfraquecido, os gritos cessassem, o cheiro se dispersasse, a fumaça clareasse e os mortos ficassem parecidos uns com os outros, como um bloco compacto único, e os vivos se despedissem deles e seguissem cada um o seu destino, assombrados: qual havia sido o seu mérito? E seus companheiros que jaziam à sua frente, qual havia sido o seu pecado? E, então, um rápido olhar para os lados, e direto para casa, em linha reta, como pombos-correio retornando. Para casa, com o coração agitado mas corajoso, com os olhos dourados assustados mas completamente arregalados, sem perder nenhum detalhe da paisagem que pudesse ajudar. As pálpebras tensionadas por causa da escuridão e da poeira. A cauda, curta e arredondada, adornando mais uma listra fina que remetia à linhagem damascena antiga. A cabeça redonda, pequena, cheia de nostalgia e lembranças: o pombal, cada compartimento, o arrulho do parceiro, o cheiro quente de ninho e incubação. A mão de uma mulher jovem deslizando sobre a vasilha, o chacoalhar dos grãos depositados nela conclamando-o, o olhar da jovem mulher vasculhando o céu, esperando por ele, e suas palavras — "Venha, venha, venha" — tudo muito convidativo e aconchegante.

— Não somente eu. Todos o vimos — disse o velho americano —, e, ao que parece, eles também, pois todas as armas se calaram de uma só vez, as nossas e as deles. Nenhuma atirou, nenhuma granada explodiu, todas as bocas pararam de gritar, e fez-se um silêncio tão profundo que ouvimos suas asas batendo no ar. Por um instante, todos os olhares e todos os dedos o acompanharam, pois ele fazia o que todos nós queríamos: voltar para casa.

A essa altura, o velho americano estava muito agitado. Andava de um lado para o outro. Passava a mão espalmada nos espessos e brancos fios de sua juba.

— Era isso que ele era, um *homing pigeon*. Aquilo era tudo que ele queria, e aquilo era tudo que ele sabia fazer. Subiu, renunciou à volta que costuma ser descrita nos livros, a que os pombos-correio fazem antes de tomar a direção correta, e voou, sem esperar mais. Como uma flecha que foi atirada para adiante, a noroeste, se não me engano; sim, pelo relógio de sol, não estou enganado. Direto para lá, e vocês nem podem imaginar como ele desapareceu depressa.

Em questão de segundos. Cheio de saudade e de pressa. Estivera lá e sumira. A mão que o arremessara jazia inerte, o olhar ainda o acompanhando, o sino ainda vibrando, recusándo-se a silenciar. O sino, os últimos sons sendo resgatados para o distante mar do absoluto silêncio, e o pombo, com seu azul-acinzentado, sendo engolido pelo horizonte e já não estando mais lá. E, embaixo, os dedos voltando aos gatilhos, e os olhos, aos alvos, e os canos voltando a ribombar, e as bocas, a gemer e a se abrir e a tragar o ar, a gritar e respirar os últimos suspiros.

Agora o homem se dirigia a seus amigos. Tornando a falar em inglês, descreveu, explicou, apontou para o "mais ou menos ali, depois dos pinheiros" e o "exatamente aqui". Contou a respeito de um blindado iraquiano que "circulava por aqui como dono da casa, com metralhadora e canhão". Gesticulava como um anfitrião generoso.

— Ali mesmo, era lá que eu estava deitado com a metralhadora. Naquele canto do telhado. Mas, naquela outra casa, havia um franco-atirador e ele me meteu bala.

E foi logo se inclinando com a flexibilidade que as pessoas de sua idade não têm, arregaçou a calça e mostrou duas cicatrizes claras entre o joelho e o calcanhar:

— Estão vendo? Bem aqui. A pequena é o buraco da entrada, e a grande, o da saída. E nosso soldado me levou nas costas para baixo, voltou ao telhado para me substituir e foi atingido por um projétil de morteiro.

Voltando, então, ao hebraico, que era dirigido apenas a mim:

— Um rapaz maior e mais saudável do que eu. Pobre coitado. Foi rasgado ao meio e morreu em um segundo.

Ele falava e recontava, libertando as lembranças guardadas por tanto tempo. Que respirassem um pouco de ar e esticassem as pernas, que vissem o lugar em que estavam, que discutissem e comparassem: O que havia sido trocado? O que não estava por inteiro? O que merecia ser mantido, e o que não mais?

— E o rapaz que havia trazido os pombos? — prossegui, com meus próprios interesses. — O treinador de pombos que você mencionou? Você disse que ele foi morto. Você viu exatamente onde?

Os olhos voltaram a se fixar em mim, olhos amarelos de leão. Uma grande mão bronzeada descansou em meu ombro, enquanto outra grande mão bronzeada se ergueu e apontou. Tinha manchas senis, as unhas feitas, um relógio de ouro adornando o pulso, e a manga de sua camisa branca e bem passada a ferro, arregaçada. Era fácil imaginar aquela mão segurando o cabo de um fuzil, acariciando a cabeça do neto, batendo na mesa, apalpando quadris e coxas.

— Ali.

Um bom e agradável vigor jorrou em mim de repente, como se aqueles fossem os olhos de um pai observando o filho, como se aquela mão fosse a mão de um pai deslizando da cabeça até o ombro — conduzindo, oferecendo apoio e força.

— Onde? Mostre-me exatamente onde — insisti.

Ele inclinou a cabeça branca em minha direção, como todas as pessoas altas fazem ao falar com pessoas baixas:

— Ali. Entre o canteiro de grama e os balanços em que as crianças estão brincando. Você está vendo? Lá havia uma pequena construção de pedra, de dois por dois metros, não mais que isso, um tipo de depósito para ferramentas de jardinagem. Nós nos escondemos no pátio interno e nos quartos do convento, enquanto os soldados do segundo batalhão se protegeram naquele prédio, no outro lado deste beco, e o blindado detonava todo aquele que colocasse a ponta do nariz para fora. Mas aquele treinador de pombos, só o demônio sabe por quê e como, saiu e, de alguma forma, chegou lá, e foi lá também que o achamos depois que tudo acabou.

3

NÃO CONSEGUI MAIS ficar ali. Conduzi-os até o Behemoth — esse é o nome que minha mulher deu ao grande Chevrolet Suburban que comprou para mim — e partimos em direção à Colônia Alemã.

Agora eu sentia completamente o meu cansaço. Um grupo pequeno pode incomodar e exigir mais do que um ônibus lotado de turistas. O dia clareou em Tel-Aviv, prosseguimos pelo Kibutz Hulda e a história do comboio que recebeu seu nome, interrompemos para um lanche leve de sanduíches em Mitzpé-Harel, descemos e seguimos pela Estrada Burma em direção a Hamasrek e aos pontos estratégicos de Shaar-Hagai, para mais informações e observações.

De lá, eu os levei ao cemitério de Kiriat Anavim, e então subimos até Jerusalém, ao convento e à surpresa: a de que o mais velho dos seis americanos que eu guiava — um senador, seu secretário, seu conselheiro e três homens de negócios, todos convidados do Ministério das Relações Exteriores — havia sido membro do Palmach e participara do combate que eu tentava descrever para eles. E dessa surpresa partimos para outra ainda maior: o pombo-correio que voara, de repente, dos arquivos de sua memória.

— Você o conhecia? — perguntei.

— Quem?

— O treinador de pombos que você mencionou.

Seu rosto ocupou o espelho retrovisor do Behemoth.

— Não exatamente. Ele não fazia parte do grupo de combatentes. Tinha vindo instalar o pombal da brigada. Disseram que era um excelente profissional, que havia cuidado de pombos desde a infância.

Seus olhos não relaxaram; cravaram-se em mim como espinhos.

— Não me lembro mais do nome dele. Tombaram muitos amigos meus, e muitos anos já se passaram.

No sinal de trânsito em frente ao cemitério da Colônia Alemã, dobrei à esquerda e, como a rua estava engarrafada com carros e pessoas, aproveitei o fluxo lento para expor minha mercadoria enquanto prosseguíamos: refaim, filisteus, ingleses, alemães.

— Prestem atenção, meus senhores, aos versículos da Bíblia inscritos nas vergas das igrejas. E ali está a velha estação de trem de Jerusalém, atualmente desativada, mas, quando eu era criança, viajava daqui a Tel-Aviv com a minha mãe. Num trem a vapor. Dá para acreditar nisso?

O trem seguia lentamente, fazendo barulho, rangendo pelos trilhos sinuosos nos barrancos. Lembro-me dos pequenos canteiros bem cultivados dos árabes, do outro lado da fronteira, da espuma de sabão que se acumulava nas águas dos esgotos. O vento soprava grãos de fuligem da locomotiva e você os sacudia dos cabelos e se alegrava: estávamos indo para casa. Para Tel-Aviv...

O cheiro de pão, ovo cozido e tomate, provisões para a viagem que você sempre levava, voltou a invadir minhas narinas. Minha testa tremia — como agora, enquanto escrevo estas palavras — diante de seu jogo de sempre: amassar o ovo cozido, dizer *Plaf!*, e rir. Eu sempre me surpreendia e você sempre ria. O farfalhar de seus dedos no papel, espalhando uma pitada de sal, e sua singela canção: "A locomotiva já está apitando..." Assim você cantava: com uma entonação infantil — "*A locomotiva já está apitando, quem não sentar não vai viajar...*", e o sorriso que se abria em seu rosto quanto mais nos afastávamos de Jerusalém. Um sorriso de alegria e de satisfação. Para casa. Para Tel-Aviv.

Sim, eles acreditam. E por que não? A excursão estava muito bem organizada, e os sanduíches, o café e o suco aguardavam por eles, no tempo e nos lugares previamente determinados, proporcionando credibilidade e viabilidade também às lembranças do guia e suas explicações. Na varanda da cinemateca, concretizaram-se também a mesa reservada, as promessas do pôr do sol e a paisagem. Esse é o monte Sion, e lá, o túmulo do rei Davi, se alguém estiver interessado nesse tipo de lugar e história, e abaixo se encontra a represa do Sultão, com uma torneira para dar de beber a quem está com sede e cansado.

E lá — as montanhas de Moab, douradas à última luz do dia.

— Sim, tão próximas; é possível estender a mão e tocá-las. Ali estava Moisés, no monte Nebo, e olhava para a Terra Prometida. Ele também achava que era muito próximo, só que era do outro lado.

— Talvez seja este o verdadeiro problema de vocês — observou um dos homens de negócios do grupo, vestido com uma ridícula camisa safári cheia de bolsos, do tipo que turistas e jornalistas estrangeiros gostam de usar quando chegam ao Oriente Médio. — Tudo aqui é tão pequeno, próximo e apertado, que de cada lugar você vê mais e *mais* lugares.

E o guia turístico — sou eu, mamãe; não se esqueça nem se engane — reagiu com um "É evidente", e acrescentou em tom elogioso um "Correto". De fato, é pequeno e muito apertado, e tomado de pessoas, acontecimentos e lembranças.

— De forma tão judaica, eu diria — ele completou, e então misturou história e etimologia, verdade e ficção, e mostrou o vale Ben-Hinom, ou Inferno, e contou a respeito do festival de cinema, e dos túmulos dos caraítas, e do terrível culto ritual a Moloch; quem pediu café frio? Os bebês sacrificados clamam sobre os altares.

Ao cair da tarde, conduzi meu pequeno e respeitável grupo ao Hotel King David, onde um importante membro do Parlamento israelense — "justamente da oposição", argumentou o organizador da visita e funcionário do Ministério das Relações Exteriores — jantaria com eles e depois teria uma conversa para responder às perguntas da delegação sobre assuntos atuais, "pois o ministro não apenas concorda, mas também *insiste* que ouçam opiniões contrárias".

Fui para o quarto reservado em meu nome — nem todos os grupos são tão generosos como este —, tomei banho e telefonei para casa. Seis toques e um grande alívio: sem resposta. Liora não está em casa. Ou talvez esteja em casa, mas sabe que sou eu e decidiu não atender. Ou talvez tenha sido o próprio aparelho de telefone, que mais uma vez identificou quem está ligando e mais uma vez optou por ignorar a chamada e se calar.

— Alô... — disse eu. — Alô... — E depois: — Liora? Sou eu. Se você está aí, pode fazer o favor de atender?

Mas foi a minha própria voz que respondeu, uma voz concisa e educada: "Você ligou para Liora e Yair Mendelsohn; agora não podemos atender", e depois da minha voz — a voz dela. Impaciente e cativante, com seu inglês e sua rouquidão: "Deixe sua mensagem após o sinal."

Desliguei e, em seguida, telefonei para o celular de Tirtza. Ela nunca atende com "Alô". Às vezes, responde "Sim", outras vezes, "Só um momento, por favor", e, então, posso ouvi-la dando instruções a seu pessoal, e ouço com prazer.

— Estou com você — disse ela.

— Você quer vir a Jerusalém, Tirale? Deram-me uma cama grande demais, uma lua cheia e uma janela de frente para as muralhas da Cidade Velha.

— É você, queridinho? Pensei que fosse o chato do engenheiro do Departamento de Obras Públicas.

Tirtza não me chama pelo nome. Às vezes, ela se dirige a mim como "Irale", como o pai dela me apelidou quando éramos crianças, para que pudesse exclamar "Vejam só Irale e Tirale" quando nos via juntos, e outras vezes, carinhosamente, me chama de "queridinho".

— Sou eu. Outro chato.

Ela riu. Agora está convencida, finalmente. Não é *aquele* chato, mas *este* chato. E, quando Tirtza ri, fico feliz: junto com esse grande riso posso perceber um elogio a mim.

— Onde você está?

— No King David. Então, você vem?

Ela tornou a rir. De fato, uma bela proposta: ela e eu, a cama e a janela com a lua e as muralhas, uma proposta muito tentadora, mas amanhã pela manhã um grande projeto espera por ela na baía de Haifa, e ela tem duas reuniões com funcionários do Ministério da Defesa — uma com o mais imbecil da construção, e a outra com o mais simpático do financeiro.

— E espero que possamos nos encontrar também em nossa casa, pois precisamos tomar algumas decisões.

Ignorei o "nossa casa". Perguntei que decisões eram essas.

— O de sempre: cores, detalhes, esquadrias de janelas. Não se preocupe, eu decidirei. Você só precisa estar presente.

— Amanhã. Termino com esses americanos e parto em seguida.

— Como eles são?

— Você não vai acreditar. Um deles esteve no Palmach.

— Você me ama?

— Sim. E sim — antecipei-me, respondendo também à pergunta seguinte, que ela sempre faz: "Está com saudades de mim?"

— Você quer ouvir o que mais já conseguimos fazer na reforma da casa?

— Preciso lhe contar uma coisa que esse homem disse.

— Histórias só na cama. Antes de dormir.

— Estou na cama.

— Nós dois. Não só você. Amanhã à noite. Vamos inaugurar a lua cheia e você me contará tudo. E me traga um sanduíche de omelete do bar do Glick. Peça que coloquem muito sal e tostem um pouco a minha pimenta. E diga a eles que é para mim. Não se esqueça. Para a filha de Meshulem Freid!

Vesti-me, olhei-me no espelho e decidi desistir do jantar, do membro importante do Parlamento, que era da oposição, e de suas opiniões contrárias. Despi a roupa, voltei para a enorme cama, tirei um cochilo breve e irritante diante da lua e das muralhas, acordei mais cansado do que já estava antes, vesti-me e fui até o bar.

4

O VELHO LEÃO estava recostado numa poltrona, no canto do salão, perfumado e atento. Seus olhos e seu relógio brilhavam na penumbra; a juba branca, lavada; as rugas, profundas; as sobrancelhas brancas, eriçadas.

— Estava esperando você. — Levantou-se e veio em minha direção, ou por educação ou para me fazer lembrar da vantagem que tinha sobre mim — em anos, altura e conhecimento. Seus olhos tinham visto; os meus, não. Seus ouvidos tinham escutado; os meus imaginavam. Sua mente é cheia de prateleiras de lembranças; a minha, de montes de suposições.

— Prometeram-me uma importante delegação da América — disse a ele. — Não me contaram que viria um rapaz que serviu no Palmach.

— Eu queria lhe agradecer — disse ele. — Nunca mais voltei à maioria daqueles lugares desde então, e achava que seria penoso para mim.

— Certamente não tão penoso como naquela época, na guerra.

— Você pode ficar espantado, mas, sob alguns aspectos, foi mais fácil naquela época. Eu era um cavalo jovem, ávido por combate, como se diz, pronto para tudo, rápido de cicatrizar. Como a guerra gosta que seus soldados sejam: sem barriga, sem inteligência, sem filhos e sem lembranças.

— E hoje, onde foi mais difícil? No cemitério ou no convento?

— No convento. Pelo menos, cemitério tem uma coisa boa: eu estou vivo, e eles, mortos. Antigamente eu sentia culpa. Agora não mais.

— Ele também está enterrado lá — disse eu.

— Quem?

— O rapaz que você mencionou hoje, o treinador de pombos que foi morto.

— Bebê! — exclamou o homem. — É por causa dele que estou esperando você aqui. Para lhe dizer que me lembrei. Chamavam-no, veja só, de "Bebê".

— E quando você se lembra do nome também visualiza o rosto dele?

— O rosto, com dificuldade, mas a imagem, sim. Um pouco confusa, sem os detalhes completos, mas é ele. Chamavam-no Bebê porque era gorducho e baixo, e alguém do vale do Jordão disse que era assim que também o chamavam no educandário coletivo que eles frequentavam e também em seu kibutz. Ele ficava o tempo todo ocupado com os pombos e não deixava ninguém se aproximar do pombal. Para que os pombos não se assustassem, ele dizia, e também explicava: pombos precisam gostar da casa deles; caso contrário, não querem voltar. Veja só como é: à medida que estou falando com você, chegam mais e mais lembranças, mas do nome verdadeiro dele não consigo me lembrar de jeito nenhum.

Ele se inclinou sobre mim como havia se inclinado lá no convento, e, apesar de seus oitenta anos, senti no ar o cheiro de um homem predador: hálito de chocolate com menta, um sopro de álcool, não fumante, colônia pós-barba suave, carne malpassada, vermelha por dentro e tostada por fora. A camisa dele, segundo minhas narinas me informaram, havia sido lavada com Ivory, como a lingerie da minha mulher, e, debaixo disso tudo, pairava a fumaça do combate, a poeira das estradas que jamais desaparece, a brasa das fogueiras.

— E veja só como é: quanto mais velho, pesado e encurvado eu fico, mais coisas começam a vir à lembrança. Não tínhamos uma só noite sem ação, e havia uma divisão de tarefas: quem não saía cavava uma sepultura para quem não iria voltar. E aquele som de picaretas no vale, o ferro sobre as pedras, eu continuo ouvindo até hoje, mais do que os tiros. Cavando e cavando, sem nos atrevermos a adivinhar para quem era exatamente daquela vez. Aliás, ele era um dos cavadores fixos.

— Quem?

— Bebê. Pois, até o momento do combate no convento, ele nunca havia saído conosco para qualquer ação. Então, cavava as sepulturas para os que saíam. Queriam que as sepulturas estivessem prontas pela manhã, quando o grupo retornava com os corpos. Os mortos odeiam esperar.

Que coisa estranha, pensei comigo, o homem não parece ser falante, mas agora é como se estivesse purgando tudo que havia acumulado dentro de si desde aquela época. Lembrei-me, de repente, da história que você me contou na minha juventude. Você me disse, naquele tempo, que palavras se multiplicam e se criam de várias maneiras: algumas se dividem como amebas, enquanto outras criam raízes e galhos. Com este homem, as letras e as lembranças se acasalavam.

— E você? Foi voluntário dos Estados Unidos na guerra?

— O quê?! Você está ofendendo o meu hebraico. Sou de Petach-Tikva. Tenho família lá até hoje. Melabes, Mikvé-Israel, preparatório, reserva e, depois, o quarto pelotão do Palmach. A julgar pelo passeio que organizou para nós hoje, você sabe não menos do que eu. O batalhão Haportzim — o Castelo, Colônia, Bab-el-Wad, Katamon. E, depois, a guerra acabou, não fui aceito no Technion, e, então, fui estudar na América. Conheci uma moça, consegui trabalho com o pai dela...

— De fato, chamavam-no Bebê — interrompi-lhe a enxurrada de palavras. — E o pombo que você mencionou à tarde *era* mesmo dele.

— Percebo que esse nosso treinador de pombos lhe interessa muito — disse o velho americano combatente do Palmach. —Você o conheceu?

— O que é isso? Naquele tempo eu nem tinha nascido.

— Então, qual é sua relação com ele?

— Interesso-me por pombos — disse eu —, pombos-correio, *homing pigeons*, como você os chamou. Talvez por eu servir de guia para observadores que chegam ao país para pesquisar pássaros migrantes.

O dourado de seus olhos tornou-se azul. As fendas de suas rugas ficaram suaves. Seu olhar, mais amigável, querendo contar mais e, sem saber, também consolar, explicar e curar.

— Fomos vitoriosos ali por um fio de cabelo — disse ele —, mas com muitos feridos e mortos. Algumas freiras também morreram, coitadas, e os que permaneceram vivos contavam uma piada: tanto elas, como nós, morreram por causa de Jerusalém, e tanto elas, como nós, morreram virgens. Combatemos a noite inteira e, justamente quando o sol raiou, em vez de isso, nos incentivar, fomos tomados pelo desespero. À luz do dia, constatamos que eles tinham muito mais homens, além do blindado com a metralhadora e o canhão, e vimos, principalmente, a verdadeira cor de nossos feridos, e ficamos sabendo quem conseguiria sobreviver e, com certeza, quem ia morrer. Tínhamos tantos feridos, que já pensávamos o que faríamos se precisássemos recuar. Quem levaríamos conosco e o que faríamos com os outros. E, então, como uma bênção do céu, o transmissor voltou a funcionar e informaram que os árabes estavam começando a fugir das redondezas com seu comandante à frente, que aguentássemos firme só mais um pouco. E o que mais vou lhe dizer? No final, vencemos, mas foi uma daquelas vitórias em que o vencedor fica mais surpreso do que o vencido.

— Pelo menos vocês ficaram felizes.

— Não tínhamos tempo nem forças para a alegria. Levantamos, começamos a organizar a evacuação e, de repente, uma pequena porta se abriu e surgiram três freiras. Duas arrastaram para dentro os cadáveres das amigas, e a terceira, uma velha baixa, quase anã, com um hábito preto até o chão, circulou entre nós com uma garrafa de água e alguns copos. Que cena... Nós, e todos os feridos e mortos, e aquela freira circulando ali, como se fosse uma festa com serviço de coquetel, dando-nos água gelada para beber. E o tempo todo ela nos dizia "*Nero... nero...*"; o que era *nero* não entendíamos, mas entendemos que tínhamos vencido, já que ela havia saído para dar água aos vencedores. Você percebe isso? Se tivéssemos perdido, ela teria servido aquela água aos árabes.

— *Nero* é água — disse eu a ele. — É água, em grego.

— Que seja — debochou o homem. — Um guia turístico precisa saber como se diz água em todas as línguas. Talvez, algum dia, venham até você observadores de pássaros da Grécia e eles estejam com sede.

— Não chegam observadores de pássaros da Grécia — disse eu. — Observadores de pássaros chegam somente da Inglaterra, da Alemanha, da Escandinávia, da Holanda e, muito raramente, dos Estados Unidos.

Mas o homem me cravou um olhar de repreensão e me reconduziu ao lugar e ao tempo para os quais eu o havia levado e dos quais eu queria escapar:

— Saímos do convento e fomos procurar nos arredores, pois talvez pudéssemos achar mais alguém dos nossos entre os cadáveres deles lá fora. Primeiro, encontramos um comandante de pelotão morto, todas as tripas dele espalhadas sobre a terra, e, depois, nós o achamos. Alguém gritou: "Venham ver, Bebê também morreu." Deus, só de dizer "Bebê também morreu" eu estremeço o corpo inteiro.

— Você também o viu?

— Vi, acabei de lhe dizer que o vi, e já havia dito antes, mas você ou não quer ouvir, ou quer ouvir repetidas vezes. Eu o vi deitado no depósito que havia lá. Ao lado do convento, entre o canteiro de grama e os balanços de hoje.

— Dentro ou fora do depósito?

— Metade dentro e metade fora.

Pelo visto, ele percebeu o pavor em meus olhos e se apressou em esclarecer:

— Quer dizer, não me entenda mal. O corpo estava inteiro. A parede do depósito é que tinha sido destruída pela metade, e ele estava com as pernas do lado de dentro, e, da cintura para cima, do lado de fora. Ao lado dele havia uma pistola automática — uma *tommy gun* — e todo tipo de ferramentas de jardinagem, e o rosto dele, se lhe interessa saber, estava inteiro e tranquilo, com os olhos abertos voltados para cima. Isso era o mais terrível de tudo. Os olhos cheios de vida e observando. E você sabe a respeito do que eu pensei, então? Não a respeito do que penso hoje. Pensei — onde, diabos, esse Bebê conseguiu uma *tommy gun*? Combatíamos com Stens ferrados que não paravam de travar, e ele tinha *conseguido* uma *tommy gun*! Calibre 45! Uma bala que, não importa o lugar que atinge, faz você cair morto. Agora você entende por que, naquela época, era mais fácil para mim do que hoje? É assim quando se é jovem. Eu não entendia como isso podia ter acontecido, por que justamente ele havia recebido uma *tommy gun*, e nós, não.

Agora, eu já não sabia quem o estava inspirando e quem produzia o quê: as palavras ou a bebida, ou eu ou as imagens, e o que lá era realidade e o que era concebido na memória dele.

— Tínhamos jaquetas de combate americanas verdes, sobras da Segunda Guerra Mundial, e, nos lugares em que antes estavam os símbolos e as insígnias, o verde tornara-se mais escuro; veja só de que bobagens eu ainda me lembro e de que coisas importantes já não me lembro. E ele jazia dentro de uma jaqueta dessas, que uma vez pertencera a algum sargento americano duas vezes maior do que ele, e, quando o erguemos, os dois braços caíram para os lados, a jaqueta se abriu e vimos que a calça dele, desculpe-me por lhe contar isso, estava cortada desde o cinto, descendo quase até os joelhos, cortada e aberta nos dois lados; tudo era sangue e ferimento, e para fora.

De repente, o homem esticou o braço e disse: — Aqui. — E sua mão segurou o meu quadril direito, deslizou para trás e para baixo, e parou. — Foi aqui que ele levou uma bala, e saiu por aqui... — E a mão se moveu para a frente e apertou um pouco, e eu não sabia o que fazer com a força do terror e da delicadeza.

— E talvez mais do que uma bala, porque o quadril dele estava completamente aberto. Quadril aberto ou aberta? Já me esqueci como se fala em hebraico, e sangue em grande quantidade, e a coxa triturada, com todos os pedaços de osso expostos. Eu acho que ele deu um jeito de cortar a calça, mas não conseguiu cuidar de si mesmo, e, então, ficou deitado lá até morrer.

— E os pombos? — perguntei.

Ele retirou a mão. Dor e alívio se misturaram.

— O pequeno pombal dele estava quebrado, aos pedaços. Dois pombos jaziam mortos no chão, e o terceiro não estava ali, e este, pelo visto, é o pombo que mencionei quando estávamos lá hoje.

E, para aumentar ainda mais o espanto, começou a cantarolar uma cantiga que eu já havia escutado até da boca de minha mãe: "*O som dos canhões silenciou, o campo da matança foi abandonado...*" E disse:

— E era um belo e festivo dia de primavera, e somente depois nos lembramos de que aquele dia era Primeiro de Maio, e um pombo voara de dentro de todo aquele vale de trevas... A sorte dele foi o pombal ter se quebrado. Por isso ele conseguiu escapar.

— Ele não escapou — disse a ele. — Foi o treinador que o despachou. Conseguiu fazer alguma coisa antes de morrer.

O homem ficou assombrado. — Quem lhe contou isso?

— Não há outra possibilidade. Somente assim é possível juntar os fatos.

— O que quer dizer com ele o enviou? Com uma carta? Para o alto-comando?

— Ele não enviou — disse eu meticuloso. — Para pombos, é preciso dizer despachar, e não enviar. Assim como Noé na arca: "E despachou o pombo, e o pombo não achou descanso para o pé, e voltou para a arca."

— E aquele pombo? O que aconteceu com ele?

— Ele o despachou para sua namorada, em Tel-Aviv.

Imediatamente tive a sensação de que eu já o conhecia muito bem e havia muito tempo: as asas batendo dentro do meu corpo, batendo e alçando voo. Do tremor nos joelhos para o vazio nos quadris, para a dor no peito, para o aperto na garganta. Para casa, "Odisseu das Aves", em linha reta como uma flecha. As grandes forças magnéticas do mundo conduzindo seu voo, a saudade o impulsionando por trás, o amor sinalizando para ele, acendendo luzes de aterrissagem: venha, venha, venha, volte da longa distância. Fora para isso que Bebê o levara. Para a domesticação, o treinamento, a hereditariedade.

— Músculos fortes, ossos leves e ocos, pulmões e coração de um desportista, senso de direção e habilidade para pilotar.

E três desejos que se transformavam em um: o desejo de Bebê, que naquele momento já estava morto. O desejo da namorada, que naquele momento já pressentia o que estava por vir. E o desejo do pombo — ir para casa. Para casa. Para casa, para Tel-Aviv. Para o dourado da areia, para o azul da água, para as telhas rosadas dos telhados.

Para casa. Para os olhos erguidos e felizes esperando por ele. Para o coração palpitando por ele. Para a mão que o recebia com sementes de haxixe — o presente tradicional que os donos de pombais oferecem a seus pombos que voltam de longas distâncias. Para a outra mão que retirava a mensagem encapsulada de seu pé. E, então, o grito terrível de compreensão — seu nome saltando da boca para o céu, a porta do pombal batendo, passos se afastando às pressas.

— Deus — disse o velho americano de Petach-Tikva, o combatente do Palmach —, o que você quer me dizer, que foi isso que ele conseguiu fazer em seus últimos momentos de vida? Enviar um pombo à sua namorada em Tel-Aviv?

Eu me calei, e ele ficou agitado: — E o que foi que ele escreveu de lá? "Olá. Estou morto?"

Capítulo Dois

1

FUI PROCURAR uma casa para mim. Uma casa que curasse, que acalmasse, que permitisse que eu me construísse enquanto a construía, que reconhecêssemos entre nós uma dádiva recíproca.

Fui. Equipado com o surpreendente presente que minha mãe me dera, com a vontade de satisfazer sua vontade, cumprir sua ordem, com um tom de remorso entremeado em suas palavras:

— Pegue, Yair. Vá procurar uma casa para você. Um descanso para os pés. Para que você tenha um lugar que seja seu. Uma casa na qual já tenham morado antes de você — recomendou ela —, pequena e velha, faça alguma reforma... — E ficou calada um instante, sorvendo ar, até que tossiu. — E preste atenção: uma casa num povoado antigo, em cuja vizinhança as árvores já cresceram, os ciprestes são os melhores, uma velha alfarrobeira também é bom, e capim crescendo nas fendas da calçada.

E explicou: num povoado antigo, as vinganças já ocorreram, as velhas inimizades já se habituaram entre si, e os grandes e verdadeiros amores — não os pequenos e inconvenientes — já se acalmaram, e não há mais necessidade de suposições nem de força para fazer tentativas.

— Descanse um pouco, mamãe — disse eu. — Não é bom para você ficar falando e se esforçando.

Você estava deitada em sua cama, doente, com falta de ar e sem fôlego; havia alguns gladíolos no jarro sobre o pequeno armário, um lenço azul cobrindo sua calvície.

— Árvores grandes, Yair, não se esqueça. O vento numa árvore grande é diferente do vento em árvores jovens. Tome, pegue... E coloque também um pequeno chuveiro do lado de fora. É agradável tomar banho de frente para o vento e a paisagem.

Meu corpo estremeceu, minha mão pegou o dinheiro, e meus olhos viram e se admiraram.

— De onde vem todo esse dinheiro? — perguntei.

— De mamãe.

Você tossiu. Sorveu ar com um espasmo.

— Pegue. Com a mão quente. E não conte a ninguém. Nem a seu irmão, nem ao Pai de Vocês, nem à sua mulher.

Exatamente assim: "Vá", "procure" e "um lugar que seja seu". E, entre as suas tosses, voltou a aparecer o lugar que não é meu — a casa que Liora comprou para nós na rua Spinoza, em Tel-Aviv. A casa e sua rica dona. Ela e sua casa. Uma, com seus quartos grandes e claros como ela, com seus ângulos adequados como os dela; a outra, com a brancura das paredes de seu corpo, com a distância maravilhosa entre as janelas de seus olhos, com a sua riqueza.

2

ANTES DE ADOECER, minha mãe tinha cachos claros, postura aprumada e uma covinha. Quando ficou doente, seus cachos caíram, sua postura se curvou e sua covinha desapareceu. Na primeira cerimônia póstuma que organizamos — meu irmão Benjamin e eu — para ela, enquanto ainda estávamos ao lado de seu túmulo, aflorou uma discussão entre nós: em que face ficava a covinha? Benjamin dizia que era na direita, e eu teimava:

na esquerda. No início, achamos graça disso, trocamos tapinhas e espetadelas. Até que meus tapas ficaram pesados e as espetadelas de meu irmão se transformaram em picadas de cobra.

Feita a aposta — antes brigávamos muito, depois começamos a apostar, e sempre apostávamos a mesma refeição no mesmo restaurante romeno —, começamos a investigar com todas as pessoas possíveis a respeito da localização da covinha dela. Logo apareceram novas opiniões contrárias, outras frontes enrugaram e mais apostas foram feitas. E, quando fomos examinar as fotografias antigas — com uma emoção infantil e um doce sofrimento de órfãos adultos —, descobrimos — que decepção, e uma leve sensação, inevitável, de termos sido enganados — que a covinha dela não aparecia completamente nos retratos. Nem na face esquerda nem na direita.

Seria possível que havíamos nos lembrado de uma covinha que não existia? Será que tínhamos inventado uma mãe, com seu sorriso, sua postura, sua covinha e seus cachos? Não! Tínhamos uma mãe, mas, justamente nas fotografias — isso ficou claro para nós somente depois da morte dela —, ela não sorria. Por isso não apareciam os dentes grandes e idênticos, nem o ângulo irônico do lábio superior, nem a covinha, nem o olhar que se instalara em seus olhos durante o primeiro ano de casada com "o Pai de Vocês".

Quando ela falava conosco a respeito dele, não dizia "papai" nem "seu pai", mas "o pai de vocês": "Digam ao pai de vocês que eu estou esperando. Contem ao pai de vocês o que vimos hoje na rua. Querem criar um cachorro? Peçam ao pai de vocês, mas não se esqueçam de dizer a ele que eu não concordo." E, como éramos pequenos e ela continuava a dizer "o pai de vocês", achávamos que este era o nome dele. E era assim que o chamávamos quando falávamos com ele e a respeito dele, e esse apelido pegou e permanece até hoje. Ele não reclamava, mas exigia que não o chamássemos assim na presença de pessoas estranhas.

— Chamem o Pai de Vocês para que suba para o almoço — dizia minha mãe, todos os dias à uma e trinta, com sua pontualidade germânica, e nós descíamos a galope pela escadaria que dava na clínica pediátrica dele, no apartamento térreo — Benjamin, com três anos, já saltava degraus, e eu, com cinco, ainda tropeçava —, empurrando-nos um ao outro e gritando: "Pai de Vocês... Pai de Vocês... mamãe disse para você vir comer..."

Eles dois sorriam; ela, em voz alta na cozinha, e ele, pendurando seu jaleco em silêncio. Às vezes, ele nos repreendia: "Não corram assim nas escadas, crianças, vocês estão incomodando os vizinhos", e sua cabeça clara se agitava na ponta de sua elevada estatura. E, às vezes, se curvava e acendia para nós a "lanterna de cores" dele, uma lanterna grande e brilhante que iluminava com luz vermelha e amarela e verde; era com ela que ele cativava e tranquilizava os pequenos pacientes que iam à clínica.

Agora, minha mãe já morreu, e o Pai de Vocês se afastou do trabalho e transformou a pequena clínica em seu apartamento. Mas, antes, ele era pediatra, quatro anos mais velho do que minha mãe, e vinte anos mais ancião do que ela. Às vezes, ele a observava como se ela também fosse uma criança. Outras vezes, acrescentava a seu olhar uma suave repreensão, e, com o passar do tempo, como fazem os maridos cujas mulheres não envelhecem junto com eles, começou a estabelecer regras demais, orientando-a em relação ao que vestir porque estava frio, e ao que comer porque estava calor, e a adverti-la com "você esqueceu de novo!" a respeito de tudo que escapava da memória dele.

Às vezes, despertava nela também a necessidade de estabelecer normas e regulamentos, mas estes eram muito diferentes das normas e dos regulamentos dele.

"Do que uma pessoa precisa?" declarou ela, um dia, depois da primeira colherada da sobremesa. "Não muito: de alguma coisa doce para comer, de uma história para contar, de tempo e de espaço, e de gladíolos no jarro, e de dois amigos, e de dois picos de montanha, o primeiro para se estar nele e o segundo para se contemplar. E de dois olhos para olhar o céu e esperar. Você entende o que estou falando, Yair?

E, noutra vez — já morávamos, então, em Jerusalém —, você fechou repentinamente o livro em cuja leitura estava mergulhada — um livro pequeno e grosso com capa azul-celeste, embora, na opinião de meu irmão Benjamin, fosse cinza — e pronunciou mais uma norma: "Eu não aguento mais."

"Eu não aguento mais", ouvi você dizer naquela época, como volto a ouvir hoje. "Eu não aguento mais." Você se calou para que todos os ouvintes pudessem se impregnar devidamente do que você dizia, e voltou a abrir o livro pequeno e grosso, e eu, embora no último fevereiro já tenha completado quarenta e nove anos — um touro velho e pesado como eu —, volto a ficar triste ao me lembrar desse momento distante, pois, das cores da capa e das margens das páginas e dos marcadores de seda, do azul forte, do rosa suave, do dourado profundo, eu me lembro muito bem. Seus olhos, sua pele, seus cabelos tinham exatamente essas cores. Mas não me lembro do nome do livro. Não poderei mais lê-lo, procurar e achar, e saber que frase atormentou seu espírito e o levou a pronunciar aquelas palavras. Esclarecer para mim mesmo: será que foi ali que brotou o pensamento que culminou com a sua saída de casa?

Minha mãe saiu de casa da mesma maneira que caracterizava todos os seus demais procedimentos: com uma decisão que crescia e amadurecia lentamente, e que, a partir do momento em que se decidira, ninguém mais a fazia desistir. Ela se sentava à mesa da cozinha, pegava uma folha de papel e a dividia em duas colunas. Em uma coluna, ela escrevia A FAVOR, e na outra, CONTRA. A favor e contra a pintura de branco no corredor da escadaria, a favor e contra a quimioterapia, a favor e contra o suicídio, a favor e contra *schnitzel* com batatas cozidas em água e sal, temperadas com *schnittlauch* — cebolinha picada — e untadas com manteiga, ou carne assada com macarrão e folhas de louro no almoço de shabat. Anotava, contava nos dedos e tomava a decisão somente depois de somar e pesar. Às vezes, eu tentava adivinhar o que você anotara antes de partir — e me enchia de medo do A FAVOR e de curiosidade com relação ao CONTRA.

Assim ela também dizia para nós, para mim e para Benjamin, meu irmão:

— Sou a favor de irmos para o mar, mas o Pai de Vocês é contra!

E assim também planejava as compras e retirava da casa livros dos quais não gostava:

— Aqueles que o escritor teve prazer demais ou sofreu demais enquanto escrevia.

E, com esse poder de decisão, ela redigiu o "Estatuto da Família", e, no tocante a ele, Benjamin e eu não poderemos apostar, pois, ao contrário do livro encapado de azul-celeste, ele existe e está guardado comigo, e é possível abri-lo e vê-lo.

Às vezes, demonstro uma rapidez e um poder de decisão surpreendentes, contrários ao meu caráter e à minha figura. E isso também aconteceu naquele dia — o dia em que ela morreu. Enquanto a notícia se espalhava, tomava forma, sem mostrar sinais de remorso ou de mudança, e enquanto a campainha da porta e o telefone tocavam seguidamente, e o Pai de Vocês vagava sem rumo, debatendo-se entre as paredes, e Benjamin, como sempre, atrasado ou ocupado, apressei-me para pegar aquele nosso "Estatuto da Família" e o escondi num dos compartimentos de provisão do Behemoth. Desde então, ele está em meu poder. Ei-lo: escrito em papel de carta azul-celeste e fino, com seu P arredondado e seu B elegante. Com o C final na forma de um guindaste, e o S, tão pequeno quanto um ponto.

Ei-lo — digo a mim mesmo sobre meu pequeno tesouro enquanto o retiro de seu esconderijo —, ei-lo; sobre esse azul-celeste, a palma de sua mão pairou, pairou e escreveu:

"As crianças arrumam seus quartos, enxugam pratos e removem o lixo."

"As crianças contam histórias para a sua mãe e, no sábado de manhã, engraxam os sapatos de toda a família."

"As crianças se ocuparão de regar a salsa da mamãe na cozinha."

"Os pais darão roupas, comida, estudo, carícias e abraços, e não trarão, jamais, outras crianças ao mundo."

E assim por diante. Exatamente sobre esse papel. A palma de sua mão. Pairando, quase presente, viva e quente.

3

ELA ERA UMA mulher tranquila, agradável, e raramente se irritava: exceto quando o Pai de Vocês se dirigia a ela como "mamãe", e não como "Raya", seu nome; quando seus filhos se referiam a ela como "ela", em vez de "mamãe"; quando a atrapalhavam na caiação da casa; e quando respondíamos com "Não é verdade!" sobre alguma coisa que ela falava.

Mas, uma vez, ela fez algo que só anos depois eu entendi. O fato ocorreu no Iom Kipur, cinco anos depois de termos nos mudado de Tel-Aviv para Jerusalém. Benjamin tinha onze anos naquela época, e eu fizera o bar-mitzvá, com treze anos. Na véspera da data solene, vestimos camisas brancas, calçamos tênis e fomos à sinagoga do bairro. Em geral, o Pai de Vocês não nos deixava usar tênis, pela preocupação com o desenvolvimento dos pés, especificamente, e dos ossos do esqueleto, em geral. Mas os costumes do Iom Kipur tocavam-lhe de alguma forma o coração. Ele até jejuava, embora, geralmente, não cumprisse nenhum outro mandamento.

— Em memória de meu pai — declarava ele, e seu rosto se revestia de uma santidade solene que não víamos nele nos outros dias do ano.

Minha mãe, meu irmão e eu não jejuávamos, e, respeitando a vontade dele, não comíamos nada cujo aroma pudesse escapar pela janela.

— Aqui é Jerusalém — dizia ele —, e não Tel-Aviv. Precisamos respeitar nossos vizinhos.

Depois da refeição matinal, minha mãe corria para ouvir música em nossa vitrola, mas o Pai de Vocês voltava a repetir seu pedido.

— Vamos ouvir baixinho — minha mãe dizia —, e não precisa ficar me lembrando o tempo todo de que aqui é Jerusalém, e não Tel-Aviv. Sei disso muito bem.

— Eu lhe imploro, Raya — dizia o Pai de Vocês —, não toque música aqui no Iom Kipur. — E o "Raya" ele dizia com pronúncia oxítona, de forma didática e solene, com as sílabas bem separadas: "Ra-a-*ya*." Não o "*Ra*ya" com a pronúncia paroxítona, como todos a chamavam, inclusive ele, nos demais dias do ano.

Minha mãe prendeu a fivela da sandália, colocou seu chapéu de palha de aba larga cuja trama amarela se mesclava com seu cabelo e cuja fita azul-celeste coroava o rubor de contrariedade em seu rosto.

— Venham — disse ela —, vamos respirar um pouco de ar lá fora, pois um papa acabou de chegar. É provável que fiquemos sufocados com tanta justiça e incenso aqui dentro.

Espantados e obedientes — quando se tratava de nossa relação com ela, "espantados e obedientes" é a descrição de um estado permanente, exceto algumas rebeldias encenadas por Benjamin —, seguimos atrás dela. Descemos a rua Bialik pelo pequeno jardim que os moradores do bairro Beit Hakerem haviam plantado em memória de seus filhos mortos na Guerra da Independência, e, na rua Halutz, viramos à esquerda. Ao lado da área de ensino agrícola perto de nossa escola — para nosso alívio, dessa vez ela não pulou a cerca e não roubou salsa dos canteiros —, descemos até o vale e chegamos à área em que hoje está construída uma fileira horrorosa de hotéis. Às vezes, surpreendo nas portas desses hotéis observadores de pássaros que chegam do exterior, e, às vezes também, o irmão de Liora, meu cunhado Emmanuel. Quando a família toda de Liora vem dos Estados Unidos, eles se hospedam no hotel King David, mas Emmanuel é sovina; assim, quando vem por conta própria, ele se hospeda em um desses hotéis na entrada da cidade.

Naquela época, havia uma pequena e antiga trilha que subia do vale, remanescente do tempo em que camponeses árabes, caixeiros-viajantes e mulas passavam de Malcha a Lifta, e de Sheikh Bader a Dir Yassin. Benjamin, como sempre, pulava e saltava entre as rochas, e eu andava devagar, com os olhos pregados nos calcanhares de minha mãe, com o nariz se deleitando com o cheiro da poeira morna, e meus ouvidos, com os estalidos das folhas e caules de final de verão.

Próximo à grande garagem dos ônibus da empresa Hamekasher, havia, naquela época, um pomar abandonado com árvores frutíferas: um par romãzeiras, algumas videiras e figueiras, e arbustos de figos-da-índia enfeitando ao redor. As romãs ainda não haviam amadurecido, os figos-da-índia já haviam apodrecido, e os cachos de uvas já haviam se transformado em passas, mas os figos haviam produzido bons frutos. Minha mãe adorava figos. Ela nos explicou que eles não deviam ser colhidos, mas furtados. Furtamos e comemos, e um homem, que passava na estrada, desmaiando de retidão, calor e jejum, gritou para nós:

—Vocês não se envergonham de comer figos? Hoje é Iom Kipur!

Meu irmão, que se enchera da força e da coragem dos pecadores com a presença de mamãe e a doçura da fruta, respondeu, gritando:

— Religioso bobão!

Minha mãe o advertiu: — Pare com isso, Benjamin. Não precisa nem responder.

O homem xingou e seguiu seu caminho, e nós subimos até o pátio do estacionamento da grande garagem dos ônibus, atravessamos o caminho de terra e chegamos ao terreno onde ficavam os ônibus velhos esperando por um comprador ou para serem desmontados. Minha mãe se sentou em uma das rochas e, distraidamente, começou a brincar com três pedras. Como sempre, eu procurava escorpiões e besouros. Benjamin saltava de rocha em rocha, sem olhar para a frente, para os lados e para trás, como se seus olhos ficassem nos pés.

De repente, depois de ter se surpreendido pegando e jogando as pedras, minha mãe se levantou e, sem aviso ou sinal antecipado, atirou-as com rapidez e força uma, duas, três vezes, na direção de um dos ônibus.

O silêncio se quebrou em mil cacos emitindo sons. Benjamin, que estava perto dela, e eu, um pouco distante, olhamos para ela com medo e espanto. E ela se abaixou, pegou mais duas pedras, ainda maiores, e depois mais duas, e quebrou mais duas janelas.

— O que você está fazendo, Ra-a-*ya*? — meu irmão imitou o Pai de Vocês.

— Experimentem vocês também — minha mãe sugeriu. — É muito agradável.

— Você não tem vergonha de quebrar um ônibus? Hoje é Iom Kipur — disse Benjamin, mas eu me abaixei como você, peguei duas pedras e atirei.

— Errar a pontaria num ônibus, com uma distância de três metros — Benjamin debochou. — É preciso muito talento para isso.

Minha mãe riu, e eu, ofendido e com raiva, peguei do chão uma pedra grande como se fosse um pedaço de pão, aproximei-me da frente de um dos ônibus e, quando a pedra estava acima de minha cabeça, atirei-a no para-brisa com as duas mãos. O vidro rachou mas não quebrou, e, tomado de cólera e prazer, fui pegar uma pedra ainda maior.

— Espere, Yair — disse minha mãe. — Vou lhe mostrar como se faz.

Ao lado, estavam amontoadas algumas estruturas enferrujadas de bancos que já haviam sido arrancados de um dos ônibus. Ela segurou a ponta de um banco traseiro com uns três metros de comprimento. Eu segurei a ponta do banco no outro lado e o colocamos sobre nossas cabeças como um carneiro de ferro que ela conduzia, gritando: "Aqui é

Jerusalém, não Tel-Aviv!", e eu, com a testa inclinada, empurrava por trás. Rachamos as janelas dianteiras de dois outros ônibus, e logo fomos atacados por um desejo de vingança e destruição tão bom e selvagem que somente o grito de Benjamin — "Parem! Parem! O guarda está chegando!..." — frustrou a continuação.

Jogamos o banco no chão, abaixamo-nos atrás de um dos ônibus e ficamos olhando um para o outro, os rostos corados e sorridentes. Do outro lado do terreno do estacionamento, o velho vigia da garagem nos viu — um homem alto, com o rosto sempre suado e as mãos sujas. Mais de uma vez, nós o vimos ao lado do bar do Glick, comprando um sanduíche de omelete com pimenta forte.

Arfando e bufando, com um quepe imundo na cabeça e sapatos velhos nos pés, ele corria e procurava entre os ônibus, até que nos viu. Ficou assombrado. Uma mãe com os olhos azuis e o cabelo dourado, e os dois filhos queridos não constavam no álbum de infratores de sua suspeita.

— O que está acontecendo aqui? O que vocês estão fazendo?

— Estamos sentados aqui na sombra, descansando — respondeu minha mãe.

— Cansados do jejum — acrescentou Benjamin.

— Ouvi alguma coisa quebrando aqui. Ouvi ferros e vidros caindo aqui.

— Alguns vagabundos estavam aqui há pouco — disse minha mãe. — Jogando pedras. Mas, quando chegamos, eles fugiram. Não foi assim, crianças?

Meu rosto queimava. Baixei a cabeça.

— Foram para lá — apontou Benjamin.

O guarda se voltou e olhou em volta, mas como não viu nada além de uma cidade deserta, triste e justa, como costuma ser Jerusalém nos dias do perdão, voltou até nós com uma expressão perplexa no rosto.

— Eu sei quem você é. Você é a esposa do Dr. Mendelsohn, o pediatra daqui.

— Correto.

— Uma vez, meu irmão me mostrou você. Estávamos eu e ele no mercado iraquiano, sentados na taverna ao lado da venda de aves, e você passou com ele — o guarda apontou para mim —, para fazer compras. Meu irmão me disse: "Está vendo esta *aqui*? É a esposa do Dr. Mendelsohn, do Hospital Hadassa. O marido dela é um bom médico; ele atendeu a menina na clínica e, no final, não cobrou nada." Os vagabundos queriam bater em vocês, Sra. Mendelsohn? Se eu os pegasse, quebraria todos os ossos deles *aqui*.

— Não, não, está tudo bem, meus filhos cuidam de mim, obrigada — disse minha mãe. — Está tudo bem *aqui*, e tivemos um Iom Kipur maravilhoso *aqui* e desejamos também a você que seja inscrito no Livro da Vida aqui.

Ela se levantou.

— Venham, vamos voltar para o Pai de Vocês.

Fomos. Você e Benjamin na frente, saltando rochas. Eu ia seguindo os dois. E, na estrada, você pegou a mão dele com uma das mãos, e, com a outra, pegou a minha e disse: — Não importa o que vai acontecer, vocês sempre serão meus *aqui*.

Rimos os três. Três anos depois, você deixou a casa. Você já pensava nisso naquele dia? Benjamin diz "é claro que sim", enquanto eu digo "talvez", mas a esse respeito não é mais possível fazer apostas.

4

"ABANDONOU OS FILHOS...", "outro homem...", "ela não tinha mais forças..." — foram muitas suposições e reprovações nos corredores do Hospital Hadassa e entre os conhecidos, na escola e na mercearia de Violette e Ovadia, que ficava no bairro. Somente uma coisa era clara e certa: se ela tinha ou não outro homem, se ele existia antes de ela partir ou se aparecera depois, não importa; minha mãe não voltou mais para a nossa casa. Permaneceu em seu novo lugar, um lugar só dela: um apartamento alugado, próximo ao bairro Kiriat Moshé, num conjunto residencial em frente ao moinho de farinha e à padaria. Um apartamento pequeno, mas que da sua janela se descortinava uma paisagem infinita, até a ponta do ocidente.

Benjamin e eu éramos rapazes naquela época. Eu, na décima série, e ele, na oitava, e ele já era mais alto do que eu. Lembro-me daquele ano, não só por ter sido o ano em que minha mãe partiu, mas também porque ele logo adotou o hábito de inclinar a cabeça na minha direção quando conversávamos. Nós dois preferimos permanecer com o Pai de Vocês em nossa casa no bairro Beit Hakerem, porque com ele tínhamos dois quartos nossos, e com ela, só um quarto dela. Mas todos os dias íamos vê-la, e sempre à mesma hora. Gostávamos de nos sentar na pequena cozinha da casa dela. Na casa de Beit Hakerem, ela tinha uma *küche* — "uma cozinha de verdade", e o Pai de Vocês ficava espantado com a lógica da partida dela —, e em Kiriat Moshé, só uma *küchlein* — "uma cozinha pequena e apertada".

Às vezes, íamos juntos; outras vezes, separados. Ela estava sempre sozinha, e todas as vezes nos recebia com o semblante iluminado: nos abraçava e acariciava, exalando aromas de sabonete refrescante e simples, e de café e de brandy e de talco, desligava a pequena vitrola — ela ouvia muita música, principalmente a ópera *Dido e Enéas,* de Purcell —, afastava para o lado o jarro de gladíolos que ela adorava e que atualmente têm aparecido no túmulo dela — quem os levara naquela época? E quem os traz agora? — e nos servia biscoitos de *kümel* e chá com muito limão e açúcar.

Às vezes, eu pensava: o que acontecerá, se eu chegar numa outra hora? Será que encontrarei o outro homem, mesmo que este homem não exista? Tentando diverti-la, agradá-la, enxugando pratos, engraxando sapatos, contando-lhe histórias e levando para fora a lata de lixo?

Eu o imaginava em meu coração, sentado ao lado da pequena mesa e talvez também no sofá que se abria à noite e se transformava em cama, os olhos dele pregados nela, seus braços desejosos, seus lábios em volta dos dentes fortes dela. Mas nunca vi ninguém na casa, exceto uma vez: dois homens chegaram. Um era grande, moreno e calvo, apoiado numa bengala; o outro era velho, alto e magro como uma corda. O homem manco cantarolou uma música engraçada sobre o rei Assuero, fazendo "bam-bam-bam, bam-bam" e tomando o café que ele mesmo preparara. E o homem velho me olhava com curiosidade e afeto, e me perguntou em que série eu estava na escola e se eu sabia o que queria ser quando crescesse. Respondi que não, e ele disse: "Muito bem. Não precisa se apressar."

Somente há um ano, naquele encontro surpreendente, quando ela me deu o dinheiro para comprar e construir uma casa nova, me atrevi a perguntar à minha mãe a respeito de sua partida de nossa casa e do motivo.

— Não foram vocês que eu abandonei — disse ela —, mas o Pai de Vocês e a casa dele. Mas permaneci na Jerusalém dele para ficar perto de vocês.

E, quando não respondi nada, ela acrescentou:

— E por que você está perguntando? Você sabe qual foi o motivo. Não escondi nada de você, contei-lhe tudo quando você ainda era um jovem rapaz, mas talvez você não tenha entendido ou não tenha querido entender, ou quer ouvir mais uma vez a história.

E estendeu a mão e me acariciou como antigamente, quando eu ia visitá-la no pequeno apartamento. Não com a mesma força, mas na mesma direção e com os mesmos movimentos.

Você tinha os dedos frios e agradáveis. Quando acariciava meu irmão, você passava os dedos delicados e abertos nos cachos claros dele.

— Que menino você é, Benjamin... — dizia você a ele, e repetia: — Que menino você é... — E a sua única covinha brotava em sua face esquerda. Mas os meus densos e negros pelos eriçados você esfregava como um criador de gado, inclinando-se em minha direção do alto de sua estatura. — Seu pequeno bezerro! Que carne especial você é! — E eu, com inveja e um aperto no coração, imaginava seu amor por ele, que antes eu substituíra pelas reticências.

Depois que contávamos a respeito do que acontecia na escola e em casa, e a respeito da enfermeira que o Pai de Vocês havia contratado para ajudá-lo na clínica — uma mulher pequena e preocupada, que tinha medo de nós, dos doentes, dos toques do telefone e da própria sombra —, minha mãe nos servia duas fatias grossas de seu bolo de sementes de papoula e mais um pedaço pequeno num saquinho de papel: — Deem isso ao Pai de Vocês para que também fique feliz.

Saíamos da casa dela e voltávamos à dele, enquanto nossas cabeças continuavam a sentir o toque dos dedos de minha mãe, que ia se tornando mais forte e áspero, e, de repente, Benjamin dizia o que eu só me atrevia a pensar: que aquele era um sinal de que ela era obrigada a fazer outros trabalhos difíceis, "agora que ela não trabalha mais em nossa clínica".

E o Pai de Vocês, cumprindo a função no próximo ato dessa mesma peça, abria o saquinho de papel e aproximava a boca e o nariz. Suas pálpebras tremiam e se fechavam depois de um curto e delicado esforço. Eu me lembro da longa respiração, de sua mão, que, de forma surpreendente, era decidida e fraca ao mesmo tempo. Ele nos servia a fatia de bolo que não tinha coragem de jogar na lata do lixo.

— Peguem. Para mim, já basta que ela se foi. Não preciso de alegrias adicionais.

"Eu não aguento mais!" Às vezes dito por ela, às vezes por mim, outras vezes pelo vento que soprava nas grandes árvores que ela mesma orientou que existissem perto da minha nova casa. Ela decidiu, comunicou, pegou suas roupas e a vitrola e o disco de *Dido e Enéas*, a ópera de que mais gostava com a bela canção da despedida — em meu coração eu a chamava de *Remember Me*, pois estas foram as duas únicas palavras que consegui captar —, levantou-se e se foi.

Quando traçou mentalmente as colunas A FAVOR e CONTRA de nossas despesas domésticas, ela acrescentou montantes, contou moedas e economias. Quando fez o mesmo para alimentação, listou jantares, batatas, pratos e facas. Mas o que você contou, mãe? Qual foi a conta que você fez antes de ir embora?

5

DE TEL-AVIV, NÃO ME LEMBRO muito. Morávamos, como já relatei, na rua Ben Yehuda, não muito longe do cinema Mugrabi, que naquela época estava no auge. À porta da clínica do Pai de Vocês, no andar térreo, estava afixada uma pequena placa de cobre: "DR. YAACOV MENDELSOHN — PEDIATRA". No segundo andar, à porta de nosso apartamento, estava afixada uma outra pequena placa de cobre, e nela se lia Y. MENDELSOHN — RESIDÊNCIA PARTICULAR.

Próximo à nossa casa, havia também um cemitério na rua Trumpeldor, e você nos levava até lá para nos mostrar o nome dos poetas gravados nas lápides. Benjamin brincava entre os túmulos, e eu erguia os olhos para você e voltava a olhar os nomes. Às vezes, íamos até o final da rua, ao norte, e de lá até o rio Yarkon, em cuja margem ainda não haviam construído, e onde o Pai de Vocês achava lugares para piqueniques e, como ele dizia, "Um lugar bonito e com sombra". Fomos também ao jardim zoológico — mas só você e eu —, e somente uma vez. Próximo à entrada do zoológico, naquela época, havia um cercado com tartarugas gigantescas, e eu me lembro do nome do leão e das duas leoas — "Tamar", "Herói" e "Dolly".

De repente, apareceu um pavão, sua cauda se arrastava pela terra e ele berrava um som assustador. Eu quis observar os macacos, mas você disse: "Vamos subir mais, Yair, eu não os suporto." Subimos pelo caminho. Do outro lado do pombal, do cercado do elefante e do lago das aves aquáticas, havia alguns brinquedos, um tipo de parque de diversões pequeno, completamente precário. Você parou, olhou em volta, e, quando já íamos embora, apareceu um homem muito gordo e você o cumprimentou. Eu não conseguia tirar os olhos da barriga dele. E eu disse a você: "Mamãe, mamãe, olha só que homem gordo..." E ele tirou o boné que usava, numa forma de saudação, e falou: "Eu não sou um gordo qualquer, sou o gordo do jardim zoológico."

O pavão tornou a berrar. Do outro lado da cerca, ouviam-se as vozes de alegria das pessoas que nadavam em uma piscina que ficava perto dali.

— Antigamente esta era a piscina de irrigação do pomar — disse você.

E, quando saímos de lá, passou pela rua um pequeno desfile com homens e mulheres segurando bandeiras vermelhas.

— Hoje é Primeiro de Maio. Vamos voltar, Yair — ordenou você.

Às vezes, ainda hoje volto para visitar o lugar, quando faço meus passeios ociosos. Da casa que Liora comprou para nós na rua Spinoza, saio pelas alamedas da avenida Ben-Gurion, passando por jovens casais junto ao quiosque de sucos mais próximo, e volto a me admirar com a semelhança entre eles: todos têm cachorros e lindas crianças, todos os homens são parecidos uns com os outros, todas as mulheres, umas com as outras, todo homem é parecido com sua mulher, e toda mulher, com seu companheiro.

Viro à direita e caminho em direção à lembrança daquela visita ao jardim zoológico. Às vezes, entro no antigamente-havia-aqui-um-portão, outras vezes, caminho pelo não-existe-mais-a-cerca. E, então, outra vez à direita, ao longo da grande praça cujas árvores ornamentais com seus sicômoros já foram cortadas e cujas areias foram sufocadas sob a pavimentação. Atravesso a rua Frishman e passo ao lado da livraria francesa, e chego até a praça Masaryk e ao pequeno e agradável parquinho de brinquedos, onde sempre estão sentadas algumas jovens mulheres com seus filhos, e penso — quem, entre todos aqueles pequerruchos, escreverá sobre sua mãe quando crescer; quem, usando a linguagem *ela,* e quem, usando *você*; quem falará dela como *mamãe* e quem como *minha mãe.*

De lá, sigo para a rua King George em linha reta até o Dizengoff Center. Entro remando num mar de crianças aos berros, mulheres com a barriga descoberta e as alças de silicone do sutiã aparecendo, e subo até o departamento que quero — a loja Lametaiel, no terceiro andar. Quem montou justamente aqui uma loja de artigos para viagem agiu com sabedoria. Permanecer nesse lugar por apenas alguns minutos já é o suficiente para despertar o desejo de viajar o mais rápido possível, e, para quanto mais longe, melhor.

Na Lametaiel, faço compras de equipamentos para caminhadas que jamais vou usar, ouço palestras sobre viagens que não farei e sobre lugares aonde não irei. Observo com olhar invejoso os jovens se preparando para suas excursões e como eles observam com olhar invejoso o caríssimo saco de dormir, leve e especialmente quente, que carrego comigo até o caixa, e o fogareiro de acampamento que fica aceso oito horas consecutivas, mesmo com vento tempestuoso. Examino os bilhetes no quadro de avisos — bilhetes de moças ansiosas com nomes modernos, como Tal, Nufar, Noa, Stav e Ayelet, que procuram parceiro para um "leve pouso", ou talvez, quem sabe, para uma "infiltração prolongada" no perigoso e longínquo Oriente.

Saturado dessas ilusões não menos perigosas e distantes, saio de lá, subo a rua Bograshov, desviando meu caminho entre as mesas e cadeiras cheias de gente, do outro lado do mar. Na rua Ben Yehuda, viro à esquerda, e, ao sul, no início dela, passo pela casa em que vivi nos meus primeiros anos e que já foi destruída. Há alguns anos, um dos religiosos fanáticos com que nosso país foi abençoado pôs fogo na casa, pois, desde que a deixamos e nos mudamos para Jerusalém, a casa foi trocando de moradores e de funções e, por fim, se transformou num prostíbulo.

Naquela época, a rua Ben Yehuda era muito mais agradável. Lembro-me de que lá viviam muitos vizinhos que falavam alemão, idioma que minha mãe e o Pai de Vocês entendiam, apesar de não falarem, senão raramente. À noitinha, fazíamos a refeição na varanda, que ficava de frente para a rua. Lembro-me do quiosque que havia debaixo da varanda e da acácia-rubra que dava um tom vermelho ao pátio de trás, e da "*morning-glory*" — era assim que minha mãe chamava a planta que subia pela parede da varanda —, que diariamente abria o que ela chamava de "mil olhos azuis".

— É isso aí — dizia ela ao final de cada refeição —, a planta já está fechando os olhos, então vamos dormir também.

Ela gostava muito daquela casa. Quando saíamos e voltávamos para ela, de longe ou de perto, minha mãe se emocionava e se enchia de alegria: "Daqui a pouco chegaremos em casa", e, quando chegávamos, ela dizia: "Chegamos em casa", e, às vezes, até declamava solenemente alguns versos de um poema que também se repetia: "O marinheiro voltou, voltou do mar. O caçador voltou da montanha."

O buraco da fechadura de nossa porta ficava na altura da cabeça de uma pessoa. Você me pegava nos braços e dizia: — Abra.

Eu enfiava a chave e a rodava. Você apertava a maçaneta e abria a porta, dizendo "Olá, casa..." para dentro da penumbra fresca.

— Digam olá também para a casa vocês — dizia ela para nós — e fiquem bem atentos, porque ela responde com um olá, em retribuição.

Benjamin dizia: — Mas isso é uma casa; como pode uma casa responder? — E eu dizia: — Olá, casa — e me calava, atento, como você havia pedido.

— Fique em silêncio, Benjamin — dizia você —, e fiquem bem atentos.

E a casa também ficava alegre à nossa chegada, suspirava e respondia como você havia prometido. Passávamos pela porta de entrada e você dizia: "Venham comer alguma coisinha" — o que queria dizer, fatias de pão com requeijão e ovo cozido — *Plaf!* —, anchovas em conserva num tubo amarelo, salsa picada e fatias finas de tomate, quase transparentes.

— Pois é isso que se faz em casa. Voltamos, dizemos olá, ouvimos a resposta e entramos. Comemos alguma coisinha e nos enchemos de alegria: voltamos para casa. Da montanha, do mar, de longe. É disso que nós gostamos e é isso que sabemos fazer.

6

MINHA MÃE e o Pai de Vocês nos ensinaram muitas coisas antes de irmos para a escola. Ele se sentava conosco em frente ao grande atlas alemão, mostrava-nos continentes, ilhas e terras distantes, lançava-nos pelos oceanos, atravessava rios, subia pelas cordilheiras e descia pelo outro lado. Ela nos ensinou a ler e escrever.

— Os pontos dizem às letras para onde elas devem ir. O *alef* com um pontinho forma I; o *mem* com um tracinho cortado, MA — explicava ela e eu ria com satisfação, porque o I e o A modificavam o formato dos lábios e a expressão do rosto dela, e também com alívio: agora a letra também sabia para onde ir e o que fazer.

Naquela época, eu tinha cinco anos, e Benjamin participava da aula de leitura. Embora tivesse apenas três anos, aprendia mais depressa do que eu. Em algumas semanas, ele já lia em voz alta até os nomes de todos os poetas, enquanto suas pernas saltavam de túmulo em túmulo e seus olhos também se alternavam entre os túmulos e o rosto iluminado de minha mãe. Lembro-me de como ele deixava os passageiros da linha 4 espantados e encantados: um menino pequeno com os cabelos dourados, lendo, com sua voz delicada, os letreiros das lojas na rua Ben Yehuda, apesar da rapidez com que passavam pela janela do ônibus.

Lembro-me do jantar na varanda, quando minha mãe comunicou: — Em breve, teremos um bebê. A pequena irmã de vocês.

— Como você sabe que é irmã? — perguntei, apreensivo. — Será que não teremos mais um irmão?

— Será uma irmã porque é o que sua mãe quer — explicou o Pai de Vocês. — Ela pesou os prós e contras, e decidiu que, depois que quis e teve dois meninos, agora teremos uma menina.

E ele nos provocou: — O pró é ela e o contra são vocês.

Algumas semanas depois, ela começou a vomitar todas as manhãs, e eu vomitava junto com ela. O Pai de Vocês disse que a medicina infantil nunca vira nem ouvira falar de uma identificação como aquela de filhos com suas mães, e que aquele novo fenômeno deveria receber meu nome. Seus lábios sorriram, mas seus olhos, não. Uma raiva contida saltava deles, como se estivesse testemunhando uma intimidade que ele jamais conheceria.

Todos os dias nos sentávamos, ele e eu, e quebrávamos amêndoas para ela na varanda.

— Uma mulher grávida deve ter uma boa alimentação — orientou-me —, e agora não há carne, queijo e ovos suficientes no mercado, e as amêndoas são um substituto bom e nutritivo. Mamãe terá muito leite, e a menininha será grande, saudável, e terá dentes brancos.

Ele permitia que eu comesse sempre a sétima amêndoa, e dizia: — Quem não trabalha não ganha.

— Mas eu estou trabalhando — gabava-me, esperando também um elogio.

— Estou me referindo a seu irmão — dizia o Pai de Vocês com severidade e em voz alta para que Benjamin também ouvisse.

Benjamin brincava num canto e não reagia. Eu colocava a minha sétima amêndoa na boca, mastigava-a até que ficasse triturada e a engolia com cuidado e profunda introspecção. Sentia a brancura das amêndoas se transformando na brancura do leite e dos dentes, dentro de mim e dentro de você. Eu queria que a irmã que você daria à luz fosse pequena, troncuda e morena, mas ela nasceu antes do tempo e morreu logo, e não foi possível determinar qual seria a sua altura e a sua cor.

Alguns dias depois, minha mãe voltou do hospital. À noite, ouvimos o Pai de Vocês falando, enquanto minha mãe permanecia calada.

— Você está vendo — sussurrou Benjamin para mim na penumbra do nosso quarto —, descascou amêndoas para ela à toa.

E eu me irritei por você:

— Por que você está dizendo para "ela"? Diga "descascou para mamãe", e não para "ela"!

7

ALGUMAS VEZES, você me mandava às compras. Às vezes, à mercearia de Zolti, no outro lado da rua Ben Yehuda, outras vezes, ao quiosque.

— Um quiosque assim não existe em lugar algum — disse-me você. — Tem pirulitos, pregadores de roupa, sardinhas, chicletes, sorvetes e, no caso de encomenda antecipada, também tem sapatos, geladeiras e vestidos de noiva.

Lembro-me de que, um dia, o dono do quiosque veio à nossa casa e disse: — O filho de vocês, Dr. Mendelsohn, está roubando dinheiro de mim, e, pelo visto, também do senhor.

Puxei seu vestido, e você inclinou o ouvido em minha direção. Sussurrei uma pergunta: "Como é que esse homem é alto no quiosque e em nossa casa ele é baixo?" Você sussurrou uma resposta: "Dentro do quiosque, ele fica sobre um tablado de madeira, e, em nossa casa, fica direto no chão." Seus lábios estavam tão próximos e tão agradáveis que eu nem percebi que o Pai de Vocês já havia cravado em mim um olhar penetrante e pesado, e, quando percebi, meu coração se congelou de tanta vergonha e medo. Não por causa do castigo que eu não merecia por um roubo que não cometera, mas porque entendi que a possibilidade de que se tratava de Benjamin nem passava, de longe, pela cabeça dele.

O dono do quiosque entendeu logo o que estava acontecendo.

— Não é o moreno, o que parece um criminoso — disse ele —, é o pequeno que rouba, com esses cachos dourados e cara de anjo.

Ele desceu as escadas e voltou ao quiosque; lá, tornou a subir no tablado e ficou alto de novo, e você pôs a mão em meu ombro e cravou os olhos no Pai de Vocês, com um olhar que o fez retroceder e o expulsou, até que ele desceu para procurar abrigo na clínica.

Lembro-me também das idas diárias à praia para fazer exercícios e nadar. Hoje, não vou mais à praia. Liora prefere a piscina, e eu fico com medo das bolas de frescobol e dos biquínis das mulheres jovens. E sinto medo também dos raios do sol — um temor que o Pai de Vocês incutiu em mim na infância, e que não passou até hoje. Já naquela época, o Dr. Yaacov Mendelsohn advertia os pais contra os efeitos maléficos do "sol no Oriente Médio", mas ninguém lhe dava ouvidos porque o bronzeado, naquela época, era considerado sinal de saúde e de concretização do sionismo. Assim, todos iam à praia antes do meio-dia, e só a família Mendelsohn à tardinha, com a diminuição do calor do sol, caminhando diante das famílias que estavam voltando — uma alegre caravana de pais irresponsáveis e seus filhos felizes e bronzeados, com as costas e o nariz vermelhos.

Muitos nos cumprimentavam com um "Olá!", e alguns acrescentavam pedidos e perguntas. O Pai de Vocês, embora fosse ainda relativamente jovem, já tinha a reputação de excelente pediatra, e as pessoas buscavam aproveitar a oportunidade de se aconselhar com ele no meio da rua. Para essas pessoas, ele costumava dizer: "Estou com pressa, me acompanhe e fale", e ia logo jogando as longas pernas numa caminhada que deixava os impertinentes perplexos e sem fôlego. Mas, um dia, minha mãe disse a ele: "Seja amável com eles, Yaacov, é mais simples", e, quando ele resmungava alguma coisa, ela explicava: "Isso poupa tempo. Tente e verá", e ele, depois que tentou e viu, acabou concordando: "Você estava certa... Pelo menos, em trinta por cento..."

Ela nos contou que, no passado, quando era menina, antes que existissem em Tel-Aviv tantas calçadas, havia lugares onde tinham sido colocadas tábuas de madeira sobre a areia, e ela gostava de sentir como elas balançavam e afundavam sob as pisadas e o peso do corpo. Eu gostava do ponto entre o fim da rua e o início da praia, o espaço indefinido entre dois tempos e dois lugares. Até aqui é uma cidade, e, daqui em diante, um litoral. Até aqui é concreto e asfalto, e, a partir daqui, areia e mar. Um pé ainda está na solidez da calçada, e o outro já está na suavidade e na maciez da areia.

Brincávamos com uma pequena bola medicinal, de peso compatível com a nossa idade — o único esporte em que eu era melhor do que meu irmão. Eu ficava de pé, tenso, plantado no chão, e Benjamin arremessava, virava-se e caía na areia, rindo e se divertindo, apesar do seu fracasso. O Pai de Vocês o repreendia: — Fique firme de pé!

E, de repente, dizia, contendo-se — ele jamais levantava a voz e, quando ficava irritado, sussurrava:

— Fique firme de pé, Benjamin! Por que Yairi consegue e você não?

Uma onda de prazer me invadia. Minha mãe me chamava de "Yair"; Meshulem Freid, o pai de Tirtza, me chama de "Irale" — "Irale e Tirale, parecidos como dois pombos" —; e o Pai de Vocês até hoje mantém o "Yairi", isto é, *meu* Yair, como se estivesse comunicando a todos que eu pertenço a ele.

Benjamin zombava, suspirava e, então, caía intencionalmente. O Pai de Vocês ficava irritado. Com um forte puxão, ele colocava Benjamin sobre as pernas e nos fazia correr na praia — "joelhos para cima, Yairi", orientava, "sem arrastar os pés na areia". Corríamos. Suávamos, respirávamos com inspirações ritmadas e profundas. Nadávamos um pouco, fazíamos exercícios. Comíamos uvas diante do sol poente e da praia que ia ficando vazia, recolhíamos as nossas coisas e voltávamos. Para casa. Eu gostava mais da volta do que da ida, e também do caminho inverso, da areia para a calçada — um pé ainda pisando e afundando, e o outro já encontrando apoio e firmeza.

O Pai de Vocês ia à frente, muito empertigado; eu ia atrás dele; minha mãe e meu irmão, atrás de mim, à minha frente e à minha volta, brincando de saltar os blocos de pedra do pavimento — "pois, quando se pisa nos traços, acontecem coisas ruins e terríveis." Um sol sem perigo, suave e baixo, ia alongando nossas sombras. Esta é a minha, mais larga e curta do que as sombras deles, como seu dono, também mais escuro do que eles, envolto num roupão longo de tecido atoalhado. Era uma sombra mal-humorada e irritada, justamente nos traços entre os blocos, intencionalmente, e o roupão era um roupão velho de minha mãe, que ela adaptara para mim depois de eu implorar muito. Esse roupão gerou muitos deboches e provocações, mas sua função — esconder a esquisitice do meu corpo — era cumprida com sucesso.

Tão claros e aprumados eram eles três, seu bronzeado tão dourado e leve, e eu, tão escuro e atarracado e grosseiro. Às vezes, eu suspeitava comigo mesmo de que era um menino adotado, e Benjamin, que percebia cada fresta e apunhalava cada ponto fraco meu, irritava-me com um tipo de pequeno poema que ele compusera: "Pegaram você no orfanato, acharam você numa lixeira, compraram você de uns ciganos, chegou num pacote de correio..."

Minha mãe ficava com raiva: "Pare com essas suas bobagens, Benjamin", mas a covinha dela brilhava e esboçava um sorriso. Ela também fazia piada, às vezes, com esse mesmo assunto:

— Como vai ser, Yair? Um dia, seus pais verdadeiros virão e levarão você com eles, e nós vamos ficar morrendo de saudades.

Eu ficava petrificado. Benjamin se juntava ao riso dela. O Pai de Vocês os advertia:

— Não precisa ficar ofendido com eles, Yairi, e, vocês dois, parem com isso imediatamente, por favor!

Adotado ou não, escreverei agora o que eu sentia e não me atrevia a dizer naquela época: que eu não estava me saindo bem e que meu irmão era o conserto do erro.

8

NO VERÃO DE 1957, no primeiro dia das férias grandes, mudamos para Jerusalém. Prometeram ao Pai de Vocês um emprego no Hadassa, o novo hospital que havia sido construído no lado oeste da cidade, e a possibilidade de se ocupar com o que não fazia em Tel-Aviv e que era muito importante para ele — pesquisa —, e o direito de manter a clínica e ter seus pacientes particulares.

Eu tinha oito anos, e Benjamin, seis. Dois caminhões fechados de uma empresa de mudanças, um pequeno e o outro médio, foram contratados para transportar nossos pertences, e ficamos esperando por eles, emocionados, ao lado do quiosque. Minha mãe disse que um caminhão grande seria o bastante, mas o Pai de Vocês determinou:

— É proibido misturar a clínica com a família.

O Dr. Mendelsohn costumava classificar, separar e isolar elementos. Ele nos orientou a guardar, na caixa, os cubos com que brincávamos, de acordo com as cores e os tamanhos. As roupas dele eram classificadas não só como de inverno e de verão, boas e inferiores, mas também como roupas do dia e da noite, cores e tecidos. Ele não bebia enquanto comia, não comia quando bebia, e a comida no seu prato seguia uma ordem. Antes o *schnitzel*, depois as batatas. Antes o peixe, depois o arroz. Antes comia a omelete, depois a salada. Minha mãe dizia que, se ele dispusesse do tempo necessário, comeria também os componentes da salada separadamente: antes, cataria as fatias de pepino, depois, os pimentões, e, no final, os tomates. Mas, além das comidas, ele tinha também restrições num limite muito mais amplo no que dizia respeito a misturas: alegria com alegria, álcool com segredos, tipos de medicamentos. Ele organizava tudo de forma calculada, e tudo isso fazia surgir em seu rosto, mãe, seu pequeno sorriso, com a única covinha na face esquerda, com o canto assimétrico do lábio superior que debochava, principalmente, quando o Pai de Vocês decretava bons modos à mesa. Às vezes, ele perguntava — não sei se de brincadeira ou com seriedade —: "O que vai acontecer se a rainha da Inglaterra convidar vocês para jantar?" E você revidava: "Exatamente o que aconteceria se nós a convidássemos."

Quem preparava a salada para a família inteira era o Pai de Vocês. Ele cortava as verduras com mão de artista, temperava com azeite e sal e pimenta e limão, pegava a parte dele e comunicava:

— Agora cortem vocês a cebola e acrescentem à sua salada.

Anos depois, quando Benjamin trouxe Zohar à nossa casa, a moça que seria sua mulher, para apresentá-la a seus pais, ela disse:

— Dr. Mendelsohn, em nossa casa, a salada de verduras que o senhor come se chama "salada de crianças".

O Pai de Vocês a examinou.

— Interessante. E que tipo de salada de verduras vocês comem em sua casa?

Ela riu. O riso dela me excitava porque parecia o de Tirtza Freid:

— Nossa salada de verduras é feita com carne e batatas — disse ela. — Mas se, de qualquer forma, nós a preparamos com verduras de verdade, então acrescentamos também queijo branco magro e ovo cozido quente, cortado em quatro, e azeitonas pretas e dentes de alho picados.

A descrição foi tão simples e perfeita que senti necessidade de provar uma salada assim imediatamente. Zohar sorriu para mim e eu me enchi da afeição que até hoje não passou. É uma mulher grande, cheia de corpo e de vida, gosta de comer e de ler — "Biscoitos orientais de Ovadi e romances gordos". No kibutz de onde veio, no vale de Beit Shean, tem três irmãos grandes como ela e uns doze sobrinhos e sobrinhas, "todos do mesmo tamanho: extra-extra-extragrande".

Como muitas outras afeições, minha simpatia por ela também brotava da semelhança. Mas não da semelhança entre nós; não somos, de forma alguma, parecidos, mas da semelhança entre nossos parceiros — minha mulher e o marido dela —, e como ela mesma me disse uma vez, muitos anos depois, num momento que incluía álcool e perplexidade, riso e solidão:

— Nossos problemas são muito parecidos, mas os seus são mais ferrados do que os meus, e os meus, mais fodidos do que os seus.

E percebi que havia sido firmado um pacto entre dois intrusos numa mesma ilustre família.

E também amo os gêmeos de Zohar — Yoav e Yariv —, apesar da inveja que senti quando nasceram, e fico orgulhoso ao contar que fui eu que inventei o apelido "par de Ys", que pegou logo e também passou por aperfeiçoamentos: Liora rapidamente traduziu para o inglês — "Double-Ys", e Zohar estabeleceu um apelido particular para cada um de seus filhos — "Y-1" para Yoav, que nasceu antes, e "Y-2" para Yariv, que nasceu alguns minutos depois.

A avidez dos gêmeos por comida apareceu já em seus primeiros dias de vida, e, às vezes, Zohar dizia que pretendia amamentá-los durante anos e anos, porque eles mamavam com tanta energia que ela ficava no limite do desmaio, e ela adorava esses momentos em que "os seios se esvaziavam e os bebês se enchiam", e tudo ficava nublado, o corpo ficava leve, quase flutuando, e os gêmeos ficavam cada vez mais cheios e pesados, transformando-se nos sacos de areia que a prendiam ao chão.

De fato, com dois anos, os Ys já eram mais altos e gordos do que todas as crianças da mesma idade, apresentando à frente do corpo a barriga redonda e firme. Assim como eu e o pai deles, os gêmeos aprenderam a arte da leitura ainda antes da primeira série na escola, só que não nos túmulos dos poetas, mas nas embalagens de Corn Flakes que a mãe colocava diante de suas tigelas enquanto elas iam se esvaziando.

Em todo evento familiar, eles sempre queriam saber se "haviam convidado também os tios do kibutz", e logo corriam até eles com exclamações de alegria: "Guardem lugar para nós" e "Queremos nos sentar com vocês", divertindo-se com tapas pesados que os tios lhes davam nas costas. Os tios chegavam sempre num bando, de calças azuis bem passadas, com suas barrigas firmes, contidas nas camisas brancas que pareciam tendas de acampamento, e todos eles, com a grande e brilhante colher dentro do bolso: — Trouxemos utensílios de casa. Assim poderemos comer mais.

Eles não se interessavam pelas garçonetes que circulavam servindo pequenos canapés. "Desviam a atenção de todas as coisas importantes", Zohar citava uma passagem de um dos seus romances gordos. Pegavam pratos da pilha que ficava à cabeceira da mesa enquanto a cerimônia de casamento ainda estava se realizando, e já ficavam parados em silêncio, pacientemente, ao lado das panelas e travessas fechadas, e somente os pequenos movimentos nas narinas e na inclinação da cabeça indicavam que eles estavam se empenhando em imaginar o que havia debaixo de cada tampa.

— Pegue um pouco de salada — Liora sugeriu a um dos sobrinhos de Zohar, completamente estarrecida com a montanha de gulash que ele colocara no prato.

O rapazinho sorriu.

— Salada? O quê, por exemplo? Alface?

— Por que não? É bom comer verduras.

— O que há com você, tia Liora? Você não entende como o mundo funciona? As vacas comem as verduras e nós comemos as vacas.

— Alface ajuda a conduzir a comida até o estômago.

— Eu me pareço com alguém que precisa de ajuda para conduzir a comida até o estômago?

— Você está vendo — sussurrou Liora para Benjamin —, foi por conta desses seus parentes que eu chamei o Chevrolet que comprei para Yair de Behemoth.

E Benjamin resmungou:

— Não gosto que as crianças fiquem sentadas junto com eles. Por que elas não se sentam à nossa mesa?

Mas a mãe das crianças já sorrindo seu sorriso lento e tranquilo, respondeu:

— Porque eles são do mesmo tipo, e se sentem em casa com eles, e lá são aceitos do jeito que são, e ninguém fica censurando, nem emendando, nem tentando fazer deles o que não são.

— No final, ficarão parecidos com eles. Nenhuma moça vai se interessar por eles.

— Eles já estão parecidos — Zohar comentou, contente —, um pouco menores, mas estão se desenvolvendo bem. Não se preocupe. E, em relação às moças — acrescentou —, vamos esperar para ver, Benjamin. Conheço muitas moças, na verdade, eu, inclusive, que gostam de rapazes exatamente assim. Grandes e bondosos, em quem é possível se apoiar, ser carregada em seus braços e bater neles para chamá-los numa hora de necessidade.

— Se é disso que você gosta, por que não escolheu um brutamontes assim? — perguntou Liora.

— Escolhi um brutamontes como você.

Nossa família é, portanto, uma família pequena, mas cheia de afeto. Minha mulher gosta do Pai de Vocês e de meu irmão; meu irmão gosta dela e de si mesmo; e eu gosto da mulher dele e de seus filhos, e sinto inveja dele.

9

A CASA E A CLÍNICA ficaram vazias sem os objetos, e se encheram de ecos. Os carregadores amarraram os últimos nós. Com concentração e empenho, com a ponta da língua se movendo no ritmo das voltas da chave de fenda, o Pai de Vocês retirou das portas o DR. YAACOV MENDELSOHN — PEDIATRA e o Y. MENDELSOHN — RESIDÊNCIA PARTICULAR. Colocou as placas e os parafusos no bolso, e disse:

— Vamos.

Minha mãe ficou vermelha. Ela tinha dois tipos de rubor: um que descia da testa e indicava perplexidade, e outro que subia do peito e indicava raiva. Dessa vez, o rubor lhe subiu do peito. Ela se voltou numa rápida caminhada e subiu as escadas para dentro da casa vazia. Esperamos, até que ela voltou e comunicou que queria viajar na parte de trás do caminhão, sentada no sofá da sala de espera da clínica. Benjamin pulou e comunicou que queria ficar lá sentado junto com ela, mas o Pai de Vocês disse que era perigoso. Com as freadas e as curvas, "e como eu conheço vocês dois, vão se debruçar para fora do caminhão".

Ela não discutiu. Fomos à frente do caminhão, em nosso pequeno Ford Anglia.

— Olhem para trás, crianças — brincou o Pai de Vocês. — Cuidem para que os carregadores não fujam com o estetoscópio, o otoscópio e a lanterna de cores.

No caminho, suponho que tenha sido em Ramla, paramos. O Pai de Vocês comprou para nós, os motoristas e os carregadores uma bebida que se chamava *barad* e um sorvete árabe gostoso e consistente. Minha mãe não quis nos acompanhar. O Pai de Vocês contou alguma coisa a respeito de Napoleão, que atirou para matar um pobre muezim que atrapalhava seu sono — logo ali, ao lado daquela torre, a branca — e mais adiante, entre colinas douradas e montanhas que começavam a aparecer pelo lado leste, ele nos fez o relato de Sansão, o herói.

Começamos a subir entre as montanhas. O Pai de Vocês contou a respeito da Guerra da Independência, mostrou os restos dos blindados que ainda permanecem ali e falou a respeito dos comboios e dos combates, os do caminho para a cidade e os da própria cidade. Minha mãe fechou os olhos, e eu fiz o mesmo, mas voltei a abri-los alguns segundos depois, para ver se os dela ainda estavam fechados.

A grande subida na serra terminou. O ar ficou mais frio, mais seco e agradável. O motor parou de ranger, e o Pai de Vocês disse:

— Ele se comportou como um Mercedes-Benz, nosso pequeno Ford Anglia.

Minha mãe acordou. Pinheiros jovens exalavam aroma fresco. O Pai de Vocês elogiou o Fundo Nacional Judaico pelo programa de reflorestamento e profetizou:

— Também nas montanhas de Jerusalém teremos muitos lugares bonitos e com sombra.

A estrada descia em curvas por uma aldeia árabe, e o Pai de Vocês disse:

— Esse é Abu Gosh, e mais para lá, Kiriat Anavim, e agora — sua voz ficou alegre — vamos subir o Castelo.

Minha mãe estava calada. Nosso pequeno Ford Anglia subiu até o alto do monte e desceu por um caminho íngreme. O Pai de Vocês disse "Chusseini", e "os assassinos de Colônia", e "rio Shorek", e apontou:

— Aqui é a fronteira, tão próxima, e ali, Nebi Samuel, que não é outro senão nosso profeta Samuel da Bíblia, e por que esses muçulmanos não inventaram uma nova religião com novos profetas, em vez de pegar o Moisés, o Jesus, o Davi e o Samuel dos outros e chamá-los de Mussa e Issa e Daoud e Samuel?

Ele falava e palestrava, e você estava calada. Depois de mais uma subida, chegamos aos "Portões de Jerusalém", conforme ele disse. Não havia portões, mas a cidade começou ali de repente, depois de uma curva cuja existência não foi anunciada.

— Jerusalém é como uma casa, crianças. Tem uma entrada e começa de uma só vez. Não é como Tel-Aviv, que começa um pouco aqui, um pouco ali, existem mil lugares para entrar e para sair por onde quisermos.

Calou-se e sorriu, esperando alguma reação, mas Benjamin não estava interessado, eu esperava ouvir alguma coisa de você, e você estava brigando com seu silêncio.

—Vocês estão sentindo como o ar daqui é bom? É o ar de Jerusalém. Respirem, crianças, respire você também, Raya. Lembrem-se do calor e da umidade que deixamos em Tel-Aviv...

Nosso pequeno Ford Anglia virou à direita, para uma rua comprida, em que o lado esquerdo, depois de um terreno e uma garagem de ônibus, era vazio e rochoso, e o lado direito, composto de conjuntos residenciais. Passamos por uma pequena casa de pedra cercada de vinhedos. Por um instante, desejei que fosse a nossa nova casa, mas viramos à esquerda, para uma rua estreita, curta e arborizada.

— Este é o nosso novo bairro — disse o Pai de Vocês —, o bairro Beit Hakerem. Aqui, subindo à direita, fica a nova escola de vocês, e aqui viramos mais uma vez à esquerda, e essa é a nossa nova rua, a rua Bialik, e eis a nossa nova casa. Bem em frente.

Paramos ao lado de um prédio que tinha uma única entrada, três andares, dois apartamentos pequenos embaixo e quatro apartamentos grandes em cima. Perguntei a você: "É Bialik, do cemitério em Tel-Aviv?", e você disse apenas "Sim".

Descemos do carro e subimos as escadas para o segundo andar. O Pai de Vocês abriu a porta à esquerda. Paramos à entrada de um apartamento grande e vazio, cheio de luz rutilante e do bom ar de Jerusalém. Esperei que você dissesse "Olá, casa...", para que pudéssemos entrar, mas você não disse. Benjamin e o Pai de Vocês caminharam na frente e entraram, e sua mão permaneceu demoradamente sobre a minha nuca e o meu ombro. Por um instante precioso, ficamos só nós dois do lado de fora, e, então, sua mão me sinalizou para que eu andasse e entrasse com você.

O Pai de Vocês disse:

— Aqui, cada um terá seu próprio quarto, crianças. Este é o seu, Yairi, e este, o de Benjamin.

Não discutimos. Corremos e saímos, pois os caminhões chegaram e pararam, bufando alto, e os carregadores dobraram os toldos. As pessoas do bairro começaram a se juntar, porque todos os nossos móveis estavam agora expostos e descobertos do lado de fora. Os adultos examinaram bem, tentando investigar quais eram os recursos da nova família e como era seu gosto, e as crianças ficaram observando os carregadores, que já haviam desatado suas correias de carga e as enrolado com os ombros e a testa. Afinal, não era todo dia que se via uma pessoa carregando uma geladeira ou um sofá nas costas, vermelha como uma beterraba, e subindo as escadas.

E, quando terminou a mudança, os caminhões partiram e os vizinhos curiosos se dispersaram. O Pai de Vocês tirou do bolso as placas de cobre e os pequenos parafusos, e as aparafusou — enquanto a ponta da língua se esticava também, movendo-se com o esforço — nas novas portas: primeiro, o Y. MENDELSOHN — RESIDÊNCIA PARTICULAR, na porta do apartamento de moradia, e depois, o DR. YAACOV MENDELSOHN — PEDIATRA, no pequeno apartamento no andar térreo.

— Observe, Raya — disse ele, dando um pequeno passo para trás e examinando seu trabalho. — Está vendo? Como em Tel-Aviv. Exatamente. A clínica embaixo, e nós, no segundo andar.

Ele deu um último e definitivo aperto nos parafusos.

— Vocês, crianças, saiam de casa para procurar amigos. E nós, Raya, vamos tomar o primeiro café na casa nova. O bule ainda está empacotado, mas me lembrei de separar e trazer uma cafeteira elétrica e dois copos, tem biscoitos também, e talvez possamos conversar um pouco. Temos também um cipreste crescendo aqui, a árvore de que você tanto gosta, e aqui está também a surpresa!

Apareceu um rapaz na bicicleta, arfando e todo suado, que voou pelas escadas acima, com um buquê de gladíolos na mão.

— Para a Sra. Mendelsohn — disse ele. — Assine aqui, por favor.

E o Pai de Vocês deu um sorriso feliz e tenso, e assinou no lugar dela, dizendo:

— Pela nossa nova casa.

Minha mãe encheu a pia da cozinha com água e colocou ali os caules dos gladíolos.

— Obrigada, Yaacov — disse ela —, são muito bonitos, e é também bonito da sua parte. Depois, quando abrirmos as caixas, vou passá-los para o jarro.

Benjamin e eu saímos. Na rua, um grupo de crianças e o verão de Jerusalém esperavam por nós, um verão que não parava de pedir que fosse comparado a seu irmão de Tel-Aviv e que fosse elogiado.

Eu disse a Benjamin:

— Vamos voltar para casa, para ajudar a arrumar as coisas. — E ele respondeu: — Volte você. Eu quero brincar.

Em pouco tempo, meu irmão aprendeu o estilo de falar dos hierosilimitas, os nomes de todas as brincadeiras infantis, continuou a roubar no quiosque, que aqui era chamado de "o quiosque do Dov", e, depois das férias grandes, começou a estudar na primeira série, e por isso não foi obrigado a se juntar a uma turma já formada e a lutar por um espaço. Era rápido e esperto, encantador e dourado, e conquistou uma boa posição com muita facilidade. Eu fui mandado para a terceira série e, como era de esperar, esbarrei em um grupo fechado de crianças desconfiadas. No início, debocharam um pouco de mim, como sempre acontece com uma criança atarracada, lenta e nova no grupo, com os cabelos pretos e a testa curta, mas, depois de um tempo, começaram a me convidar para suas casas, porque se propagou entre os pais a informação de que não só Benjamin, mas também eu, éramos filho do Dr. Mendelsohn, o pediatra famoso que chegara de Tel-Aviv.

10

NAQUELA ÉPOCA, o bairro Beit Hakerem, em Jerusalém, fazia fronteira com áreas descampadas. Um vale que descia desde a entrada da cidade — o mesmo vale em que estaríamos alguns anos depois, quando minha mãe infligiu um *pogrom* contra os ônibus —, prosseguia na direção sul e desembocava no rio Refaim. Minha mãe ia para lá, para "nosso grande passeio", e de lá ela roubava e trazia brotos de ciclâmens e anêmonas para seu jardim. Outro vale, famoso pela pedra que cobria seu leito, chamada Pedra do Elefante, descia até o rio Shorek. "Nosso pequeno passeio" era realizado por cima dos montes sobre o vale e destinava-se a uma única finalidade: olhar em linha reta para nossa casa, a oeste, na direção do distante mar Mediterrâneo. No litoral, você disse, e exigiu que acreditássemos em você, ficava Tel-Aviv.

"Venham, vamos a nosso pequeno passeio", você dizia, e sabíamos que veríamos mais uma vez a faixa do litoral, clara e distante, o amplo espaço azul-acinzentado do outro lado, a neblina de sempre, e você voltava a afirmar onde ficava Tel-Aviv. Eu não via Tel-Aviv, mas acreditava que ela ficava lá, conforme você dizia. Ela, o mar, a casa, a varanda, a *morning-glory* que subia com sua tonalidade azul, e a acácia-rubra que dava um tom vermelho ao pátio — uma árvore que gosta de calor e que fornece boa sombra, mas jamais conseguiria sobreviver na fria Jerusalém.

— É uma árvore com cérebro — concluiu minha mãe todo o poema de saudades e louvor que compôs para a árvore e suas flores. — É um fato. Em toda Jerusalém, não há nenhuma acácia-rubra nem mesmo para remédio. E quem planta aqui uma acácia-rubra está decretando sua morte, pois árvores não podem fugir quando alguma coisa não vai bem. Elas permanecem até o fim.

Ela e meu irmão, leves como gazelas, saltavam de pedra em pedra — em Jerusalém, as coisas ruins e terríveis acontecem quando se pisa na terra, e não nos traços — e eu ia atrás deles, de cabeça baixa, os olhos observando o chão. No lugar em que a inclinação se tornava escarpada, parávamos. A paisagem se abria para a distância.

— Nós somos de lá. De Tel-Aviv — dizia minha mãe, da mesma forma que já dissera no mesmo lugar, nas vezes anteriores.

— Isso não é verdade — respondia Benjamin. — Nós já somos de Jerusalém.

Minha mãe ficava vermelha.

— Para a mãe, nunca se diz "não é verdade"!

E, quando Benjamin não respondia, e ainda lhe dirigia um olhar atrevido, ela ficava com raiva:

—Você entendeu, Benjamin?

Benjamin continuava em silêncio.

—Você entendeu, Benjamin? Quero ouvir de você um "sim"!

— Sim — dizia Benjamin.

No céu, passava um grande bando de pombos a caminho do moinho de farinha, que lhes fornecia restos de grãos de trigo. Minha mãe cobriu os olhos contraídos com a mão e os acompanhou com um olhar que, só com o passar dos anos, quando comecei a guiar observadores de pássaros por todos os cantos do país, entendi que é o mesmo olhar de todos que costumam observá-los — os que migram, os que vão e os que voltam. E, então, ela apontou outra vez as duas faixas distantes no limite a oeste: a faixa amarelada e estreita de areia do mar, e a outra, azul-acinzentada e larga, fundindo-se com o firmamento sem-fim.

— Ali — disse ela, e de repente enfiou dois dedos na boca e assobiou com força. —Assobiem vocês também, para que saibam que estamos aqui.

Benjamin e eu ficamos surpresos. Assobios como aquele não faziam parte do repertório das qualidades que atribuíamos a ela. Mas, desde o momento em que assobiou, parecia que havia feito aquilo sempre. E logo nos ensinou a assobiar também, com todo tipo de cruzamento dos dedos: com dois das duas mãos, com dois de uma só mão, com um de cada mão e com um só dedo.

— Mais forte — dizia ela —, para que nos ouçam lá.

Às vezes, hoje, eu também saio para esse pequeno passeio, porque em Jerusalém também dou uma volta ociosa, muito diferente da minha volta ociosa em Tel-Aviv, mas frequente na mesma medida. Visito o Pai de Vocês na casa dele, depois minha mãe — antes, na casa em que ela morava, e hoje, em seu túmulo no Monte do Repouso, e então tento reconstruir nosso pequeno passeio e o grande passeio. Naquele ponto de observação, de onde mirávamos para o lado oeste com minha mãe, foram construídas, com o passar do tempo, casas residenciais, e, para ver as duas faixas distantes, a amarela e estreita e a azul-acinzentada, preciso passar por elas, andar por uma subida que se transformou numa rua e depois descer um pouco a encosta, parar ali, assobiar e observar. Uma nuvem de poluição foi acrescentada à neblina distante, turvando e escondendo a planície costeira, mas agora tenho um excelente e caro binóculo que confirma a certeza de minha mãe e o engano de Benjamin — um Swarovski 10 x 40, que minha mulher, Liora, comprou para mim — mais uma vez, ela. Depois que vi um binóculo desse tipo nas mãos dos observadores de pássaros de Munique, que não paravam de elogiar as qualidades do binóculo, e comentei a respeito com Liora, achei-o sobre a minha cama num belo embrulho para presente, com uma fita colorida. Pensei, então, que teria sido melhor encontrar a própria Liora em minha cama, e sem nenhum embrulho — e, se me fosse permitido, acrescentar mais um humilde pedido —, mas assim são as coisas, e um homem da minha idade e na minha situação precisa administrar sua vida com sabedoria e resignação.

Capítulo Três

1

TIRTZA FREID, Tirale, minha "queridinha", a empreiteira que fez a reforma da minha nova casa — eu a conheci quando tinha onze anos. Lembro-me bem daquele dia. À tarde. Férias de verão. De repente, um silêncio pairou sobre a rua. Meninos tiraram os olhos de suas bolas de gude. Meninas que brincavam de pular corda congelaram no ar. Homens se calaram, lambendo os beiços. Mulheres se tornaram estátuas de sal, como a mulher de Lot. Por detrás da curva da rua, surgiu um carro branco americano, um conversível com bancos vermelhos que todo mundo em Jerusalém conhecia: o Ford Thunderbird do empreiteiro Meshulem Freid. Um carro grande e espaçoso que se destacava em qualquer tempo e lugar, principalmente na Jerusalém de automóveis simples naquela época.

O carro estacionou em frente à nossa casa. Um homem atarracado, baixo e de cabelos pretos ao volante. Duas crianças da minha idade, um menino e uma menina muito parecidos com ele, sentados no banco de trás. Por acaso, eu estava perto da janela e, quando os vi, fiquei apavorado. Por um instante, pensei que as histórias de minha mãe e as provocações de Benjamin fossem verdadeiras: eram meu pai verdadeiro e meu irmão verdadeiro e minha irmã verdadeira que tinham vindo me buscar de volta para a minha família.

O homem pegou o menino nos braços e o carregou até nossa clínica. Espantei-me quando vi o Pai de Vocês saindo na direção dele — coisa que ele não fazia com paciente algum.

— Por aqui, por favor, Sr. Freid — disse ele. — Entre por aqui.

O homem e o menino desapareceram na clínica, e eu fiquei observando a menina, que passou para o banco dianteiro. Meu espanto se transformou em bem-estar; meu medo, em curiosidade. Mas, naquele momento, Benjamin e todos os seus amigos apareceram gritando para olhar o carro. Meu irmão disse aos outros:

— Ele veio para a minha casa!

Aproximou-se do carro, rodeou-o, examinou o diâmetro dos faróis traseiros, o teto conversível, o revestimento de cromo com o reflexo deformado do rosto das crianças, os bancos vermelhos e fundos, de couro.

— Você sabe em que carro está sentada? — perguntou ele à menina.

— No carro do meu pai.

Um ligeiro sorriso pairou nos cantos da boca da menina. Por um instante, ela ficou bonita e, logo em seguida, parecida comigo.

— É um Ford Thunderbird — disse Benjamin, recompondo-se. — Motor V8, trezentos cavalos de potência. Só tem um assim em Jerusalém, e talvez no país inteiro! — E, como a menina não ficou impressionada, ele acrescentou, com um tom de importância: — É um carro americano, dos Estados Unidos.

A menina acenou para mim e sorriu. Abandonei o lugar junto à janela, desci e também parei perto do carro. Os olhos dela se iluminaram.

— Quer se sentar ao meu lado?

Sentei-me no banco do motorista. Benjamin foi logo anunciando "Sou irmão dele" e quis se sentar no banco de trás, mas a menina o impediu — "Eu não convidei você!" —, e ele ficou abalado e plantado onde estava.

— Sou Tirtza Freid — disse-me ela. Permaneci calado. Nunca tinha escutado um menino ou uma menina se apresentar assim. — E você, quem é?

— Sou Yair Mendelsohn — apressei-me em responder. — Sou o filho do médico.

— Você não é parecido com ele — disse ela — e também não se parece com aquele menino que diz que é seu irmão.

Benjamin e seus amigos se afastaram, e Tirtza Freid acrescentou o que eu já sabia por mim mesmo:

— Você é parecido comigo, com Meshulem e com Gershon, meu irmão.

— Quem é Meshulem?

— Meshulem Freid. É meu pai e o pai de Gershon.

— O que seu irmão tem? — perguntei.

— Ele tem inflamação nas articulações. Ficou todo inchado, e meus pais têm medo de que aconteça alguma coisa no coração dele e ele morra.

— Não se preocupe — disse, enchendo-me de importância —, meu pai vai salvá-lo. Ele é um médico muito bom.

E assim foi. O irmão de Tirtza Freid não tinha inflamação nas articulações, mas alergia a penicilina. O médico que cuidava dele receitava cada vez mais penicilina, até que seu quadro agravou rapidamente. Meshulem Freid, que havia construído uma ala inteira do Hospital Hadassa, decidiu procurar o Dr. Mendelsohn, o novo pediatra que chegara de Tel-Aviv.

O Dr. Mendelsohn percebeu o equívoco imediatamente.

— Se vocês continuarem dando penicilina a ele, seu filho vai morrer — declarou.

— Muito obrigado — agradeceu o empreiteiro, e sussurrou para o filho: — Diga você também obrigado ao médico, Gershon, e agradeça ao Professor Mendelsohn por ele próprio, com toda a sua competência estar tratando de você.

Gershon agradeceu, e, nas semanas seguintes, o Thunderbird branco de capota arriada voltou. Às vezes, trazia Gershon para o Dr. Mendelsohn; outras vezes, levava o Pai de Vocês para a casa dos Freid. Às vezes, o próprio empreiteiro dirigia; outras vezes, um dos diretores da construtora dele, e quando o Pai de Vocês comunicou que podia abrir mão dessa honraria e ir com o nosso pequeno Ford Anglia, "em vez de viajar por toda Jerusalém no carro do presidente dos Estados Unidos", Meshulem respondeu:

— Não é por causa da honraria, Professor Mendelsohn, que Meshulem Freid lhe envia seu próprio carro, é para ter certeza de que o senhor virá.

Meshulem Freid era um homem de mão e coração generosos, brincalhão, emotivo e firme. Todas essas qualidades se estendiam à nossa frente num maravilhoso leque de pavão, e assim continua até hoje, quarenta anos depois. Ele não conhecia as obras musicais que o Pai de Vocês costumava ouvir, tomava bebidas de que o Pai de Vocês se abstinha, falava em voz alta e com erros ridículos, e, às vezes, deixava escapar palavrões. Mas o Dr. Mendelsohn, que geralmente não se relacionava com pessoas, encontrou nele um bom amigo, um amigo do sexo masculino, um achado de que todo homem necessita, e que eu, por exemplo, não tive a sorte de conseguir.

De cada uma dessas visitas, ele voltava com uma cestinha contendo figos frescos na mão. "Eles têm lá um pomar inteiro", dizia e nos contava a respeito do jardim do empreiteiro, suas árvores frutíferas, o gazebo que ele construíra para si, com teto de zinco, para que pudesse ficar ali sentado, ouvindo e se deleitando com o ruído da chuva.

— E ainda deixou uma folha de zinco do lado de fora da janela do quarto — disse — para poder ouvir o barulho da chuva também à noite. E, aliás, Yairi, a irmã do paciente perguntou por que você também não vai visitá-la.

Dois dias depois, fui com ele. Benjamin não se aguentava de inveja. Ficou em casa, tentando digerir a novidade inconcebível de que alguém estava preferindo a mim, e não a ele, e que o Thunderbird conversível exibiria a mim aos olhos de todas as crianças do bairro.

A família Freid vivia em Arnona, bairro no limite sudeste da cidade. A distância da nossa casa, a paisagem desértica infinita que aparecia de repente, o canto distante e doce de dois muezins que eram escutados mas não vistos, suas vozes se revezando e competindo entre si, as badaladas distantes e próximas de rebanhos e de igrejas — tudo isso me proporcionava o sentimento de que eu estava viajando para outro lado do mundo.

— Aqui passa a fronteira — disse o Pai de Vocês, confirmando meu sentimento. — Você está vendo, Yairi, exatamente depois dos ciprestes fica o reino da Jordânia! E ali — apontou solenemente — estão as montanhas de Moab. Observe como o pôr do sol as ilumina de forma tão bonita e como elas parecem próximas. Se você esticar a mão, talvez possa tocar nelas. E veja, ali estava Moisés no monte Nebo, e olhava para cá; ele também achava que era muito próximo, só que era no outro lado.

A viagem que fizemos juntos, a conversa, o "Yairi" na boca do Pai de Vocês e sua mão no meu ombro, a sujeição do sol poente que iluminava o que o Pai de Vocês queria que iluminasse — tudo isso empertigou minha postura. Enchi-me de amor por ele e de expectativa pelas viagens seguintes.

A casa de Freid me causou espanto: uma casa de pedra rosada e janelas grandes. Apesar de seu imenso tamanho, irradiava humildade e simplicidade à sua volta. Era rodeada de árvores frutíferas, e Tirtza, que sempre ficava esperando por mim à porta, levava-me para colher romãs na parte da frente e figos-da-índia na parte de trás, e para pegar figos de todos os tipos — amarelos e verdes e lilases e pretos. A mãe dela, Goldie Freid, era uma mulher ruiva e serena, servia-nos limonada fresca e fatias grossas de pão untadas com manteiga, além de pepinos em conserva feitos por ela, e depois desaparecia. Seus pepinos eram tão saborosos que, nas visitas seguintes, eu já começava a salivar desde a estação de trem, a uma distância de três quilômetros do pote na casa dos Freid, exatamente como estou salivando agora, a uma distância de quarenta anos.

— Veja só, veja só esse amigo — Meshulem levantou um dos pepinos no prato. — Nem mesmo na mesa do imperador César existiram pepinos marinados como os da minha Goldie.

Ele se orgulhava muito de sua Goldie e adorava tudo que ela fazia.

— Uma mulher de valor! A cereja da coroa! Ela administra a casa, a família e o dinheiro no banco, e eu sou o responsável pelos operários na construção e pelas árvores do jardim.

Os negócios da construtora de Meshulem Freid eram vultosos e complexos, mas seu jardim era simples; não era um jardim de ricos, como o que eu vi com o passar dos anos na casa de meus sogros nos Estados Unidos, com dois jardineiros cuidando dele, todo adubado e podado e ornamentado e irrigado, mas um jardim desarrumado, cujo dono se recusava a contratar um jardineiro — "Isso confunde as plantas" —, colorido apenas por flores e arbustos silvestres. Meshulem me dizia os nomes por ordem alfabética, sem cometer nenhum erro ou engano: açafrão de outono e açafrão amarelo, anêmonas e pimenta chapéu-de-padre, narcisos, alho selvagem, esteva, calcatripas, ranúnculos, giesta espanhola e cássia, crisântemos, boca-de-dragão, papoulas, mandrágoras. No verão, a última tirada de malvas, malva real, trepadeiras e, finalmente, cebola-albarrã. Não havia nele uma piscina de peixes com um pequeno chafariz de cobre como no jardim dos pais de Liora, e, de qualquer maneira, aqui não havia também peixes dourados como no deles. Mas, entre as rochas, se esquivavam lagartixas verdes e lagartos grandes, e duas tartarugas que eram tão rápidas, Tirtza contava, fazendo-me rir, que corriam atrás dos gatos.

Ela dividia cada figo em duas partes: uma metade dava a mim e a outra ela mordia; explicava que os figos possuem diferenças de gosto entre si, ainda que provenientes da mesma árvore.

— Meshulem me disse que não é justo que um receba um figo bom, e o outro, um figo ruim; então, é preciso dividir todos eles entre as duas pessoas que comem.

— E se forem três pessoas comendo? — Benjamin perguntou debochando, quando lhe contei o que ela disse.

— E se forem três pessoas comendo? — perguntei a Tirtza.

— Diga a seu irmão que figos se comem somente aos pares — respondeu ela, e me contou que o pai e a mãe pingavam arak em suas metades, e cochichou que eles fechavam a porta e comiam os figos na cama, "e, depois, eles riem juntos".

— É delicioso — disse ela. — Às vezes, eles nos deixam, Gershon e eu, comer figo com arak, mas só um pouco. Meshulem diz: "Arak é arak, e criança é criança. Então, somente um figo, e só no shabat."

— Por que você chama seu pai de Meshulem?

— Porque é assim que eu o chamo. Gershon o chama de papai, e eu, de Meshulem. E ele também se refere a si mesmo como Meshulem. Você não prestou atenção?

E depois comentou: — E minha mãe o chama de "Shulem", e a mim, ela chama de "Tirale", e a Gershon ela chama de "Gerale", e ela disse a meu pai para chamar você de "Irale". Ela gosta de dar nomes. E xixi ela chama de "*pipot*", tanto o xixi das meninas quanto o dos meninos.

Ela bateu nos figos-da-índia com um galho de pinheiro para retirar os espinhos, trepou nas árvores como um pequeno e robusto filhote de urso e soltou gargalhadas. Gershon, seu irmão, em fase de recuperação, estava sentado na varanda, ainda pálido e fraco, e acenava para nós com a "lanterna de cores" do Pai de Vocês.

— Ele está vivo, mas a aparência dele... — resmungou Meshulem. — Eu devia ter me antecipado com o tratamento.

Assim como o meu e o de Tirtza, o corpo de Gershon também era atarracado e curto, as unhas achatadas e o cabelo grosso e compacto, mas, diferente de nós, o couro cabeludo dele era duplo, com dois pequenos redemoinhos no topo da cabeça. O Pai de Vocês, que percebeu logo esse detalhe, contou que, em gêmeos idênticos, as espirais do couro cabeludo são sempre invertidas, e existem gêmeos tão idênticos que essa é a única maneira de diferenciar um do outro.

Anos depois, quando os gêmeos gigantes de Benjamin nasceram, esperei até que o cabelo deles crescesse, e vi que o Pai de Vocês tinha razão. Os dois são completamente iguais, mas, em Yariv, o redemoinho gira em sentido horário, e, em Yoav, no anti-horário.

— Assim minha namorada fica sabendo qual de nós dois veio para casa no final de semana — Yariv comentou em uma de suas últimas folgas do exército. — Mas, às vezes, a namorada de Yoav se confunde, e é muito agradável.

2

— É ISSO, SR. FREID — disse o Pai de Vocês. — Seu filho precisa fazer exercícios, comer bem, mas ele está curado. Não preciso mais voltar para outras visitas.

Meshulem ficou emocionado e reagiu da forma que costumava expressar seus sentimentos: correu para o grande cofre que ficava no porão e voltou segurando um pacote grosso de notas.

— Isso é para o senhor, Professor Mendelsohn — disse ele. — Isso é pelo fato de o senhor ter curado o filho de Meshulem. Muito obrigado.

— Senhor Freid — começou a falar o Pai de Vocês, recusando o dinheiro e controlando-se para não rir. — Eu lhe peço. O senhor já me deu um cheque e também está com o recibo. Não e não.

Meshulem ficou ofendido:

— O cheque foi pelo trabalho, e esse montante é por uma coisa completamente diferente. Essa é a minha maneira de dizer obrigado, e esse obrigado é sem recibo. A Meshulem Freid, o senhor não pode dizer não.

— Posso sim, Sr. Freid — disse o Pai de Vocês. — O senhor já pagou meus honorários, e presentes desse porte eu não posso aceitar.

Meshulem ergueu os olhos na direção do Pai de Vocês, pegou a mão clara e delicada dele com suas mãos escuras e grossas, e disse:

— Professor Mendelsohn, hoje o senhor salvou duas pessoas de Israel. O meu filho e a médica que quase o matou. O senhor merece de mim tudo que quiser pedir.

— Se é assim — disse o Pai de Vocês —, quero mais alguns figos do seu pomar e talvez também umas quatro ou cinco romãs do tipo escuro. Minha mulher e eu gostamos muito deles.

Meshulem ficou ainda mais emocionado. Tirou do bolso um grande lenço azul e disse: "Preciso chorar um pouco", uma frase que todos nós ainda voltaríamos a ouvir. E, depois de chorar um pouco, pendurou o lenço num galho para que secasse e estendeu as mãos:

— Não somente frutas! Para o senhor, Professor Mendelsohn, trarei também uma árvore inteira! Amanhã pela manhã, um trator e um caminhão irão até a sua casa. Agora me diga: que tipo de figo o senhor quer? Esse? Aquele? Talvez a romã? Tudo que o senhor precisar, basta pedir. Se quiser mover uma parede em casa ou reformar a cozinha, levar alguma coisa pesada de um lugar para outro, se alguma coisa em casa enguiçar... Se algum vizinho estiver causando problemas e for preciso acalmá-lo, tenho para o senhor um *partisan* de Bielski que hoje trabalha comigo. Coloca prego numa tábua com uma única batida, não com uma martelada, mas com a mão! Só diga do que precisa e Meshulem irá fazer.

— Não, de verdade — disse o Pai de Vocês. — Por favor, Meshulem, não é necessário.

As lágrimas voltaram aos olhos de Meshulem. Um novo lenço azul foi retirado do bolso.

— Até mesmo se for preciso contar uma história para as crianças antes de dormir, e se o senhor e sua senhora já estiverem cansados, Meshulem irá. Não é mesmo, Gershon, não é mesmo, Tirtza, não é verdade que temos bonitas histórias?

O Pai de Vocês tornou a dizer "Não é necessário", mas Meshulem não desistia:

— Um professor como o senhor não pode ficar viajando por aí com um pequeno Ford Anglia assim. Eu lhe darei o meu carro; andará com ele e arrancará os olhos dos colegas no Hadassa, dos parentes e da família. De qualquer maneira, pensei em trocar de carro para comemorar a cura de Gershon; vou trocar meu Ford pelo seu.

O Pai de Vocês caçoou:

— Não tenho dinheiro para comprar gasolina para um carro como o seu.

— Não precisa de dinheiro para o meu carro. Encha o tanque com os cupons da Construtora Meshulem Freid. E o que significa o que o senhor disse antes, que não precisa mais vir para outras visitas?

— Estava me referindo ao fato de Gershon já estar curado.

— Então, não venha como médico. A partir de agora, o senhor virá como amigo, e o menino Irale virá também — e apontou para mim. — Veja como é bonito ele e Tirale brincando. Já estou separando alguma coisa para o dote dela.

E, de fato, o Pai de Vocês, que geralmente não gostava de "ir para a casa dos outros", me levou algumas vezes até a casa da família Freid, e Meshulem trouxe Tirtza e Gershon à minha, e, apesar dos protestos do Pai de Vocês, ele examinava e verificava interruptores e dobradiças e torneiras, em casa e na clínica. "Esse nosso amigo aqui está pingando um pouco, vamos logo providenciar uma nova vedação." Exatamente como ele faz até hoje, quando minha mãe já morreu, e Gershon, o menino que o Pai de Vocês salvou, cresceu e foi morto quando servia o exército, e o próprio Pai de Vocês já está velho e fraco e mora no apartamento térreo que antes era a clínica. Meshulem fez a reforma: a sala de espera se transformou em sala e cozinha, e a sala de atendimento, em quarto de dormir. Ele eliminou o cheiro que há em todas as clínicas, mas deixou na parede o diploma, os certificados e as referências do Pai de Vocês, e retirou do apartamento do segundo andar a placa Y. MENDELSOHN — RESIDÊNCIA PARTICULAR.

— Assim está bom — disse ele. — Assim o senhor não vai precisar se cansar com quartos demais, escadas e lembranças do andar de cima. Aqui tudo é pequeno e confortável, e o senhor também pode sair e se sentar no jardim.

Ele arranjou "inquilinos bons e tranquilos que pagam bem e não criam problemas", alugou o apartamento grande de cima, e aparece sempre que tem uma oportunidade. Prepara um chá para os dois, e ficam sentados conversando. O Pai de Vocês, cuja velhice fez com que se tornasse mais agradável com as pessoas — "Não com todas", Benjamin acrescentou, "mas com parte das pessoas também já é bom para ele" —, conta piadas a Meshulem e deixa que ele ganhe no jogo de xadrez, e, quando se cansa e adormece — o Pai de Vocês dorme como criança, de uma só vez —, Meshulem volta a examinar o apartamento "para ver se está tudo em ordem na casa do professor, se não tem nada enguiçado ou com problemas".

Depois, ele fica por um breve e concentrado instante ao lado da parede da sala, no lugar em que hoje está uma bela cômoda e antes se encontrava a cama na qual tantas crianças, inclusive seu filho, eram examinadas. Puxa o grande lenço azul das profundezas de seu bolso e limpa os olhos. Às vezes, ele tira o lenço porque as lágrimas surgem em seus olhos; outras vezes, as lágrimas surgem em seus olhos porque ele tira o lenço. Seja como for, Meshulem chora um pouco e se lembra da vez em que seu filho foi salvo da morte, e da outra em que não foi.

3

AS MÃOS DO PAI de Vocês eram firmes e fortes quando ele tratava de seus pequenos pacientes, mas, em todas as outras coisas, e principalmente na manutenção da casa, suas duas mãos eram esquerdas. Até mesmo as placas de cobre que ele aparafusou na porta da casa e na porta da clínica estavam tortas segundo minha mãe, e para todas as outras ocupações, desde trocar uma lâmpada até desentupir uma pia, ele não tinha vontade nem tempo. Ela não hesitava em se dirigir a Meshulem e pedir a ajuda dele. Às vezes, era ele mesmo que vinha; outras tantas, seus operários. Eles consertavam tudo que precisava ser consertado, traziam um caminhão de terra para o jardim, levavam nosso Ford Anglia para a garagem.

Só a caiação da casa na primavera ela deixava para si mesma. O Pai de Vocês se apressava e se transferia para a clínica, Benjamin arrumava uma pequena bolsa e comunicava "Vou morar com amigos", e eu ficava com ela. Juntos, íamos à loja para comprar tinta e pincéis, juntos carregávamos as latas na subida das escadas — "Como você é forte, Yair. Um verdadeiro touro!" —, juntos afastávamos os móveis e os cobríamos com jornais e lençóis velhos. Ela subia na escada e começava a pintar — com rapidez, com movimentos amplos de mão, com um lenço cobrindo o dourado da cabeça —, e era tão habilidosa que levava a escada de um canto ao outro como um acrobata sobre pernas de pau.

— Será que você gostaria de trabalhar comigo? — Meshulem comentou rindo, e uma vez — o Pai de Vocês estava na clínica, Benjamin brincava lá fora e eu estava ajudando na pintura —, ele veio e cochichou com ela na cozinha. Apesar de todo o meu esforço, não consegui ouvir nem uma palavra, mas, dois dias depois, Meshulem disse ao Pai de Vocês:

— O filho grande e a senhora irão comigo por uma ou duas horas para visitar Goldie e as crianças, e para colher um pouco de amêndoas verdes no jardim de nossa casa.

Fomos pelo mesmo caminho que sempre íamos. De Beit Hakerem em direção à saída da cidade; um pouco antes da garagem da empresa Hamekasher, Meshulem virou à direita, a caminho da Rupin, que naquela época era uma estrada estreita que passava entre colinas e penhascos descobertos. Ele contou à minha mãe que, em breve, começaria a construir ali "uma coisa muito grande, tanto para o governo quanto para a Universidade Hebraica", e ela lhe deu um tapinha no ombro.

— Quem poderia acreditar que alguma coisa viria de você, Meshulem. Muito bem!

Descemos em diagonal até o vale da Cruz e subimos em diagonal ao bairro Rechavia, mas dessa vez não prosseguimos na direção da estação de trem e de lá para o bairro Arnona e a casa dos Freid. De repente, Meshulem se desviou do caminho de sempre e fomos até um bairro que eu nunca tinha visto antes.

Na rua havia uma passeata. Pessoas seguravam bandeiras vermelhas e cartazes, e Meshulem buzinou várias vezes, debochando dos "ativistas socialistas desocupados" e de seus hábitos de organizarem dias de folga do trabalho, precisando ou não. Subimos e descemos até que o asfalto acabou, e de lá viramos à direita e subimos por um caminho de terra. Os pneus grandes e delicados do Thunderbird faziam um ruído agradável sobre o cascalho. Um pequeno monte de terra arranhou o fundo do carro e Meshulem disse:

— Não se preocupem, esse amigo aqui não é um carro qualquer e Meshulem não é um mau motorista.

— Não estamos preocupados — disse minha mãe. — Você é o melhor motorista do mundo.

No alto da colina, havia uma grande casa de pedra e, ao lado, uma casa de pedra menor, uma torre com um sino em cima, rodeada de altos pinheiros. Descemos do carro e passeamos entre eles. Minha mãe disse que muitas pessoas haviam sido mortas na guerra naquele lugar, pessoas jovens, antes de terem filhos e antes de construírem uma casa e plantarem uma árvore.

— E antes de conseguirem terminar de contar uma história — acrescentou ela. E, de repente, uma pequena porta na parede de pedra se abriu e uma mulher muito baixa, quase anã, vestida de preto dos pés à cabeça, saiu do pátio interno e nos serviu água da garrafa suada do gelo.

— *Nero... nero...* — disse ela, e Meshulem, que durante todo o tempo ia atrás de nós em silêncio, explicou que "*nero*" é água em grego, e disse à mulher "*Efharisto*", inclinando-se em sinal de reverência. A monja retribuiu a reverência, voltou ao pátio e fechou a porta na muralha de pedra. Fiquei preocupado: o que faríamos com os copos?

— Está tudo bem — disse minha mãe —, vamos deixá-los ao lado da porta antes de partirmos.

— E se alguém pegar? Ela vai pensar que somos ladrões.

— Não se preocupe, Yair, ninguém vai pegar e ela não vai pensar isso.

E, quando voltamos para casa, Meshulem tirou do porta-malas uma cestinha cheia de amêndoas verdes e deu à minha mãe.

— Aí está. Para que você tenha o que levar e mostrar em casa.

Capítulo Quatro

1

AQUELE DIA COMEÇOU como muitos outros na vida de Bebê. Com os olhos se abrindo, como sempre, antes dos olhos das outras crianças. Com a pele sentindo frio e calor, tão agradáveis àquelas primeiras horas da manhã, um e outro mesclados, perseguindo-se, separando-se. Com os ouvidos atentos aos pombos machos ciscando no telhado, às unhas arranhando a calha, às mãos da mulher, ocupada na pequena cozinha da casa das crianças no kibutz. Com cheiro no nariz — o mingau já estava sendo preparado, a margarina começava a amolecer e a geleia avermelhava nas vasilhas. Com o coração se encolhendo por causa das imagens que o visitavam em sonho e que, ao acordar, não se lembrava mais de seus nomes.

Bebê cobriu a cabeça. Uma pequena escuridão. O cobertor engoliu os sons. Uma criança de kibutz não tem muitos momentos como este, somente dela. "Ali, até o tempo pertence a todos", disse-me uma vez minha cunhada, Zohar, que também cresceu numa casa de crianças "exatamente como essa". Por trás desses curtos e particulares minutos, encontra-se tudo que está para acontecer em seguida e que é impossível evitar ou adiar: o grito de "Bom-dia, crianças, levantem-se!", o abrir das cortinas, o alvoroço da hora de despertar e o tumulto de se lavar e se vestir. E depois da refeição — a saída coletiva para a estrada, para esperar pela condução coletiva à escola coletiva dos kibutzim do vale do Jordão.

— Ele era entre nós o que chamávamos, naquela época, de criança de fora — contou-me, muitos anos depois, um velho de lá, da mesma idade de Bebê, se este não tivesse sido morto em combate. — Não o importunávamos como às outras crianças de fora porque ele tinha uma tia e um tio aqui, mas fazer o quê, criança de fora é criança de fora.

— Assim como você, na sua família — Zohar disse, caçoando. — Você também é um pouco uma criança de fora.

Bebê tinha pai e mãe, mas a mãe não conseguia suportar a vida na terra de Israel nem seus habitantes nem o calor nem a pobreza nem as pressões. Ela deixou o filho com o pai e voltou para o país em que nascera, onde o teatro e a música de que ela tanto gostava e sentia falta esperavam por ela, assim como o idioma e o clima, e também a morte prematura — o castigo que lhe foi imposto alguns anos depois.

O pai se casou com outra mulher, que acabou afastando-o dos amigos e exigiu que o filho dele também fosse embora.

— Você tem um irmão mais velho no kibutz — disse ela —, um pouco velho, mas uma boa pessoa. Ele pode levar o menino para lá. O kibutz é um bom lugar e as pessoas de lá são boas. Será melhor para ele e também para nós.

E assim, rodeado de toda essa bondade, Bebê foi exilado para seu novo lar. Ele havia completado sete anos; as covinhas infantis que ainda tinha no dorso das mãos e as bochechas escuras e gorduchas lhe conferiram o apelido — "Bebê". A respeito de seus sentimentos naqueles dias não sei dizer nada, e também há um limite para o que posso adivinhar ou esclarecer, ainda mais porque todos que tinham alguma relação com o início da vida de Bebê já haviam morrido: ele próprio, na Guerra da Independência; o tio e a tia, no mesmo ano, com a mesma doença e no mesmo asilo de velhos. Seu pai, na cama, ao lado da terceira esposa, de quem nada sei, além do fato de sua existência. Sua mãe, no campo de concentração, de fome e frio, pensando no menino que abandonara e naquele sol quente do qual fugira e na possibilidade de toda a Segunda Guerra Mundial ter ocorrido só para que ela pagasse pelo que havia infligido ao filho. E a madrasta, num acidente na rua Gaza, em Jerusalém — para seu castigo, o destino providenciou ao mesmo tempo uma chuva, um ônibus e uma motocicleta com um reboque cheio de flores que se espalharam sobre o asfalto.

Naquela época, porém, todos ainda estavam vivos, e o tio e a tia de Bebê o receberam e o criaram com amor. Eram pessoas mais velhas, e o filho único já havia se casado e se transferido para outro kibutz, e a madrasta estava certa: eram pessoas bondosas e detinham um status de importância no kibutz. A tia era a única mulher no país que chefiava um departamento — o estábulo das vacas leiteiras —, e o tio ia de um lado a outro para os assuntos do Partido. Sempre voltava com o Relatório da Assembleia Geral e com um "pequeno presente" para a esposa e o sobrinho.

As visitas do pai começaram a diminuir e a se tornar cada vez mais curtas, e Bebê passou a chamar os tios adotivos de "papai" e "mamãe". Todos os dias, à tarde, quando ia visitá-los na sala da família, eles o abraçavam, beijavam e contavam uma história. Queriam saber o que havia estudado naquele dia na escola coletiva, e o ensinavam a colar dois biscoitos um no outro com geleia e a mergulhá-los no chá, e a jogar damas, ao mesmo tempo. O tio sabia imitar o galope de cavalos, tamborilando rapidamente com as pontas dos dedos na mesa, e a tia lhe ensinou a declamar Iak-tzidrak e Tzip-tzilip. Ele tentava repetir, os nomes engasgavam na boca, e ele se divertia e achava graça.

Depois, pedia aos tios para folhear o Álbum: um livro francês de fotografias que ficava na estante de livros deles. Não entendia as palavras e, para dizer a verdade, os tios também não, mas havia nele bonitas fotografias e pinturas de castelos e montanhas, de borboletas e répteis, de flores, cristais e criaturas aladas, e o tio dizia consigo mesmo que era preciso ter cuidado, pois um álbum como aquele poderia despertar no coração do jovem leitor o bem-vindo gosto pelo estudo, mas também o perigoso desejo de colecionar.

E, de fato, ao andar pelos caminhos do kibutz, os olhos de Bebê estavam sempre baixos. Não por temor ou vergonha, mas porque procurava um besouro brilhante ou uma "pedra bonita" ou o rasto verde fugidio de uma lagartixa. E, às vezes, encontrava uma moeda ou uma chave que havia caído do bolso de alguém. Então, corria para a tia e entregava solenemente o novo achado, e ela lhe dava um tapinha na nuca e dizia: "Que *kelbele* lindo você é!" Depois, ela lhe entregava um bilhete para pendurar no quadro de avisos do refeitório: o objeto perdido poderá ser recuperado no estábulo com os devidos sinais de identificação. Bebê estava certo de que *kelbele* significava cachorrinho, e, somente alguns anos depois, quando se recrutou no Palmach, ficou sabendo que o significado é bezerro, e não sabia se ficava feliz ou triste. De qualquer forma, essa sua qualidade de encontrar objetos tornou-se conhecida no kibutz, e, às vezes, o chamavam quando alguma coisa importante havia se perdido, pois seus olhos eram rápidos para procurar, examinar e achar tudo que se perdia, exatamente como, no futuro, saberia identificar cada pombo que voltava, mesmo quando ainda estava voando alto e distante.

E assim, estava também naquela manhã com as outras crianças que esperavam pelo transporte para a escola coletiva, quando, de repente, apareceu um caminhão estranho e parou no acostamento da estrada. Todos observaram com curiosidade. Veículos não eram, naquela época, uma visão frequente, todos os carros despertavam o interesse das crianças, e ainda mais um caminhão desconhecido.

Um homem vestido com um uniforme e botas, um daqueles homens magros cuja idade varia entre trinta e sessenta anos, e que parecem completamente conhecidos e definitivamente estranhos, desceu do caminhão. Ele gritou "Muito obrigado, camarada motorista!" e "Bom-dia, camaradas crianças!", e começou a caminhar, agitando amplamente os braços. Era alto, levava um cesto de palha trançada na mão, um cesto com tampa e com alça, tinha o nariz um pouco adunco, com numerosas e condensadas sardas, o cabelo grosso e ruivo dividido por uma risca exatamente no meio da cabeça.

O visitante foi direto para o acampamento do Palmach, apresentou-se ao comandante de pelotão, e os dois seguiram, conversando, na direção da carpintaria do kibutz. Lá, esperavam por eles algumas tábuas, pregos, telas, um carpinteiro rabugento e ferramentas de trabalho. Naquela época, todo kibutz tinha uma carpintaria, e toda carpintaria tinha um carpinteiro rabugento, e todo carpinteiro rabugento ficava ainda mais rabugento quando lhe pediam para fazer alguma coisa a mais — mesmo quando lhe diziam que se tratava de uma coisa importante para o país que estava prestes a nascer e para a guerra que estava se aproximando. Mas esse visitante, acostumado com carpinteiros rabugentos, conhecia o estilo deles e o melhor caminho para aumentar sua tolerância: ele lhes mostrava a inscrição "Confidencial". E sussurrava: "É proibido revelar!" Gesticulava com as mãos sardentas, explicando e pedindo, e, principalmente, fazia perguntas que despertavam no interlocutor a impressão de que ele não estava dando ordens, mas pedindo um conselho.

Os dois começaram a se empenhar em alguma coisa que, de início, parecia uma caixa gigante ou uma cabana em tamanho menor, com aberturas nas paredes em todas as alturas e de todos os tamanhos, dentro da qual uma pessoa poderia se mover, de pé e com os braços esticados. Rapidamente, criaram-se também compartimentos internos, prateleiras externas, janelas com telas e cobertas com abas de madeira, uma porta de tela e, no outro lado, outra porta de placas, impermeável.

Por dois dias inteiros, saíam da carpintaria sons de batidas, serras, discussões e instruções em ídiche, alemão e hebraico. No terceiro dia, o comandante de pelotão enviou alguns rapazes do acampamento do Palmach. Eles colocaram a pequena cabana de tela num carrinho de mão, puxaram-na até a pequena granja das crianças do kibutz e a deixaram ali, com a frente virada para o leste. O visitante examinou se não havia lá pregos ou farpas salientes para dentro e, quando se sentiu satisfeito, disse, repetidamente: "Está bom" e "Está muito bom". Em seguida, abriu a tampa do cesto de palha que trouxera consigo e retirou um pombo de dentro. Um pombo como todos os outros, azul-acinzentado, parecido com mil outros pombos, mas com as asas largas e a cauda curta, com uma inchação de cor clara sobre o bico, ligando-o à cabeça. O visitante colocou o pombo na pequena cabana, e todos entenderam que aquilo se tratava de um pombal, mas não entenderam para que fora construído e por que motivo vivia ali apenas um pombo.

O visitante serviu a seu pombo uma tigelinha com água e um pouco de sementes, depois foi até o refeitório, mas não fez uma refeição de verdade. Primeiro, pôs um pouco de comida no prato, e, depois, começou a molhar uma série interminável de biscoitos numa série interminável de copos de chá com limão, numa ação que atraiu muitos olhares e que só foi interrompida quando a tia de Bebê se dirigiu à mesa dele.

— Olá, doutor — disse ela. — Como vai? — E pediu que ele fosse até o estábulo para ver um bezerro que estava correndo risco de morrer.

Assim, todos ficaram sabendo o que só a tia vaqueira sabia — que aquele homem não era simplesmente um ruivo que construía pombais, deixando nele apenas um pombo, mas um veterinário. E não simplesmente um curador do gado das redondezas, mas um doutor diplomado de verdade! E o visitante examinou o bezerro, recolheu alguns ingredientes com a vaqueira, com a enfermeira, com a estoquista, bem como da cozinha das crianças, e misturou uma medicação morna e fedorenta, que fez o bezerro engolir de dentro do balde, e depois foi até o quarto que lhe fora destinado, e os guardas do plantão noturno disseram que a luz de lá não se apagara até a madrugada.

Bem cedo, pela manhã, o visitante saiu do quarto, correu para o estábulo, voltou a dar a medicação que havia preparado no dia anterior para o bezerro doente tomar e lhe disse:

— Tenha paciência, camarada bezerro, daqui a pouco você ficará curado e vai se esquecer disso tudo.

E de lá foi andando e jogando os braços até seu pombal, tirou uma caderneta do bolso da camisa, anotou alguma coisa numa folha fina de papel, arrancou-a, enrolou-a e a colocou dentro de uma pequena cápsula que tirou do bolso da calça. Pegou o pombo, prendeu a cápsula no pé dele e o despachou para que seguisse seu caminho.

Havia alguma coisa agradável e encantadora no movimento das mãos dele ao despachar o pombo, um movimento que continha a concessão da liberdade e o incentivo e o aceno de adeus, mas também de expectativa e inveja. Todos que lá estavam, naquele momento, ficaram comovidos. Os olhares acompanharam o pombo até ele desaparecer a distância. Até mesmo o veterinário se emocionou, embora já tivesse despachado milhares de pombos desde que era criança, em Köln, na Alemanha, a cidade em que nascera e crescera, e onde ele despachara seu primeiro pombo.

Por um instante, suas mãos permaneceram estendidas, como que para ajudar o animal a levantar voo, e então ele as recolheu e cobriu com elas a testa. Seu olhar acompanhou o pombo se afastando, seus lábios formularam votos de uma rápida e segura jornada. Cada vez que se despacha um pombo, há um sentimento de alegria e de renovação, pensou consigo mesmo, e, quando o pombo desapareceu de vista, tirou de outro bolso outra caderneta e anotou mais alguma coisa.

No dia seguinte, chegou ao kibutz uma caminhonete verde carregada com caixas de metal e armações de madeira com telas, pequenos sacos de juta bem cheios, mais cestos de palha trançada, vasilhas e cuias de lata. Ao volante, estava uma moça silenciosa, daquelas que não param de balançar um joelho quando estão sentadas, e ela também trouxe um pombo azul-acinzentado. Um certo tipo de sabichões começou a tecer comentários a respeito de motoristas mulheres e de quem lhes dava as habilitações, e sabichões de outro tipo começaram a discutir se aquele era o mesmo pombo que o visitante havia despachado no dia anterior.

Nas caixas de metal havia instrumentos e ferramentas; nos sacos de juta, sementes e grãos; das armações de madeira com telas subiam ruídos suaves, arranhões impacientes e arrulhos abafados. E não era necessário ser um gênio para ligar os sons com as aparências e as suposições com os cheiros, e entender que, naquelas armações, havia mais pombos. O veterinário e a moça silenciosa descarregaram e colocaram tudo na sombra e foram verificar o novo pombal. Depois, deram ao carpinteiro o alçapão — um arranjo de arames entrelaçados, movendo-se num eixo comum, e que era possível determinar a direção da abertura: só para fora, só para dentro, para as duas direções ou para nenhuma delas.

O carpinteiro prendeu o alçapão na entrada do pombal, o veterinário introduziu e depositou nele as vasilhas e as cuias, bateu com o martelo num prego cujo rebite estava aparecendo do lado de dentro e conseguiu sumir com ele, enquanto dizia: "Você pensou que não o vimos!" E, então, a moça silenciosa sorriu de uma forma que ninguém jamais poderia esperar dela um sorriso como aquele e tirou uma placa bonita e colorida, decorada com flores e brotos e passarinhos infantis. Na placa, estava escrito: "Pumbal". Exatamente assim, com U, e não com O. Ela pendurou a placa sobre a porta do pombal, recuou dois passos, olhou, ajeitou-a e tornou a sorrir enquanto, entre os espectadores, já despertavam os sabichões do terceiro tipo, os que começaram a se espantar, perguntando se, depois de tantos sorrisos para si mesma, ela sorriria também para os demais.

Então, ela pegou uma picareta e uma enxada, afastou-se do pombal e cavou um buraco grande e quadrado. Ela era forte e dedicada, e não parou nem ergueu o corpo até terminar o trabalho; respondia com um movimento negativo de cabeça "a todos os combatentes do programa de treinamento, e a todos os rapazes fortes da lavoura, e a todos os brutamontes da serralheria" — assim seria contado no futuro — que se aproximavam dela, um após outro, oferecendo ajuda.

Ela voltou até o pombal, espalhou sementes, pôs água nas cuias e colocou nele as armações com telas. Empertigou-se e olhou para o veterinário, como se estivesse aguardando instruções.

— Abra, abra, Miriam — disse o veterinário —, esses são os seus pombos.

A moça abriu as armações. Uns quarenta filhotes de pombos, a maior parte já com o corpo desenvolvido, mas alguns ainda com sinais da plumagem prematura, pularam das armações, ocuparam sua nova casa e atacaram a água e o alimento. Ela limpou as armações vazias e as colocou ao sol para desinfetar. Jogou os dejetos que havia dentro delas no buraco anteriormente cavado e cobriu com uma camada fina de terra.

2

À TARDINHA, os dois apareceram no refeitório. Depois de molhar mais e mais biscoitos em mais e mais copos de "limão com chá" — assim os piadistas do kibutz costumavam chamar esse chá —, o veterinário ruivo se levantou, bateu com o garfo no copo, e um grande espanto pairou no ar: quem se atrevia a produzir um som como aquele, típico de um salão burguês, no refeitório do kibutz?

— Boa-noite, camaradas — disse ele. — Dr. Laufer, muito prazer.— E apresentou também a moça silenciosa. — O nome dela é Miriam, e ela é uma treinadora especializada em pombos. — Em seguida, perguntou se, dentre os que estavam ali sentados, havia também pessoas estranhas ou somente membros do kibutz e do Palmach, porque — temos um assunto confidencial a tratar.

— Somente membros — responderam do público.

— Começaremos com palavras de agradecimento — iniciou o Dr. Laufer. — Queremos agradecer a vocês por terem concordado em hospedar debaixo da sombra de seu teto um pombal de pombos-correio da Haganá. Os pombos que trouxemos para cá têm quatro semanas de vida. Em breve, terão início os exercícios de voo, e, quando estiverem com seis meses, entrarão no fardo da vida em família e no trabalho.

Ouviram-se cochichos. Expressões como "fardo" e "vida no trabalho" não eram estranhas aos ouvidos dos presentes, mas a fala no plural, na boca do médico, despertou uma discussão entre os veteranos do kibutz: tratava-se do *pluralis majestatis*, o "*nós* de realeza", cuja finalidade é enaltecer aquele que fala, como "Façamos o homem à nossa imagem e semelhança" do Gênesis, e como o estilo do Corão, também no plural, ou do *pluralis modestiae* — a ampliação da modéstia?

Mas o Dr. Laufer não esperou até que essa importante questão fosse esclarecida e informou que o pombal de pombos-correio se tratava de um pombal "confidencial e importante", e que fora colocado na granja das crianças para não despertar suspeitas.

— Se os ingleses vierem fazer uma busca, deve-se dizer que esse pombal pertence às crianças. — E completou: — Pombos-correio são muito parecidos com pombos comuns, e somente o olho de um especialista é capaz de determinar a diferença entre eles. Mas é preciso ter cuidado. Os ingleses sabem o que é um pombo-correio, e, na Grande Guerra, seus treinadores de pombos despacharam milhares deles na frente de batalha. E estamos contando para vocês tudo isso para que saibam guardar segredo e preservar o pombal, não falando a seu respeito com ninguém.

Então, ficou claro para o espantado público que a forma plural na boca do Dr. Laufer se tratava de um "*nós* de realeza" de um novo tipo, não no masculino plural, mas no feminino plural, e logo surgiram novas discussões: alguns diziam que consistia simplesmente num erro de hebraico, mais um entre os muitos erros que os judeus alemães costumavam cometer, enquanto outros diziam que estávamos diante de um tipo especial de humor, mais uma piada do gênero com que os judeus alemães se divertiam. Outros, ainda, diziam que o Dr. Laufer falava assim porque estava acostumado a viver no meio de pombos, porque, em hebraico, mesmo os pombos machos são do gênero feminino, pomba.

— Não há como avaliar a importância de um pombo-correio — exclamou o Dr. Laufer. — Desde os tempos dos faraós e das primeiras Olimpíadas na Grécia, os pombos cumprem sua tarefa trazendo notícias nas asas. Mais de uma vez, um pombo salvou a vida de um batalhão inteiro de soldados ou de um comboio perdido, e, às vezes, sacrificava a própria vida em favor do homem. Os fenícios os levavam em suas embarcações. O sultão Nur-ad-Din ligou todos os cantos do Império árabe por meio de uma rede de pombos e pombais. Pombos-correio levaram a informação da derrota de Napoleão em Waterloo a Nathan Rothschild três dias antes de a notícia chegar às capitais da Europa e aos seus respectivos reis, e há quem diga — o veterinário baixou a voz como que cochichando — que, graças aos pombos, ele obteve o início de sua fortuna.

— Agora mesmo, no ano passado — tornou a elevar a voz —, um pombo-correio levado por pescadores salvou três embarcações que foram atingidas por uma tempestade na costa da Nova Inglaterra, nos Estados Unidos.

O Dr. Laufer declamou um verso de Ovídio, leu um poema alegórico sobre pombos, extraído do repertório judeu-espanhol e acrescentou que o pombo é também a forma da revelação do Espírito Santo no Novo Testamento. Citou até com fluência e precisão duas das quatro versões: "E logo quando saía da água, viu os céus se abrirem, e o Espírito, qual pomba, descer sobre ele", e também "e o Espírito Santo desceu sobre ele em forma corpórea, como uma pomba".

— E não precisamos lembrar a vocês nossos pombos da Bíblia — exclamou. — No Cântico dos Cânticos, minha pomba, oculta nas fendas do rochedo, e minha pomba, imaculada minha, e a pomba que Noé despachou da Arca, que voltava e saía até que achou repouso para os pés. —

E abanou as duas mãos compridas num movimento gracioso e involuntário, como se estivesse despachando um pombo, o que provocou um sorriso espontâneo nos que o assistiam.

— E, de fato — ressaltou ele —, quem mais, a não ser o povo judeu que está retornando à sua pátria, poderia apreciar a imensa nostalgia do pombo em relação à sua casa e à sua pátria... — E baixou um pouco a voz para finalizar: — E, por tudo isso, repetimos nosso pedido a vocês: guardem esse segredo, a existência desse pombal. Não o revelem por descuido nem, obviamente, de forma intencional.

E fez mais um pedido: que não circulassem sem necessidade perto do pombal, não o abrissem, não estendessem a mão, nem fizessem barulho ou assustassem os pombos.

— Um pombo-correio precisa gostar de sua casa; caso contrário, não desejará voltar — disse. E agradeceu mais uma vez aos camaradas, sentou-se, molhou mais biscoitos em mais copos e, depois de ficar farto e satisfeito e de ter acumulado à sua frente uma boa pilha de metades espremidas de limão, despediu-se do carpinteiro, do chefe local, do comandante de pelotão do Palmach, do bezerro que já estava curado e da tia vaqueira de Bebê, foi até o quarto que lhe fora destinado e, finalmente, caiu num sono profundo.

No dia seguinte se levantou bem cedo, pôs em movimento a caminhonete verde e voltou ao seu lugar. Num instante, tudo tornou a se acalmar. A tia voltou para o estábulo e para o bezerro, que saltou alegremente em sua direção. O comandante de pelotão, para o comando e para os exercícios. O carpinteiro rabugento — que somente agora se dera conta de como tinha sido agradável a parceria com o veterinário —, para o tédio dos armários e das camas. Miriam, a silenciosa treinadora de pombos, aos pombos no novo pombal sob sua responsabilidade. Ela limpou, trocou a água, levou as armações de madeira para o depósito, examinou os cartões individuais de cada pombo, as anotações nas argolas e sua adequação ao livro do bando. Ao pôr do sol, sentou-se num caixote vazio, deleitando-se com a sacudidela do joelho e com o cigarro de fim de tarde.

3

O DISCURSO do Dr. Laufer no refeitório rendeu frutos. Ninguém comentou a respeito dos pombos, mas comentavam muito a respeito da treinadora de pombos. Mencionavam o cigarro que ela fumava, indagavam entre si a respeito do balanço do joelho, refletiam a respeito do outro joelho que não balançava, e da distância entre os dois joelhos, o que balançava e o que ficava parado, e chegaram à conclusão de que não eram joelhos nervosos nem preguiçosos, nem prontos para dançar, mas que indicavam confiança, força e estabilidade. E rapidamente perceberam também que não deveriam criar expectativas em relação ao cigarro, pois Miriam fumava somente depois de terminar seu trabalho diário, quer dizer, era um cigarro de finalização do árduo trabalho, e não um sinal de futilidade.

Nos três primeiros dias, Miriam manteve seus pombos dentro do novo pombal. Deu-lhes alimento em horas fixas, separou dois pombos doentes, quebrou o pescoço de um terceiro doente por causa de uma inflamação contagiosa na garganta, cremou-o e enterrou as cinzas num buraco.

Ela fez anotações no Diário do Pombal, expulsou gatos que exibiam olhos mais curiosos do que o olhar felino habitual e matou com a enxada uma cobra preta e persistente que tentava repetidamente passar pela tela das janelas. E, como os demais membros do programa de treinamento do Palmach, fazia todos os trabalhos que eram exigidos dela no kibutz. À tardinha se sentava, fumava o único cigarro do dia e balançava o joelho.

Às crianças — que não se interessavam pelos joelhos, mas pelos novos pombos, e o novo pombal estava justamente no pátio delas — foi dito que era proibido entrar e dar comida aos pombos de lá, mas que era permitido olhar, desde que só de longe. Essas restrições foram suficientes para duplicar a curiosidade delas e triplicar suas perguntas, pois os novos pombos pareciam comuns e simples, mas eram muitos os estranhos que se aglomeravam em volta deles, e era evidente que os pombos estavam impregnados de mistério e segredo. Na granja das crianças, já havia dois casais de pombos — pombos ornamentais brancos, com a cabeça puxada para trás e a cauda estirada como a de um pavão. Ninguém sabia quais eram os machos e quais as fêmeas, pois, em sua graça e faceirice, eram muito parecidos uns com os outros, e estavam tão entretidos consigo mesmos que não haviam trazido descendência ao mundo, de forma que não era possível ver quem fazia o papel de cortejador e quem era a cortejada, quem não botava ovos e quem não copulava.

Miriam foi até a colônia agrícola Menachamia e trouxe de lá mais alguns pombos ornamentais, com o objetivo de disfarçar a presença dos novos pombos-correio. Eles viviam num pombal vizinho que, à primeira vista, parecia conectado ao novo pombal, mas era separado dele por uma tela interna. Havia entre eles os requintados franceses que se pareciam e se comportavam como pequenas galinhas, com golas emplumadas, o papo inflado, o modo de andar arrogante, e outros, aos quais as crianças chamavam de "pombos pé-de-chinelo", porque penas delicadas cobriam-lhes os dedos do pé e arrastavam no chão.

Os rapazes do Palmach também pensaram em trazer pombos para o novo pombal — pombos grandes, carnudos e saudáveis que um deles chegou a pegar na casa dos pais em Magdiel — e argumentaram que não os haviam trazido por causa de seu paladar delicioso, mas porque não havia pombos melhores do que aqueles para servir de disfarce aos pombos-correio. Foi então que Miriam demonstrou que não era tão silenciosa assim, e, se fosse preciso, seria capaz de falar, e não só falar, mas também gritar: ela não queria aqueles pombos no pombal nem nas redondezas! Ela sabia o que havia por trás daquele pedido e não estava disposta a aceitar que alguém metesse a mão no pombal e retirasse qualquer pombo que fosse para abatê-lo.

— É preciso afugentá-los para que voem e busquem outra casa! — E repetiu o lema do Dr. Laufer: — Um pombo-correio precisa gostar de sua casa; caso contrário, não desejará voltar. — E Bebê, que estava ao lado do pombal esperando, pois, quem sabe, ela acabaria permitindo que ele a ajudasse no trabalho, lembrava-se daquele dia como o dia em que ela fumara dois cigarros, um atrás do outro, e que seu joelho parado também balançara.

E a responsável pela casa das crianças também abordou um assunto importante: ela não estava disposta a admitir que "na granja, tão perto das crianças, ficasse pendurado um erro em hebraico!", declarou. E quando lhe perguntaram por que tanto alvoroço, ela disse que pombal se escrevia sem U, "jamais com U". A respeito disso, Miriam respondeu que, quem conhecia o Dr. Laufer, sabia que aquele não era o único erro que os treinadores de pombos cometiam em hebraico.

Por exemplo, o alçapão que ficava na entrada da porta eles chamavam de "alcapão". Exatamente assim. "Alcapão" com C, em vez de "alçapão", que é a forma correta. Ela também, Miriam, falava alcapão, apesar de saber que estava errado, e disse que não ia retirar a placa do pumbal com U, e que não somente os pombos precisavam gostar de sua casa, mas a treinadora também.

De fato, não faz muito tempo que achei um *pumbal* como aquele, e não foi numa granja de um kibutz distante, mas num poema de Natan Alterman (adotei um ou dois erros de Meshulem Freid):

Campos que empalideceram e árvores com seus véus
estavam, na tua luz branca, ao umbral.
A noite ilumina para ti as cerejeiras,
como uma confusão de pombos no pumbal.

Fiquei emocionado. Miriam, a treinadora de pombos, estava certa. Afinal, ninguém pode argumentar que Alterman — Alterman! — cometeu um erro em hebraico. De qualquer forma, o poeta cometeu outro erro: pombos não voam à noite. Eu queria contar a respeito disso à minha mãe e perguntar a ela qual dos dois ocorrera antes, o pumbal com U no poema ou o pumbal com U no kibutz, no vale do Jordão. Mas minha mãe já havia morrido, e Benjamin, quando telefonei para ele e contei toda a história, disse-me que já estava na hora de eu acabar com essas minhas bobagens, que a proximidade com uma mulher rica e com a lembrança de nossa mãe morta estavam me transformando em vagabundo e idiota.

— Umbral, pumbal, é tudo a mesma coisa. Os poetas fazem de tudo para conseguir suas rimas e métricas! — disse ele, e, antes de desligar, acrescentou que, se eu estava com dificuldade de adormecer às duas da manhã, não era motivo para acordá-lo também, e que tinha sido para isso que Deus criara a mulher. Que eu a acordasse.

4

NO QUARTO DIA, quando todos os pombos já conheciam o espaço do pombal e seus odores, sons e organização, Miriam os retirou para um voo. Foi o primeiro de uma série de voos matinais e vespertinos que se destinavam a esclarecer aos pombos que, diferentemente dos demais, seus irmãos selvagens que abandonavam a casa em busca de alimento, eles deveriam retornar à casa exatamente para essa finalidade.

Desde então, a rotina de exercícios se mantinha. Diariamente, Miriam se levantava bem cedo, verificava o que estava acontecendo no pombal e nas redondezas, e, alguns minutos antes de o sol nascer, abria amplamente as janelas, enxotava os pombos abanando uma bandeira branca e batendo palmas. Por um instante, eles permaneciam nas prateleiras das bordas, e então, felizes por esticarem as asas, levantavam voo e circundavam sua nova casa.

Alguns minutos depois, quando já deviam estar voltando, Miriam abanava diante deles a bandeira branca e, após um quarto de hora, ela a trocava por uma bandeira azul, regulava a trava do alçapão para entrada somente, assobiava com força e dizia para as crianças: "Saiam daqui, eles querem voltar." Quando os pombos pousavam, ela cantarolava para eles, "Venham-venham-venham comer", e chacoalhava as sementes ruidosamente na vasilha de lata.

Os pombos pousavam, de início, com hesitação, e depois, com vontade, e Miriam anotava qual havia pousado primeiro e qual, por último, não havia conseguido entrar pela tela do alçapão, qual havia entrado com facilidade. Os que se demoravam ou se recusavam a entrar repetidamente,

Miriam transferia para outro compartimento, para que não servissem de mau exemplo aos demais.

Nos dois primeiros dias, os pombos que voltavam encontravam as sementes espalhadas pelo chão; depois, Miriam cuidou de servir o alimento somente nas vasilhas. O alimento dos pombos é muito seco, e toda refeição era finalizada com água. Quando o primeiro pombo acabava de comer e começava a beber, Miriam retirava as sobras e não restava nenhum grão para os mais lentos, os retardatários e, obviamente, para os que permaneciam no telhado do pombal. Após a refeição, ela ia trabalhar nas tarefas que os membros do Palmach lhe haviam destinado no kibutz, e os pombos permaneciam encarcerados. À tardinha, ela voltava, as portas eram abertas, a bandeira branca, abanada, como um sinal para o segundo voo. Ao retornarem, os pombos recebiam sua refeição principal. Miriam terminava suas tarefas, sentava-se, fumava seu cigarro vespertino, balançava a perna e depois ia dormir no acampamento do Palmach.

Os pombos aprenderam rapidamente a reconhecer o branco da decolagem, o azul da aterrissagem, a agudeza do assobio com os dedos, a variedade de aberturas do alçapão e a mágica promessa do som das sementes na lata. Passados alguns dias, Miriam começou a prolongar o tempo de voo para meia hora pela manhã e para uma hora à tarde, e, enquanto os pombos estavam no ar, ela limpava o pombal, trocava a água e jogava o lixo fora.

As crianças se aproximavam, cravavam os olhos e faziam perguntas, mas Miriam mantinha-se em silêncio e fazia sinais para que se afastassem. Ela trocava as bandeiras, e o bando, faminto, pousava como se fosse um único pombo. Todos os pombos entravam, e ela ficava satisfeita. Miriam, então, os examinava, um por um, fazia anotações em todo tipo de cadernetas e cartões, e verificava a possibilidade de acasalamento. E assim, dia após dia, ela dava alimento, água, estimulava o voo, assobiava, estimulava o pouso, limpava, abanava as bandeiras, não respondia às perguntas das crianças nem as consolava com o olhar.

As crianças também se acostumaram rapidamente ao espetáculo e deixaram de se aproximar e de espiar — todas, menos uma, o menino gorducho e baixo a quem todos chamavam de "Bebê". Ele já era chamado assim naquela época, e assim continuou sendo chamado depois que se tornou um rapaz, e assim foi também chamado no Palmach, e foi assim que se espalhou o clamor por todos os cantos do kibutz, nove anos depois: "Bebê foi morto", "Bebê tombou em combate", e também os demais clamores que não continham apenas sofrimento e dor, mas a comoção provocada pela proximidade de duas palavras tão contraditórias: "morte" e "bebê".

5

O POMBAL O ATRAIU. O contraste entre o aspecto humilde dos pombos-correio e seu elevado status fez com que ele vibrasse. O trabalho de Miriam provocou nele devaneios. A hora de despertar foi antecipada por si mesma, diferente de seu costume até então — não ficava mais deitado na cama nem aproveitava os instantes que eram só dele. Ele se levantava, vestia-se rapidamente, pegava duas fatias no cesto de pão na cozinha das crianças e corria para ver a saída dos pombos para o voo matinal. Miriam lhe fazia sinais para que se afastasse, e ele recuava e se escondia atrás da palmeira mais próxima. Sem querer, imitava os movimentos dela: abanava bandeiras imaginárias, colocava sobre os olhos a palma da mão, fazendo sombra, e já se havia habituado a dirigir o olhar para cima, às vezes acompanhando os pombos até eles desaparecerem e às vezes esperando pelo seu reaparecimento, o olhar de todos os treinadores de pombos em todos os tempos e lugares.

Miriam sorria consigo mesma, mas, para Bebê, ela dirigia um olhar irritado. Suas pálpebras se contraíam. "Saia daqui!" Sua testa ficava sombria. "Você está assustando os pombos!" Bebê recuava mais e observava a distância, e alguns dias depois voltava a se aproximar, até que um dia ousou oferecer ajuda a Miriam. Ele estava disposto, disse, a fazer qualquer tipo de trabalho. Era pequeno, ele reconhecia, mas dedicado e forte. "Veja só meus músculos, toque aqui, não tenha medo, aperte com força..." E mostrava o braço em forma de gancho, enquanto seu rosto ficava vermelho. E não iria incomodar nem atrapalhar, chegaria ali logo depois das aulas, aceitaria e cumpriria qualquer instrução e não faria perguntas.

— Não é preciso! — disse Miriam.

Mas, justamente naquele mesmo dia, o cano de água da torneira do pombal rachou e ela precisou de alguém que abrisse e fechasse o registro geral até conseguir consertar e apertar no outro lado, e como Bebê cumprira muito bem a tarefa e ela ficara satisfeita, permitiu que ele limpasse as vasilhas. Ela o examinou com um olhar um pouco mais favorável, exatamente como o Dr. Laufer a observara quando ela era da idade de Bebê e fora com a mãe ao jardim zoológico em Tel-Aviv, e ela não prestava atenção no tigre, nem no leão, nem nos macacos, mas permanecia parada, olhando os pombos, e não se retirara dali até que o homem ruivo e alto que trabalhava lá a convidou para entrar no pombal. Agora ela via que Bebê era dedicado e habilidoso, e, o mais importante de tudo, que ele se movimentava dentro do pombal com uma tranquilidade natural, com movimentos contínuos e suaves, e que os pombos não ficavam assustados com a sua presença.

Ela ordenou que ele varresse o chão do pombal, enterrasse o lixo no buraco e, alguns dias depois, quando apagou seu cigarro vespertino, perguntou, de repente, quantos anos ele tinha.

— Onze — respondeu ele.

— É uma boa idade. Você quer continuar incomodando a mim e aos pombos ou quer aprender a ser um treinador de pombos de verdade?

— O que é treinador de pombos? — perguntou Bebê.

— Treinador de pombos é quem cuida de pombos-correio — disse ela. — Eu, por exemplo, sou treinadora de pombos. — E, de repente, acrescentou: — Esta é a hora de que mais gosto. Agora o sol está se pondo também em Tel-Aviv, o jardim zoológico está se enchendo de gritos e bramidos e rugidos, e o Dr. Laufer está servindo o jantar a seus pombos e dizendo-lhes boa-noite.

— Então, esses são pombos-correio de verdade? — perguntou Bebê. — Assim como ele disse?

— Sim.

— E para onde eles levam as cartas? Para qualquer lugar que os mandem?

Ela sorriu.

— Os pombos só sabem fazer uma coisa: voltar para casa. Se você quiser que alguém lhe envie uma carta através de um pombo, precisa usar pombos que cresceram no seu pombal.

— Sim — disse Bebê —, eu quero aprender a ser um treinador de pombos de verdade.

— Então, veremos o que é possível fazer — disse Miriam, levantando-se do lugar, sinal de que ela iria embora naquele momento e ele também, porque era proibido ficar no pombal quando ela não se encontrava lá. Os pombos podiam se assustar, e já dissemos que pombos precisam gostar da sua casa; caso contrário, jamais voltarão.

6

E, AGORA, uma coincidência que ninguém conseguiu entender naquela época, mas seu efeito e sentido ainda seriam esclarecidos: no dia em que o Dr. Laufer deixou Miriam e os pombos no pombal que mandou construir no kibutz, um pombo ferido pousou numa varanda na rua Ben Yehuda, em Tel-Aviv. Não se sabe se pousou ou se caiu, mas, saltitando, salpicou os ladrilhos do chão com algumas manchas de sangue, até que desmoronou.

Na varanda, encontravam-se, naquela hora, um menino e uma menina. Ela, com uns doze anos, filha única, estava deitada de bruços, lendo, e ele, uns quinze anos e meio, filho dos vizinhos do terceiro andar, que havia descido alguns minutos antes para pegar uma blusa que caíra do varal, justamente naquela varanda.

Os dois perceberam o pombo e se abaixaram para observá-lo. Um pombo com uma aparência comum, azul-acinzentado, pés vermelhos, parecido com mil outros pombos. Mas seus olhos estavam turvados de dor, e sua asa direita, torta e caída. Era possível ver o fino osso quebrado com sua cor branca dentro da carne dilacerada.

O Menino correu, subiu à sua casa e trouxe consigo uma caixa na qual estava escrito VERBANDSKASTEN com letras brancas e bonitas. Retirou de dentro gaze e material esterilizante, desinfetou o ferimento do pombo com iodo e prendeu a asa direita com um fio de ráfia e uma vareta. A Menina, que procurava uma posição para ver melhor, apoiou no Menino a cabeça com seus cachos claros, a ponto de despertar nele um ligeiro e agradável tremor que, nem mesmo nos sonhos que tinha com ela, se atrevia a sentir.

A Menina, sem saber o que despertava no coração dele, apontou para a cauda do pombo.

— Veja — disse ela. Um fio fino ligava duas penas juntas. — Esta pena é dele, e esta, não.

De fato, uma das duas penas não estava enraizada na carne, e, pela espessura, tratava-se de uma pena de galinha ou até mesmo de ganso. O Menino cortou a linha com uma tesoura fina, soltou a pena estranha e a ergueu na direção da luz. Havia alguma coisa dentro dela. Um pequeno bilhete enrolado. Ele o empurrou para fora com um fósforo, abriu-o e disse:

— Leia. Aqui há uma mensagem.

No bilhete, estavam escritas apenas três palavras, "Sim ou não?", reclamando ou perguntando. Tão curtas quanto as palavras podem ser.

— O que quer dizer "sim ou não?" — espantou-se o rapaz. — "Sim ou não" o quê?

O coração da Menina acelerou.

— É um sim ou não de amor. Alguém quer saber se o outro aceita.

— Por que justamente de amor? — argumentou o Menino. — Pode ser também um bilhete de parentes, homens de negócios ou de algum assunto da "Haganá".

Mas a Menina teimava:

— É um bilhete de amor. Agora o pombo está aqui e o rapaz não consegue entender por que motivo a moça não responde.

E aqui o leitor poderá entender que não é preciso que ocorram terremotos ou guerras mundiais para transformar o curso da vida de uma pessoa e gerar nela um tumulto. Às vezes, basta uma bala de criança ou unhas de gato ou qualquer oportunidade que surja diante do abutre. Seja como for, como o pombo precisava de tratamento, e o Menino, de uma oportunidade, ele pegou um caixote velho de madeira, fechou-o com uma rede, colocou o pombo dentro e disse:

— Eu sei o que faremos! Deve haver um veterinário no jardim zoológico. Se você quiser, iremos juntos até lá, e eu a ajudarei a carregar o caixote.

Começaram subindo a rua Ben Yehuda, depois viraram à direita e seguiram pela avenida até Guivat Hakurkar, que todos os habitantes de Tel-Aviv conheciam. Muitos nadavam ali na piscina que antes servia para a irrigação do pomar.

— Ingressos! — disse-lhes o homem que ficava à entrada do jardim zoológico. Era um homem muito gordo, vestindo roupa cáqui e com um chapéu tipo boné.

— Mas nós temos aqui um pombo ferido.

— Aqui não é hospital de animais. Se querem entrar, é preciso pagar.

Os dois recuaram.

— Que homem mau — disse a Menina.

— Você não o conhece? É o gordo do jardim zoológico — explicou o Menino. — É assim que todos o chamam, e ele não é mau, este é o trabalho dele. Se trouxermos pão seco para os animais, ele nos deixará entrar.

— Então, corra e traga, depressa! As pessoas sempre colocam pão velho em cima da cerca, nunca jogam no lixo.

O Menino se foi, e, logo em seguida, apareceu na rua uma caminhonete verde. Um homem alto e com os braços longos, de cabelo ruivo e o corpo magro, de idade incerta e o nariz adunco e fino desceu do veículo e se dirigiu ao portão.

— Olá, doutor — disse o homem gordo. E a Menina não hesitou. Aproximou-se dele e falou:

— Será que você é o médico dos animais? Tenho aqui um pombo ferido.

O homem olhou para o pombo.

—Venha para dentro — disse à Menina —, vamos ver o que podemos fazer.

O homem gordo se afastou do portão. O Dr. Laufer entrou apressado, balançando as pernas e os braços, o corpo inclinado para a frente, suas sardas se agitando no ar. Ela ia atrás dele por um caminho onde suas pernas passariam ainda milhares de vezes nos anos seguintes: primeiro, o cercado das grandes tartarugas, depois, algumas jaulas com pequenos animais cujos nomes ela ainda não sabia — todo tipo de furões e doninhas —, e, em seguida, o leão e a leoa com seu vizinho de alma amarga, o tigre isolado. Ali, o caminho fazia uma curva e o terreno se abria um pouco, e lá se encontrava o pombal, não uma construção redonda sobre uma coluna, como ela imaginava, mas uma cabana. Uma cabana de verdade, com uma porta e janelas cobertas de tela, teto e paredes, virada para o sul, ao lado de um lago de aves aquáticas e jaulas de macacos, e, no outro lado, o pátio do elefante.

O Dr. Laufer tirou o pombo do caixote, desatou a tala e perguntou:

— Quem o enfaixou?

— Meu vizinho — respondeu a Menina.

— Bom trabalho — disse o Dr. Laufer. Ele tirou o curativo, desinfetou o ferimento do pombo com uma pomada marrom e voltou a prender com uma vareta e gaze novas. E depois acrescentou, de forma direta:

—Você, com certeza, sabe que este é um pombo-correio, não é mesmo, minha jovem senhorita?

— Não — respondeu a Menina, sentindo que seu rosto corava.

— Saberá, então, a partir de agora. Um pombo comum tem o bico que sobressai da cabeça, como o cabo de uma frigideira, e um pombo-correio tem o bico contínuo e direto desde a linha da testa, com uma inchação de cor clara. Olhe aqui, está vendo? E tem uma estrutura mais forte e os ombros mais largos, e por dentro tem pulmões e coração de um esportista. E, se você o vir voar, verá que ele voa sozinho, em linha reta, e mais alto que os pombos comuns.

— Eu não o vi voar. Ele caiu, de repente, na varanda.

— Será que ele não tinha uma argola no pé? — perguntou o veterinário. — Com um número? Assim poderemos saber a quem ele pertence.

— Não — disse a Menina.

— E será que ele tinha na perna alguma coisa assim? Com um bilhete? — E o Dr. Laufer tirou do bolso um tipo de tubo pequeno de metal com uma tira e um pequeno botão de pressão, e explicou: — O nome disso é cápsula.

— Não tinha — respondeu a Menina. E o Menino, que voltava nesse mesmo instante com o pão seco que havia achado, arfando e bufando, abriu a boca, mas se calou quando ela lhe lançou um olhar.

— Ou será que havia alguma coisa assim? — o Dr. Laufer perguntou, tirando de outro bolso uma pena de ganso cortada.

A Menina corou e permaneceu calada.

—Você cuidou bem dele, e ele é um pombo muito bom. É jovem e vai ficar curado rapidamente. Se você quiser, vamos continuar tratando dele aqui.

—Vou cuidar dele em casa — disse ela.

—Vou ajudá-la — o Menino apressou em dizer.

— E quem é o senhor? — perguntou o veterinário.

— Sou o vizinho dela.

— Foi você que enfaixou o pombo? O nó estava meio desajeitado, mas você tem uma boa mão. Talvez, algum dia, seja um profissional de fato. — O Dr. Laufer voltou a se dirigir à Menina: — Quando este pombo ficar curado, você deverá libertá-lo. É um pombo-correio. Ele precisa voltar para casa. Isso é tudo que ele sabe e tudo que quer fazer. "Odisseu das aves", é assim que o chamamos.

— Com pombos-correio, é assim que funciona — disse o Menino solenemente. — Li a respeito disso no suplemento juvenil do jornal. Eles levantam voo, fazem uma volta no ar e, então, vão direto para casa.

— Mas eu o quero para mim — disse a Menina. — Ele veio ferido para mim. Vou cuidar e tratar dele, e a minha casa será a casa dele.

As sardas do veterinário se aproximaram umas das outras.

— Esse pombo jamais será seu. Pombos-correio não pertencem aos seres humanos, mas sim ao lugar. Quando ele retorna, é óbvio que o dono fica muito feliz, mas o pombo não volta para o dono. Ele volta para casa. Em inglês, diz-se *homing pigeon*, você percebe? É muito mais correto e bonito do que pombo-correio, mas é difícil traduzir para o hebraico.

— Poderia ser pombo-homá, ou homiá, isto é, arrulhar, já que este é o som que ele emite — disse a Menina.

— É uma excelente ideia. — O veterinário cravou nela um olhar de surpresa. — Eu deveria ter pensado nisso sozinho. Pombo-homiá, meu pombo branquinho, leve-me ao mar, ao convés do barquinho.

— Vou cuidar dele — declarou a Menina. — Só me diga, por favor, o que devo dar para ele comer.

— Um pombo ferido come o mesmo alimento que um pombo saudável, e o mais importante é trocar a água duas vezes por dia. Pombos gostam de tomar banho e de beber água, e é muito bom ficar olhando. Eles bebem como o cavalo, mergulham o bico na água e sugam, não como os outros pássaros — e imitou um pássaro bebendo água, com a cabeça caída para trás e os lábios esticados e produzindo sons.

A Menina soltou uma gargalhada de surpresa. O Dr. Laufer deu para ela um saquinho com sementes de tipos variados que seriam suficientes, ele afirmou, para uma semana; deu também um saco cheio de pedrinhas trituradas, terra, lascas de basalto e fragmentos de casca de ovo, tornou a enfatizar a importância de trocar a água, disse à menina que voltasse para pegar mais sementes alguns dias depois e, se o homem gordo do portão do zoológico não a deixasse entrar, que ela dissesse que era convidada dele.

— E, se for preciso, grite! — disse ele. — Chame-nos com voz alta através da cerca. O zoológico é pequeno. Se estivermos aqui dentro, sempre ouviremos.

— Por que ele fala desse jeito? — perguntou o Menino, espantado, ao saírem do zoológico.

A Menina respondeu:

— Eu até acho simpático.

Apesar do ferimento, o pombo comeu com apetite e bebeu água. Com o passar dos dias, foi ficando mais forte, estendia e recolhia as asas o máximo que podia. Alguns dias depois, a menina voltou ao jardim zoológico. O Dr. Laufer examinou a asa do pombo e disse:

— Estamos progredindo. Este é um pombo que já fez um pouco de fisioterapia por si mesmo. Deixe-o aqui, vamos retirar a tala, ele vai começar a abrir a asa, se fortalecer e, em breve, poderá voar.

— Mas ele já está se acostumando com a minha casa; poderá tentar voar lá.

— Nesse pequeno caixote, ele não vai poder se exercitar, mas, se você o libertar, ele vai voar uns dez metros e cair. Como o pombo de Sarah Aharonson, que caiu direto no pátio do Kaymakam turco — e riu um riso no estilo alemão, que a Menina ainda ouviria muitas outras vezes: rrr... rrr... rrr...

— Então, o que faremos?

— Deixe-o aqui em nosso grande pombal e venha cuidar dele todos os dias.

7

E FOI ISSO QUE ACONTECEU. O pombo permaneceu no pombal do jardim zoológico, e todos os dias, depois das aulas, a Menina ia visitá-lo. Até o gordo do jardim zoológico já permitia que ela entrasse, e ela sempre tratava de agradá-lo com pão seco para os animais. O pombo foi ficando curado e ela o acompanhava — ele exercitava o abrir e fechar de asas, e dava saltos cada vez mais altos.

Passados alguns dias, o Dr. Laufer a chamou "para ver uma coisa interessante" no compartimento de choco. Um filhote saía do ovo. Depois, ele mostrou como os pais o alimentavam com "leite de pombo" que vomitavam da garganta. Ele a ensinou a chacoalhar a vasilha de sementes e a cantarolar "Venha-venha-venha comer", e, num outro dia, mostrou-lhe um "pombo sedutor" que estava seduzindo a parceira de um colega.

Alguns dias depois, ele lhe disse:

— Seu pombo está curado. Ele já pode voar.

Ela respirou profundamente e disse:

— Pensei a respeito disso e concordo.

— Nós lhe agradecemos muito em nome do pombo — disse o Dr. Laufer, e a Menina corou outra vez e completou: — Mas tem ainda uma pequena coisa —, e contou a respeito da pena que estava ligada à cauda do pombo, e do bilhete que havia nela.

— Então, apesar de tudo, havia um pombograma — ele a repreendeu. — Por que não nos disse assim que trouxe o pombo?

A Menina ficou calada.

—Você sabe o que é um pombograma, não sabe?

— Eu não sei, mas entendo.

— E o que estava escrito nele? Você, com certeza, leu.

— Era uma carta de amor.

— É mesmo? Isso é muito mais interessante do que os monótonos pombogramas que nós mandamos para a Haganá. Mas, afinal, quanto de amor é possível escrever num bilhete tão pequeno?

—Três palavras: sim ou não?

— Sim — disse Dr. Laufer. — Sem dúvida.

A Menina tirou a pena do bolso e a entregou a ele. O Dr. Laufer murmurou, surpreso:

— Nós só conhecemos duas pessoas que colocam seus pombogramas dentro de uma pena. Uma delas estudou conosco na Alemanha e permaneceu lá quando me mudei para cá, e a outra veio conosco, mas já morreu.

Ele retirou o bilhete e leu: "SIM OU NÃO?" E sorriu: — Essa é a verdadeira carta... E nós pensamos que você estava perguntando. — Enrolou e colocou o bilhete de volta ao mesmo lugar, selou a pena e a amarrou bem no centro da cauda do pombo.

— Assim — disse ele. — Do mesmo jeito que a remetente o despachou.

— Por que você está dizendo "a remetente o despachou"?

— Porque essa é a palavra correta. Enviar um bilhete, mas despachar um pombo.

— Não... Por que você está dizendo a remetente, e não o remetente? Como você sabe que foi uma mulher que despachou?

— Estamos percebendo isso. Observe você mesma — é um bilhete de moça.

— Foi um rapaz que despachou, não uma moça — disse a Menina.

— Foi uma moça — discordou o Dr. Laufer. — Observe a caligrafia.

Foi um menino, a Menina pensou consigo mesma. Observe as palavras. E ela mesma se surpreendeu. Como é que, com doze anos, eu já tenho coisas desse tipo na cabeça?

O Dr. Laufer entregou o pombo à Menina.

— Pegue. Despache-o.

A Menina segurou o pombo com as duas mãos, sentiu a suavidade de suas penas, seu calor, o coração batendo ainda mais rápido que o dela.

— Não é jogar o pombo nem deixá-lo cair, é despachá-lo. Assim. — E demonstrou com as mãos vazias. — Com um movimento delicado, e pense no que você está fazendo pela primeira vez. Você vai experimentar uma sensação especial. Quando viemos da Alemanha para cá e começamos a passear aqui, a estudar a fauna e a flora da terra de Israel, vimos, pela primeira vez, uma cebola-albarrã; sentimos, pela primeira vez, o cheiro da poeira levantada por um rebanho de ovelhas; bebemos de uma fonte e comemos pedaços de azeitonas e figos da árvore; tivemos exatamente uma sensação como essa.

A Menina fez como ele ordenou e, com um movimento delicado e confiante, despachou o pombo. Três coisas aconteceram ao mesmo tempo: uma luz brilhou em seu rosto, uma dor de saudade encheu seu coração, e o pombo, que não sabia nada disso, nem mesmo o conteúdo do bilhete que carregava, abriu as asas, bateu-as vigorosamente e alçou voo.

— Muito bom — disse o Dr. Laufer. — Subimos com um bom ângulo. Temos força. Já estamos curados. E, agora que já podemos voar, ficaremos ainda mais fortes. E não se preocupe com o pombo. Ele chegará em casa. É um bom pombo, o país é pequeno e as distâncias não são grandes.

O pombo se elevou por cima das jaulas, subiu e tomou a direção sudeste.

— Pode ser que esteja voando para Jerusalém — explicou o veterinário. — Mas esperamos que a casa dele seja mais perto, em Rishon Letzion ou em Rechovot.

E acrescentou:

— E talvez para Serafend, o acampamento do exército inglês. Lá, há um grande pombal militar, e, às vezes, os soldados também sentem amor. Como não pensamos antes em Serafend? Às vezes, somos muito tolos.

Ele pôs a mão na testa, cobrindo os olhos e fazendo sombra, e, quando viu que a Menina o imitava, sorriu.

— Não desvie o olhar, pois ele vai desaparecer de vista muito rápido, mais rápido do que você pensa.

— Ele vai desaparecer assim que for visto por quem o está esperando — disse a Menina.

— Isso não é possível — contrapôs o Dr. Laufer. — Não pode ser.

A Menina insistiu: — Mas é assim que vai ser. — E o Dr. Laufer olhou a expressão do rosto dela e sentiu que, mesmo contra a lógica, ela estava certa.

— Você sabe o que é *duvejeck*? — perguntou ele. — Eu nasci em Köln, na Alemanha, e lá nós chamamos assim quem é louco por pombos. É o que você vai ser. Uma verdadeira *duvejeck*.

Ele retirou a caderneta do bolso e anotou a nova regra: "O pombo desaparece do campo de visão do remetente quando aparece à vista do destinatário." E acrescentou: "É assim que acontece, mesmo que seja impossível!" Sublinhou para dar ênfase e colocou de volta a caderneta no bolso.

No íntimo, a Menina ficou pensando se o pombo chegaria a tempo, pois tanto o "sim" quanto o "não" podiam ter consequências imprevisíveis. Ela também pronunciou consigo mesma a oração de viagem, cujas palavras, acreditava, seguiriam o pombo em seu voo e o acompanhariam por uma curta distância de céu.

— Você ainda o está vendo? — perguntou o Dr. Laufer.

— Sim — respondeu a Menina.

— Nós não o vemos mais.

— Porque fui eu que o despachei, e não você.

Dois minutos depois, ela afirmou: — Ele chegou.

— Você quer continuar vindo para cá e nos ajudar no pombal? — perguntou o Dr. Laufer.

— Vou pensar — respondeu a Menina.

— Uma moça que trabalhava aqui há seis anos acabou de nos deixar. Ela também chegou até nós quando era uma menina.

— E veio também com um pombo ferido?

— Não. Ela veio simplesmente para visitar o jardim zoológico com a mãe.

— E para onde ela foi?

— Dirigir um novo pombal num kibutz no vale do Jordão. Você pode começar a aprender e a trabalhar no lugar dela. E traga também o rapaz que veio com você. — E se inclinou para ela, sorrindo. — Sim ou não?

— Vou pensar e perguntar a meus pais se poderei, depois lhe direi.

Durante os três dias seguintes, a Menina passou o tempo todo na varanda de sua casa. Dirigia os olhos para o alto, e todo pombo que via no céu fazia seu coração parar. Mas o Dr. Laufer estava certo. O pombo não voltaria; no quarto dia, a menina foi ao jardim zoológico e lhe disse:

— Sim, eu quero.

— E onde está seu amigo?

— Ele não pode. Estuda inglês todos os dias. Ele tem um tio em Chicago, na América, e quer viajar para lá para estudar medicina.

— Que pena — disse o Dr. Laufer. — Que pena mesmo, mas talvez seja melhor assim.

— É pelo que você disse a ele — completou a Menina —, que ele tem uma boa mão.

E foi assim que, no início de 1940, um menino de Tel-Aviv começou a estudar o livro de anatomia de Corning e o dicionário de inglês, e duas crianças começaram a trabalhar em dois pombais de pombos-correio e a aprender a profissão de treinador de pombos — a Menina, no jardim zoológico de Tel-Aviv, e Bebê, no kibutz do vale do Jordão. E, como naquela época não havia muitos treinadores de pombos no país e todos estavam ligados à Haganá, e se encontravam de tempos em tempos em conferências profissionais para treinamento de pombos, e principalmente porque o destino assim determinou — com seus próprios motivos —, a Menina e Bebê estavam fadados a se encontrar no futuro, e o Menino estava fadado a viajar para a América, estudar lá e voltar para Tel-Aviv.

Capítulo Cinco

1

ENTRE MIM e minha família — meus pais, meu irmão e minha mulher —, existem diferenças de caráter. A respeito de algumas já comentei, e a respeito de outras comentarei agora: eles — e também ela — sabem muito bem qual é o céu que está acima deles e qual o chão que está debaixo de seus pés, e eu sou como uma pipa cujo fio se rompeu. Eles — e principalmente ela — são ousados, e eu, hesitante. Eles — e obviamente ela — decidem e fazem, e eu me contento com desejos e esperanças. Do mesmo jeito que devotos rezando: como um martelo que bate repetidamente no mesmo ponto. Sempre com as mesmas palavras, sempre para a mesma direção no Oriente. Às vezes — com os olhos escuros e apertados, com a ânsia dos nômades e o temor das jornadas, mantendo a oração e com medo de sua concretização —, sinto-me como o único judeu em minha família.

Foi o Pai de Vocês que determinou minha área de concentração na escola secundária — natural-biológica —, exatamente como determinou também a unidade em que servi no exército. Foi por causa de seu poderoso conselho que fiz o curso de enfermagem, e foi graças a seus bons contatos e meu bom desempenho no curso que permaneci lá como orientador. Ele via nisso o primeiro passo para o estudo da medicina e a continuidade da clínica, ideia que me surpreendeu muito. Jamais demonstrei qualquer vontade de ser médico, e não imaginava que ele estivesse destinando esse futuro justamente a mim.

— E Benjamin? — perguntei, espantado. — Eu achava que ele é que estudaria medicina e herdaria sua clínica.

— Benjamin — o Pai de Vocês ficou muito sério, quase tristonho — não tem temperamento de médico.

E, quando perguntei o que Benjamin receberia se eu herdasse a clínica, ele disse:

— Com Benjamin, não é preciso se preocupar, Yairi, ele logo vai achar uma moça rica.

Mas Benjamin estudou medicina e se casou com uma moça cuja única riqueza era seu coração alegre e sua inteligência, enquanto eu fui para o curso de guia turístico promovido pelo Ministério do Turismo. Foi sugestão de minha mãe.

— Não trabalhe em escritório — disse ela. — É bom ficar ao ar livre e é agradável voltar para casa de todo tipo de lugares. Além disso — ela brincou —, quem sabe se, em algum dos ônibus, você conhece uma mulher rica? Uma turista da América? Quem sabe se é justamente você que vai encontrá-la, e não Benjamin?

— Com que direito? Com que direito ela está se metendo? Abandona a casa e ainda dá ordens! — indignou-se o Pai de Vocês, levantando-se da cadeira, andando de um lado a outro, para depois sussurrar: — Você pode ser um excelente médico. Por que um guia para turistas? — E inclinou a cabeça na minha direção: — Para contar historinhas para eles, levá-los a lojas de souvenirs... camelinhos de oliveira... cruzes de madrepérola... ficar esperando uma gorjeta... E que bobagem é essa, Yairi, de uma turista rica da América? Turistas ricas se sentam no banco de trás de um Mercedes-Benz com motorista! Não em ônibus!

— Isso não passa de uma brincadeira da mamãe — repliquei. — Ela não estava falando sério.

— Não gosto dessas piadas dela! — O Pai de Vocês estava irritado. — Não acho graça nenhuma.

Pesei os PRÓS e os CONTRAS, tornei-me guia turístico e encontrei minha mulher rica justamente da maneira que você brincou: num ônibus de turistas. Se tivesse coragem, eu lhe diria como uma criancinha: "Tudo por sua culpa!" Mas vou descrever como as coisas aconteceram, sem apontar com o dedo e sem acusar ninguém: eu conduzia grupos para lugares sagrados dos cristãos e dos cruzados, contava histórias, levava-os a lojas de lembranças, e já tinha uma boa fama e havia acumulado, de início na memória e depois numa pequena caderneta que o Pai de Vocês comprara para mim — ele era adepto de cadernetas, todas pequenas e pretas —, anedotas e histórias. E, quem sabe, talvez eu tivesse continuado assim, mas um dia subiu em meu ônibus uma turista americana, jovem e bonita — eu ainda não sabia que ela também era rica — e se sentou lá atrás. Ela prestava muita atenção às minhas explicações. Às vezes, eu sentia o olhar dela me observando com espanto, como se estivesse me avaliando, examinando. À tarde, ela se aproximou de mim, disse que seu nome era Liora Kirschenbaum e que queria se encontrar comigo depois do jantar.

Verdade seja dita: essa turista já havia atraído minha atenção antes disso. Na altura e nos olhos, lembrava minha mãe, o Pai de Vocês e meu irmão, mas era mais bonita que eles, e de um jeito estranho. Geralmente, não apenas os traços do rosto determinam a beleza, mas também a irradiação que emana deles. Minha mãe tinha as feições e a irradiação ao mesmo tempo. Tirtza não tem traços especialmente bonitos, mas irradia uma luminosidade que chega a cegar. E essa turista não irradiava nada, mas era muitíssimo bonita. E, quando nos sentamos, naquele fim de tarde, no lobby do hotel, as pessoas presentes se espantaram ao nos ver, do mesmo jeito que costumam se espantar ao verem uma jovem como aquela na companhia de um rapaz moreno, confuso e baixo.

O motorista do ônibus fez até uma observação grosseira a respeito das turistas que tentam alguma coisa com o guia, mas ela estava interessada em outro assunto. No outono, ela me contou, pretendia voltar a Israel com alguns amigos ingleses, pessoas jovens, com dinheiro e tempo disponíveis, que estavam interessadas em pássaros, "e nós queremos que você nos conduza, Sr. Mendelsohn, a uma excursão na natureza com duração de duas semanas, para pesquisar pássaros migrantes".

— Não tenho nenhuma noção a respeito da natureza — expliquei —, principalmente em se tratando de pássaros migrantes.

Ela tocou em meu braço.

— Você não precisa conhecer nenhum pássaro e explicar nada a ninguém. Sua função será achar e preparar pontos de observação, locais para pernoite e alimentação, e equipar e dirigir um carro. Seremos seis pessoas, incluindo eu e você.

Naquela época, o Pai de Vocês tinha um conhecido, um velho ginecologista, agressivo, de pavio curto, e de estatura baixa, que era entendido em pássaros — na língua dele, um *vogelkundler*. Fui me aconselhar com ele, e ele me apresentou a um grupo de especialistas em pássaros, todos alemães e velhos como ele, muito mais estranhos e interessantes do que os pássaros que despertavam a atenção deles.

Contei-lhe a respeito da proposta que eu havia recebido da jovem americana, e ele me convidou para ir com eles a uma saída de observação.

— Ela disse que eu não precisava conhecer os pássaros — contei.

— Você precisa conhecer os especialistas em pássaros. Eles serão os seus clientes, não os pássaros.

Os velhos especialistas alemães apareceram munidos de binóculo, máquina fotográfica e telescópio, calçando botas, vestindo calças cáqui que iam até os joelhos e meias da mesma cor que iam também até eles, só que na direção inversa. Todos usavam largos chapéus de palha, com exceção de um, que usava um chapéu com uma pena, o que fez com que os outros o repreendessem, de modo educativo, que aquilo não era adequado a quem amava os pássaros: *"Es gehört sich nicht!"*

Eles se sentaram em pequenas cadeiras dobráveis e, alguns minutos depois, começaram a anunciar: distância, direção, tipo de pássaro e, depois disso, os debates: falcão ou gavião? Águia-das-estepes ou águia-gritadeira? Os principiantes confundem muito o falcão e o gavião, mas as asas do gavião são mais largas, disseram-me, e ele não plaina no ar. E, de modo geral, uma ave de rapina pequena que plaina só pode ser um falcão, mas uma ave de rapina grande que faz isso é, com certeza, uma *schlangenadler* — águia-cobreira.

Duas horas depois, fez-se uma votação e ficou decidido que íamos comer. Eles tiraram sanduíches das mochilas, garrafas térmicas com café, e frutas. Um cheiro de salame e ovos cozidos pairou no ar.

— Temos dois plantonistas — disseram-me. — Um continua observando o céu para alertar os colegas, caso apareça alguma coisa interessante.

E o segundo, conheça, por favor, o Professor Freund, o plantonista dos nossos bolos de hoje.

— O Professor Freund, especialista em história da Grécia nos dias de semana, cortou e serviu com muita cerimônia um maravilhoso bolo de maçã preparado pela esposa dele.

— Ela fez um strudel para nós e ainda ficou em casa — salientou ele com orgulho. — Observar pássaros é um passatempo muito bom para nós, rapazes. — E riu de um jeito estranho, parecido com um pigarro.

Abriram, então, à minha frente o mapa de Israel e me explicaram quais pássaros eu poderia encontrar e em que lugares. Essa foi uma aula importante, pois até hoje não me destaco na identificação de pássaros, mas me especializei nos lugares onde é possível vê-los e mostrá-los. Alguns deles — como a reserva no vale do Chula — são conhecidos de todos, mas, em determinados lugares nas redondezas de Jerusalém, é possível observar o pernoite das águias e, em um dos vales do Gilboa, o pernoite das cegonhas. E tenho uma pequena ravina onde elas permanecem o ano inteiro, e um lugar no deserto da Judeia onde aves de rapina se concentram para o pernoite no chão. E tenho uma coruja — a coruja é a única ave que desperta em mim afeição verdadeira — que, desde que a vi pela primeira vez, voltei a visitá-la na região onde ela faz o ninho, e hoje mostro a meus turistas os descendentes dela. E tenho uma piscina pequena e isolada onde há, bem como nas redondezas, vários tipos de patos, marrecos e carquejas, cormorões, garças brancas e cinzentas, cegonhas negras, pernaltas e ventoinhas. Vejam só, lembro-me dos nomes, mas nem sempre sei adequá-los às aves certas.

2

ALGUNS MESES SE PASSARAM. No dia marcado, fui ao porto de Haifa com um micro-ônibus que aluguei para receber a turista rica da América e seus amigos ingleses, observadores de pássaros. No ar, circulavam gaivotas e imensos bandos de pombos que levantavam voo e pousavam nos celeiros de sementes que ficavam por perto.

Meus clientes desceram de um navio que vinha do Pireu. Liora Kirschenbaum me chamou de *darling*, inclinou-se, beijou-me na face e apresentou-me aos outros: um grupo pequeno e perfumado, meio embriagado, de quatro narizes queimados de sol, protegidos — um pouco tarde demais — por chapéus de palha claros, exalando aromas agradáveis. Todos com binóculo pendurado sobre o peito, levando garrafas de bebida pequenas e achatadas, revestidas de couro e escondidas nos bolsos de trás.

Saímos do porto em direção ao Check Post e, dentro da cidade, eles já começaram a identificar andorinhões-das-palmeiras e andorinhas. Fomos para o Norte. Embora não me tivessem pedido para fazê-lo, e talvez por causa da perplexidade e do costume, tentei contar pelo caminho algumas histórias frequentes de guias turísticos: Elias no monte Carmelo, os cruzados, e Napoleão em Acre, o caracol que produz a cor púrpura usada pelos antigos fenícios, e a invenção do vidro. E, imediatamente, um rapaz amarelado e de baixa estatura, com o pomo-de-adão saliente e sobressaindo na garganta, me disse que eles não queriam ouvir as "santas bobagens", foi assim que ele disse, que os guias turísticos vendem aos turistas na Terra Santa.

— Nós viemos ver pássaros, Sr. Mendelsohn — disse ele. — É bom esclarecer isso desde já para que nossa viagem seja bem-sucedida.

E a viagem, de fato, foi bem-sucedida. A organização, a alimentação, os locais para pernoite, o micro-ônibus alugado — nada falhou. Os pássaros também não decepcionaram. A cegonha sabia a sua hora, e o andorinhão-das-palmeiras aparecia quando devia aparecer, e também grandes bandos de aves de rapina passavam como se estivessem cumprindo uma ordem. Meus novos clientes estavam satisfeitos. Eles se entusiasmaram, principalmente, com o som de uma leve grasnada, cuja distância e direção não eram passíveis de identificação. Já passava do meio-dia, e comíamos sanduíches às margens de um grande campo no vale de Beit Shean, quando, de repente, os quatro levantaram os olhos. Seus olhares vasculhavam o céu, mas a expressão de seus rostos demonstrava que estavam tentando ouvir, e não ver.

— O que vocês estão procurando? — perguntei.

O rapaz amarelado, pequeno, furioso e impaciente fez sinal com a mão. — Silêncio! — e, após meio minuto apurando o ouvido, aproximou o binóculo dos olhos e disse: — Uma hora, trinta graus — e seus amigos também observaram ao mesmo tempo e um deles complementou: — Os escoteiros.

— São grous, Yair — Liora sussurrou para mim —, que agradável — muito próxima à minha orelha. — Preste atenção. Eles emitem um som suave e silencioso, mas podem ser ouvidos a distância.

Prestei atenção — era uma grasnada amável como uma conversa, e então também vi — três aves grandes, de pernas compridas, pescoços esticados.

— Eu pensava que eles voavam em bandos grandes — disse eu.

— Os escoteiros — explicou o rapaz amarelado e pequeno — voam à frente do bando maior. Eles procuram um bom lugar para pouso, aterrissam ali e depois sinalizam, do chão, para seus companheiros.

— Daqui a pouco o sol vai se pôr — observei.

— Os grous também voam à noite.

A cegonha, o pelicano, as aves de rapina — todos eles plainam no ar, assim me explicaram depois. O sol aquece a terra, a terra aquece o ar, o ar quente sobe, as aves se elevam com a ajuda do ar quente e planam. Por isso, elas voam somente durante o dia e somente sobre terra firme. Mas o grou é o único pássaro grande que plaina e bate as asas, e o mar Negro, que a cegonha circunda em alguns dias planando, o grou atravessa em uma noite de voo.

Naquela noite, pernoitamos num kibutz no vale de Beit Shean. A propósito, anos depois fiquei sabendo que aquele era o kibutz de Zohar, que seria minha futura cunhada, e que a pessoa que cuidara do aluguel dos quartos, um jovem de estatura elevada e saudável robustez, amável e muito eficiente, era um dos três irmãos dela. Às vezes, fico me perguntando o que aconteceria se ela tivesse tratado do aluguel ou se eu não tivesse permanecido sentado na grama com meus hóspedes, saído para passear pelo kibutz e a encontrado na calçada — eu poderia tê-la advertido a respeito de seu casamento com Benjamin. Mas, naquela noite, fiquei sentado com meus ingleses observadores de pássaros na grama até tarde, e minha vida tomou o curso atual.

A lua cheia clareava tudo. Os quatro bebiam muito, contavam histórias e se divertiam bastante, inclusive Liora. Senti inveja deles. Seus modos indicavam uma tranquilidade e uma falta de preocupação econômica que não tinham a ver com trabalho ou herança, mas com um tipo oculto de hereditariedade.

O rapaz pequeno, amarelado e com o pomo-de-adão grande tentou me convencer a participar da bebedeira. Recusei. Eu disse que não estava acostumado, que nunca havia tomado bebida forte e que também de vinho eu me abstinha quase completamente. Mas o amarelado não desistiu:

— Já é tempo de começar. Beba de um só gole. É um bom uísque irlandês.

Talvez por causa da presença de Liora ou porque acabei me convencendo com as palavras dele, tomei o copo que me ofereceu. Será que era isso que minha mãe sentia quando tragava seu copo diário de brandy? Uma cobra de fogo envolveu minha garganta. Um cavalo deu um coice dentro da minha cabeça. Eu quis me afastar, respirar um pouco de ar e me refazer, mas meu corpo não conseguia se levantar. Arrastei-me para o lado, de quatro. Todos riram, e Liora se aproximou de mim com piedade nos olhos, mas os cantos dos lábios demonstrando alegria.

— Sinto muito — disse ela. — Ele não sabia que você iria reagir assim.

Tive medo de abrir a boca, pois poderia vomitar ou desmaiar. Contentei-me com um movimento irritado de "Deixe-me em paz!", consegui me levantar e dar alguns passos, nauseado e cambaleante. Liora veio atrás de mim, deitou-me — exatamente isso — na grama, sentou-se a meu lado, colocou minha nuca sobre sua perna, de modo que minha cabeça ficasse um pouco inclinada para trás.

Depois de algum tempo, meu espírito voltou. Levantei-me e fui tropeçando para meu quarto; Liora me seguiu e preparou um café turco.

— É a primeira vez que faço um café assim — disse ela.— Espero que esteja bom!

Ela segurou a minha mão e deu um sorriso de estímulo, em resposta, devolvi-lhe um sorriso de desculpas. Disse a ela que queria voltar para a grama e respirar ar puro. Os ingleses já tinham ido dormir. A lua cheia subia no céu; havia perdido o suave amarelo de seu brilho e se tornara azulada e metálica. Deitei-me na grama, Liora se sentou a meu lado, inclinou-se e entreabriu os lábios para um beijo. Seu corpo relaxou um pouco, dando a entender que queria se deitar a meu lado. Nós nos aconchegamos um ao outro. Eu não acreditava no que estava acontecendo. Sua beleza estava tão próxima. Eu a vi com meus olhos e a percebi com toda a superfície de minha pele.

Sua boca e sua língua me surpreenderam com o calor e a vitalidade, suas mãos, com a ousadia, meu corpo, com a felicidade, seus quadris, com o ardor.

— Você é amável — disse a turista rica que conheci no ônibus. — Você é pequeno e doce. É assim que os homens devem ser. Mesmo sem conhecer sua mãe, sei que ela é mais alta do que você. Isso já me havia agradado antes, em nosso primeiro encontro no ônibus.

E, de repente, se desprendeu de mim, empertigou-se e disse: — Preste atenção.

Prestei atenção. Não ouvi nada. Quis voltar a beijá-la, mas ela colocou a mão em meu peito.

— Espere com paciência. O momento em que começamos a ouvi-los é o mais importante.

Estávamos deitados de costas, juntos, segurando as mãos um do outro. O tempo passava, entrecortado por uivos de chacais e o ruído de uma estrada distante. E, então, fez-se silêncio, um fino silêncio, e se ouviu ao longe um tipo de ruído que ia se aproximando e se definindo como grasnadas. O mundo se encheu de asas. Os ouvidos, de leves sussurros. A lua cheia sobressaía e chamava atenção, encobrindo-se e aparecendo através das sombras que passavam e dos sons emitidos.

— O que é isso? — perguntei.

— São os grous — respondeu a turista jovem e rica dos Estados Unidos. — Lembra-se dos três escoteiros que vimos à tarde? Esse é o grande bando que veio atrás deles.

Fiquei ouvindo e me espantei: sobre o que estão falando? Estão contando uns aos outros as experiências de viagens anteriores? Discutindo aonde vão pousar? Comparando este com outros locais de pouso? A jovem e rica mulher, que em pouco tempo iria se casar comigo, brincou e me fez rir ao dizer, imitando três tipos de grasnadas:

"Mais depressa... Vamos logo pousar e é preciso pegar um bom lugar... Ei, como a vovó desapareceu bem agora?... Vamos ser os últimos *outra vez* e não vai sobrar nada para comer..."

Os sons da conversa se tornaram mais fortes. Até hoje fico espantado — até que distância o som dos grous alcança. Muito antes de chegarem, já o escutamos, e não passa, mesmo depois que se vão.

— Gansos e grous falam entre si até mesmo enquanto voam — disse Liora. — Talvez seja porque eles também voam à noite. — E explicou que essas eram as vozes de "mamãe grou" e "papai grou" acalmando o filhote que já crescera e estava saindo para a primeira jornada com o bando.

A turista jovem e rica que você profetizou para mim estava a meu lado, em carne e osso. Gostei dela. Sua conversa era muito agradável.

— No Japão, o grou é o símbolo de uma vida matrimonial longa e fiel, e, no antigo Egito, é o corvo — completou ela.

— Verdade? — perguntei. — Entre nós dizemos "um casal de pombinhos".

Liora inclinou um pouco minha cabeça e beijou seguida e suavemente minha nuca. Senti como se ela estivesse sugando minhas forças e que, num instante, eu morreria de tanto prazer e fraqueza. Ela tirou a blusa, revelou os seios pequenos e bonitos, afastou-me com delicadeza para que eu ficasse deitado de costas, pôs o longo joelho em cima de mim e disse:

— Yair, vai acontecer conosco pela primeira vez.

— Você é virgem? — perguntei, espantado.

Ela brincou.

— Logo saberemos.

— Eu sou — informei. — Fique sabendo desde já para evitar malentendidos.

— Não acredito em você.

— Por que não? — perguntei. — Minha mãe também era virgem, e acho que meu pai também. É de família.

Seu rosto se aproximou. Suas mãos se abriram, deslocaram-se, desvencilharam-se, conduziram. O corpo dela saltou e subiu.

— Essa história eu já conheço. Invente outra. — retrucou.

A batida das asas ficou mais forte. O ruído encheu minha cabeça. A turista jovem e rica se agachou e se escancarou, e eu deslizei para dentro dela. Mais fácil do que eu temia, mais agradável do que eu esperava.

— Shhh... Fique em silêncio. Você vai acordar todo mundo — disse ela, colocando a mão sobre minha boca.

3

PELO VISTO, ao voltarem a seu país, os ingleses observadores de pássaros me recomendaram aos amigos, pois estes começaram a entrar em contato comigo e a me contratar, e meu nome ficou famoso até entre agentes de viagens. Eu me enchi da felicidade de um homem jovem, a felicidade da independência financeira. Senti que estava levantando voo, que minhas asas estavam se estendendo. E, como minha mãe não tinha dinheiro e o Pai de Vocês havia sido contra a profissão que eu escolhera e vivia repetindo que "ainda não é tarde, Yairi, para trocar a direção errada", dirigi-me a Meshulem Freid para que me desse um empréstimo, de modo que eu pudesse me organizar e comprar o veículo adequado.

Somente alguns anos se haviam passado desde que Gershon tombara em combate, e Meshulem tirava o grande lenço azul do bolso todas as vezes que eu ia visitá-lo. "Desde que Gershon, é muito difícil olhar para você." Era assim que ele falava desde que o filho morrera, e até hoje ainda fala assim: "Desde que Gershon", sem o terrível verbo que precisa vir depois do nome.

— Não posso olhar para você, Irale — gritava ele dentro do lenço —, sem vê-lo também a seu lado. Também é difícil olhar para Tirale sem vê-lo ao lado dela, mas ver você é ainda mais difícil. — E parava de uma só vez: — Pronto. Já chorei por esta vez. Em que posso ajudá-lo?

Contei a respeito dos observadores de pássaros que guiei e a respeito da oportunidade que isso representava, e Meshulem disse:

— Estou sentindo cheiro da mão de uma mulher também. Que minha mão direita cole no meu palato, se eu não estiver sentindo.

— É a mão de minha mãe — expliquei. — Isso foi ideia dela.

— A mão de outra mulher — disse Meshulem. — Não só da Sra. Mendelsohn. Está escrito em sua testa com letras grandes.

Perguntei se ele poderia me ajudar a encontrar um micro-ônibus usado, e ele disse que encontraria. Perguntei se ele poderia me emprestar dinheiro, e ele recusou:

— Para você, só de presente.

Eu disse que não concordaria em receber dele presentes daquele porte, e ele respondeu:

— Então não é um presente. Meshulem vai lhe dar um empréstimo e você não vai pagar. — E cravou em mim um olhar de repreensão: — Desde que Gershon, você é como meu filho, Irale. Se ele estivesse vivo, eu não daria a ele esse dinheiro? E se você se casasse com Tirale, eu não daria também?

Recusei outra vez.

— Não sou Gershon, e Tirtza já se casou com outro homem.

Meshulem fez uma careta.

— Que casamento maravilhoso nós fizemos para ela! Comida boa, noiva bonita, lindas daminhas, só que o noivo tinha que ser outro.

Não reagi.

— Desculpe — continuou ele. — No Meshulem, o coração e a boca são uma coisa só. O que ele diz com o coração é o que está pensando em voz alta.

Alguns dias depois, ele telefonou:

— Achei um carro para você. Venha ver.

Corri até o escritório dele.

— Que pena — disse ele. — Tirale estava aqui até um quarto de hora atrás. Eu disse a ela, "espere, seu amigo Irale está para chegar", mas ela vive em cima de espinhos, correndo de um trabalho a outro. É assim quando se tem um marido como o que ela arranjou.

O micro-ônibus estava no pátio do estacionamento. Eu disse a Meshulem que era exatamente o que eu estava procurando, e ele deu ordem a seu gerente que verificasse o que deveria ser verificado e que cuidasse da transferência de propriedade. Pelo visto, sussurrou-lhe ao ouvido mais algumas instruções, pois, depois da inspeção, o micro-ônibus voltou com um toldo, uma escada, pneus novos e mais outro de reserva.

— Quanto custou? — assustei-me.

— Uns tostões. É proibido comprar para o filho do Professor Mendelsohn uma coisinha de nada? Que você tenha sucesso!

— E onde está o vendedor? Quero falar com ele a respeito do preço.

Meshulem soltou uma gargalhada.

— Alguém que tem Meshulem precisa falar de preço? Eu já falei com ele, baixei o valor e está tudo combinado. E você vai me devolver o dinheiro quando começar a ganhar alguma coisa.

4

UM ANO SE PASSOU. Os pássaros migraram e voltaram, e meu micro-ônibus, lotado de observadores de pássaros da Escandinávia e da Alemanha, da Holanda e dos Estados Unidos, ia atrás deles — entre o vale do Chula e o mar Morto, o vale de Beit Shean e o sul de Aravá. Tive sucesso em meu novo trabalho, e já havia devolvido a Meshulem — depois de muitas discussões — uma boa parte do montante.

Durante todo esse tempo, eu me correspondi com Liora. As cartas e a vida dela eram muito mais interessantes e divertidas do que as minhas. Marcamos um novo encontro, e, dessa vez, ela veio sozinha.

— Agora sou estudante de fotografia — informou. — Antes que me introduzam nos negócios da família, tentarei todo tipo de coisas diferentes.

Levei-a para fotografar corças nos rios Chever e Mishmar, águias no rio Davi e um tipo raro de coruja no rio Arugot. Viajamos muito. Andamos muito a pé. Dormíamos numa pequena tenda que se enchia de amor. Ela disse que havia sentido saudades de mim, e que pensava e sonhava com aquela noite, quando os grous voavam por cima de nós enquanto estávamos deitados.

Comuniquei à minha mãe e ao Pai de Vocês que eu tinha uma namorada. Disse que estava planejando ir visitá-los e apresentá-la a eles. O Pai de Vocês criou coragem, telefonou para minha mãe dizendo que, na opinião dele, era uma coisa séria e que era recomendável me poupar de uma dupla apresentação, e ela concordou e foi ao nosso encontro desde que deixara a casa. Benjamin, que naquela época era estudante de medicina, também não mediu esforços para comparecer.

— Vamos nos sentar na sala — disse o Pai de Vocês, mas ficamos na grande *küche* que, um dia, havia sido dele. Você examinou Liora, e o Pai de Vocês só teve olhos para você. Depois se recompôs, justificou-se e disse:

— Liora, você parece, de verdade, um membro da nossa família.

Ela sorriu. — O filho de vocês não nos advertiu antes.

Até aquele dia, a semelhança entre Liora, minha mãe, meu irmão e o Pai de Vocês era percebida apenas por mim. Agora sentia prazer em ver que funcionava também com eles. Olhavam-se uns aos outros, voltavam a observá-la, emocionavam-se, uma pequena e agradável nuvem subia sobre eles quase até o teto, num tom cor-de-rosa.

Benjamin saiu uma hora depois; Liora e eu, um pouco mais tarde.

— Não quer ficar mais um pouco, Raya? — perguntou o Pai de Vocês à minha mãe, mas ela saiu conosco e recusou minha sugestão de levá-la.

— Voltarei para casa a pé — disse ela. — Não é longe.

Liora voltou para os Estados Unidos e, dois meses depois, eu fui para lá — minha primeira e última viagem ao exterior —, para conhecer os pais dela, e o irmão, Emmanuel. Voltamos casados para Israel. Liora não mais fotografou corças e não mais observou pássaros. Ela fundou a filial israelense da empresa da família, teve sucesso nos negócios, comprou uma casa para nós, engravidou, aprendeu hebraico rapidamente e, com a mesma facilidade com que acumulava dinheiro e palavras, perdia seus filhos. Meus dois filhos morreram no túmulo de seu útero, um depois do outro, e exatamente com a mesma idade — após uma gravidez de vinte e duas semanas.

Lembro-me do golpe que as palavras do médico provocaram em mim — o mesmo velho *Vogelkundler* que, alguns anos antes, me havia mostrado os melhores lugares para observação. No primeiro aborto, ele nos disse: "Era um menino", e, no segundo, num hebraico tão monstruoso quanto a realidade que descreveu: "E agora, este era uma menina", como se tentasse insinuar alguma coisa, acrescentar um sentido, mas sem explicar sua natureza.

— Por que ele está nos dizendo isso? — Fiquei irritado. — Alguém perguntou alguma coisa? Ainda bem que não nos disse os nomes também. Qual seria o nome dele e qual seria o nome dela, e em que escola eles estudariam e para onde seriam recrutados no exército.

Liora se penteava devagar diante do espelho. Nada se percebia nela, além de cansaço, e sua beleza parecia ainda mais intensa. Seus cachos de cobre e ouro deslizavam entre as cerdas pretas da escova de cabelo. Nós dois olhávamos para ela. Eu, de perfil; ela, de frente. E, então, os olhares refletidos se encontraram e Liora sorriu complacente, como as mães sorriem ao verem seu pequeno filho irritado pela primeira vez.

Ela virou o rosto claro e bonito em minha direção. O rosto de uma rainha, pensei, um rosto de marfim cravejado de safiras, coroado com ouro e cobre. Percebi a afronta e a dor do espelho. Até aquele momento, ele continha toda a beleza dela, e agora esvaziara de uma só vez.

— Talvez você queira viajar por duas ou três semanas para ficar com seus pais... — disse eu.

— Minha casa é aqui — respondeu ela —, o escritório e o trabalho estão aqui, e você também.

Minha mãe — fugi, então, da casa em Tel-Aviv e fui vê-la em Jerusalém por algumas horas — me disse:

— Liora é uma mulher forte, como você já sabe, mas, quando as pessoas fortes se quebram, a ruptura é maior e os cacos são menores.

— Mas será que alguma coisa está errada com ela? — perguntei à minha mãe.

— Não culpe Liora — disse ela. — Não será um problema meu que passou através de você? Não se esqueça de que nós também tivemos um aborto. — E colocou a mão sobre a minha. — Você se lembra de como nós dois vomitávamos juntos todas as manhãs? Eu e você?

— É óbvio que me lembro. — Sorri. — E não estou culpando ninguém, mamãe, nem a ela, nem a mim, nem a você. Só estou tentando entender o que aconteceu.

— Volte para ela agora — disse ela. — Não é bom deixar uma mulher sozinha numa situação dessa.

Voltei. Liora já havia juntado seus pequenos cacos e, superficialmente, não se notava nada. Estava bela e empertigada como antes, a pele macia e clara, o cabelo penteado sussurrando como fogo, e os olhos claros e tranquilos. Ela não perguntou onde eu estivera e não me censurou por tê-la deixado sozinha, mas, quando nos sentamos para tomar chá, disse-me que não pretendia mais engravidar.

Argumentei que talvez fosse conveniente consultar outros médicos, mas ela me cortou: — Não há nenhum problema comigo.

— O que você está *tentando* dizer? — perguntei. — Que o problema é meu? Ao que me consta, você engravidou.

Liora ficou irritada.

— Eu nunca tento dizer, Yair. O que tenho para dizer, digo sem tentar.

Deitei-me ao lado dela, procurei acalmá-la com palavras suaves. Ela se levantou e inclinou sobre mim toda a sua estatura:

— Está tudo bem com cada um de nós, mas os dois juntos — este é o problema.

Ela se enrolou no grande lençol que até aquele dia cobria nós dois, pegou seu travesseiro — Liora usa um travesseiro especialmente macio; o meu lhe provoca dor no pescoço — e se mudou para o quarto que, desde aquele dia, passou a ser o dela.

Não protestei e, olhando para trás, acho que ela estava certa. Também estava certa, naquela época. Uma vez por mês, ela me visitava no meu quarto para o "tratamento de compleição". Era assim que ela definia a finalidade do acontecimento, e eu, devo confessar, ficava muito grato e feliz, e, depois, ofendido e irritado, porque, no final das contas, ela se levantava e voltava para seu quarto.

— Isso não é educado — disse-lhe no tratamento seguinte. — Você está se comportando como os homens de quem as mulheres reclamam tanto. Acabam, e depois se vão.

— Acabam? Não se ufane de si mesmo.

— Então, por que você está indo? Por que não fica comigo até de manhã?

— Sinto calor demais na cama com você.

Quem eram o filho e a filha que não nasceram? E, se tivessem nascido, seriam parecidos comigo ou com ela? Em torno daquela mal-articulada distinção de que um era menino e a outra uma menina, e em torno da diferença de idade entre os dois, exatamente dois anos, posso apenas fazer suposições e conjeturas. Mesmo agora, sentado na varanda de madeira que Tirale, minha queridinha, construiu para o meu novo lugar, fico imaginando os dois se delineando, de repente, dentro das moléculas do ar e da paisagem, aparecendo no espaço transparente como figuras menos transparentes. Não flutuam como peixes nem plainam como aves. Apesar de não haver um chão sob seus pés, eles caminham como se houvesse.

De uma coisa não tenho dúvidas: se tivessem nascido, seriam bons amigos. É um fato: eles sempre me visitam juntos. Nunca separados. Ele é dois anos mais velho do que ela, e ela é mais rápida e ousada do que ele, mais nova aqueles exatos dois anos. E estão sempre próximos um do outro, e ocupados com a mesma coisa, como dois gêmeos siameses ligados por um interesse comum. Discutem, observam alguma coisa a distância, chamam a atenção um do outro, apontando com as mãos.

Não lhes dou nomes. Basta-me a tolice de evocá-los diante de meus olhos. Além disso, um nome precisa de um corpo conhecido para nele se apoiar, e esses dois estão mudando o tempo todo. Às vezes, os dois são como meus pais, minha mulher e meu irmão — claros, delgados e de alta estatura; outras vezes, os dois são como eu — morenos e baixos, e nunca um de um jeito diferente do outro. Mas eles não têm fisionomia. Percebo seus movimentos, ouço suas vozes, mas não vejo os traços de seus rostos.

"Por que vocês não nasceram?", pergunto, e eu mesmo respondo: talvez tenha sido um acaso infeliz, uma circunstância na mão do destino, e talvez a mãe deles esteja certa, todo composto químico feito comigo e com ela — casa, filho, trabalho, sono — jamais será bem-sucedido.

5

A BELEZA, Liora herdou do pai, e o charme, da mãe. Ele é presidente da Kirschenbaum Real Estate, em Nova York, e ela é dona da Kirschenbaum Pastries, em New Rochelle. Mas, além dos pais, ela tem um irmão mais velho que já mencionei, Emmanuel, pai de seis filhas e diretor de negócios da Real Estate, na costa leste — em Boston, Washington, Long Island e Nova York. Antes, era um jovem devasso, chegado a remo, comida, álcool e roupas caras; hoje, ele veste um terno preto e simples como o dos judeus chassídicos, e camisa branca; seus olhos e ombros são caídos, sua voz é suave, e seu passo é apressado e arrastado como convém a um judeu praticante. Mas continua incomodando. Antes, ele me cansava com sua conversa a respeito de modelos de sapatos e motores de barcos; hoje, a respeito de suas contribuições para assentamentos e de saltos de letras formando códigos da Bíblia.

Liora não acredita que um homem possa se transformar.

— É tudo uma representação — disse ela, referindo-se ao irmão. — Ele continua sendo o mesmo chato de sempre, e até as roupas novas e horrorosas dele são um tipo de exibição. — E acrescentou com deboche: — Emmanuel é o único devoto do mundo que tem um xale de orações Versace.

Mas acho que ela está enganada: Emmanuel era e continua sendo inconveniente e maçante, mas sua nova devoção é verdadeira.

Duas ou três vezes por ano, ele aparece em nossa casa em viagem de negócios-judaísmo-família, e todas as vezes que ele ou outros

Kirschenbaum chegam, o Behemoth e eu somos enviados até o aeroporto para levá-los ao hotel. Essa é minha função, e não vamos nos esquecer de que meu salário vem da filial israelense da empresa.

A porta automática do salão de passageiros se abre à minha frente, eu entro e espero. Às vezes, também abano uma placa onde se lê KIRSCHENBAUM em dois idiomas. Não tenho chapéu nem uniforme de motorista, mas procuro cumprir minha função brincando, e a placa deixa Emmanuel completamente irritado.

Ei-los. Emmanuel e o pai andam à frente e, atrás deles, as duas mulheres, ambas com roupas caras porém simples, e a mulher de Emmanuel vem carregando uma caixa redonda de chapéu. Às vezes, o grupo é ainda maior. Não conheço todos, mas identifico-os com facilidade. Apesar de serem bem diferentes uns dos outros, todos os Kirschenbaum, até mesmo os que se juntaram à família por laços de casamento, irradiam um ar de unidade e identidade familiar.

— Olhe como eles saíram bem — Liora me apontou quando chegaram as fotografias do nosso casamento nos Estados Unidos. — Só você saiu diferente.

— Eu sou assim — disse a ela. — Pareço diferente até junto da minha família.

E depois de me apresentarem ao novo Emmanuel ou à nova Liora que nasceram ou entraram na família, permito a todos que me beijem e me abracem, e tagarelem bastante, enquanto acomodo as malas na parte de trás e no teto do Behemoth. Subo, puxo, carrego, amarro com correias. Tarefas simples que me enchem de energia e dedicação. Sento-me atrás do volante e fico aguardando as ordens.

Alguns dias depois, quando terminam os encontros de negócios e de família, o Behemoth e eu somos solicitados a conduzi-los a um passeio. Os pais de Liora são turistas tranquilos e ficam felizes com todos os lugares para onde os levo, e com todas as explicações que lhes dou. Emmanuel, por outro lado, só está interessado em visitar lugares de um tipo: o Túmulo de Raquel, a Gruta de Macpelá, e todo tipo de fortificações. Ultimamente, ele descobriu também os túmulos dos justos, que ficam no Norte do país, o que me obrigou a fazer viagens mais longas do que as habituais. Não me importo de dirigir, mas para mim é difícil ficar perto dele durante tantas horas. O Behemoth é um carro que, de modo geral, muito amplo, se transforma de repente num cárcere sobre rodas, e eu, num prisioneiro impaciente e irritado, cuja pena não foi fixada.

— Não aguento as viagens com ele — disse eu a Liora.

— Isso é trabalho. Todo guia turístico esbarra, às vezes, em turistas irritantes, e não se esqueça de que esse turista irritante é o diretor da empresa que paga o seu salário.

6

A FILIAL ISRAELENSE da empresa que me paga o salário é um escritório luxuoso e amplo, cheio de ar e sol, na avenida Chen, em Tel-Aviv. A distância de nossa casa na rua Spinoza é pequena, e Liora pode ir até o escritório a pé, e com sapatos de salto alto. E assim ela vai para lá todas as manhãs, descendo pela rua Spinoza, atravessando a Gordon, ignorando os admiradores que ficam esperando para vê-la na Frishman — suas pernas e coxas firmes e rápidas — pegando um atalho, virando à direita e saracoteando pela suave elevação das alamedas, concluindo com uma subida rápida pelos vinte e quatro degraus que conduzem a seu escritório.

Sigal, sua secretária gorducha e austera, entrega-lhe a agenda de compromissos, com um copo de água morna com suco de limão e um pouco de hissopo e mel. Ao trabalho. Afinal, alguém precisa sustentar, ganhar dinheiro, comprar para Yair roupas de viagem que jamais viajarão, mochilas que jamais serão carregadas, para-choques que jamais atingirão sua finalidade e placas de proteção que jamais serão arranhadas pelas rochas.

A maioria dos clientes de Liora é composta de judeus americanos com recursos, procurando apartamento em Israel, diplomatas estrangeiros e, ultimamente, também judeus ricos da França e do México que Emmanuel, seu irmão, encontra em convenções religiosas. Ela acha apartamentos e casas para eles em Talbia e Rechavia, em Cesareia e Rishpon, em Ashdod e Tel-Aviv. E, como a maioria deles não vive nessas casas e não aparece com frequência, ela também cuida da manutenção e administra a locação delas.

Às vezes, Sigal me manda preparar uma dessas casas vazias para aluguel por temporada ou para a visita do proprietário. Verifico os sistemas de água, eletricidade, climatização, os eletrodomésticos da cozinha, levo profissionais, técnicos e faxineiros, e, às vezes, também compro algumas bebidas e petiscos para que fiquem disponíveis na geladeira. Por tudo isso, a filial israelense da Kirschenbaum Real Estate me paga um salário mensal — um valor que me permite uma ilusão de independência, e à minha mulher, mais despesas.

Há algumas vantagens no casamento com uma mulher rica, mas também uma desvantagem: devo prestar contas, ser controlado, ser minucioso com os detalhes da conveniência. Se quer saber, mãe, minha vida com a mulher rica que você me profetizou é uma longa série de apresentação de recibos e comprovantes.

— Você está enganado! — protestou Liora ao ouvir esse meu argumento. — Jamais perguntei para quê e jamais disse não. Mas dinheiro requer organização, e essa é uma orientação de Itzik. É preciso saber quanto entra de onde e quanto sai para onde.

Itzik é o contador dela, um prussiano que nasceu no Marrocos e usa um discreto solidéu de crochê, em vez de um capacete com ponta.

— Sou um súdito, sou um oprimido, sou um refém — disse eu. — Você e Itzik estão apontando uma carteira para mim.

— Então, liberte-se. Receberá de mim uma indenização e será independente.

— Atualmente não há trabalho suficiente para guias turísticos.

E, como Liora reagiu com um silêncio do tipo debochado, explodi de uma só vez:

— E você sabe por que não tenho trabalho? Por causa de pessoas como seu irmão e os colonos dele.

— Não procure desculpas. Se não tem trabalho no turismo, troque de profissão. Posso lhe dar fiança e um empréstimo para começar. Como o amigo de seu pai, aquele empreiteiro que constrói a metade do país, lhe deu uma vez. Lembro-me dele quando me viu depois que casamos, dos olhares de cascavel que ele cravou em mim.

E ela cravou em mim seu próprio olhar venenoso.

— Ouvi dizer que ele tem uma filha muito bem-sucedida que constrói a outra metade do país. Quem sabe, talvez você possa trabalhar com eles, em vez de trabalhar comigo? Quem sabe, talvez você se sinta mais confortável?

— Serei seu motorista. Quem sabe, numa oportunidade tão festiva como esta, você possa, assim, aumentar meu salário.

— Estou disposta a aumentar seu salário para que não seja meu motorista.

Foi isso o que ela disse, mas, nas semanas seguintes, Sigal começou a telefonar de vez em quando, para que eu levasse Liora ao trabalho. Às vezes, ela se sentava a meu lado, e, outras vezes, no banco de trás do Behemoth, com os olhos acinzentados e grandes observando suas planilhas no computador, preparando-se para algum encontro ou negociação. E eu, com meus olhos castanhos, pequenos e profundos — como os olhos de um boi que já prevê seu destino — movendo-se entre a estrada e o espelho retrovisor. A grande distância entre os olhos dela e a pequena distância entre seus joelhos — se eu ajustasse o espelho e a cabeça no ângulo certo — refletiam-se, de repente, diante de mim dentro da mesma moldura.

Essa nova situação despertou em meu coração um novo desejo e, pelo visto, despertou nela também, pelo menos uma vez. Íamos de Jerusalém a Beit Shemesh. Emmanuel pediu a ela que visitasse algumas propriedades no novo bairro ortodoxo que havia sido fundado lá, e eu sugeri que fôssemos pelo caminho de Ein Kerem, Bar Giora e do vale de Eilá.

Íamos assim, até que, de repente, minha mulher ordenou que eu desviasse o Behemoth por um caminho de terra lateral que eu nem conhecia, e lá, sob uma frondosa e misteriosa alfarrobeira, nos deitamos sobre uma manta que tirei do porta-malas, uma manta que eu havia comprado e que já tinha desistido de usar, e depois, feliz pelo prazer repentino que minha mulher me proporcionara e desolado por sua raridade, levantei-me e trouxe do Behemoth o fogareiro de alpinista, uma chaleira e uma frigideira. E quando Liora acordou, espreguiçou-se e sorriu, eu já havia preparado para nós dois uma refeição campestre temperada com algumas folhas e ervas que encontrara entre as rochas.

— Eu não sabia que você e o Behemoth estavam tão bem equipados — disse ela. — O que mais você tem no carro?

— Tudo que é preciso.

E até mais: ferramentas de trabalho, itens de primeiros socorros e utensílios para cozinhar, um grande saco de dormir e um colchão fino autoinflável, galões de gasolina e água, lanterna de cabeça, baterias, lampião a querosene, conjunto para café, cabeças de alho, sopa instantânea, petiscos — minha mãe dizia a meu respeito e de meu irmão: "Benjamin gosta de doces, e Yair, de coisas salgadas" —, tudo que eu precisaria, se fosse abandonado ou expulso de casa.

E também tenho um conjunto de chaves de reserva do Behemoth, oculto no esconderijo impermeável do chassi. Se algum dia Liora me comunicar que devo ir embora — dessa forma: comer, levantar e sair imediatamente, sem a complicada perplexidade de embalar e empacotar, de o quê e quanto levar, de quais roupas e de "Será que você sabe onde estão as chaves?" —, sairei como saíam antigamente as mulheres divorciadas: com o ouro e as joias no corpo. Sairei, viajarei e, até que outra mulher rica me pegue, poderei sobreviver uns primeiros dias nas montanhas.

No dia seguinte, Itzik me comunicou que minha mulher não usaria mais os meus serviços de transporte, mas que meu salário continuaria sendo pago integralmente. Passaram-se alguns dias, fui chamado ao escritório, assinei alguns papéis e, de guia turístico desocupado, passei a diretor do Departamento de Transporte da filial israelense da empresa, departamento que foi criado da noite para o dia, para que eu pudesse ser o chefe. O Behemoth e eu, que antes corríamos atrás de pássaros migrantes, começamos a conduzir também palestrantes, cantores e atores, e, como estávamos ambos dispostos a sair do asfalto para a terra, conduzimos também diretores importantes da empresa de eletricidade, equipes de emissoras estrangeiras de televisão e visitantes especiais do escritório do primeiro-ministro e do ministro das Relações Exteriores. Foi assim que encontrei o americano que foi do Palmach e seus amigos, que viajaram comigo até Harel e ao cemitério em Kiriat Anavim e ao mosteiro de onde voou o último pombo de Bebê.

E assim, entre jornadas e viagens, comecei a pensar na possibilidade de não voltar. Achar outra casa, um lugar que fosse meu. A falta de tranquilidade na casa de Liora já me corroía havia muitos anos, mas agora me fora dada a possibilidade de explorar e procurar. E, às vezes, ao conduzir um palestrante, cantor ou maestro para pequenos povoados, eu aproveitava a oportunidade. Enquanto meu passageiro fazia sua apresentação no clube local ou no centro comunitário regional, eu vasculhava o lugar, corria atrás de placas À VENDA e de casas desocupadas, casas que pediam para ser ocupadas por uma nova pessoa, para construir e reconstruir-se.

Quando havia uma placa na casa e alguém dentro, eu batia à porta. Quando a casa estava abandonada, eu me aproximava e espiava pelas janelas. Às vezes, chegava um vizinho desconfiado: quem era eu e o que estava fazendo ali exatamente?

— Sou o chofer do artista que está se apresentando no clube daqui esta noite.

— E o que está procurando?

— Uma casa.

E meu estado de ânimo começou a melhorar. Não são muitas as pessoas que podem definir a si mesmas e o que querem com tanta facilidade.

Capítulo Seis

1

Fui procurar uma casa para mim. Que me envolvesse, que fosse um tipo de abrigo. Passei por pequenas ruas de cidadezinhas, com listras de luz e de sombra, com sons de pomba-rola. Espiei, bati, entrei em mercearias, perguntei aos fregueses, examinei, em quadros de avisos, bilhetes pregados com tachas. Visitei imobiliárias, todas com as mesmas mesas e pessoas de cor cinza, e as mesmas fotografias aéreas: uma colcha de retalhos de pomares e campos, construções agrícolas, pátios com pontos pretos e brancos — vacas captadas no âmbar da lente.

Eu planava como uma águia, um explorador quase morto, abatido, agonizando. Encontrei agricultores fracassados. Encontrei casais separados. Procurei em pátios espinhentos e empoeirados. Tomei chá com velhos, que se negavam a vender, e seus filhos, que desejavam a morte dos pais. Pombos arrulhavam num palheiro abandonado; vento, num telhado arrebentado. Vi sonhos que se dissiparam, amores que se revelaram falsos, reboco aparente e teias de aranha.

Um verdadeiro nômade. Pelo país inteiro, segurando o grande e macio volante do Behemoth, procurando e, por fim, também achando. Eis a casa que você me sugeriu: pequena e de aparência pobre, mas com dois velhos ciprestes visíveis pela janela, assim como você gostava e me disse para procurar, e duas grandes alfarrobeiras no canto do quintal, e capim nas fendas da calçada, exatamente como você queria e determinou.

Olá, casa. As paredes com o reboco soltando, as portas pregadas nos batentes, as janelas cerradas com tábuas de madeira, os quartos por trás delas desocupados e chamando por mim. Um grande lagarto corria pelo cano de metal da calheira, e suas unhas fizeram com que minha pele ficasse arrepiada. Velhos ninhos de pardais, cheios de palha, apareciam pelas frestas do telhado. Andei em volta da casa, abrindo brechas entre espinheiros furiosos que chegavam à minha altura. Uma figueira em estado deplorável, o capim escasseando, um limoeiro quase morrendo. Um ruído repentino assustou meus pés. Um enorme camaleão fugia.

Do outro lado da casa, a paisagem me atacou de tocaia. Ampla e segura de si, parecendo valer alguma coisa, mas aqui e acolá empenhando-se em vegetação, não como outras paisagens desse país, livre de estradas, cabos de alta tensão e outros povoados. Somente montanhas sobre montanhas, como dorsos de carneiros se distanciando e empalidecendo a distância, cobertas por pequenas e insistentes aroeiras, com seus declives que iam se tornando amarelados. Aqui, uma alfarrobeira isolada; ali, cercas de gado e porteiras de arame farpado e ripas; e, nos pequenos vales, terraços cultivados, baixos e lisos, e caminhos de terra. Uma paisagem simples, mas jeitosa e convidativa, uma paisagem em que é possível sair de casa e caminhar no terreno.

A casa estava construída num declive, e seu lado oeste ficava apoiado sobre colunas. No espaço debaixo dela, amontoava-se lixo: um vaso sanitário velho, tábuas, canos, juntas de ferro. Entre duas das colunas, alguém delimitara um pequeno cercado com tela de galinheiro, e nele havia uma vasilha de lata, duas caixas para choco quebradas, quatro montes de penas, pequenos e estranhos. Examinei-os com o bico do sapato e me enchi de terror — eram os cadáveres secos de quatro galinhas. Quem havia morado na casa antes de mim deixara-as ali presas, agonizando de sede e fome.

Saí de lá. Se não houvesse congestionamento no trânsito, eu chegaria a tempo para jantar com Liora em Tel-Aviv. No céu, voavam alguns corvos em busca de alguma ave de rapina para abater antes de iniciar o descanso noturno, e, acima deles, nuvens esparsas e leves, e o pôr do sol deixando suas margens rosadas e empurrando-as para leste.

Parei. Às minhas costas, eu sentia a casa que havia achado. Por um único instante, o mundo inteiro era o meu mundo. Por um único instante, e no instante seguinte, meu pé pisou o pedal e minha mão girou o volante até o fim. O Behemoth se surpreendeu, pois estava acostumado a voltar para casa como uma vaca volta para sua vasilha, e agora estava sendo conduzido num grande e leve salto para as margens do caminho, e girou para trás numa grande virada de cascalho e lama. Retrocedi e viajei pelos campos em direção à casa que havia achado para mim.

O Behemoth galgou lentamente a inclinação escarpada atrás da casa. Tirei o saco de dormir e o colchão do porta-malas. Com uma alavanca, soltei algumas tábuas, subi e me sentei no parapeito da janela quebrada. "Quando você achar o novo lugar", foi assim que minha mãe me orientou, "verifique-o pela manhã e à noite, em horas e estações diferentes." É preciso examinar o fluxo dos sons e dos cheiros, você explicou. Medir a elevação do calor no telhado e o deslocamento do frio nas paredes, fazer um gráfico das horas desde o nascer até o pôr do sol, do relógio do sol e do vento nas janelas.

— Olá, casa... — disse eu com voz alta e clara na escuridão que me aguardava. Calei-me e apurei o ouvido. A casa respirou e respondeu. Entrei e andei pelo espaço vazio, sem ver nem esbarrar em nada. Sorri comigo mesmo. Na casa de Liora, toda caminhada noturna era uma aventura em alto-mar. Primeiro, margeando a praia, apalpando a parede, e só então, com a coragem repentina de um descobridor de terras, tornava-me mais ousado. Com as mãos estendidas, apalpando e esbarrando e recuando — recifes de móveis, modificações que brotaram durante a noite — repetidas vezes, e até batendo com os dedos dos pés e com a testa na padieira que mudara de lugar.

Aqui eu caminhava em segurança. O ar era surpreendentemente fresco. O chão, que havia muito tempo não sentia o contato com pés, ficou feliz. Estendi sobre ele o colchão inflável, tirei a roupa e entrei no saco de dormir como um animal em sua caverna. Imediatamente senti que estava deitado no sentido do comprimento, com as pernas apontando para o norte, o travesseiro sob a minha cabeça ao sul, e, ao prazer que eu sentia, juntou-se ainda a sensação de flutuar. Fechei os olhos e ouvi o som típico do sopro do vento nas grandes árvores, a segunda das três séries dos uivos dos chacais, e depois um pássaro noturno com a voz triste, oca e ritmada, exata como um metrônomo. Antes de dormir, disse comigo mesmo que, pela manhã, eu daria uma olhada no guia de pássaros que estava no Behemoth, para verificar que pássaro era aquele. E então, quando eu soubesse isso também, tomaria a decisão final. Pesaria os PRÓS e os CONTRAS. Minha decisão seria à sua maneira.

2

PELA MANHÃ, quando meus olhos se abriram, eu soube imediatamente onde estava. Levantei-me e fui até o Behemoth. O pássaro das noites era uma pequena coruja chamada "mocho-orelhudo". Ri sozinho — Liora diria que esse nome combina comigo. Rodeei a casa mais uma vez, observei e avaliei pela segunda vez: a maldição das galinhas mortas, o bosque de espinhos no quintal, as manchas de umidade nas paredes, a frequência das unhadas do lagarto, a necessidade de decidir e de fazer: tudo isso falava CONTRA. A amplitude da paisagem, a idade das alfarrobeiras no pátio, a localização dos ciprestes no quadro, a respiração da casa, minha movimentação segura pelo espaço vazio — tudo isso falava A FAVOR.

Eu também disse que era A FAVOR e imediatamente senti uma enorme alegria. "A favor", repeti, surpreso com a minha nova habilidade: decidir. Coloquei de volta o colchão e o saco de dormir no Behemoth e peguei o fogareiro. Tomei meu primeiro café na casa que achei para mim e fui me inteirar dos detalhes na imobiliária.

Cento e cinquenta metros separavam a casa da imobiliária: três casas, dois belos jardins, dos quais um com a vegetação escassa e seca, mais quatro pares de ciprestes que teriam alegrado seu coração, e um imenso pinheiro no qual, a julgar pela quantidade de excremento que havia debaixo dele, viviam muitos pássaros.

— Se está à venda? De que casa estamos falando? — perguntou o homem da imobiliária.

— A respeito desta casa — mostrei com a mão.

Como em qualquer imobiliária, ali também estava pendurada uma fotografia aérea do povoado. As sombras afiladas e curtas dos ciprestes, como um conjunto de ponteiros de bússola, indicavam que a fotografia fora tirada numa tarde de verão. Um carro de cor clara — de quem? — estava estacionado exatamente em frente à casa. No varal, havia lençóis misteriosos congelados. A máquina fotográfica fez do carro parado, do leve movimento da sombra e do pano esvoaçando ao vento um único bloco.

— É óbvio que está.

— A quem devo me dirigir?

— Já se dirigiu.

— A você?

— Você está vendo outras pessoas por aqui?

— Essa casa é sua?

— Não, ela pertence à comunidade.

— E quem morou nela até agora? Percebi que está fechada com tábuas.

— Agora ninguém mora lá. Havia lá um inquilino, mas fugiu e deixou uma dívida. Meio ano de água, luz e aluguel. Mas vamos cuidar disso. Não precisa se incomodar.

— E qual é o preço?

— Existe uma comissão, eu já lhe disse, existe um tesoureiro, e nós não vivemos em um buraco qualquer, temos também um advogado de Tel-Aviv. E haverá também uma comissão de avaliação — acrescentou o homem —, porque temos outras propostas. Mas não se preocupe. Vamos dar um jeito.

— Vocês estão anunciando um leilão?

— Que leilão? Cada um chega e apresenta uma proposta, e nós pegamos a melhor.

Saí, voltei para a casa, dei uma última olhada, entrei no Behemoth e deslizei pelo curto declive para o campo. Acima de mim, no alto, sobrevoava um grande bando de pelicanos. No outono, disse-me, certa vez, um observador de pássaros dinamarquês, os pelicanos voam no sentido horário, e, na primavera, no anti-horário. Lembrei-me, então, do "par de Ys", Yariv e Yoav, e do que o Pai de Vocês havia dito sobre o redemoinho no cabelo de gêmeos idênticos.

E de mais duas coisas eu me lembrei naquela viagem. Uma, que a casa me acompanhava em meu distanciamento. E outra que, ao subir o caminho de terra para a estrada, o Behemoth se dirigira para a direita, e não para a esquerda. Assim ficara claro para mim que eu estava indo ao escritório de Meshulem Freid, em Jerusalém, e não à casa de Liora Mendelsohn, em Tel-Aviv.

3

HAVIA MUITO TEMPO eu não vinha aqui. Eu via Meshulem com bastante frequência, mas só na casa do Pai de Vocês, a quem ele visitava muitas vezes. Ao escritório da empresa fora acrescentado um andar, e à placa da frente, as palavras E FILHA. Um segurança me recebeu, telefonou para alguém e permitiu minha entrada.

A porta do gabinete de Meshulem estava aberta pela metade. Bati e coloquei a cabeça dentro.

— Irale! — Meshulem se levantou, estendeu as mãos e saiu de trás de sua mesa para me receber. — Você está me ofendendo. Precisa bater à porta de Meshulem?

Abraçou-me com força, beijou-me nas faces, sorriu de alegria.

— Que visita, que surpresa... Você brincava de cinco marias aqui com Gershon e com Tirale, lembra-se?

— Sim.

— Desde que Gershon, sou todo lembranças. — E tirou o lenço, limpou os olhos e perguntou a que devia a honra da visita e como poderia ajudar.

— Preciso de você por algumas horas.

— Tenho todo o tempo do mundo para você, Irale. Aconteceu alguma coisa boa ou alguma coisa nada boa?

— Uma coisa boa. Achei uma casa para mim. Quero que venha ver.

— Achou uma casa para você? — Meshulem irradiou luz. — Eu não sabia que você estava procurando. Parabéns. Para quê?

— Para que eu tenha um lugar meu — disse eu com alegria, imitando você.

— O que significa um lugar meu? Você tem uma casa grande e bonita em Tel-Aviv. O Professor Mendelsohn me contou a respeito de todo o luxo de dentro da casa. E a Sra. Liora? Ela está sabendo da casa nova?

— Ainda não.

— Você ganhou na loteria?

— Que loteria, que nada!

— Se a sua mulher não está no negócio e você não ganhou na loteria, de onde virá o dinheiro?

— Eu tenho. Agora não importa como o consegui. Quando você terá um pouco de tempo para ir vê-la?

Meshulem se aproximou da porta.

— Tenho tempo agora. Venha.

Decisões rápidas me assustam.

— Agora? Isso vai levar tempo, fica um pouco longe...

— Não se preocupe com o tempo. Tenho o suficiente. Meshulem Freid não é rico em dinheiro como todos pensam, mas é muito rico em tempo; portanto, é ele quem decide em qual desperdiçar e em qual economizar.

E sorriu.

— Eu tenho tanto tempo que, com toda certeza, vou morrer antes que ele se esgote.

E foi logo entrando na sala ao lado; deu ali algumas ordens, caminhou com energia pelo corredor, e eu atrás dele. Com um olhar, repeliu alguém que queria lhe dizer alguma coisa, colocou sua mão tranquilizadora no ombro de outra pessoa, dirigiu-se a mim e ribombou: — Essa é a verdadeira independência do ser humano. Não de dinheiro. De tempo.

Saímos ao pátio do estacionamento. Por um instante, Meshulem vacilou. Suas mãos, como duas criaturas independentes, faziam pequenos movimentos de sim e de não.

— Vamos em seu carro — decidiu, por fim. — Faremos um pequeno passeio e você me contará todas as historinhas que vende aos turistas. Onde Maomé voou no ar, onde Jesus andou sobre as águas e onde os anjos comunicaram a gravidez de nossa matriarca Sara.

E deu um tapa na minha coxa.

— Mas, antes de tudo — completou ele —, vamos ao bar do Glick pegar uns sanduíches para o caminho.

Saímos da cidade. Eu pretendia mostrar a ele o caminho romano por onde iríamos passar, e talvez também descer do carro para um curto passeio a pé, e, em alguma circunstância adequada, contar a ele a respeito do presente que minha mãe me dera. Mas Meshulem já havia começado a contar as histórias dele. Em primeiro lugar, mostrou-me casas que ele havia construído, depois casas que havia derrubado, depois colinas em que combatera na Guerra da Independência, quando fazia parte do Palmach.

— O que você estava pensando? — disse ele. — Que todo o Palmach era composto de altos e louros como a sua mãe? Havia gente como eu também. — E, então, chegou ao assunto verdadeiro — a sua Tirale, Tirtza.

— Você se lembra, Irale, de quando vocês eram crianças, de que a cada verão Gershon ia à colônia de férias no Instituto Weizmann e ela ia comigo para o trabalho? Você sabe que grande empreiteira ela é agora? Sabe que ela é a responsável por todos os projetos de Meshulem Freid?

— Eu sabia que ela trabalhava com você, mas não que ela já havia retirado você da direção.

O rosto de Meshulem se iluminou.

— Não foi a mim que ela retirou, mas o marido dela, aquele Iossi, e veio trabalhar comigo.

Ele riu.

— Construtora Meshulem Freid e Filha. — E suspirou. — Mesmo que o meu Gershon estivesse vivo, eu não o incluiria no negócio;

somente ela. — E sorriu. — E ele iria para a universidade. Ela traria a respeitabilidade do dinheiro, e ele, a respeitabilidade do professor, e, juntos, seriam a vingança aos irmãos de minha Goldie, descanse em paz, que sempre me olhavam de cima a baixo, principalmente quando vinham pedir empréstimo.

E quando viu a expressão do meu rosto, acrescentou:

— Você acha que, em todos esses anos, Meshulem não pensou em você e ela? Você acha que Meshulem não percebeu que você e a filha dele são um casal feito no céu? Já naquela época eu percebia isso, desde o dia em que levei meu Gershon à casa de vocês. Assim como eu corria com o menino quase morto nos braços, na direção da porta da clínica, e assim como o Professor Mendelsohn saía em minha direção, dizendo por aqui, Sr. Freid, entre por aqui, pela minha entrada particular, então, com o canto dos olhos, eu via vocês, parecidos um com o outro, como duas gotas d'água, olhando um para o outro.

E cravou o olhar em mim.

— Uma mulher como a minha Tirale precisa de um homem como ela, e um homem como Irale precisa de uma mulher como ele. É isso aí. Ela pôs o marido para fora e você está saindo de casa. A hora é essa. É preciso malhar o ferro enquanto ele está quente!

— Já basta com isso, Meshulem, não estou abandonando nenhuma casa.

— Não está abandonando? Desculpe-me, Irale, você disse "achei uma casa para mim, um lugar que seja meu", foi o que você disse. O que isso significa, senão que você está abandonando a casa?

— E eu não sou Tirtza, sou só parecido com ela por fora. Por dentro, ela é gente boa, e eu, não.

— Nisso, você, finalmente, está certo. Mas quanta gente boa é preciso numa casa? Em cada janela são necessárias duas, mas, dentro da casa, uma gente boa já é o bastante.

— Fomos namorados no secundário — disse eu. — Tivemos a nossa chance, mas não funcionou. E não está tão ruim assim com Liora como você está pensando. A vida de casado é isso mesmo. Às vezes, não vai bem, mas, de modo geral, não está mal.

Meshulem me olhou de forma debochada.

—Você começou a ler revistas femininas? Você nem disse que a ama. Uma coisa tão simples como o amor é o que precisa existir para manter pessoas juntas. Nem isso você disse.

— Meshulem, agora você quer dar uma de especialista em amor?

— Para dizer o que eu disse é preciso ser especialista? Precisa apenas não ser idiota.

— Além de amor, são necessárias outras coisas para se viver junto.

— Então me diga o que é. Que outras coisas mantêm vocês dois juntos? — E, como não respondi, ele respondeu por si mesmo: — É ou o dinheiro dela ou o seu medo, ou os dois juntos. É isso.

— Por que você está tão preocupado? — perguntei. — E, afinal, o que você tem a ver com isso?

— Tenho a ver porque quero você e Tirale juntos de novo.

Fiquei calado por alguns minutos, e Meshulem zombou:

— Você se lembra da minha esposa? Que ela descanse em paz. A minha Goldie, que eu tanto amava?

— É óbvio — respondi. — Eu me lembro dela muito bem.

— De que você se lembra? — O deboche desapareceu de seus olhos. Agora, eu via neles um ar de súplica.

— De seus pepinos em conserva — disse eu, engolindo a saliva que a lembrança produzira em minha boca. — E do cheiro bom das mãos dela, e da tranquilidade dela. Minha mãe dizia que tinha certeza de que, quando você estava no trabalho com todos os seus operários, caminhões e máquinas, sentia saudade da tranquilidade de sua mulher.

— Sua mãe era uma mulher muito sábia — disse Meshulem. — E ela também tinha uma ferida dentro do coração, isso você já sabe. Se não fosse por isso, por que ela teria ido embora? Mas eu não sinto saudade só da tranquilidade da minha Goldie, sinto também do seu cheiro bom; ela cheirava como limão. Outras mulheres precisam desperdiçar uma fortuna com perfumes, mas nela, ele vinha de sua própria carne. Agora tudo isso está no céu, e só por causa disso eu vou para o inferno, porque, se eu também for para o céu, vou estragar todo o paraíso dela.

O lenço azul reapareceu. Meshulem pigarreou. — Eu já tenho dois ali. — Dobrou o lenço e o colocou no bolso. — Agora, ouça. Goldie e eu não gostávamos do Iossi da Tirtza, nem como pessoa nem como genro. Entre homens, logo se percebe quem é idiota. Nem sempre se percebe quem é sábio. Mas um idiota está estampado na cara. E você conhece Tirale: só porque dissemos isso a ela, ela nos fez um desaforo. Mas, às vezes, quando eu perguntava à minha Goldie: "O que você acha, Goldie, o que aqueles dois estão fazendo juntos, afinal?" Então, escute só o que ela me dizia, a mulher delicada e tranquila, como você disse: "A respeito dessas coisas, Meshulem, tudo vem da cama." Você poderia acreditar que a minha delicada e tranquila Goldie fosse capaz de falar assim?

— Eu acredito em tudo a respeito de todo mundo, Meshulem.

— Ela costumava dizer todo tipo de coisas sábias. Ouça mais uma: "A mulher precisa ter uma boa aparência, mas o homem, um pouco mais bonito do que um macaco já é o bastante."

Trocamos sorrisos.

— Que sorte para homens como nós que também existam mulheres que pensem assim. Caso contrário, o que restaria para rapazes do nosso tipo? Só as moças do fundo do poço. E, acredite em mim, Irale: Meshulem, com um único olhar, pode lhe dizer como é um casal na cama.

Às últimas observações, preferi me calar, e Meshulem acrescentou uma informação:

— Minha Tirale decide e faz. Não é como você. Ela decidiu e se divorciou. Eu já lhe disse isso antes e você nem perguntou por que e como.

— Não perguntei — disse eu. — Eu não meto o nariz na vida dos outros.

— O que você quer dizer com isso? Que eu meto?

Fiquei calado.

— Quer saber? Você está certo. Sim, eu meto o nariz. É óbvio que sim. Se ficarmos sentados num canto, educadamente, esperando que as coisas aconteçam, nada acontecerá. Às vezes, é preciso meter o nariz. E não só o nariz. Meta também a mão, e a outra mão, e, se a porta se abrir só um pouco, meta também o sapato, e enfie o ombro, e também o pau é conveniente meter às vezes, e meta como é preciso. Porque, como se diz, longe do pau, longe do coração. No amor é assim.

Meshulem se certificou de que eu estava sorrindo e prosseguiu:

— Então, fique sabendo, Irale. Tirale está livre. E ela não é mais Tirtza Weiss, ela é Tirtza Freid de novo. Paguei muito dinheiro para que aquele merda gordo e bobalhão lhe desse o divórcio, mas agora ela está ganhando todo esse dinheiro para mim, e com juros.

— Então me diga você, agora — eu me atrevi a dizer —, se você, com um único olhar, sabe como toda mulher é na cama, será que pode me dizer como é a sua Tirtza?

Uma pequena nuvem passou pela testa de Meshulem, agitou-se pelos músculos dos maxilares e, então, foi empurrada e retirada.

— Minha Tirale na cama é como o pai dela também. Entende do assunto, é quente e boa. E quer saber? Tente. Vá ver como ela é e vá mostrar a ela como você é.

Os lábios dele caíram de repente e tremeram. O lenço azul voltou a ser retirado. — Tente, Irale... Tente... — A mão dele pousou sobre a minha coxa e a apertou. —Você não vai lamentar por isso. Eu lhe garanto. — A voz dele ficou sufocada e entrecortada: — Tentem vocês dois. Tentem e façam para mim um neto homem, para que eu tenha meu Gershon de volta.

Meshulem, como outros homens entre os quais não me incluo, é um homem duro e delicado ao mesmo tempo, decidido e emotivo, e, quando o cajado bate na pedra, como o golpe que ele recebeu, todas as suas águas jorram.

— Pare o carro — suspirou ele. — Preciso chorar o quanto for necessário.

Parei. Meshulem saiu e se apoiou na porta de trás. Senti seu corpo velho, não era grande, mas atarracado e forte, sacudindo o Behemoth. Depois que acabaram os tremores, Meshulem se afastou um pouco e pisoteou com força no acostamento da estrada, como as pessoas oprimidas e atormentadas fazem para se acalmar.

Ele dobrou o lenço, voltou e entrou no carro:

— Temos muita sorte de perder um pouco a memória ao envelhecermos; caso contrário, teríamos um saco mais pesado ainda para carregar justamente quando não temos mais forças. Agora, chega de falatório. Vamos viajar.

4

ENTRAMOS NO POVOADO. À direita, no Centro. Cento e cinquenta metros. Três casas, dois belos jardins, um dos quais abandonado e seco, os ciprestes que iriam alegrar seu coração, o grande pinheiro, a casa. Espinhos em volta. As janelas cerradas com tábuas de madeira. Meshulem observou a casa pela janela do carro e permaneceu calado.

— Então, o que você diz? Como lhe parece?

— Perfeitamente bem.

— Não quer olhá-la de perto?

— Antes, vamos comer. O cheiro dos sanduíches está me dando apetite e eu também preciso me acalmar.

Tirei a comida e a cerveja da caixa térmica, sentamos no meio-fio — com as fendas cheias de capim, como você disse —, e Meshulem comeu e bebeu com muita vontade, sua mastigação indicando que ele estava mergulhado em pensamentos. Por fim, disse:

— O que há aqui para verificar, Irale? Imediatamente se vê tudo. Olhe você mesmo: o lugar é bom. Mas, e a casa? Fica em cima de pés de galinha. Será preciso derrubá-la e construir uma nova.

— Eu gosto desta casa. Não quero derrubá-la.

— Olha só em cima de que ela está apoiada. Colunas de vinte por vinte, e o ferro já está aparecendo e está oxidado.

— Na sua opinião, quanto devo pagar por ela?

— Você está comprando a casa como investimento? Está comprando porque não tem um teto sobre a cabeça? É um presente para você, então; que diferença faz quanto custa? Negocie um pouco para lhe fazer bem à alma, mas fique com ela.

— Meus recursos são limitados.

— Para essa ruína, seus recursos são suficientes. E, se precisar de mais um pouco, você tem, graças a Deus, a quem pedir emprestado. Só não esqueça, o mais importante nessa casa é o que você não pode mudar, quer dizer, o lugar e a paisagem. Nem mesmo Rothschild, com todo o dinheiro dele, conseguiria arranjar em Jerusalém uma janela com vista para o mar. Então, essa casa tem uma paisagem muito boa, mas a casa em si precisa ser derrubada, e, se você não acredita em mim, chame também Tirale. Olhe só, já estou telefonando para que ela venha até aqui.

— Se essa casa é tão boa — perguntei —, por que ninguém a comprou?

— Porque todos são bobos como você. Chegam, veem a umidade na parede e as rachaduras nas janelas, e se assustam. Pensam na casa e no dinheiro, e não no tempo e no lugar. E aqui o lugar é bom, e o momento é adequado. Compre. Tirale vai derrubá-la e construirá uma nova casa para você. Para ela, isso é uma ninharia.

— Não, Meshulem, eu gosto dessa casa. Só quero fazer uma reforma.

— Parece que estou falando com as árvores e com os gregos. Vamos entrar e ver o que é possível fazer.

5

DENTRO DA CASA, Meshulem começou a bater nas paredes e nas vigas. Uma vez com o punho, outra vez com a mão espalmada, e mais uma vez com as pontas dos dedos.

— Você está ouvindo? Esses sons não são bons. Você está vendo as rachaduras? Estão se abrindo para todos os lados. Esta casa é um caso perdido. Está mais afundada de um lado do que do outro.

Ele tirou uma pequena chave de fenda do bolso da camisa, cravou-a em uma das tomadas e a arrancou da parede.

— Olhe para isso — disse ele. — O isolamento dos fios ainda é de fita isolante preta, do tempo de Matusalém. Você vai precisar trocar tudo. Veja — segurou a torneira da cozinha. — Olhe bem. — Ele puxou com força. A torneira se soltou da parede, deixando um cotoco esfarelado e enferrujado, com gotas marrons escorrendo.

— Está vendo? Não é porque sou tão forte assim, mas é porque está tudo podre. Observe como o teto está desmoronando, observe as paredes junto ao chão como estão descascando. E a mesma coisa aqui, está vendo a umidade debaixo do caixilho? O vazamento pode ser em outro lugar, e, de lá, a água escorre por baixo das telhas como um ladrão na areia. Nesta casa moraram pessoas más. Assim como mantiveram a casa desse jeito, odiavam-se umas às outras.

— Quanto vai custar trocar isso tudo?

— Tanto quanto vai custar construir tudo de novo, e com mais dor de cabeça.

— Mesmo assim, quanto?

— Por que você fica o tempo todo perguntando sobre dinheiro? Amanhã de manhã, trarei Tirale, e você vai falar de dinheiro com ela. Vamos voltar. — E, enquanto andávamos de volta ao Behemoth, ele disse: — Dê só uma olhada no que está acontecendo com essa nossa amiga.

Em volta da figueira estavam espalhados pequenos figos que haviam caído enquanto ainda estavam verdes, e, junto ao tronco, havia montes de serragem amarelada. Olhei para cima e vi que a serragem estava caindo de buracos na casca do tronco.

— Vamos ter que arrancá-la — disse Meshulem. — Ela está com larvas no tronco e não dá frutos. Acabe com ela antes que caia em cima da cabeça de alguém.

— Vou tentar salvá-la.

— O que há com você? A casa está caindo, a figueira está se esfarelando, e você quer conservar as duas? Construa e plante de novo!

Levei-o de volta a seu escritório em Jerusalém, deixei uma mensagem para Liora a respeito de uma viagem para o distante Norte com uma equipe de televisão austríaca, e voltei para a casa que achei para mim. A viagem transcorreu em silêncio, a uma velocidade alta e constante. Nada me atrasou nem me deteve, nada me desviou do meu trajeto. Todos os carros abriam caminho para mim. Todos os cruzamentos que percorri iluminaram-se com rostos verdes. Quando saí da estrada principal, afastei-me do asfalto e voltei à casa que achei para mim pela linha reta que eu já conhecia nos campos.

Voltei e arranquei as tábuas, trepei e entrei pela mesma janela, disse mais uma vez "Olá, casa", e ela voltou a responder. Tirei toda a roupa e mergulhei na agradável noite do mês de abril, a estação de que você mais gostava. Os primeiros sirocos e o final de inverno se misturavam "como as teclas do piano", era assim que você dizia, "frias e quentes". Deitei nu sobre o meu colchão de acampamento, com o saco de dormir enrolado sob a cabeça. Senti a casa em volta do meu corpo. O homem que estava lá era eu.

Tive ainda mais um sentimento, que eu não sabia precisar no instante em que surgiu, mas então eu soube que era a expectativa pela chegada de Tirtza, a certeza de que ela viria, o reconhecimento de que um novo capítulo se abria, diferente e igual, velho e novo.

Capítulo Sete

1

NA PAREDE do pombal, Miriam, a treinadora de pombos, pendurou dois quadros. No primeiro, lia-se o título:

DEZ CARACTERÍSTICAS DE
UM BOM TREINADOR DE POMBOS

E, abaixo do título, estava escrito:

1. O treinador de pombos tem um temperamento moderado. Um treinador de pombos precipitado os assusta.
2. O treinador de pombos fiel e responsável executa todas as tarefas em ordem e pontualmente.
3. O treinador de pombos tem coração bondoso e se preocupa com cada ave.
4. O treinador de pombos é paciente e dedicado.
5. O treinador de pombos é organizado e cuida da limpeza.
6. O treinador de pombos é determinado e mantém a disciplina das aves.

7. O treinador de pombos tem senso de observação e discerne o caráter e a condição de cada ave.
8. O treinador de pombos é aplicado. Há sempre o que fazer no pombal.
9. O treinador de pombos tem consideração pelos outros.
10. O treinador de pombos estuda e sabe tudo que é preciso saber a respeito das características do pombo, sua alimentação, treinamento e cuidados. Da mesma forma, ele deve saber como preparar um pombograma resumido e claro.

No segundo quadro que Miriam pendurou, lia-se o título:

ORDEM DE TRABALHO NO POMBAL

E, abaixo dele, estava escrito:

1. Ao entrar, pela manhã: inspeção geral dos pombos e do pombal.
2. Primeiro exercício de voo.
3. Raspagem e peneiração do solo. Colocação de areia limpa. Enterro do esterco no poço.
4. Limpeza de cuias e vasilhas, e troca da água de banho e de beber.
5. Retorno dos pombos — servir uma refeição leve.
6. Anotações no livro do pombal.
7. Verificação de todos os pombos, um após o outro.
8. Tarefas especiais: marcação, acasalamento, verificação da comida. Despachar a longas distâncias.
9. Voo vespertino.
10. Jantar.
11. Verificação geral.
12. Apagar das luzes.

— Esses dois quadros você precisa saber de cor — Miriam orientou Bebê e disse a ele o que o Dr. Laufer lhe dissera, quando trabalhava com ele na infância: que as nove primeiras características do bom treinador de pombos são importantes para qualquer pessoa, mesmo àquelas que não criam pombos-correio, e a décima característica é importante somente para treinadores de pombos.

— Não consigo assobiar para eles como você — disse Bebê. — Quero que me ensine a assobiar com os dedos.

— Isso não é urgente — disse Miriam. — Tem tempo.

Passados alguns dias, ele viu que Miriam estava amarrando tiras coloridas no pé de três pombos. Ela chamou um dos rapazes do Palmach, deu-lhe uma caderneta e um lápis, e explicou o que ele deveria fazer. Depois, colocou os pombos num cesto de palha trançada, cobriu-o com a tampa, amarrou-o na garupa da bicicleta, e pedalou para o outro lado do estábulo e dos campos. Bebê correu atrás dela algumas dezenas de metros, mas Miriam saiu do kibutz sem virar a cabeça para trás.

Ele voltou ao pombal e ao rapaz do Palmach que estava lá.

—Você está muito perto do alçapão — Bebê advertiu o rapaz. — Os pombos ficarão com medo de entrar.

— Não me incomode, garoto — disse o rapaz.

Bebê ficou calado, afastou-se, levantou os olhos para o céu e esperou. Meia hora depois, chamou o rapaz: — Olhe! Estão voltando.

— Onde? Onde estão? — o rapaz se assustou.

— Ali. Olhe. Não está vendo? Estão se aproximando. O que você está esperando? Levante logo a bandeira e assobie.

O rapaz do Palmach, confuso com a surpreendente agressividade e com os olhos de falcão de Bebê, abanou a bandeira errada. Os três pombos se assustaram e voltaram a voar por cima do pombal.

— A bandeira azul! — exclamou Bebê. Em seguida, gritou: — Venham, venham, venham comer.

Os pombos pousaram e o rapaz se confundiu outra vez: espalhou diante deles um pouco das sementes na prateleira que ficava na frente do alçapão, e não no compartimento que ficava atrás dele. Os pombos comeram um pouco e levantaram voo outra vez.

Quando Miriam voltou de bicicleta, suada e arfando, o rapaz informou: "Todos voltaram!", e entregou a caderneta a ela. Miriam espiou e disse: "Você não fez nenhuma anotação!" E Bebê não se controlou e gritou: "O azul chegou primeiro!" e "Ele espalhou a comida do lado de fora." E Miriam ficou furiosa: "Eles precisam saber que devem entrar; caso contrário, será impossível retirar a cápsula. Agora terei que fazer tudo outra vez."

No dia seguinte, ela verificou se Bebê conseguia preencher os formulários dela com uma escrita clara, e comunicou que, a partir daquele momento, ele é que receberia os pombos de volta.

— Isso é muito importante — disse ela. — Não basta que o pombo volte para casa. Isso qualquer pombo da rocha sabe fazer. É preciso levar em consideração em que velocidade ele está voltando e o que ele faz no instante em que volta — se fica circulando do lado de fora ou se entra logo no alçapão, para dentro do pombal.

— E quando vai me levar com você? — perguntou Bebê alguns dias depois, e Miriam disse que treinamento de pombos se aprende por etapas, uma depois da outra, e que agora havia chegado a hora de promovê-lo do grau de recebedor de pombos e de limpador de vasilhas ao nível de cozinheiro.

— Você ainda tem muito que aprender antes de despachar um pombo sozinho — disse ela, dando a ele uma caderneta e um lápis.

Ele anotou: a ervilha, a lentilha e a ervilhaca fornecem proteínas. O sorgo, o arroz, o milho e o trigo, carboidratos. Sementes de linhaça, de gergelim e de girassol, gordura. Miriam lhe ensinou o segredo da mistura das sementes, como era importante cheirá-las para ver se não tinham cheiro de mofo e a bater com um martelo em uma ou duas: "Se estão secas como devem, esfarelam, e se estão úmidas demais, amassam."

— Um pombo com fome fica mais desperto e mais eficiente — explicou ela —, mais ativo e mais leve para o voo, e então, depois do voo da manhã, damos-lhe uma refeição leve, e só depois do voo da tarde, a refeição principal. E não se esqueça: pombos gostam de beber logo depois de comer.

Ela abriu diante dele a caixa que continha uma mistura mineral, que ela chamava de "cascalho", na qual havia basalto esfarelado, que ajuda o pombo a triturar as sementes duras que come, e pó de óxido de ferro, que purifica o sangue, e carvão, que limpa o sistema digestivo, e lascas de conchas, e cal de construção e casca de ovo para fortalecer os ossos — "como se dá às galinhas chocadeiras no galinheiro de vocês". E acrescentou: — Porque um pombo-correio precisa de ossos mais fortes do que os de um pombo comum. Mais fortes e mais leves.

— E essa mistura também contém sal — disse ela —, e, por isso, é proibido servi-la ao pombo antes de um voo longo.

— Para que não fique com sede — completou Bebê.

— Muito bem. E o que acontecerá se ele ficar com sede?

— Morrerá no caminho.

— Não — Miriam riu. — Ele vai descer para beber, e, então, na melhor das hipóteses, perderá tempo e, na pior das hipóteses, alguém o pegará ou comerá.

Bebê criou coragem e perguntou o que eram as pequenas, lisas e escuras sementes que, às vezes, ela servia aos pombos quando retornavam, e Miriam respondeu que eram sementes de haxixe, que os pombos adoravam.

— Acrescentam-se algumas delas à mistura diária, mas um pouquinho é como uma gratificação especial, como um prêmio.

— E, duas vezes por semana — prosseguiu ela —, damos de comer a eles na palma da mão. — Isso toma tempo, mas é muito agradável e útil, uma oportunidade de examinar os pombos e aprofundar sua afeição e amizade. Animais têm medo dos olhos humanos, do cheiro do corpo e da esperteza dos dedos. O caminho para superar tudo isso é ensiná-lo a comer na palma da mão. Assim, eles se acostumam, se aproximam e se tornam amigos fiéis.

— O pombo não é tão inteligente e sensível e complexo quanto o cão ou o cavalo — disse ela —, e apesar do que dizem dele e apesar de sua aparência, ele tem um caráter difícil. Mas também sabe o que é fidelidade e amizade. Isso, você não precisa anotar. Há coisas que ouvir e lembrar já são o bastante.

2

— Você está cem por cento — disse-lhe ela depois de alguns dias. —Você vai ser um verdadeiro *duvejeck*.

— O que é *duvejeck*? — Bebê se assustou.

— Quando você for um *duvejeck*, vai saber.

— Então, quando você vai me levar junto para enviar os pombos?

— Não é "enviar"! É despachar! E, antes disso, você precisa aprender outra coisa importante: como pegar e segurar um pombo na mão. É proibido pegá-lo no ar — ensinou ela —, e também fora do pombal, mas somente depois que ele pousar e entrar. As mãos devem estar à vista ao se aproximarem do pombo, o movimento não deve ser furtivo nem repentino, nem rápido demais, tampouco hesitante ou lento. E sempre por cima, para que seja apanhado, se levantar voo. E, por fim, a forma de pegar em si: as palmas das mãos envolvem as asas, os dedos descem e seguram entre os pés. Com delicadeza. Tudo com delicadeza. Não é um corpo simples como o nosso; é um corpo aperfeiçoado e delicado, construído para voar. — E não o olhe nos olhos! — disse ela mais uma vez —, porque, para os animais, o olhar direto nos olhos é um ato de agressividade. Os olhos dos pombos se dirigem para os lados, e os nossos, para a frente; por isso, nosso olhar lhes parece o olhar de um animal predador ou de uma ave de rapina.

As mãos de Bebê se aproximaram do pombo, desceram em sua direção, pegaram-no, sentiram o agitar de seu coração. O coração de Bebê respondeu, pulsando. — Não é com força... — E ele ficou temeroso. — Muito bem... — E uma grande felicidade encheu todo o seu corpo. — Agora pegue outro, eles são muito diferentes entre si. — E ele exercitou, aprendeu e conheceu, com cuidado e delicadeza, e sua confiança foi crescendo cada vez mais.

Depois de mais alguns dias, Miriam lhe disse que arranjasse uma bicicleta e fosse com ela a uma das viagens. Ele era pequeno em altura e ainda não conseguia pedalar a "bicicleta dos camaradas"; então, pediu à tia a "bicicleta das camaradas" dela.

A tia hesitou.

— É a bicicleta do estábulo — disse ela.

— Por favor, mamãe, por favor — disse Bebê. E ela, ao ouvir o "mamãe" e ao ver a esperança e o desespero se agitando na testa do menino, concordou, com uma condição: que pedalasse pouco e se exercitasse antes de pedalar "com a moça do pombal".

Ele tentou e caiu, tentou novamente e se exercitou até que achou o equilíbrio necessário. Machucado e arranhado, apressou-se até o pombal, cheio de gratidão a Miriam por ela não ter perguntado nada e, em vez disso, tê-lo orientado a ir depressa lavar os ferimentos com água e sabão, e por ela ter passado pomada veterinária e, depois disso, ter-lhe dito quais os três pombos ele deveria pegar.

No início, pedalaram no caminho de terra paralelo à estrada: ela, com movimentos preguiçosos e sem esforço, e ele, empenhando-se com todo seu peso e arfando muito, mas esquecendo-se dos ferimentos e do receio, e divertindo-se com o sussurro dos pneus triturando o cascalho, e com o sentimento do que estava para acontecer. Ao lado do grande poste de eletricidade, desviaram na direção da alameda de ciprestes e ultrapassaram os campos, entre luz e sombra se alternando aos olhos, um aroma de flores de acácia acariciando e amarelando o nariz.

Alguns quilômetros depois, ao lado de uma bomba de água, Miriam parou, apoiou a bicicleta no tronco de um pinheiro e tirou do cesto o pombo assinalado de vermelho.

— Pegue a caderneta e o lápis — disse ela —, e anote a cor da fita, a data, a hora e o lugar, cada coisa na sua coluna.

Ele anotou, com letras grandes de criança, muito orgulhoso e temeroso.

— E, agora, os números e as letras da argola dele, muito bem, e, na coluna destinada ao LUGAR, anote "BOMBA DE ÁGUA". E, no CLIMA — CLARO, 24°C, LEVE VENTO A LESTE. E, no lugar destinado à HORA em que foi despachado, anote 13:45. Quinze para as duas. Anotou? Entendeu tudo? Agora, olhe bem.

Ele olhou para as mãos dela estendidas à frente e para cima, seu corpo tenso, os seios que se ergueram de repente sob a blusa cinza de trabalho, o sorriso que lhe surgiu nos lábios sem que ela mesma se desse conta. O arremesso foi tão suave que o pombo parecia um sorriso que se desprendera e brotara do corpo de Miriam, e o alçar voo, tão bonito e atrativo, que Bebê não sabia por que sentia vergonha de sua emoção.

Assim, Miriam despachou também o pombo com a fita amarela, e Bebê ficou preocupado: será que ela daria a ele o terceiro pombo ou também o despacharia? Ele preencheu o terceiro formulário, ergueu os olhos para ela, e Miriam disse: — E agora, você.

Ele segurou o pombo e, apesar do que havia aprendido, dirigiu-lhe um olhar de ave de rapina.

— Pense no que você está fazendo — disse-lhe Miriam. — Este é o seu primeiro pombo, não se esqueça. Não o largue e não o jogue. Pense que você o está oferecendo ao céu. Com delicadeza.

Ainda antes de esticar as mãos até o fim, sentiu que seu movimento não fora tão bom quanto o dela. Mas o pombo já estendia as asas, e os olhos de Bebê o acompanharam em seu voo, e seu corpo queria segui-lo. As asas batiam. De início, azul-acinzentado, e então — diante de um imenso e claro céu — ia ficando negro e diminuindo. Bebê olhou para ele, sem saber que aquele seria o último quadro que veria nove anos depois, enquanto suas costas sangravam no depósito de jardinagem destruído do mosteiro, com o corpo perfurado, quebrado e dilacerado, enquanto um pombo alçava voo, levando seu último desejo.

—Você foi muito bem — disse Miriam. Ela acariciou a cabeça dele com a mão fresca, antes de forma desordenada e alegre, e, então, dois dedos deslizaram para ambos os lados da nuca e afagaram-lhe as costas.

3

ALGUMAS SEMANAS DEPOIS, Miriam pediu a Bebê que pedisse à tia que ela pedisse ao motorista do caminhão de leite que levasse pombos para arremessos mais distantes. Primeiro de Tzemach, depois de Afula e de

Haifa. E, então, disse-lhe que sabia que, às vezes, o tio viajava para reuniões do movimento partidário do kibutz em Tel-Aviv, e que lhe pedisse que levasse três pombos com ele e os despachasse de lá.

— Como vou levá-los? — perguntou o tio.

— Há um cesto especial para pombos — respondeu Bebê —, um cesto de palha trançada, com tampa e alça.

— E se eles começarem a brigar no caminho? E se fizerem sujeira?

Miriam não desistiu. Foi com Bebê até o tio dele e lhe disse:

— Os pombos não brigarão, e, se fizerem um pouco de sujeira, não faz mal. O cesto é forrado com jornais.

— E onde vou soltá-los? — resmungou tio. — Assim, à toa? No meio da rua? Parar e abrir o cesto?

—Você se lembra do Dr. Laufer? Aquele que salvou a vida do bezerro doente de sua esposa? Estou certa de que vocês ficarão felizes em restituir-lhe um favor. Leve os pombos para ele. Ele se encontra em nosso pombal central, no jardim zoológico — disse Miriam. — Ele vai despachá-los, preencherá os formulários e pode ser também que lhe dê alguns pombos dele para que os despachemos daqui. É importante. Não é todo dia que temos a oportunidade de despachar a uma distância de verdade.

O rosto do tio ficou transtornado. Seu corpo dizia não. E, então, Bebê, ao qual o nome "o pombal central" soou com a magia e a importância de nomes sagrados, exclamou:

— Eu vou com você. Serei responsável pelo cesto e por cuidar dos pombos.Você só precisa me levar ao pombal central do jardim zoológico.

— Boa ideia — disse Miriam, inclinando-se sobre ele. — Confio em você.

— E depois? — prosseguiu o tio, preocupado com a parte dele. — Você vai ficar se arrastando atrás de mim o dia inteiro, divertindo-se comigo em todos os encontros e reuniões?

— Deixe-o no jardim zoológico — disse a treinadora de pombos. — O Dr. Laufer vai achar logo alguma coisa para ele fazer. O pombal central é grande e há sempre trabalho por lá.

Às três horas da madrugada, o tio acordou Bebê e o conduziu, seus olhos ainda fechados e as mãos abraçando o cesto de pombos, ao caminhão de leite. A viagem aprofundou ainda mais seu sono, mas, aqui ou acolá, ele despertava e, cada vez que abria os olhos, via uma paisagem diferente e o trajeto lhe parecia uma série entrecortada de sonhos. Em Haifa, foram até o ponto do ônibus. O tio tirou um sanduíche da sacola e deu a Bebê, e lhe comprou, de um vendedor árabe, um copo de bebida ácida. Quando o ônibus saiu da estação e começou a seguir na direção sul ao longo do litoral, disse-lhe que não bastava olhar pela janela, e que ele deveria também respirar fundo e sentir o cheiro de tudo que estava vendo, "pois é do cheiro que nos lembramos melhor".

O ônibus parou em várias estações, deixando e pegando passageiros. O mar, que estava próximo e azul, exalando um cheiro muito salgado, ia se afastando e ficando esverdeado. Seu cheiro também ia mudando: primeiro, tornava-se mais fraco, depois, aumentava, e, então, se transformava em cheiro de pomar. Os pombos iam quietos no cesto, e Bebê voltou a adormecer, só acordando quando o tio o sacudiu para que abrisse os olhos e olhasse.

— Chegamos. É primeira vez que você está em Tel-Aviv. Olhe — aqui é a estação central.

Bebê ficou impressionado:

— Aqui tem um pombal central *e* também uma estação central?

O tio riu.

— E também uma comissão central e um departamento central. É assim em Tel-Aviv.

Da estação central de Tel-Aviv, os dois foram por uma rua fervilhante e úmida, e subiram em outro ônibus. Durante o trajeto, o tio o sacudiu novamente, para que olhasse em volta e visse os homens com chapéus, os carros e as lojas, coisas que existem na cidade, e não no kibutz, mas Bebê estava concentrado só em outra coisa, e, quando estavam próximos ao jardim zoológico, ao ouvirem seus ruídos e sentirem seus cheiros, disse ao tio que precisava despachar os pombos.

— Mas Miriam disse que o Dr. Laufer iria despachá-los.

— Ela confia em mim — disse Bebê. — E foi só por isso que fiz toda essa viagem até aqui. Você vai ver, papai, os pombos voltarão a salvo e Miriam vai até dizer que eu os despachei bem.

Bebê serviu aos pombos um pouco de sementes, uma refeição leve para que não lhes pesasse no voo mas que os saciasse o bastante para que não precisassem pousar no caminho para comer. Serviu também um pouco de água numa pequena vasilha e deu os formulários para o tio.

— Anote aqui a data — orientou ele e, depois, ditou: — Lugar do despacho — portão do jardim zoológico de Tel-Aviv. — E o tio também escreveu a hora e o clima: quente e úmido, calmo e claro. Os números da argola dos pombos Miriam anotara antes.

Bebê copiou os detalhes num bilhete que ficaria com ele, colocou os formulários nas cápsulas e as prendeu nos pés dos pombos. Ele levantou as mãos e despachou-os um após o outro, antes o mais claro e, alguns minutos depois, os dois azul-acinzentados. O tio o olhava. Seus lábios sorriam, e seu coração, era assim que ele se lembraria no futuro, se contraiu. Era um tio bom e amável, e nunca mais se esqueceu daquele momento, e até o descreveu, chorando, a todos que foram consolá-lo nove anos depois pela morte do sobrinho. E, quanto a Bebê, ele lamentava, porque Miriam não estava lá para ver como era suave e correto seu movimento naquele instante, e disse:

— Agora, vamos entrar no zoológico e ir até o pombal central.

De qualquer forma, o Dr. Laufer se antecipou e saiu na direção deles, alto e um pouco curvado, com suas galochas, o nariz comprido e os braços balançando, sua abundância de sardas e seu cabelo vermelho, e atrás dele um homem muito gordo com boné na cabeça.

— Lá está ele — sussurrou Bebê. — É o Dr. Laufer, que construiu o pombal em nosso kibutz.

— Ora, vejam só — exclamou o veterinário. — Vejam só o rapaz que Miriam nos enviou, e também seu tio. Só os pombos não estão entre nós.

Bebê ficou confuso e permaneceu calado.

— Ninguém diz nada, ninguém responde — insistiu o Dr. Laufer. — Você despachou os pombos sozinho, hein? Nós os vimos subindo há dois minutos.

— E também executei todos os detalhes — Bebê apresentou com orgulho a cópia que ficara com ele.

O Dr. Laufer observou a anotação.

— Muito bem. Mas queríamos acrescentar um pequeno pombograma para Miriam, e agora os pombos já voaram e não há mais o que fazer.

— Ela não me falou nada — retrucou Bebê, espantado.

—Você, camarada-tio — disse o veterinário—, pode ir resolver seus assuntos. Ele ficará trabalhando conosco até a sua volta.

O tio se foi, e o Dr. Laufer disse ao homem gordo:

— Está vendo este cavalheiro? É nosso hóspede. Toda vez que ele vier, deixe-o entrar. — E, voltando-se para Bebê: —Venha!

O zoológico se abriu como um reino encantado aos olhos de Bebê. Junto ao portão, havia tartarugas gigantes, que, apesar do seu tamanho, ou talvez justamente por causa disso, os olhos não conseguiam acreditar que elas existiam. E, mais adiante, os macacos. Ao vê-los, Bebê percebeu que eles eram os seres que o visitavam em seus pesadelos que até agora conseguia esquecer, ainda antes de acordar. E também algumas jaulas de pequenos animais, cruéis e maliciosos na aparência. Ele já vira outros do mesmo tipo mais de uma vez, esquivando-se pelas brenhas de cana ao lado do rio Jordão, não muito longe do kibutz. E um lago de pelicanos, e todo tipo de patos, os quais também já conhecia do vale do Jordão. Mas ali havia também um urso-preto, e um leão e duas leoas, e eu me divertia sozinho com a suposição de que eram os mesmos Tamar e Dolly e Herói que vira anos depois, quando minha mãe me levou ao mesmo zoológico. E havia também um tigre, o grande tigre Teddy, que fora caçado na Galileia.

—Você acreditaria, Yair? Um tigre no nosso país! Ao lado de Safed...

Mas Bebê queria chegar antes de tudo ao pombal, o pombal central, a respeito do qual não parava de pensar e imaginar como era. De tanto pensar, imaginou-o como um grande palácio de mármore, como nas lendas que seu tio lhe contava e como nas fotografias do álbum francês, com centenas de pombos azuis e brilhantes, brancos e reluzentes, bicando grãos dourados de vasilhas de alabastro, tomando água em uma bacia de marfim, cochilando em camas de ébano e travesseiros bordados de musselina.

Mas, quando chegaram ao pombal central, viu que era um pombal completamente comum, com as janelas, as redes, o estrume, as prateleiras e os alçapões, só que muito maior do que o pombal do kibutz, e havia compartimentos separados para pombos de outros pombais, e muitas cabines para choco.

— Aqui — disse o Dr. Laufer —, no pombal central, nós também chocamos, e aqui criamos a maioria dos filhotes que saem para novos pombais.

Na parede do pombal central, seus dois velhos conhecidos — o quadro das características do bom treinador de pombos e o quadro de trabalho no pombal — e, então, apareceu no pombal central também uma menina, uma menina séria, clara e de cabelos cacheados, meio ano mais velha que Bebê, e mais de meia cabeça mais alta do que ele.

O Dr. Laufer apresentou um ao outro.

— Assim como você é o nosso mais novo treinador de pombos — disse a Bebê —, ela é a nossa mais nova. Ela conhece bem o trabalho em nosso pombal e vai lhe dizer o que fazer.

Bebê olhou para ela e sentiu que queria estender sua permanência por vários dias, e que, em cada um desses dias, aquela menina lhe dissesse o que fazer, e já se imaginava indo e voltando em direção a ela, e não somente de lá e naquela época, mas durante todo o tempo e em todos os lugares. E, como ele queria causar boa impressão, disse-lhe:

— Mandaram-me do vale do Jordão, especialmente para eu despachar pombos daqui.

— Você não deve contar essas coisas; é segredo — disse a Menina.

Bebê ficou perplexo.

— Pensei que para você eu poderia contar.

— É um pombal secreto da Haganá — explicou ela. — É proibido contar para qualquer pessoa.

— Então, por que você me contou isso agora?

Os dois coraram.

— Não precisa brigar — disse o Dr. Laufer. — Entre nós, é permitido contar. Só é proibido para pessoas estranhas.

Bebê esperou um pouco e perguntou:

— Quando vocês os pegam para o primeiro voo?

— Um pouco depois do sol raiar — disse a Menina. — Preciso acordar muito cedo para chegar aqui a tempo e, daqui, já vou direto para a escola.

— Eu me levanto antes do sol raiar para dar tempo de trabalhar — disse Bebê —, porque a nossa escola fica longe do kibutz; no nosso pombal, está escrito "pumbal". E por quanto tempo eles saem?

— Depende — respondeu a Menina. — Os adultos se afastam mais e os mais jovens ainda sentem medo.

— E já deixam você pegar e segurar um pombo na mão?

— Há muito tempo. Eu também levo cestos de pombos para despachar sozinha. Anteontem, da fazenda dos cavalos, e até do rio Yarkon eu já despachei.

— Eu também já levo o cesto e despacho pombos — disse Bebê com orgulho. — E hoje despachei pombos daqui até o kibutz, mas às vezes eu não me controlo e os olho nos olhos.

— E como é o nome do treinador de pombos de vocês? — perguntou a Menina.

— É uma mulher, e eu não sei se posso lhe dizer, pois talvez isso também seja um segredo.

— Eu posso perguntar ao Dr. Laufer — retrucou a Menina. —Todos os treinadores e todos os pombos do país saem daqui.

— Como você quer que eu ajude? — perguntou Bebê.

— O que você sabe fazer?

—Tudo, menos assobiar com os dedos.

Ela soltou uma gargalhada e logo ficou séria.

— Não posso deixar que você toque nos nossos pombos, pois talvez o pombal de vocês não seja limpo e você tenha trazido doenças. Mas você pode limpar em volta.

— E você vai fazer o quê?

—Vou dar comida aos filhotes maiores.

Bebê foi obrigado a reconhecer que Miriam ainda não lhe dera uma tarefa tão delicada, e a Menina passou, vitoriosa, ao compartimento vizinho. Ali viviam os filhotes maiores que estavam desmamando do "leite-de-pombo" dos pais.

Bebê limpava as vasilhas, enquanto seus olhos seguiam a Menina através das telas. Ela misturou sementes que ficaram de molho durante horas para amolecer, espalhou um pouco de pó de conchas moídas e minerais, sentou-se e colocou o filhote sobre a coxa. Com a mão esquerda, abriu o bico do filhote, e, com uma colherzinha fina e curta, colocou dentro algumas sementes. Fez a mesma coisa várias vezes, até que ele ficou com o papo cheio, e ela colocou um pouco de água na goela do filhote, com a mesma colherzinha.

— Não é complicado — disse o Dr. Laufer, atrás de Bebê —, mas é o tipo de trabalho que é melhor deixar para os cuidadores fixos do pombal, e não dar para visitantes. Mas não se preocupe, vocês também terão filhotes e você também vai aprender isso em breve.

4

À TARDINHA, o tio voltou ao jardim zoológico, espiou e viu Bebê trabalhando com uma menina alta e de cabelos cacheados, e sentiu alguma coisa estranha: o conjunto de palavras que sobrevoam constantemente a mente de qualquer pessoa, sem nenhuma ordem ou disciplina, arrumou-se na mente dele numa estrutura de frase. E a frase lhe sussurrava que aqueles dois, no futuro, teriam uma relação de amor. Exatamente assim.

Ele chamou Bebê, que se virou com o rosto iluminado e feliz, e sussurrou, para que os pombos não se assustassem:

— Só um instante, papai. Já estou terminando o trabalho.

O tio perguntou ao Dr. Laufer se o jovem visitante não estava atrapalhando, e o veterinário respondeu:

— Ao contrário! Ele nos ajudou e foi muito útil. Você pode mandá-lo sempre aqui por alguns dias. Às vezes, precisamos de ajuda, e ele é um trabalhador profissional e aplicado.

— Não queremos incomodar — disse o tio. — Onde ele vai ficar?

Bebê se apressou em responder: — Vou dar um jeito — e o Dr. Laufer brincou: — Na jaula dos macacos vai vagar um lugar. — E riu o seu riso rouco, cuja intenção era obter a atenção do ouvinte: — Rrr... rrr... rrr... — e a Menina cochichou de repente no ouvido de Bebê: — Esse é o riso dos judeus alemães. Fique sabendo.

O ar quente da boca da Menina flutuou na orelha dele. Não pare, não se afaste, fique, exclamou consigo mesmo, e a Menina cochichou:

— Meu pai também ri assim. É assim que os alemães informam que acabaram de dizer uma coisa engraçada.

— Muito obrigado — disse o tio, e Bebê, ainda tonto com a proximidade dela, pediu com o coração que não somente o Dr. Laufer, mas que também ela, o convidassem para voltar a visitá-los. Mas a Menina o olhou e não disse nada. Um leve rubor lhe desceu da testa para as bochechas, e Bebê percebeu como era bonita aquela combinação de matizes — rosa, azul e dourado. A pele, os olhos, os cabelos.

— Antes de vocês partirem, há apenas mais uma pequena coisa a fazer — declarou o Dr. Laufer.

Escreveu algo num bilhete, enrolou-o, introduziu-o num fino tubo de cartolina e disse a Bebê: — Agora a mão, por favor.

Bebê estendeu a mão. O veterinário cantarolou consigo mesmo: — Despache um pombo anunciador, e se ele nada contar, no pequeno bilhete atado às suas asas, coloque-o como uma cápsula, sob o seu braço, amarrado —, e amarrou o tubo no braço gorducho com uma fita fina de tecido.

— Está apertando?

— Não.

— Balance um pouco a mão. Muito bem. Agora, fique ereto e se agache.

Bebê fez como ele mandou e o veterinário disse:

— Tudo bem. Você pode voar. Rrr... rrr... rrr... E o que você vai fazer quando chegar ao pombal?

— Entregarei isso a Miriam.

— Não dê! Só entre assim — e o veterinário estendeu amplamente os braços compridos —, com o bilhete na mão. Mas sem pressa, está bem? Para não assustar os outros pombos.

— E depois?

— Exatamente como toda vez que um pombo retorna ao pombal. Miriam vai pegar o bilhete e lhe dará alguma coisa boa para comer — disse o Dr. Laufer e, em seguida, perguntou ao tio se ele concordava em levar consigo pombos de Tel-Aviv para que Miriam os despachasse do kibutz para o jardim zoológico.

— Eu vou despachá-los! — exclamou Bebê. Dessa vez, o tio concordou de boa vontade, e o Dr. Laufer colocou três pombos no cesto trançado que Bebê trouxera, e acrescentou também um saco com cápsulas, fitas, argolas e formulários para que os entregasse a Miriam.

O sol se pôs. O zoológico se encheu de ruídos. Bebê percebeu que eram os rugidos, os gritos e os bramidos que Miriam havia mencionado, e a Menina, que os acompanhou até o portão do zoológico, sorriu para ele e disse: — Eu adoro essa hora.

Bebê e o tio se despediram dela e foram até o ponto de ônibus.

— É uma menina muito simpática — disse o tio a Bebê.

Bebê ficou pensando se havia se despedido dela direito, e se ela percebera que ele queria voltar e se encontrar com ela, e o tio completou:

— Você sabe o que pode fazer? Escreva a ela alguma coisa pequena e despache com um dos pombos que o Dr. Laufer nos deu para despachar do kibutz. Mulheres gostam muito de receber cartas, e receber uma carta através de um pombo certamente é muito agradável.

5

MIRIAM JÁ HAVIA reunido os pombos do voo matinal e servido a refeição deles, quando viu Bebê chegando com as mãos abanando no ar e os pés levantando poeira.

Ela sorriu. Parecia que a brincadeira não lhe era estranha. Serviu-lhe algumas sementes de girassol descascadas, segurou-o por trás num abraço gostoso e disse: — E isso é para mim, não é? — retirando da mão dele o tubo de cartolina.

— Os pombos voltaram? — perguntou Bebê.

— Os dois azuis voltaram — disse Miriam. — O azul mais jovem, em uma hora e meia, um tempo muito bom. E o outro azul, em uma hora e quarenta e dois minutos.

— E em quanto tempo o de cor clara?

— O de cor clara não voltou.

Bebê ficou muito triste e com sentimento de culpa. Será que deveria tê-lo despachado junto com os outros dois, e não antes?

— Você os despachou muito bem — disse Miriam. — Talvez ele ainda volte nas próximas horas.

Mas Bebê não se acalmou. Imagens de garras e de projéteis no ar e de penas voando passaram diante de seus olhos. Ele voltou a lamentar sua dor aos ouvidos de Miriam, e ela lhe disse que, se fosse um pombo veterano, que já estava habilitado, havia por que lamentar, mas, em se tratando de um pombo jovem que não retornara de seu primeiro arremesso sério, isso era sinal de que não se tratava de um bom pombo-correio, e que havia sido melhor assim.

E, então, o tio também apareceu, carregando os pombos que o Dr. Laufer lhe dera. Miriam os transferiu do cesto trançado para uma caixa espaçosa, serviu-lhes sementes e água, e disse:

— Vamos despachá-los amanhã pela manhã, depois que descansarem da viagem.

No dia seguinte, Bebê anotou os detalhes do arremesso nos formulários próprios, deu uma cópia para Miriam guardar e introduziu as outras cópias nas cápsulas dos pombos. E, então, ele e Miriam acrescentaram pequenos bilhetes em penas de ganso separadas. Miriam escreveu alguma coisa para o Dr. Laufer, e Bebê escreveu para a Menina: "Quero que você tenha um pombo meu, e eu, um pombo seu."

Capítulo Oito

1

Às seis da manhã, um barulho forte me despertou. Um velho trator andava em volta da casa, com um cortador de grama a reboque. Levantava, abaixava, rodeava, cortava os espinhos e o capim num grande alvoroço. Saí. O operador do trator desligou o motor e tirou os protetores de ouvido.

— Você é o dono da casa? — perguntou.

— Ainda não. E você, quem é?

— Eu? Fui chamado para limpar esse capinzal.

— Quem chamou você?

— Seu empreiteiro — disse o tratorista, e debochou: — Seu empreiteiro é uma mulher, você sabia disso?

Respondi que estava informado. Ele voltou ao trabalho e eu o segui como uma cegonha andando atrás do lavrador, com os olhos voltados para a terra úmida, observando as lagartixas, os insetos e as lacraias fugindo de suas casas destruídas. Um enorme lagarto surgiu de repente, assim como duas cobras finas e assustadas, e escorpiões, com seus ferrões levantados, medrosos e ameaçadores. E mais todo tipo de achados arqueológicos, provas e testemunhas de vidas anteriores: uma faca de cozinha quebrada, uma boneca sem uma perna, um par de sapatos surrados — o pé esquerdo, um sapato marrom de trabalho; o direito, branco, de bebê.

O tratorista terminou o corte, acendeu um cigarro e permaneceu parado no pátio.

— O que você está esperando? — perguntei.

— Meu dinheiro. Ela disse que viria daqui a pouco.

Assim, da boca de um tratorista anônimo, recebi a notícia de que eu estava para voltar a ver a amada da minha juventude. Quis ir até o Behemoth para pegar o aparelho de barbear e artigos de banho, mas não deu tempo. Uma caminhonete branca, com o símbolo da CONSTRUTORA MESHULEM FREID E FILHA, vinha se aproximando. O sol baixo da manhã fez sombra de duas silhuetas dentro da caminhonete. Meshulem Freid desceu do assento do motorista, e sua filha, do outro lado. Ele parou e deixou que ela caminhasse à sua frente. Tirtza tem estatura baixa, exatamente como eu, mas suas pernas são longas, e o corpo é empertigado. Assim como eu e como ela, seu pai também reconhecia a graça que havia em seu modo de andar.

Coloquei a mão sobre os olhos e olhei para ela, cortando com uma sombra o sol baixo. O que eu faria quando o rosto dela aparecesse? Como a chamaria? Tirale? Tirtza? E quais seriam minhas primeiras palavras? "Olá, como vai?"

E ela, Tirale, Tirtza, minha querida no passado distante e minha queridinha no futuro próximo, deu alguns passos à frente e parou. Eu sabia que, enquanto o sol se punha e ocultava suas feições, eu estava iluminado e visível.

— Bom-dia — disse ela.

— Bom-dia — respondi, agarrando a oportunidade. Como eu não havia pensado numa introdução tão simples?

— Aqui estamos novamente, Irale; eu sabia que ainda nos encontraríamos.

Caminhei em sua direção, desviei para o lado, e o rosto dela se delineou de uma só vez. Ei-la. Seus lábios ficaram mais finos e já havia um pouco de branco jogado nos cabelos. Os olhos permaneciam amarelo-esverdeados, e nos cantos já se acumulavam algumas pequenas rugas. Quem de vocês não foi marcado pelo tempo? E pelo riso?

Meshulem se afastou para examinar o terreno capinado. Tirtza estendeu as duas mãos em minha direção e eu as segurei. Juntamos nossos rostos para dois beijinhos na face e, como namorados no passado, não estalamos com os lábios no ar, mas nos permitimos encostá-los, um na face do outro, próximo ao canto da boca.

— Estou feliz por você ter vindo — disse-lhe.

— Eu também. — Ela sorriu. — Parabéns pela casa e mais ainda pela decisão. Mostre-me a casa e me diga o que você quer fazer.

— Lamento.

— Por quê? É um bonito lugar.

— Não é pela casa. É por nós. Por todo o tempo que passou.

— Não há nada para lamentar. Pelo visto, era assim que as coisas tinham que acontecer. — E exclamou para o pai: — Meshulem, pare de incomodar o rapaz e entregue o dinheiro dele.

Meshulem pagou ao tratorista, mas este permaneceu no pátio, observando o que estava acontecendo. Tirtza e eu entramos na casa.

— Mostre-me a casa — disse ela. — Explique-me o que há de bom nela.

— Eu — declarei de repente, surpreso com a existência e a presença do meu diagnóstico. — O que há de bom na casa sou eu.

Tirtza riu em voz alta. Os irmãos embalsamados do riso dela despertaram em minha memória, esticaram-se e responderam com alegria. O ar se encheu de esperança e emoção. Ela olhou para fora por todas as janelas e disse: — Com a paisagem, você se saiu bem. — Virou-se em minha direção e perguntou: — Então, o que você quer fazer aqui? Reformar ou construir uma nova?

— Reformar.

— Muito bem.

— Mas seu pai já conseguiu me assustar. Ele disse que esta casa vai cair em cima da minha cabeça. Que é preciso pôr tudo abaixo e construir uma casa nova.

Ela riu.

— Ele só disse ou representou toda a parte dele? Arrancou torneiras? Bateu? Escutou as paredes e traduziu o que elas estavam dizendo?

— Sim — respondi, feliz. — Fez toda a encenação dele. Arrancou, bateu e escutou as paredes.

— Meshulem gosta de impressionar as pessoas, e gosta também de tudo novo, desde a fundação. De quem é a casa?

— Da comunidade.

— Então, antes, compre-a. É um bom lugar.

— Isso seu pai também disse.

Ela virou o rosto para mim e se aproximou.

— Não me espanto. Ele quer nos aproximar de novo e também não ficarei espantada se ele já lhe disse isso explicitamente.

— Ele já disse.

— Isso é impossível tirar dele. Com ele, a boca e o coração andam realmente juntos.

Tirtza não arrancou canos nem bateu na parede. Ela deu um tapa na minha cabeça, um tapinha debochado com as pontas dos dedos. Do sulco que ela abriu em meu crânio, saltaram cenas e pessoas.

— Ainda somos parecidos — disse ela — e também estamos envelhecendo do mesmo modo. O mesmo cabelo, que jamais enfraquece, o mesmo início de cabelos brancos, as mesmas rugas assimétricas ao lado da boca. Mas a minha ruga mais profunda fica do lado direito, e a sua mais profunda, do lado esquerdo.

E deu um tapa na minha barriga também. — E eu não tenho esse pequeno pneu na barriga. Dê um murro. Sinta como a minha barriga está dura.

Não bati. Toquei a barriga dela com a mão aberta.

— Que pudores são esses? — Os olhos dela riram. — Dê um tapa.

Fechei os dedos e bati de leve na barriga dela.

— Mais forte! — E, quando viu que eu não respondia: — Estou disposta a pegar essa reforma, mas com a condição de que eu trabalhe só com você. Se vier um arquiteto, se a sua mulher vier com ideias ou se você me irritar, adeus. Sua empreiteira se foi.

— Tudo bem — concordei.

— Porque não vamos construir aqui; só consertar e adequar ao corpo. Ajustar aqui, alargar ali, encurtar aqui, acrescentar um laço ali. Para isso, não é necessário um estilista. Basta um alfaiate que saiba costurar.

Ouviram-se gritos na rua.

— O que é isso? O que vocês estão fazendo aqui? — Apareceram dois homens que eu não conhecia. — Quem são vocês? — reclamaram.

— Meshulem — chamou ela da janela —, você pode, por favor, verificar o que eles querem?

Meshulem se dirigiu aos dois e disse: — Bom-dia. E vocês, quem são?

— Somos da comissão do povoado.

— Muito prazer. Nós somos os compradores.

— Que compradores? Quem está comprando?

— Esta casa está à venda, não está? — e apontou em minha direção. — Então, este é o comprador.

— Mas vocês ainda não compraram! Que história é essa de ficarem trabalhando aqui?

— Só um pequeno corte de cabelo nos espinhos em volta. Queríamos ver não só o telhado, mas também as paredes. E isso é por nossa conta, não vamos debitar do preço. Agora, adeus! Deixem-nos, por favor, olhar com calma e decidir.

— Vamos prosseguir, Irale — disse Tirtza. — Diga-me o que você quer fazer.

— Quero que as paredes externas continuem as mesmas — informei apressadamente, quase declamando. — Que a entrada continue no mesmo lugar. Quero janelas maiores para a paisagem. E, principalmente, quero ter tranquilidade. Que não pingue água do telhado, que o esgoto não esteja entupido, que as torneiras abram e fechem, que as paredes não tenham rachaduras, que tudo esteja forte, ajustado e funcione como deve ser.

— Isso é tudo? Pensei que você iria pedir alguma coisa especial. Uma claraboia, talvez? Um bidê na sala?

— E que eu tenha sombra e vento onde eu precisar, e sol quando eu quiser, e que entre na casa muita paisagem.

— Agora já está melhorando. Sugiro que aqui, em vez de uma janela grande, derrubemos a parede completamente para construir um deque.

— Tirale — disse Meshulem —, antes de construir varandas, você não pode ouvir a opinião de um profissional? Derrube esta ruína e construa para ele uma casa nova e bonita.

— Antes de tudo, eu quero ouvir ele mesmo dizer em voz alta que vai comprar esta casa, que é sério — declarou Tirtza.

— Eu vou comprar.

— Você faz muito bem. Vou marcar para você um encontro com nosso advogado. Ele pode representar você perante o povoado, perante a direção e perante quem quer que seja. E enviarei um engenheiro para vir aqui e verificar as colunas e as vigas.

— Para destruir é preciso um buldôzer, e não um engenheiro — disse Meshulem. — Eu quero uma nova casa construída aqui.

— O que quer dizer "eu quero", Meshulem? Querer é na sua casa, não aqui!

Meshulem suspirou.

— Então, troque tudo. Ouviu? Que não permaneça aqui nada que seja velho. Revestimento novo no chão, telhas novas, janelas, portas, caixa d'água solar nova. Jogue fora toda eletricidade e instalações, e coloque novas. Canos, fusíveis, tomadas, tudo instalado internamente até o concreto. Não o deixe fazer economia aqui.

Saímos até a parte de trás do pátio e nos afastamos um pouco. O corte descobriu o solo e devolveu à casa sua antiga graça, até mesmo um indício de alegria e sorriso.

— Aqui — disse Tirtza —, entre as alfarrobeiras, onde o trator não conseguiu chegar, é conveniente limpar.

Ela entrou entre as árvores, caminhou pelo matagal erguendo os joelhos e pisando com suas botas.

— Isso aqui não passa de um acampamento de urtigas e cobras, e com risco de incêndio. Vamos limar aqui, organizar um pouco, podar as árvores, e teremos um lugar agradável.

— Você perguntou antes se tinha alguma coisa especial que eu queria... — disse eu, sentindo o rosto queimar.

— O que é?

— Eu quero, além do chuveiro dentro da casa, mais um chuveiro aqui fora.

— Sem problemas, Irale, um chuveiro do lado de fora é uma coisa maravilhosa, e é muito simples de instalar.

— Uma coisa simples, um cano com uma ducha sobre a cabeça, alguns ladrilhos debaixo dos pés e meia parede de tela, de modo que ninguém veja o meu traseiro, mas que eu possa admirar a paisagem.

Nossos olhares se encontraram de repente, um sabendo do que o outro estava se lembrando. De mim, dela, de Gershon, respingando água um no outro no jardim da casa dos Freid. Meshulem e sua Goldie tinham viajado para visitar parentes. Goldie disse: "Deixei comida para vocês na cozinha." Meshulem recomendou: "Comportem-se bem, crianças." Nós três nos despimos, nos tocamos, nos examinamos. Nossos pipis e o dela, tão diferentes, mas tão parecidos. Eles dois em mim, nós dois nela, nós dois nele. Apertando e sendo apertados, descobrindo, juntando e respirando.

— Podemos construí-lo aqui — disse Tirtza — e a água vai escorrer para o limoeiro. Ele vai ficar feliz. Você ainda está aqui? — perguntou ela ao tratorista, que havia abandonado seu cortador de grama e veio nos seguindo, andando a uma distância de esperança e medo. — Tome dinheiro, dê um pulo na cooperativa e traga-nos alguma coisa para comer. Pão, queijo cottage, anchovas e algumas verduras.

Passados alguns minutos, o tratorista voltou com a mercadoria, entregou a nota e o troco, e informou: — Não tem anchova!

Tirtza tirou do bagageiro de sua caminhonete um cooler cheio de água gelada, alguns pratos e copos descartáveis. Eu trouxe o fogareiro de acampamento e a garrafa de café do Behemoth. Preparamos nossa primeira refeição no pátio da minha nova casa.

— Por que você está de pé? — Meshulem perguntou ao tratorista. — Junte-se a nós.

— Nosso engenheiro ficará livre daqui a alguns dias — disse Tirtza. — E vai precisar de mais alguns para preparar os projetos.

— Tudo bem — retruquei. — Não estou com pressa.

— E eu acho que será gentil você tirar fotografias da casa e mostrá-las à sua mãe.

2

A CASA EM QUE moro há vinte anos, no conjunto residencial chamado Meonot Ovdim 7, entre a rua Spinoza e a Reines, em Tel-Aviv, a casa de minha mulher, é a cara dela, assim como sua aliada. Antes, eram dois apartamentos vizinhos, no mesmo andar, e, desde que Liora achou, comprou e juntou os dois, numa transação complicada e bem-sucedida — e muito prazerosa, segundo ela —, eles se transformaram num único e grande apartamento.

E a casa passou a obedecer a ela, submetendo-se, permitindo que Liora juntasse, mudasse e acrescentasse anexos, e retirasse supérfluos. Rapidamente a casa se esqueceu das famílias humildes de trabalhadores que haviam morado nela antes e se transformou na residência de uma mulher rica e bonita do Estado de Nova York. Liora instalou acessórios sanitários e elétricos que vieram dos Estados Unidos, chuveiros com jatos embutidos nas paredes, interruptores silenciosos, vidraças duplas. Ela derrubava e levantava, fechava e abria, e a casa rapidamente abandonou sua vida anterior e foi criada novamente, à imagem e semelhança de sua dona. As poucas coisas que havia nela, e que, de fato, me agradavam, desapareceram: os antigos armários de louças, dentro do nicho na parede, foram retirados. O armário de secar os pratos, com chão de tábuas e portas de palhinha, foi banido da pia da cozinha, exatamente como seu irmão de palha, um armário suspenso que foi arrancado da varanda. A porta que se abria entre o dormitório e a sala de estar desapareceu, o vão foi fechado com tijolos e revestido, como se nunca tivesse existido. Venezianas cilíndricas e elétricas substituíram as persianas de madeira.

Até as portas dos dois banheiros, que tinham simpáticas fendas para espiar, que geravam suposições e pensamentos, foram trocadas por novas. Mas, quando os demolidores de Liora se aproximaram das pias do outro lado das portas, exclamei: "Elas não!", e não permiti. Eram pias com boas medidas, coluna grossa e curta, e beiradas largas, e adequadas para mim no tamanho e nas características.

— Não me importa que sejam velhas e simples! — gritei numa tempestade de nervos que assustou até a mim mesmo. — Eu lhes peço! Elas não!

E como, de qualquer maneira, Liora deixou os banheiros dos dois apartamentos, e como ela sabia que, com o passar do tempo, um seria meu, e o outro, dela, disse: — Eu não sabia que isso era tão importante — e desistiu de uma pia. Assim, consegui um banheiro só para mim, e de manhã, quando faço a barba, e uso um fio de demarcação envolvendo meu pescoço, que ela comprou para mim — "É preciso marcar em você uma fronteira entre a barba e o pelo do corpo" —, sinto que vivo num território estranho e hostil, nas profundezas da área do inimigo, e se você quer saber, tenho um aliado. É só uma pia, mas, quando deixo em cima dela meus aparelhos de barbear e meu sabonete — gosto de sabonetes simples, e Liora, de perfumados —, ela se torna um canto só meu.

A união dos dois apartamentos resultou em sete quartos, e, quando ponderei e perguntei para quê, pois não temos filhos, e, pelo visto, não teremos, e os poucos visitantes que recebemos não pretendem pernoitar na casa, ela mencionou que a casa da família dela na América tinha oito quartos grandes, dois depósitos e até um grande porão, embora lá só tenham sido criados ela e Emmanuel.

— Liora, aqui não é a América e nós não temos filhos. — Ela ficou irritada; será que eu a estava culpando? Será que só pais com filhos podiam aproveitar um apartamento amplo e com muitos quartos? Será que eu estava querendo feri-la? Será que era isso que eu pensava dela "desde aqueles dois abortos"?

— Há quem distribua os quartos da casa por pessoas e por funções — disse ela. — Eu os distribuo pela necessidade e pelo tempo, e, assim como nós mudamos, eles também mudam, e eu não tenho nenhuma esperança que você entenda isso.

Assim, eu me achava numa casa enorme e inimiga, que aparentemente consta de quarto de dormir, de hóspedes, de um escritório, mas, na verdade, são quartos para a manhã e para a tarde, quartos para isolamento e solidão, um quarto de jogos e um quarto para descanso, um quarto para brigar e um quarto para se reconciliar. E, entre eles, pequenas terras de ninguém em constante mudança, estações de passagem e barreiras.

E há também quartos para perambular neles quando Liora não está em casa, quartos para sentir o cheiro das mudanças de humor dela, para examinar os profundos arranhões de suas unhas nas portas. Apesar de seu porte aprumado, às vezes ela me fazia lembrar de um urso macho andando nos bosques, deixando evidências de seu tamanho nos batentes e de sua força nas pegadas, e nos espelhos, marcas que comprovavam sua beleza.

Eu também deixava sinais. Os quartos eram gabinetes escuros em cujas paredes estava pendurada uma exibição permanente de minha imagem — diminuída e invertida. Fui documentado. Fui fotografado. Fui armazenado. Fui reproduzido em mil cópias. Nas fotografias, havia discussões; raros cheiros de sexo, em longas gravações de silêncio. Meus gritos foram absorvidos pelas paredes; os sussurros dela repercutiam.

3

MEONOT OVDIM, Nº 7 é um bairro pequeno e agradável, mas a casa, em si, desperta mal-estar em mim: no início, era como se alguém ainda morasse lá conosco, do outro lado da parede ou dentro do armário. Depois, um mal-estar físico: no verão, as paredes emitem um calor que Liora não sente; no inverno, elas exalam um frio que ela se recusa a reconhecer. Resumindo, um temor concreto, do tipo que sinto quando como alimentos que não estão frescos: uma óbvia pressão no diafragma ao entrar no espaço da casa, e um evidente alívio quando saio dela.

Até mesmo minha ida matutina à mercearia expande meus pulmões e corrige a minha postura. Saio de casa, deixo os restos de pão do dia anterior junto à cerca e vou comprar pão de centeio fresco e queijo salgado do dia. Se você quiser, é possível dividir minha vida não só entre mulheres e lugares, mas também entre quatro mercearias: agora, a cooperativa do povoado; no passado próximo, a mercearia de Shai, na rua Gordon; no passado distante, a mercearia de Violette e Ovadia, no bairro Beit Hakerem, em Jerusalém; e no passado ainda mais distante, a mercearia de Zolti, na rua Ben Yehuda, em Tel-Aviv. E assim eu volto, caminhando pesado, subindo as escadas, pensando: todos descem para o inferno; só eu é que subo até ele. Fico espantado; será que dessa vez conseguirei entrar sem provocar a tensão da porta de entrada? Quando Liora a abre, a porta gira nas dobradiças num obediente silêncio, mas, comigo, ela emite som: um chiado de dor à minha chegada e um clamor de alegria à minha saída, algumas vezes, acompanhado pelo toque da campainha.

Mesmo no tempo em que tínhamos só uma simples fechadura, ainda antes da coleção de arte de Liora e do cofre, das câmeras, dos sensores e do alarme, a chave se recusava a girar, e a porta, a abrir. Nas primeiras vezes, fiquei completamente confuso. Esperei do lado de fora até que ela chegasse, ouvisse com uma paciência divertida as minhas reclamações, pegasse a chave da minha mão e abrisse a porta teimosa. Na segunda vez, usei um pouco de força. Algumas semanas depois, eu a ouvi contando e se queixando a si mesma, a Benjamim, à sua família, no telefonema quinzenal: "Ele quebrou a chave dentro da porta. Ele não tem noção do quanto é forte."

"Ele é muito forte", esse é Benjamin, apressando-se a aproveitar a oportunidade. Um sorriso lento e brilhante pairou entre eles. De repente, levantou voo em minha cabeça e depois pousou, como os documentos alados na tela do computador do Pai de Vocês. Fiquei espantado: será possível que eles estejam dormindo juntos? É de conhecimento geral que a semelhança entre duas pessoas desperta nelas o desejo uma pela outra, e, se isso passou pela minha cabeça, certamente passou na deles também.

Meu irmão acrescentou:

— Com oito anos, ele já carregava as compras para nossa mãe e as latas de tinta pelas escadas.

Ele também tem boa memória, mas por que se lembra das minhas lembranças? Ela saltava à minha frente, carregando somente os pincéis, ou o buquê de gladíolos, ou a caixa de ovos, "para que não se quebrem", e eu ia atrás dela, ansioso para agradar, esforçando-me e ficando vermelho, carregando latas de tinta, querosene para o fogão, cestos cheios de verduras, até a porta do segundo andar. "Sem parar, Yair. Vamos ver se você consegue subir de uma só vez..." E como ela elogiava a minha força: "Que menino é esse! Pequeno, mas forte, um verdadeiro touro."

E também depois, quando nos deixou e passou a morar em seu próprio lugar, ela me pedia, às vezes, para arrastar "alguma coisa pesada". Ela e Benjamin tomavam chá na *küchlein*, enquanto eu arrastava o colchão grande até a varanda e batia nele, espantado: existe mesmo outro homem? Será que meus golpes no colchão estavam apagando o cheiro dele, ou aprofundando, fazendo penetrar ainda mais?

Atravesso os portões elétricos na entrada do pátio interno, subo as escadas. Já falei que não gosto dessa casa, e ela, devo dizer, não gosta de mim. Imediatamente, ela sente minha presença e acende a luz em cima de mim, crava seus olhos eletrônicos e desconfiados na minha direção. Quem é este que está subindo? Quem está vindo incomodar a minha senhora? Tiro a chave do bolso e repito comigo mesmo a ordem do que está por vir: abrir, entrar, digitar rapidamente o número da senha e desarmar o alarme. Mas a casa de Liora já me dirige uma lente de investigação, capta minha imagem, compara com a de outro marido, um melhor, que devia tomá-la por esposa, e eleva um som de terror e protesto.

— Você não está digitando o número como deve — Liora reagiu à minha reclamação, inclinando a cabeça sobre mim com a paciência de um pai alemão e de uma mãe alta.

— Ainda não estou na fase de digitar. Ela não deixa que eu me aproxime, não está entendendo?

— Não.

Pedi que ela ficasse a meu lado e visse com os próprios olhos o que a casa dela estava me arrumando. Paramos os dois na frente da porta, tirei a chave, disse "Veja por você mesma", e a casa se comportou como devia: esperou até que eu abrisse, deu-me bastante tempo para digitar os quatro dígitos do código, alertou-me que eu havia cometido um erro, ofereceu-me o tempo e a oportunidade para corrigir, para eu me aperfeiçoar e para me tornar um bom marido e um bom morador.

— Está vendo? — perguntou Liora.

— A porta se abriu porque você está aqui. Ela se abriu para você. Não para mim.

— Você está louco, Yair.

— Louco, eu? Você não está vendo que a sua casa me odeia?

Ao que ela retrucou: — Até parece que você gosta dela.

Mas, à noite, ela veio, abriu as asas do lençol que a envolvia, deslizou e se esticou perto de mim.

— Já se passou um mês desde o último tratamento? — perguntei.

— Aproximadamente — disse ela.

Surpresa. Ela trouxe consigo o especial e suave travesseiro dela.

— Isso quer dizer que você vai ficar para dormir comigo?

— Se você não me apertar forte demais.

Ela tem essa característica rara, concedida somente a moças de sorte: sua beleza vai aumentando com o passar do tempo. Na juventude, sua beleza era um vasilhame liso, bem talhado e fresco. E agora, as finas rugas que se enredam em sua pele, o suave azulado de suas veias, a delicadeza de sua barriga e seios, que não é vista pelos olhos, mas pelas mãos — tudo isso lhe acrescenta vida e calor. Dormimos juntos como antigamente: ela, de bruços, a face sobre o seu travesseiro, uma perna esticada e a outra dobrada, e eu, deitado atrás dela. Minha mão, debaixo de seu seio, minha coxa, no espaço entre suas coxas, e meu pé, debaixo do pé dela.

Quando acordei, de manhã cedo, descobri que ela havia despertado à noite e ido para seu quarto. Fui até a mercearia, voltei — o bairro todo despertou —, arrumei na geladeira os mantimentos que eu havia comprado e me dirigi a ela: — Como você dormiu?

— Muito mal, obrigada.

— Eu, ao contrário, dormi bem.

— Que beleza! Pelo menos uma coisa você sabe fazer.

Os suplementos financeiros espalhados ao lado dela, seu laptop com a maçã mordida iluminada, zumbindo baixinho, o primeiro copo de água morna com limão, hissopo e mel já lhe percorria o estômago.

— Se está preparando a refeição matinal para você, eu também quero, por favor.

Duas coisas ela se apressou em aprender e gostar — a língua hebraica e minha refeição matinal. Fico cheio de orgulho. Acendo o fogo sob a chaleira, ligo a torradeira, corto verduras bem fininho para salada, queijo salgado e fresco, ovo frito.

Uma vez, preparei para ela um ovo cozido, quebrei a casca na testa dela, dizendo *Plaf!*. Ela ficou com raiva: — Pare com essas brincadeiras, Yair! Não sou sua mãe!

Aqueço o óleo na frigideira, dou as costas para a continuação do discurso de acusação e queixa: novamente, ela não fechou os olhos à noite. —Veja essas olheiras pretas, são um presente seu. — Ela não tem dúvida: eu roubo o sono dela. E ela também.

Capítulo Nove

1

O TEMPO PASSOU. O tio de Bebê se tornou transportador de pombos do pumbal do kibutz para o pombal central em Tel-Aviv. Mas todos os pombos despachados de lá voltavam sem uma resposta da Menina. Bebê despachou para ela um pombograma com um dos pombos que o tio trouxera de lá, e ela também não respondeu.

— Essa idade não é boa — disse o tio para a tia. — Ele é adulto o bastante para sentir amor, mas muito jovem para uma decepção como essa.

O tio sugeriu a Bebê que o acompanhasse outra vez a Tel-Aviv.

— Se você a vir e ela vir você, tudo ficará bem — garantiu ele.

Mas Bebê recusou. Ele esperaria até que ela lhe enviasse um pombograma, e só então iria.

E, assim, a caminhonete verde chegou e o Dr. Laufer desceu dela. Ele visitou os grandes pombais de Yagur, de Merchavia e de Beit Hashita, depois esteve no pombal do kibutz Gesher, até que chegou a Miriam — "a última mais querida". Trouxe para ela pombos para despachar e acasalar, examinou o pombal e seus habitantes, os cartões e as anotações, visitou o estábulo, tomou chá com limão no refeitório e proferiu mais uma palestra aos membros do kibutz.

Antes de partir, Bebê criou coragem e lhe perguntou se a Menina havia mandado uma mensagem com ele. O veterinário ficou confuso e afirmou que ela não mandara nada. O tio, ao ouvir a história, disse a Bebê:

—Você já tem quase quatorze anos. Precisa enfrentar os fatos. Vá até Tel-Aviv e leve seus pombos você mesmo.

Bebê escolheu e marcou seis pombos que já haviam amadurecido, começou a treiná-los de maneira especial, e o tio os despachou para ele de Tiberias, de Afula, de Haifa e de Tel-Aviv. Um deles não voltou e outro foi desqualificado por Bebê, pois, mesmo sendo rápido, não tinha pressa de entrar no pombal. Quatro meses depois, ele informou "Estamos prontos" e disse que queria viajar e levá-los para a Menina.

O tio tentou arranjar uma viagem no caminhão de leite, mas o lugar vago já havia sido reservado e ocupado. Bebê não concordou em esperar. Precisava pôr-se a caminho imediatamente. Já tinha quatorze anos e quatro meses, e não havia o que temer. O tio, então, lhe deu algum dinheiro.

—Vá até Afula — disse — e, lá, compre uma passagem de trem para Haifa. Depois, nossos parentes o colocarão no ônibus.

Bebê pôs os quatro pombos no cesto de palha trançada, um cesto de pombos com tampa e alça, e levou comida e água na mochila, para ele e para os animais. Saiu de madrugada e encontrou no caminho o carroceiro que ia de Menachamia a Tiberias vender frutas e comprar mercadorias, que parou para lhe dar carona. Perto do Kinneret, outro carro conhecido, o do diretor da escola em Yavniel, parou para ele, e lá o diretor o encaminhou — não sem antes repreendê-lo por estar matando aula — ao pátio de um dos camponeses, onde ele poderia comer e pernoitar em troca de ajuda para catar e empacotar amêndoas.

— Amêndoa é a melhor comida para um viajante e para mulheres grávidas — disse o camponês. — Pegue algumas para prosseguir caminho; elas satisfazem e são fáceis de carregar.

No dia seguinte, um motorista de caminhão, conhecido do produtor de amêndoas, levou-o para prosseguir viagem. Era um homem magro, de enormes olhos e bigode, e, para alívio de Bebê, não falava muito. As expressões de seu rosto indicavam que sua conversa era dirigida a si mesmo. Bebê podia olhar a paisagem, refletir e entender que a saudade contra a qual lutava, os pensamentos que tinha e a vontade de ver e ouvir mais, tocar e sentir sem parar, tudo aquilo era o que os mais velhos chamavam de amor. Não havia outra possibilidade, outra interpretação, pois, se aquilo não era amor, o que era? De que outras maneiras o amor se revelava?

O caminhão se esforçava nas curvas fechadas, até que terminou a subida. O monte Tabor se mostrou com toda a sua forma arredondada e, mais distante e mais íngreme do que ele, Guivat Hamoré. Bebê sentiu que seu corpo era um pequeno ponto avançando pelo mundo inteiro e que, então, ele estava se aproximando de sua amada. O cesto se moveu de repente. Os pombos se debatiam, e ele estremeceu. Perto de Kfar-Kama, o motorista disse, de repente, em voz alta: "Aqui é a minha casa!" — e tornou a ficar calado.

A partir da aldeia de Tabor, Bebê prosseguiu a pé, em carroças de forragem que apareciam de vez em quando, ou em caminhões de leite e verduras. Naquele tempo, o mundo era vazio, o movimento, lento, e as distâncias, grandes, e aquele trecho, que hoje eu atravesso com o Behemoth em vinte minutos, Bebê fez na metade de um dia. Em Afula, dois rapazes o convidaram para um copo de soda, conversaram com ele sobre pombos e, depois que se despediu deles e se dirigiu à estação de trem, descobriu que lhe haviam roubado o dinheiro que seu tio lhe dera. Ficou sentado algum tempo num banco da estação com o cesto sobre os joelhos e o coração batendo forte, amedrontado. Por fim, subiu no trem e viajou em direção a Haifa sem o bilhete.

Rapidamente o pegaram. O bilheteiro exigiu que ele lhe desse dois pombos, se quisesse prosseguir viagem. Bebê implorou, recusou, quase chorou. Então, o bilheteiro o pegou pela nuca e ameaçou jogá-lo em uma das áreas desabitadas do vale de Jezreel. Ele ficou assustado. Antes disso, tinha visto um grupo de falcões sobre o cadáver de uma vaca, e agora temia pelo próprio destino. Já planejava como despacharia um pombo para Miriam, para seu tio organizar uma delegação de resgate. Foi quando recaiu sobre ele a piedade de uma mulher estrangeira e esquisita, uma holandesa alta e magra que estava sentada no vagão, pintando aquarelas de estorninhos e pintassilgos. Ela comprou para ele uma passagem e lhe disse, numa língua que ele não conseguia entender, que ela sabia por que ele estava viajando e o que havia no cesto.

Em Haifa, Bebê foi ao encontro de parentes, que o encaminharam a um engenheiro inglês idoso, amigo deles, que ia viajar para Tel-Aviv à noite. O homem se desculpou por dirigir devagar porque, à noite, ele não enxergava bem, e pediu a Bebê que conversasse com ele para impedi-lo de adormecer ao volante. Bebê ficou com medo de que ele perguntasse a respeito dos pombos, e, de fato, o velho engenheiro perguntou, e mais, além de perguntar, demonstrou ser perito em duas áreas perigosas: treinamento de pombos e língua hebraica. Bebê já não podia se esconder atrás de sua ignorância no inglês. Contou ao homem que morava em Haifa, tinha um pombal no telhado de casa e estava viajando para enviá-los — disse dessa forma, tomando cuidado para não dizer "despachar", mas "enviar" — de Tel-Aviv.

— É interessante como eles acham o caminho de volta para casa — comentou o inglês.

— Eles têm senso de direção — disse Bebê.

— Eles não têm — retrucou o inglês. — Não sabem achar o caminho para nenhum outro lugar além de seu pombal. Isso não é orientação; orientação é a habilidade de achar o caminho de qualquer lugar para qualquer lugar, principalmente para lugares desconhecidos, e a volta para casa, como direi, meu rapaz, é como a nossa submissão à força da gravidade. Como um rio que sabe o caminho para o mar sem mapas, e como uma pedra atirada que não precisa de bússola para voltar para a terra.

Quando passaram pelo rio Yarkon, o horizonte já havia empalidecido e começavam a surgir as primeiras e isoladas luzes de Tel-Aviv. O carro passou ao lado da fazenda de cavalos que a Menina mencionou, dizendo que despachava de lá pombos jovens, prosseguiu mais ao sul, e, então, Bebê pediu para descer num lugar que não tinha nenhuma relação com qualquer assunto ou pessoa.

— Ainda está escuro — observou o engenheiro inglês. — Para onde você vai?

— Tudo bem — disse Bebê —, daqui a pouco já haverá luz — e se dirigiu para o jardim zoológico. Não sabia o caminho, mas o rugido do tigre e os sons do despertar dos macacos e pássaros já se ouviam e guiaram seus passos. Como o portão estava fechado, Bebê se sentou ao lado dele e, meia hora depois, o homem gordo chegou e o despertou.

— Lembro-me de você. Você trabalha no pombal de Miriam — disse ele. — Sua amiga ainda não chegou, mas entre, entre, espere por ela do lado de dentro.

2

NA VOLTA PARA CASA, dois dias depois, Bebê viajou de ônibus. No seu cesto de palha trançada havia quatro pombos que a Menina lhe dera.

— Um pombograma de amor é muito bonito — disse o Dr. Laufer aos dois —, mas também há trabalho e exercícios a fazer. Em cada pombo que vocês despacharem, coloquem também um pombograma com os detalhes da hora e do clima. E não misturem nossa cápsula com a pena de ganso de vocês, porque poderíamos ler o que um escreveu para o outro, rrr... rrr... rrr... E agora, como você está em missão, tome algum dinheiro para a volta e também as passagens.

Durante todo o caminho, Bebê ficou pensando nela, no passeio que tinham feito pela praia de Tel-Aviv, na rua em que ela retirara sua mão da dele e no beco em que ela não retirara. No beijo que ela dera nele, nos beijos que ele dera nela, na maneira como ela tirara mão dele do peito dela e suspirara, suas línguas se misturando. Ele pediu que ela o ensinasse a assobiar, e, quando não conseguiu nem com um nem com dois dedos, ela disse: — Então, vamos tentar assim — e colocou seus dois dedos na boca de Bebê.

— Assobie! — pediu ela, mas a língua dele se travou no encontro com os dedos dela, seu diafragma se encheu de desejo e seus pulmões não conseguiram inspirar.

— Assobie! — repetiu ela, e o assobio dele se transformou num riso de surpresa e ternura. — E agora, assim — completou ela, pegando os dois dedos indicadores dele e colocando-os na boca, e, quando assobiou diante dele, ele sentiu que também estava assoprando. Jamais havia sentido uma felicidade como aquela. O mar murmurava. Seus olhos se entreolharam, próximos até ficarem turvos, profundos até se afogarem.

— Sim ou não? — perguntou ele.

— Sim ou não o quê?

— Sim ou não, se você vai me dar um pombo.

Lembrou-se da expressão do rosto dela quando ela pegou os pombos dele, do olhar dela quando lhe deu o seu e lhe disse: "Nós concordamos." E como o país é pequeno e a saudade é forte, já no dia seguinte, pela manhã, eles despacharam dois pombos, um do pumbal no vale do Jordão, e outro do pombal central do jardim zoológico.

Os pombos, por acaso, passaram um pelo outro no meio do caminho, chegaram e pousaram com o peito de penas pulsando com força. A Menina e Bebê, cada um em seu lugar, entregaram ao Dr. Laufer e a Miriam o conteúdo das cápsulas, soltaram os fios de seda que prendiam as penas de ganso às caudas dos pombos e se afastaram para ler as palavras que lhes haviam sido destinadas. Poucas e curtas palavras, como é costume com pombos-correio: sim e sim e sim e sim. Sim, nós nos amamos, e, sim, nós sentimos saudade, e, sim, não nos esquecemos, e, sim, nós nos lembramos.

Jamais imaginaram que palavras tão pequenas, tão simples e tão poucas podiam provocar tanta alegria. Jamais souberam quantas vezes era possível ler e reler. Miriam e o Dr. Laufer, ele em Tel-Aviv e ela no kibutz, olharam Bebê e a Menina com um suspiro e um sorriso. Sabiam que as coisas seriam assim: depois de uma carta de amor trazida por um pombo, nunca mais o remetente e o destinatário concordariam com outro tipo de portador. Nada se comparava ao arremesso de pombos, ao desaparecimento deles diante dos olhos que os acompanhavam, ao aparecimento deles — exatamente no mesmo instante — diante dos olhos que os aguardavam.

Ei-lo: mergulhando e chegando, voando em linha reta como uma flecha, o ruído da batida das asas se misturando com o do sangue nas têmporas e no coração. O que se compara a segurar um pombo? Às penas suaves de seu peito? A tirar a mensagem da cápsula? Às batidas de seu coração? E como ele tem força para carregar tanto amor? E o que emociona mais — o movimento da mão do remetente ao arremessar ou da mão do destinatário ao receber?

E o Dr. Laufer também estava satisfeito: em um dos voos para o norte, um recorde fora ultrapassado — um pombo voara da Menina para Bebê a uma velocidade média de setenta e quatro quilômetros por hora, três quilômetros por hora menos que o pombo Alfonse, o recordista belga naquele ano.

Uma vez a cada dois meses, Bebê ia a Tel-Aviv, levava e trazia pombos novos, e, um ano depois, a Menina foi até ele no kibutz.

— Essa é a menina a respeito da qual você me falou? A menina que estava lá quando você viajou com ele e com os pombos para o jardim zoológico? — perguntou a tia de Bebê ao marido.

— Ela cresceu um pouco desde então, mas é ela, com certeza — afirmou o tio.

— Quem poderia acreditar — disse a tia — que a menina mais bonita e mais inteligente que já apareceu por aqui veio justamente para nosso pequeno *kelbele*. Agora você verá como as garotas vão correr atrás dele. Garotas farejam essas coisas. Só espero que ele não faça bobagens.

Capítulo Dez

1

EMBORA Meshulem tivesse dito "o preço deles está muito alto" e "teria sido possível baixar até deixá-los de quatro", não discuti. O preço foi estabelecido e fui convidado a "ir com a sua mulher" ao comitê de recepção do povoado.

— O que devo fazer? — perguntei a ele. — Liora vai arrancar os olhos deles com suas roupas caras, vai fazer observações e falar em inglês.

— Leve Tirale — disse Meshulem. — Ela será uma beleza como Sra. Mendelsohn. E também no comitê.

— O que significa "leve Tirale"? Como?

— Como o quê? De carro, ora!

— Ela não é minha mulher! Disseram para ir com a minha mulher.

— Disseram para ir com a sua mulher? Então, se perguntarem, diga que você não ouviu o pronome possessivo.

— E se ela não concordar? Como você sabe que ela vai querer ir?

— Isso, você deixa comigo.

A Tirale dele, foi assim que o pai dela me comunicou no dia seguinte ao telefone, concordou. Não só concordou, como também soltou uma de suas grandes gargalhadas. Mas ele, o pai dela, teve mais uma ideia:

— Já que vocês irão viajar juntos para o povoado, por que não a pega mais cedo, digamos, às dez da manhã, em um de nossos escritórios em Tel-Aviv?

— Mas a reunião do comitê será à noite — observei.

— Ainda não é verão — disse Meshulem pacientemente. — Agora ainda é primavera. Ainda há algumas anêmonas e ciclames nos lugares com sombra, e também tremoços, centáureas e ranúnculos. E Tirale também merece, às vezes, meio dia de folga. Dê um pequeno passeio com ela, talvez um piquenique agradável com todo tipo de delicatessen. Mandarei alguém comprar e preparar para vocês um *cooler*. Passeiem, comam, divirtam-se juntos um pouco e, então, viajem ao comitê.

— Será que ela tem tempo para passeios? Será que ela quer? Será que ela marcou outro compromisso?

— Ela tem tempo, ela não marcou e ela quer.

2

VIAJAMOS CALADOS na direção sul, sozinhos pela primeira vez, e saímos de Tel-Aviv. Eu, num silêncio grave de perplexidade; ela, num silêncio sorridente de expectativa, e, então, dissemos banalidades, como "Meshulem providenciou até um belo clima para nós" e "Gosto de nuvens como essas, como as dos *Simpsons*".

Mostrei a ela um bando de pássaros grandes que voavam alto e disse: — São pelicanos indo para o norte. — E ela perguntou: — Como você os identifica de tão longe? Talvez sejam cegonhas. — Ao que respondi: Os pelicanos mudam de cor quando dão voltas, as cegonhas não.

— Pássaros migrantes têm uma casa para o inverno e outra para o verão — prossegui, após alguns minutos. — Mas qual das duas é a casa verdadeira? Para onde eles retornam?

— O mundo inteiro é a casa deles — disse Tirtza. — Quando eles voam para a África, no final das contas, estão se mudando para o outro quarto.

Contei-lhe a respeito das *yaylas* — as moradias de verão dos pastores nas montanhas a nordeste da Turquia. No inverno, eles as abandonam e descem para as aldeias nos vales e para as pequenas cidades do litoral, e, na primavera, voltam com os rebanhos.

— Eu não sabia que você esteve lá — disse Tirtza. — Com quem você foi?

— Com ninguém — respondi. — Nunca estive lá. Ouvi uma palestra sobre as montanhas Kackar, na loja Lametaiel.

— Por que você não vai de verdade passear nas Kackar, em vez de ficar ouvindo histórias dos outros?

— Não gosto de viajar, gosto de voltar — respondi e declamei para ela o outro poema que sei de cor, os belos versos da volta ao lar, gravados no túmulo de Robert Louis Stevenson, que também ouvi numa palestra sobre o passeio a Fiji, Samoa e outras ilhas no oceano Pacífico:

This be the verse you grave for me:
Here he lies where he longed to be;
Home is the sailor, home from the sea,
And the hunter home from the hill.

O palestrante os leu, contou a respeito da *Ilha do Tesouro* e da casa que Robert Louis Stevenson construíra em Samoa, onde conseguira morar apenas três anos e depois morrera, e a respeito dos nativos da ilha que gostavam dele e levaram seu corpo para ser enterrado no topo da montanha. E, de repente, meus ouvidos e minha memória se encontraram, e percebi que havia sido Stevenson, e não minha mãe, que escrevera os versos que ela declamava havia muitos anos ao lado da porta de nossa casa na rua Ben Yehuda, em Tel-Aviv: "O marinheiro voltou, voltou do mar, voltou o caçador da montanha". Ela, declamava, me entregava a chave e me levantava até o buraco da fechadura, dizendo: "Abra e diga: Olá, casa."

3

Lembro-me de como gostei da palavra infantil, *yayla*, no instante em que a ouvi na palestra. Nem *Zimmer* nem *datcha* nem "casa de verão". Fiquei pensando no dono daquela *yayla*, negando a geada da manhã, ignorando o cair das folhas, dando as costas aos primeiros flocos de neve, até não lhe restar alternativa senão fechar atrás de si a porta e descer para a pequena e imunda moradia que tinha na cidade pequena, às margens do mar Negro. Durante todo o inverno úmido, cheio de fumaça de carvão e de lama, ele sentia saudade de seu canto na montanha, seu próprio lugar, até voltar a subir na primavera, voltar a subir as escadas de madeira, abrir a porta e respirar o ar que esperava por ele lá dentro, e dizer: "Olá, *yayla*..." E a *yayla*, assim como as casas às quais se retorna, respirava e respondia.

— O que lhe direi? — debochou meu empreiteiro, que era uma mulher. — Que bom que você comprou essa casa. Ela chegou justamente na hora certa... — e disse que seu engenheiro já havia visitado a casa e orientara a engrossar algumas colunas com concreto e ferro, e a acrescentar algumas traves e estacas. — O que significa, Irale, que precisamos começar a falar sobre os quartos.

Eu disse a ela que a divisão da casa, uma sala e dois quartos pequenos, estava boa para mim.

Tirtza contestou, chamando-me de conservador.

— Não existem regras definitivas para a construção de uma casa. Tudo depende da necessidade e das possibilidades. — E perguntou: — E para que você, afinal, precisa de quartos? Por que não abrimos as paredes, e assim você terá um aposento bem grande, e mais um quarto pequeno para maior garantia, e um banheiro e uma toalete?

— Porque costuma ser assim! — resmunguei, um pouco ameaçado com o "abrimos" no plural. — Porque casas precisam de quartos. Quartos de dormir, quartos de trabalho e quartos de visitas. Assim é a casa de todo mundo. O que significa "para que você precisa de quartos"?

— Não fique irritado, Irale. Não nos encontramos para nos irritar. Nós nos encontramos para construir uma casa para você, e você precisa agradecer a Deus que seu empreiteiro seja eu, pois você não tem ideia de que pesadelo uma reforma como essa pode ser.

— Desculpe.

— Quem é esse "todo mundo" e o que é "costuma ser assim"? Uma casa não é uma loja de departamentos, dividida em setores de móveis, roupas e utilitários. Uma casa tem de ser construída em volta da pessoa, e não em volta das funções. No seu caso — que não vai criar filhos lá, e não me parece que irá hospedar muitas visitas, não há necessidade de mais do que um aposento grande para viver, cozinhar, comer, dormir e ler, e mais um quarto pequeno com uma cama, em caso de necessidade, e um banheiro, e grandes aberturas para a paisagem, e uma grande varanda, e eu não me esqueci do chuveiro que você pediu do lado de fora.

— Quanto tempo tenho para decidir?

— O mais rápido possível. Agora, chega de falar da casa. Para onde você vai me levar para passear?

Meu rosto estava voltado para as minhas três colinas, que todos os anos começam com anêmonas e acabam com ranúnculos. Titza os percebeu a distância e, assim como eu, quando os vi pela primeira vez, não acreditou que toda aquela vermelhidão provinha das flores. Mas o Behemoth se aproximou mais, e a manta escarlate se transformou em pétalas vermelhas, em corações pretos, em verde-claro dos brotos de ranúnculos ainda fechados e em branco-acinzentado das sementes de anêmonas que já flutuavam no ar.

— Pare! — exclamou ela. — É tão bonito! Pare!

Ela desceu do carro, parou diante do campo vermelho e estendeu os braços. Eu estendi a manta e me sentei. Ela se inclinou e me beijou na boca. Um beijo com os lábios só um pouco entreabertos, nem escancarados nem cerrados, um beijo divertido, exploratório. A língua dela não entrou no espaço de minha boca, mas passou entre os meus dentes e meu lábio superior, examinando-me — eu havia mudado? Meu gosto era o mesmo? O primeiro beijo desde a juventude, que me fizera estremecer ao compará-lo com os beijos devassos e intensos daquela época, e também ao perceber a diferença.

Um cheiro bom e fresco exalava de seu rosto, e meus lábios sentiram seu sorriso antes que ela se soltasse de mim. Ao contrário de nossa ousadia na juventude, pensei, justamente agora estávamos agindo com ingenuidade e moderação.

— O que você pretende dizer no comitê?

Ela sorriu. — Que seus lábios continuam a mesma coisa e que sua alma ficou mais preocupada e pesada. — E aproximou a cabeça: — Não precisa planejar nada. A primeira coisa que falam numa reunião de recepção é: "Apresentem-se." É importante que você responda antes, sem olhar para mim. Eles querem um casal comum, com uma mulher pequena e um homem chefe de família.

Ela abriu o *cooler* e soltou uma gargalhada.

— Afrodisíacos de papai Freid — declarou e começou a tirar, recitando e arrumando sobre a manta: — Queijo Feta, queijo suíço, daquele furadinho, pão de centeio, tomate-cereja — aquela besta conhece a alma da filha... —, salame húngaro, vinho branco. É urgente que façamos isso já, mesmo que signifique que chegaremos bêbados ao comitê. Rabanetes com manteiga, azeite de oliva, pepinos em conserva... — e cheirou. — Coitado, ele tenta fazer como minha mãe e não se sai tão bem; vamos comer tudo isso aqui, enquanto ele fica em casa roendo as unhas de tanta preocupação.

4

ENTRAMOS NO POVOADO.

— Muito bom — disse Tirtza. — Uma escuridão de breu na rua, buracos no asfalto, sem esquecer que eles não têm anchovas na cooperativa.

— O que há de tão bom nisso?

— Significa que eles não têm nenhum tostão. Que eles precisam de nós mais do que precisamos deles.

Dois carros e algumas bicicletas estavam estacionados ao lado da secretaria. Entramos, Tirtza espreitou o gabinete no qual havia pessoas sentadas e disse com muita graça: — Olá. Somos a família Mendelsohn.

— Só mais alguns minutos, por favor — ouviu-se uma voz.

— Três homens — sussurrou ela — e duas mulheres. Um grupo previsível. Exatamente as caras que eu imaginava.

Observamos as fotografias da vista aérea nas paredes: o povoado. Suas casas, seus galinheiros, seus estábulos, os campos.

— Aqui não acontece nada demais — declarou Tirtza. — Isso é muito bom.

— Como você sabe?

— Porque não se nota diferença de desenvolvimento entre as fotografias em preto e branco e as em cores. Os mesmos prédios públicos, pouca construção nas fazendas. Olhe esse pátio: em preto e branco ainda tem algumas vacas; em cores, nenhuma. Até as casas continuam as mesmas.

— Em todas as secretarias, há as mesmas fotos — expliquei para ela.

Tirtza disse que não imaginava que eu conhecesse tantas secretarias, e respondi que procurara nossa casa em muitos lugares antes de achá-la.

Ela sorriu:

— Você ainda não precisa dizer a nossa casa, Irale.

Ao que retruquei:

— Só estou me exercitando para o comitê, Tirale.

— Não é simples vir morar num lugar como esse — disse ela. — Um lugar pequeno, antigo; você jamais saberá os pequenos segredos, a linguagem própria, quem odeia quem e por quê. Quem aqui é uma árvore frutífera e quem não é. Você pode fazer amizade com a ralé do povoado, elogiar alguém que dormiu com a mulher do outro; vai precisar tomar cuidado.

Mais dois homens chegaram, entraram no gabinete e logo depois se ouviu uma voz: — Entrem, por favor.

Tirtza estava certa. Logo reconheci o Sr. Tudo-Está-Perdido, o Sr. Como-Este-Nos-Salvará, o homem-pássaro, a velha virgem, a virgem das esperanças, o vice-comandante de tropas da Reserva e o autodesignado cão de guarda. Treze olhos — o homem-pássaro tinha um curativo no olho esquerdo — examinavam-nos com uma mistura de compaixão e autoridade.

Tirtza se desculpou pela lama grudada nas solas de nossos sapatos.

— Não queríamos nos atrasar — declarou ela. — Saímos cedo, chegamos antes do tempo e passeamos um pouco pelas redondezas.

— Apresentem-se — disseram ao mesmo tempo o vice-comandante de tropas e o Sr. Tudo-Está-Perdido, e imediatamente trocaram olhares irritados. Tirtza sorriu consigo mesma.

— Meu nome é Yair Mendelsohn — disse, o chefe de família machão —, e esta é Liora, minha mulher. Nasci em 49, sou guia turístico, e agora, com a situação financeira e tudo mais, ocupo-me também de transportes, e Liora...

— Para onde você levaria turistas nesta região?

— Em minha área, que é observação de pássaros e história, nesta região não há grandes atrativos.

— Por quê? — o homem-pássaro afiou em mim um olhar com o olho descoberto. — De forma permanente, passam por aqui pelicanos e cegonhas, e, às vezes, também grous, e temos um sistema antigo de poços de água no outro lado da colina, e cavernas secretas da Grande Rebelião.

— E realmente — a mulher das esperanças observou — a cada ano milhares de turistas do mundo inteiro chegam aqui em busca do sistema de poços de água no outro lado da colina, e é preciso que haja alguém que os conduza e explique, de policiamento que direcione o trânsito, porque os carros são muitos.

— Onde você serviu o exército? — surpreendeu-me a velha virgem.

— Servi como enfermeiro.

— Aqui está anotado, Yair, que vocês não têm filhos — disse, de forma amigável, o vice-comandante de tropas, embora tenha se mostrado assertivo.

— Desculpem-me a intromissão — interrompeu Tirtza de forma simpática —, mas, já que vocês mencionaram filhos, bem, eu sou a mulher que vocês pediram que Yair trouxesse, e isso parece pertencer ao meu território.

— Desculpe.

— Bem, eu tenho filhos. Do casamento anterior. O maior está nos Estados Unidos, e a menor, num passeio pelo Oriente.

— E o que você faz, Liora?

— Muitas coisas. Tenho experiência em jardinagem, tanto de flores quanto de jardim de infância, sou enfermeira, e, no exército, eu também era enfermeira, como Yair. Nós nos conhecemos no curso, mas, depois, cada um seguiu seu caminho, até que voltamos a nos encontrar.

Ela sorriu para mim e eu fiquei confuso. Não sou bom em improvisos, ainda mais na fiação tão rápida de uma trama.

— E hoje?

— Agora nós sopramos as brasas antigas.

Uma das mulheres riu. O Sr. Tudo-Está-Perdido insistiu:

— Entendo que tenha, Sra. Mendelsohn, muitos talentos, mas, apesar disso, quero saber o que a senhora faz.

— Sou uma faz-tudo — disse Tirtza. — Mas sempre me sustentei e nunca dependi de ninguém. Trabalhei para uma firma de serviço de bufê, produzi e comercializei brinquedos de madeira e sou coreógrafa de dança folclórica, mas ele não dança — e apontou para mim. — Ele não tem nenhuma coordenação motora.

— E por que vocês querem morar aqui?

"Para não dar um tiro em vocês ou em mim," repeti comigo mesmo, "para que eu fique tranquilo, que eu tenha um lugar que seja meu, com grandes árvores plantadas no pátio e capim nas fendas da calçada."

— A região é bonita — respondeu Tirtza. — E também o povoado. A casa nos agradou. Gostamos da natureza, economizamos algum dinheiro e queremos mudar de ares e de ambiente.

— E o que farão aqui?

— Espero que a situação melhore e eu possa continuar na mesma profissão — respondi. — E talvez eu realmente me especialize também em turismo nessa região, e Liora...

— Antes de mais nada, estou me preparando para reformar a casa por minha conta, e, se eu gostar, prosseguirei com isso depois, de forma profissional.

— E que contribuição — perguntou o cão de guarda, que até aquele instante estava calado, rabiscando — vocês podem trazer para cá, na sua opinião?

— Acredito em boa vizinhança — respondi. — E ajudarei de todo o coração a quem me pedir ajuda.

— Estou me referindo a uma contribuição organizada para a comunidade.

— Talvez na comissão de cultura — respondi. — E Liora, como vocês perceberam, poderá ajudar em muitos setores, organizar...

— Posso fazer parte dos comitês de recepção para os próximos candidatos — disse Tirtza. — Isso já está me agradando.

— Vocês são um pouco velhos — observou o cão de guarda. — Esperávamos que viessem casais mais jovens, com crianças pequenas e planos para aumentar a família.

— Nós também esperávamos permanecer jovens — brincou Tirtza — e gerar mais e mais filhos, mas, já que voltamos à realidade, vamos todos falar seriamente. Essa casa está fechada e vazia há muito tempo e ninguém se interessou por ela, e eis que apareceram compradores. Então, é uma pena ficar tratando de assuntos irrelevantes. Somos exatamente como vocês. Pessoas boas, comuns, que querem viver em paz, sem passado criminal. Contribuiremos da mesma forma que cada um de vocês contribui, nem mais nem menos.

Alguns minutos depois nos despedimos em paz e saímos para um pequeno e sombrio passeio pelo povoado. Paramos ao lado da casa por alguns minutos. Tirtza disse que precisava voltar; no dia seguinte, ela iria ao sul para um trabalho. Então, telefonou, deu instruções e eu a conduzi à estrada principal. Uma das caminhonetes da CONSTRUTORA MESHULEM FREID E FILHA já estava lá à sua espera, com sua brancura na escuridão, as luzes de estacionamento acesas.

Ela me deu um beijo de despedida na boca. Senti que seus lábios sorriam.

Não me controlei e contei a ela o que o tratorista que viera capinar o pátio havia dito a seu respeito, e ela riu.

— Ele disse isso? Que seu empreiteiro é uma mulher? Ele se enganou um pouco com a ordem das palavras, mas não faz mal.

— Boa-noite, Tirale. Obrigado pela ajuda no comitê.

— Obrigada pelo passeio. E não se preocupe, fomos aprovados.

— Você foi aprovada. Eu estava terrível.

— Nós dois fomos aprovados. Ficou claro para eles que não somos Dona Ideal e Sr. Perfeito, mas eles têm dívidas, não há outros candidatos e ninguém daria a eles essa oferta, senão você. Comece a decidir em relação aos quartos, pois é preciso fazer um projeto.

— Aceito a ideia de um quarto grande e um pequeno, como você sugeriu.

— Faz muito bem. Mande lembranças a Meshulem. Com certeza, ele vai telefonar para você daqui a um minuto. E, amanhã, comece a limpar as trepadeiras e parasitas das alfarrobeiras, e corte ali todo o capim. O trator não conseguiu entrar com o cortador de grama.

— Você não quer ouvir antes o comitê?

— Não há necessidade de esperar. Fomos aprovados. Caso contrário, que essa limpeza fique de presente para eles — e tirou da caixa da caminhonete que veio buscá-la um alfanje, luvas de trabalho, uma foice, uma podadeira e um serrote. — Pegue. Que já fiquem com você.

5

NAQUELA NOITE também fiquei para dormir na casa nova e até ganhei dela um presente na forma de sonho. O telefone tocava. Levantei o fone. Primeiro, silêncio, e, em seguida, ouvi meu nome. Você me chamou, pela primeira vez, depois de sua morte. Você disse: "Yair..." E repetiu: "Yair..." Sua voz estava mais suave do que o normal, mas reconheci sua delicadeza, e meu coração não teve dúvida: "Yair... Yair?..." com um leve tom de interrogação que, às vezes, você acrescentava a meu nome, que dificilmente podia ser ouvido, e escrevê-lo é completamente impossível, e que significava: "É você? Você está aí? Responda, meu filho..."

Antes que eu pudesse recuperar a lucidez e responder, minha mãe largou o fone. O sonho acabou. Pairou o silêncio. Só a pequena coruja, o mocho-orelhudo, tocava sua flauta ritmicamente lá fora. Acordei abalado. Por que eu não respondera? "Estou aqui, minha mãe"? Por que eu não dissera "Estou na casa que comprei para mim"? Por que eu não perguntara "Onde você está? Quando vai voltar?"

"Estou aqui", disse-me o fundo do meu peito. "Ela não está", respondeu a parede. "Yair?.. Yair?.. Yairi, Yairi, meu filho, meu filho", ecoou meu sonho. "É ele", confirmaram meus sentidos. "Ele está conosco, deixem-no entrar", disseram as lembranças. Imediatamente o conhecimento do meu lugar e da minha existência se fortaleceu, e senti a casa que minha mãe comprara para mim e que minha queridinha estava construindo, e a casa brotava e me envolvia como uma pele nova e saudável, e a sensação era tão agradável e definitiva a ponto de não ficar claro para mim se ela vinha de dentro ou se voltava como um eco quente-frio em minha testa.

Cobri a cabeça com o cobertor. Um pequeno escuro só meu. Estou aqui, num lugar que é meu, envolvido em seu presente. Sou o espaço entre as paredes. Sou o homem em sua casa. Sou a minha casa e seu interior. Sou o piso para os pés e a ripa dos batentes, sou o espaço entre o chão e a cabeça.

A palidez do fim de noite aguarda por meus olhos vigilantes — quanto tempo já se passou? — como o canto do bulbul nos ouvidos, como a continuação do sonho em meu coração. "Deixe-me ir, pois já chegou a aurora", você disse. "Deixe-me ir, meu filho."

6

MINHA MÃO se levanta e alcança o interruptor da lâmpada. Na casa de Liora, eu sempre esbarrava com a mão no abajur e fazia barulho, e, na época em que dormíamos os dois na mesma cama, ela fazia entre os dentes um longo "shhhh..." de protesto. Mas aqui a mão está em segurança e o dedo encontrou o interruptor e o acendeu sem hesitar ou apalpar. Assim foi com a lanterna naquela noite e, da mesma forma, com a lâmpada hoje, na mesma casa, que está nova e reformada, e Tirtza já não está comigo — acabou seu trabalho e se foi. Às vezes, leio um livro, esperando o sono chegar, e, outras vezes, me acalmo, observando um mapa topográfico, até que saio para dar uma volta.

É bom assim: minhas roupas de excursão, os tênis de caminhada, as mochilas, as barracas de tempestade e os sacos de dormir permanecem no armário e no Behemoth, minhas pernas sobre a cama, descansando, meus pulmões respirando silenciosamente, e só meus olhos caminhando entre as linhas altitudinais, adivinhando a paisagem, expandindo as duas dimensões do mapa para as três da realidade: aqui uma ravina, um pico, ali uma ramificação, acolá é escarpado e mais adiante é plano, enquanto aqui perto é rochoso. Aqui eu escalo, ali eu deslizo e lá eu armo uma barraca e acendo o fogo.

Às vezes, saio para passear de verdade. Da casa ao jardim e, de lá, à paisagem de colinas. Descubro trilhas criadas por pessoas, trilhas de gado, trilhas estreitas de formigas e de ouriços, trilhas de porcos-espinhos, chacais e porcos-do-mato. É assim que faço em todo lugar e em cada oportunidade: procuro me informar da rede de caminhos e estradas de terra para as possibilidades de fuga, contorno e salvação.

— De onde vem essa sua paranoia? Como um rapaz israelense pode ter o medo dos judeus da Diáspora? — Liora perguntou em minha primeira e última viagem ao exterior, quando fui me casar na casa dos pais dela, em New Rochelle. Saí, então, para um passeio matinal a pé e voltei depois de uma ausência que deixou toda a família preocupada.

— O que aconteceu? Onde você se meteu? — Estavam todos aflitos.

— Saí para conhecer as redondezas.

O pai dela, a mãe, meu cunhado, a cunhada dela, tios e tias, os filhos e filhas — todos os Kirschenbaum que tinham ido para ver o noivo que Liora trouxera de Israel — entreolharam-se e balançaram a cabeça.

— Por aqui não se anda a pé — disseram. — Aqui se anda de carro ou se corre com roupa de corrida, ou se sai para caminhar com roupa de caminhada em trilhas próprias para caminhada. Quem simplesmente anda pela rua é detido por vagabundagem.

"Para quê?", Liora pergunta sempre que eu saio do asfalto para checar um novo caminho de terra. "Existem estradas. Elas foram pavimentadas com os impostos que pago. Quando viajamos nelas, recebemos parte do dinheiro de volta."

Em um desses passeios, achei também os poços de água que haviam sido mencionados no comitê de recepção: profundos e grandes, com canais secos de pedra junto às aberturas. Antigamente, havia aqui uma comunidade composta de pessoas, rebanhos e casas, e agora restam apenas as fendas das cordas entalhadas nas beiradas da pedra calcária. Quem cavou o primeiro deles? Cananeus? Filisteus? Árabes? Nossos antepassados dos tempos bíblicos?

Não muito distante dali há um grande bosque — "a floresta", segundo os moradores. Uma estranha mistura de carvalhos, alfarrobeiras e terebintos, ao lado de grupos distintos de pinheiros, eucaliptos e ciprestes, remanescentes da reserva provisória cultivada pelo Fundo de Reflorestamento de Israel nos anos 50. E há também diferentes tipos de arbustos do mato, e velhas amendoeiras, entre as quais achei lagares antigos e túmulos, e os sinais escavados na pedra suave já estão pretos e acinzentados de líquen. Não é um bosque no qual circulam lobos e ursos, mas tem o cheiro, os ruídos e a quietude — uma quietude que não é o silêncio, mas o sussurro e o sopro de folhas caindo e de vento passando, sementes germinando e asas batendo.

E, nas profundezas do bosque, há clareiras pequenas e protegidas, boas para se isolar ou cometer suicídio, mas geralmente vivem ali grandes famílias de imigrantes recém-chegados. A saudade do bosque russo obriga-os a se contentarem com o bosque local. Eles bebem, comem e tocam instrumentos musicais, jogam xadrez, assam carne em pequenas brasas e colhem cogumelos. Uma vez, encontrei uma mulher velha gemendo — ela entrou entre as árvores e se perdeu. Eu a levei ao Behemoth e passamos uma longa hora viajando e procurando nas redondezas, ela falando um russo emocionado, cujas consoantes se juntavam umas às outras com as lágrimas, e eu pensando na possibilidade de sequestrá-la para que se tornasse minha nova mãe, ocupando seu lugar. Finalmente, ouvimos seus filhos verdadeiros correndo e gritando "Mama!". A desconfiança deles se transformou em agradecimento, seu temor, em alegria, e eu aceitei o convite e comi com eles, e até ousei beber um pouco, e senti inveja e reciprocidade.

Às vezes, eu me deparava com excursionistas de outro tipo; não os que iam aproveitar o final de semana, mas os que fugiam dos dias da semana: os que procuravam o isolamento, os que buscavam a juventude, casais impróprios procurando um esconderijo, ou talvez casais próprios em busca de renovação — esse tipo de detalhe que Tirtza e Liora perceberiam imediatamente, e eu não consigo discernir. Alguns eram homens da minha idade e nós nos contentávamos com um meneio de cabeça e com uma troca de olhares significando "identificamos você". Muitas coisas acontecem, nossos olhos diziam uns aos outros: andamos em linha reta, sentimos dor, sentimos falta, nos esvaímos, somos esquecidos, partimos e desaparecemos dentro do matagal.

7

PRIMEIRO PEGUEI A FOICE. Com as costas curvadas, as mãos arrancando, serrando, recuando diante dos espinhos danosos e depois achando uma proteção nas novas luvas de trabalho. Uma mão segurou o cabo e a outra enlaçou o pescoço da vítima. Depois, quando minhas costas começaram a doer e meu coração se encheu de confiança, tentei usar o alfanje. Senti que meus movimentos não estavam corretos, mas não sabia como corrigir. E, quando decidi voltar à foice, alguém tocou em meu ombro — o tratorista.

— Mais devagar — disse ele —, e não tão forte —, e eu já sentia atrás de mim suas duas mãos, a esquerda sobre meu ombro e a direita em meu quadril, como se estivesse manejando um fantoche. Minha coluna vertebral se transformou no eixo de uma vela de barco, um mastro dando voltas em torno de si mesmo. A força bruta de minhas coxas subiu, ramificou-se e se espalhou pelos meus ombros, ficou mais suave, fluiu para as minhas mãos e se concentrou na lâmina em movimento. E o alfanje também sentiu tudo isso, pois começou a circular por si mesmo, passando junto à terra com um sussurro, tão afiado e preciso que até as plantas secas e as mais delicadas não se curvavam ou se quebravam, mas foram decapitadas e caíam quando ele passava por elas.

O tratorista desapareceu, mas o toque de suas mãos permaneceu em meu corpo, e trabalhei assim por mais uma longa hora. Mesmo que eu não esteja acostumado ao trabalho físico, tenho, assim minha mãe dizia às vezes, alguma coisa da força e da objetividade de uma besta de carga: o tronco grosso e compacto, a testa protuberante, as coxas curtas. "O corpo de Yair brota do traseiro", uma vez ouvi você dizer ao Pai de Vocês quando éramos pequenos, "e o de Benjamin desce do pescoço".

Gotas de suor caíam da minha testa, passavam pelas pálpebras, escorriam e ardiam. Dores queimavam minhas vértebras, mas meus músculos não se cansavam. Os espinhos e o capim foram ceifados. Arrastei-os, amontoei ao lado e comecei a eliminar as trepadeiras. Elas cobriam os galhos das alfarrobeiras como cobras sufocadoras, brotando em ramos e folhas, subindo até os galhos da copa, buscando sol e ar. Subi atrás delas; antes, numa escada, e, depois, nos próprios galhos, cortando e desatando e jogando. O tratorista voltou a aparecer, puxando uma caçamba de entulho vazia. Carreguei tudo com um forcado e ele foi descarregar no depósito de lixo.

Quando eu estava bebendo água gelada do *cooler* do Behemoth, Meshulem chegou, olhou e disse: — Olhe como essas moças gostam de você agora.

— Gostam por quê? São árvores.

— São alfarrobeiras fêmeas.

— Como você sabe?

— Não está vendo todas essas frutas? Alfarrobeiras são como nós. Os homens fedem e as mulheres dão frutos. Que podadeira e serrote esfarrapados são esses? É com isso que você vai podar?

— Isso foi o que sua filha me deu.

— Que ela se preocupe com a casa. De jardinagem, ela não entende nada. Venha um instante até o meu carro; por acaso, eu tenho ali algumas ferramentas que servem justamente para você.

No banco de trás de seu carro, achei duas podadeiras com cabo comprido e dois serrotes japoneses, todos na embalagem original. E também uma podadeira de copa de árvore, com aspecto de dar medo, com uma corda, uma polia e uma trave, e um recipiente com um líquido verde e espesso usado para besuntar os cotos dos galhos cortados.

Meshulem irradiava de satisfação.

— Que sorte eu ter, por acaso, tudo isso no carro justamente hoje, não é? Antes de mais nada, vamos retirar os galhos baixos, de modo que a árvore tenha um tronco e que uma pessoa possa ficar de pé debaixo dela.

Serramos, limpamos os galhos e os amontoamos ao lado, e Meshulem começou a me orientar no trabalho de poda dentro da árvore:

— Todo galho que crescer dentro, retire. E os que crescerem fora, você só precisa desbastar, e sempre ande para trás alguns metros e observe, assim como um pintor observa o quadro que está pintando. E cuide para que, em cima e dos lados, fiquem como um telhado e paredes, porque uma alfarrobeira assim é como uma casa. Não perde folhas no outono e, se for podada corretamente, protege da chuva no inverno e do sol no verão como um telhado.

Ficamos desse jeito por três horas; Meshulem embaixo, orientando e dirigindo, e eu em cima da escada ou dos próprios galhos das árvores. Tirtza apareceu para duas visitas curtas. Na primeira, ela disse: — Você ainda está aqui, Meshulem? Quem está tomando conta da construtora? — E, na segunda, já riu e disse: — Muito bonito, meninos, muito bonito de verdade!

Agora, as duas alfarrobeiras pareciam duas coberturas grandes e espessas. Era possível ficar debaixo delas com a postura ereta, olhar para cima e ver espaços arejados e frescos, e um teto verde e denso.

O tratorista voltou com a caçamba de entulho. Meshulem me perguntou se eu sabia rebocar uma caçamba e respondi que nunca havia tentado.

— Rebocar uma caçamba não é como tocar violino — debochou ele. — Se você não tentou, então não sabe.

Ele se sentou no banco do trator e o manobrou com habilidade.

— Já fui o melhor motorista de todo o Palmach — disse ele. — Eu, o filho de Freid, o funileiro da rua Herzl, em Haifa. Melhor do que todos os membros de kibutz e de colônias agrícolas que me olhavam de cima. Agora, ponha o lixo na caçamba, que eu vou descansar. Permito-me trabalhar só o quanto quiser, e não mais o quanto preciso.

Pegou em seu carro uma garrafa de cerveja e uma cadeira dobrável, sentou-se, bebeu e disse:

— Antigamente, quando Tirale ainda era pequena, eu adorava quando ela me chamava de Meshulem. Mas, desde que Gershon, eu só imploro que ela me chame de papai. Uma pessoa não pode ficar de repente sem que a chamem de papai. Já existem muitas pessoas que me chamam de Meshulem e de Sr. Freid. Tirtza, você vai me chamar de papai.

E gritou: — Está ouvindo? Chame-me de papai.

Tirtza estava dentro da casa, ouviu, mas não apareceu nem respondeu.

— Se isso é tão importante para você, Meshulem — disse eu —, posso chamar você, às vezes, de papai.

— Vamos fechar com uma vez por semana — falou.

Cochilou um pouco na cadeira, acordou e se foi.

Capítulo Onze

1

ÀS VEZES, os treinadores de pombos da Haganá se reuniam para atualizações profissionais. Ouviam palestras sobre cápsulas, parasitas, enfermidades e alimentos, contavam anedotas uns aos outros, trocavam ideias e pombos de raça que já eram velhos para voar, mas apropriados para acasalamento.

Em geral, as conferências eram realizadas em algum kibutz no centro do país, mas, em 1945, o Dr. Laufer decidiu realizar o encontro em Tel-Aviv. Era o período das férias de verão e ele conseguiu uma sala de aula na Escola Achad Haam, onde já havia dirigido a granja dos alunos. Todos visitaram também o pombal central no jardim zoológico, não num único grupo, mas "gota a gota" — observando a recomendação do Dr. Laufer: "Para não chamar atenção." Pernoitaram na casa de algumas famílias dos membros da Haganá em Tel-Aviv, e a mãe da Menina recomendou "uma digna dona de casa" para preparar um jantar modesto com desconto para todos.

Miriam foi para Tel-Aviv dois dias antes de Bebê, para ajudar o Dr. Laufer nos preparativos para o encontro, e ele, antes de viajar, certificou-se de que o substituto deles — um veterano criador de galinhas, não simplesmente um rapaz ou uma moça do Palmach — havia anotado e entendido tudo que deveria fazer. Pendurou sobre o ombro direito uma pequena mochila contendo artigos de banho, um caderno de anotações, uma camisa e uma muda de roupa de baixo. Na mão esquerda, segurava o cesto com pombos para a Menina, e, no bolso, guardava a passagem de ônibus que um pombo de Miriam lhe havia trazido de Tel-Aviv.

Quando chegou à Escola Achad Haam, encontrou alguns participantes, todos adultos, que o olharam com curiosidade. O Dr. Laufer foi simpático com ele e o apresentou aos presentes como "a futura geração" e como "camarada Bebê". A Menina não estava presente, pois precisava finalizar arranjos de última hora. Na primeira palestra, ela entrou e se sentou num lugar desocupado que Bebê havia reservado a seu lado, e foi logo pressionando seu braço no dele. Ele tinha dezesseis anos, e seu corpo reagiu.

Nas paredes estavam pendurados esboços anatômicos com o corpo de um pombo — por fora e por dentro —, e frases como "Quem são esses que voam como nuvem e se dirigem às suas janelas?", e outras citações formuladas pelo próprio Dr. Laufer: "OBRIGADO AO POMBO, AMIGO FIEL", "O POMBO É PARCEIRO, VALENTE E AMIGÁVEL", "NA CHUVA, NO CALOR, NO VENTO TEMPESTUOSO, O POMBO SEMPRE RETORNARÁ". Naquele ano, UM NOVO LEMA foi acrescentado: "A ave do céu conduzirá tudo", que gerou discussões: seria mais um erro de um alemão ou, depois da frase, deveria ser acrescentado "rrr..."?

Entre os esboços e as citações, foram penduradas as imagens de "pombos heróis", cujos nomes, geralmente, eram Mercúrio, Cometa e Flecha. E, como todas as palestras de abertura do Dr. Laufer, aquela também foi repleta de histórias aladas de heroísmo. No ano de 1574, quando a cidade de Leiden estava sitiada e quase em ruínas, e seus habitantes já pensavam em se render, quem os informou que a ajuda chegaria em duas horas? Um pombo. Quando a rainha Maria Antonieta estava presa, quem levou informações dela para seus conselheiros fora de Paris? Um pombo. E na batalha da Fortaleza de Verdun, quem conseguiu se elevar acima das nuvens de gases venenosos espalhados pelos alemães e trazer informações da frente de batalha? Só os pombos-correio franceses.

Ele atualizou os participantes com uma importante informação a respeito de pombos em todas as partes do mundo. Os ingleses — fez uma careta — treinaram falcões migrantes para capturarem pombos-correio do inimigo. Na Alemanha, disse em tom sério, foi decretada uma lei: todo criador de pombos deveria se registrar e disponibilizá-los a serviço do país em época de emergência, e o país, por sua vez, financiaria o transporte dos pombos nos casos de treinamento e competição. Um pombo-correio canadense, chamado Raio de Luz, salvou pescadores cujo barco quase rachou nas águas congeladas da Terra Nova. E, na Bélgica — a potência mais importante do mundo em pombos e treinadores, apesar de ter somente quatro milhões de habitantes —, já há cem mil criadores de pombos-correio registrados. "E as asas continuam estendidas, rrr... rrr... rrr..."

Os participantes também contaram suas histórias. Uma criadora de pombos de Jerusalém escreveu e leu uma história curta que tocava o coração a respeito de um pombo que batera na fiação elétrica e chegara dois meses depois de ter sido despachado, "andando sobre as pontas queimadas do pés". Um treinador de Yagur traduziu o relatório de um oficial americano da Primeira Guerra Mundial: "Esperávamos por notícias do campo de batalha, até que chegou o pombo Cher Ami com o corpo triturado. No pombograma que carregava, estava escrito: 'Nossa artilharia está atirando contra nossas tropas. Ajustem a pontaria, senão todos seremos sacrificados.'."

Depois, alguém mencionou um pombo-correio que havia trazido para os sitiados famintos de Cândia, em Creta, um "pombograma perturbador" com as palavras: "COMAM-ME." Isso provocou uma discussão moral. Alguém gritou que o relato era inacreditável e improvável. O Dr. Laufer tranquilizou os participantes, exclamando em voz alta: — E agora... pombos na poesia hebraica! — E pediu à Menina que se levantasse, ficasse ao lado dele e lesse o trecho que lhe havia incumbido de preparar, "do ilustre poeta Dr. Shaul Tchernichovsky," que descrevia diferentes e variados tipos de pombos:

Esses são "pombos egípcios", e aqueles são chamados "nazireus",
E há os "de bom aspecto", com o peito protuberante como pinguins.
Eis o "pombo-papagaio", ajeitando sua bela cauda,
"Os donos da juba", enfeitando-se com as madeixas em volta da nuca,
Um grupo de "pombos cacheados"
Encontrando-se com "pombos gigantes",
No canto de cá, um casal de "romanos" arrulhando de amor e casais de "negros"
De cabeça preta. E, enquanto isso, chegam rapidamente os "pombos-pérola",
Um filhote da família dos "padres",
italianos, suíços e sírios.

Foi o que a Menina leu, bastante séria, com um leve rubor aprofundando sua pele rosada. O Dr. Laufer agradeceu e disse: — Aparentemente, o poeta se esqueceu de mencionar os pombos-correio e citou apenas os pombos ornamentais. — Ele não se controlou e os chamou de "monstros", mas uma leitura mais detalhada relatava os "sírios" no final da relação. — E não temos dúvida de que, com esses sírios, o poeta insinuava os preciosos pombos-correio de Damasco.

A maioria dos treinadores de pombos reunidos ali era composta de adultos, e, na hora do almoço, Bebê e a Menina trocaram olhares e pressionaram perna contra perna debaixo da mesa. Ele era mais baixo e mais novo do que ela, como seria até o dia de sua morte, mas não se sentia mais inseguro, nem com ela nem com os outros, e até expressava sua opinião como um treinador de pombos veterano.

Os debates da tarde se concentraram em sementes ricas em proteínas *versus* sementes ricas em gorduras, e na pergunta: será que a alimentação de filhotes, oferecida com a nossa mão, pode criar no pombo uma marca, um relacionamento que depois dificulte o acasalamento com outros pombos? E, então, passaram ao problema da varíola e debateram sobre como desinfetar o pombal no período de epidemia de disenteria. E, a partir daí, a assuntos sem solução e sem-fim: será que o pombo se orienta unicamente com a ajuda do senso de direção, ou ele se lembra dos detalhes do caminho e da paisagem? Ou será que ambos estão corretos? E Bebê ousou comentar que os participantes estavam atribuindo ao pombo a percepção humana de mapa e de bússola e de rosa dos ventos. — Mas o pombo talvez desconheça tudo isso e conheça somente uma direção chamada "para casa", sem saber que os seres humanos dão a essa direção diferentes nomes, às vezes "para o sul", outras vezes "para o leste", e outras vezes ainda "para norte-noroeste".

Pairou um silêncio. A Menina ruborizou como se estivesse orgulhosa.

— Isso é muito interessante — disse o Dr. Laufer.

Ele havia se lembrado do que ela lhe dissera, que o pombo desaparece aos olhos do remetente no momento em que aparece aos olhos do destinatário, e de repente percebeu que o amor que estava brotando ali, diante de seus olhos, era maior e mais profundo do que imaginava. Mas despertou e se lembrou de sua função, e retomou:

— Nós também temos, às vezes, pensamentos interessantes e bonitos como esse, mas assim é impossível trabalhar.

Os demais treinadores de pombos concordaram imediatamente. Precisavam retornar às questões práticas: o que o traz de volta ao pombal? A saudade de casa, da vasilha ou da família? Será que é correto e leal, e vale a pena treinar pombos a voar contra a natureza deles — também à noite? Será que o bico do pombo contém partículas magnéticas, e qual é a função da inchação que liga o bico à cabeça?

À noitinha, a Menina levou Bebê para um passeio na praia, andou com ele, esquivando-se de algumas garotas da sala dela que queriam saber quem era o rapaz desconhecido. Ela o beijou nos lábios e, dessa vez, permitiu que ele acariciasse todas as partes de seu corpo, mas por cima da roupa. Ele mostrou que já sabia assobiar, mas pediu que assobiassem como no encontro anterior, cada um com os dedos do outro.

No dia seguinte, Bebê voltou a participar do debate dos treinadores adultos, dizendo que seu sonho era cruzar e produzir uma raça local que fosse mais resistente ao calor, aos parasitas e à sede do que os pombos europeus. E a Menina observou de repente que, no passado, os maiores centros de criação de pombos do mundo eram o Cairo, Bagdá e a Índia, lugares em que o clima é pior do que o de Liège e Bruxelas.

Depois, no intervalo cerimonioso em que todos molharam biscoitos no chá amarelo de tanto limão, Bebê saiu atrás da Menina, da sala de aula para o pátio.

— Você estuda aqui? — perguntou ele. — Nessa escola? — E já planejava consigo mesmo uma forma de verificar em que sala, em que fileira, perto de que mesa, em que cadeira ela se sentava.

— Não. Achad Haam é uma escola para meninos, não para meninas.

— E onde você estuda?

— Na Escola Carmelo — disse ela. — Fica mais perto do jardim zoológico.

— Eu quase já não vou mais à escola. O dia inteiro fico no pombal com os pombos. Mas faço trabalhos no kibutz e leio livros.

A Menina disse que a observação que ele fizera a respeito do senso de direção dos pombos estava absolutamente correta. — E não somente em relação às direções — acrescentou ela. — No final das contas, o que o pombo quer é voltar para casa, e nós estamos certos de que ele quer levar um pombograma importante para o pombal central.

Sorriram, e seus olhares estavam fixos um no outro. Então se sentaram e ele lhe contou a respeito de mais uma ideia que tivera, uma ideia que poderia concretizar o sonho de todos os treinadores de pombos em todas as gerações: treinar pombos para o voo em mão dupla, não simplesmente a volta para um lugar, mas ida e volta entre dois pombais. Um voo desse tipo abriria muitas possibilidades novas para treinamento de pombos, completou entusiasmado. Um pombo-correio poderia voar de forma regular entre o pastor nas montanhas e a fazenda, entre um jornalista numa cidade do interior e a sede do jornal, ou ida e volta entre unidades militares e o alto comando.

— E também na família — disse a Menina. — Ou entre amigos e casais.

2

A REUNIÃO CONTINUOU por três dias e, no final, o gordo do jardim zoológico apareceu segurando cestos de palha trançada que arrulhavam. O Dr. Laufer retirou de dentro pombo por pombo, distribuiu-os entre os participantes e pediu que cada um, ao chegar a seu lugar, despachasse o pombo que recebera. Nos cestos vazios, ele colocou os pombos que os participantes haviam trazido e disse que aqueles seriam despachados dois dias depois pela manhã, cada um ao seu lugar.

Os participantes se despediram, voltaram às suas casas e a seus pombais, e o Dr. Laufer, cuja vida no meio dos animais o ensinara a entender cada tremor de olho, cada tonalidade de pele e cada vibração do lóbulo da orelha, pediu a Bebê que ficasse mais um pouco e ajudasse a Menina a retirar as fotografias e as citações, e as levasse junto com os cestos de pombos para o jardim zoológico.

Agora os dois estavam sozinhos. Eles retiraram da parede as fotografias e os lemas, enrolaram-nos bem para que não enrugassem e, quando se inclinaram para levantar os cestos, aproximaram a cabeça até se tocarem. De uma só vez, endireitaram o corpo e se juntaram.

Ela se inclinou e apertou seus lábios nos dele. Bebê envolveu a cintura dela, puxou seu corpo e, sem saber o que estava fazendo, levantou a barra da blusa até que os seios se desnudaram, afastou-se dela e beijou e sugou seus mamilos.

Ela estremeceu e gemeu, mas sua mão foi descendo por ele e, antes de fazer algo além de simplesmente segurar, Bebê já suspirava e, com a precipitação dos jovens, derramou seu sêmen na mão dela. Uma dor de saudade o invadiu, ainda que ela estivesse com ele. Sentiu que vivia e morria. Perdeu as forças e a idade. E a Menina sentiu a corrente morna entre seus dedos e um grande tremor. Ela nunca soubera o quanto era forte.

Bebê ficou confuso, procurou e achou um trapo para se enxugar, assim como enxugar sua roupa e a mão dela. Mas a Menina atirou o trapo à terra, limpou a mão no rosto dele, puxou-o para o chão, dizendo: — Agora, toque-me assim você também.

Ele era jovem e não sabia quem estava mais ansioso e sentia mais prazer — a mão dele ou os quadris dela, a carne dela ou a dele, e quis saber quem concedera aos seus dedos o sentido do paladar e a possibilidade da visão, e, mesmo ainda não entendendo todas as informações que seu corpo lhe mandava, já queria sentir tudo, não aproximadamente, mas exatamente. Conhecer aquela forma maravilhosa que sua mão acariciava e explorava, não somente seu calor, sua textura e sua suavidade, mas também provar com a boca e cheirar com o nariz e olhar com os olhos — será que aquilo tudo seria comparável ao que ele havia sentido com os dedos?

A Menina pegou na mão dele e a deslocou de seu sexo para a barriga. — Já chega — disse ela. — Não posso mais. — Ficaram deitados um pouco um ao lado do outro, espantados com sua fraqueza e sua força, e se lamberam, ele, a si mesmo na mão dela, e ela, a si mesma na mão dele. Depois se levantaram, ajeitaram suas roupas e pegaram os cestos de pombos. No início, um pouco confusos, andando pela rua Achad Haam. E então, sorrindo com o coração, desceram a longa e tranquila ladeira no outro lado do jardim zoológico.

No final da descida, estendia-se um terreno de areia com remanescentes de um pomar e alguns sicômoros, e, no outro lado, a colina de pedra calcária e o lago do jardim zoológico. Hoje, quando passo lá no sentido oposto, fico imaginando as tábuas de madeira colocadas ali "antes de existirem as calçadas". Bebê não quis ir à frente da Menina nem atrás. Ele andou ao lado dela, os pés afundando, o coração feliz e a tristeza que já lhe corroía: em breve, a despedida. A Menina ficaria em Tel-Aviv, e ele voltaria ao pumbal do kibutz.

Capítulo Doze

1

O TELEFONE TOCOU. Uma voz fina de homem me disse que eu e minha mulher havíamos sido aprovados pelo comitê de recepção.

— Mas há mais um pequeno problema que o tesoureiro quer tratar com você. — E o tesoureiro pigarreou; alguma coisa na tosse dele indicava que mais algumas pessoas estavam presentes e ouviam a conversa, e disse que havia um pequeno mal-entendido, e que o povoado, "depois de uma avaliação adicional, uma nova ponderação e o aconselhamento com um especialista", solicitava elevar um pouco o preço que havia sido estabelecido.

— Quanto é um pouco?

— Quinze mil dólares foi o que nos disseram.

— Telefono para você em seguida — disse e liguei para Tirtza.

— É óbvio — disse ela. — A avaliação adicional foi do carro luxuoso que a sua mulher verdadeira comprou para você. Tínhamos que ter ido com o Subaru de um dos meus caiadores, e não no carro de segurança do presidente dos Estados Unidos.

— Mas o que faço agora?

— Telefone e diga a eles que você está cancelando a negociação. Mas não exatamente agora. Ligue daqui a uns quarenta minutos. Quarenta minutos é um espaço de tempo especialmente enervante. Curto no sentido de ir para casa e longo no sentido de ficar sentado na secretaria, esperando.

— Mas a casa... — Fiquei preocupado. — Eu a quero.

— Não se preocupe. Eles cancelarão a exigência. Aposto com você os quinze mil dólares adicionais que eles pediram. Telefone para eles daqui a quarenta minutos, e lembre-se: sem emoção e sem raiva. Lembre a eles que definiram o preço e que nós aceitamos sem discutir, diga-lhes que o dinheiro está disponível e dê um prazo até amanhã para decidirem. E não se esqueça de que, para eles, eu sou a Sra. Mendelsohn. Se as coisas se complicarem, posso me intrometer.

— Mas por quê? — assustou-se o secretário . —Vocês se saíram tão bem no nosso comitê de recepção. Se não têm o suficiente, é sempre possível pensar em algum acordo.

— Não é uma questão de acordos — falei. —Vocês determinaram o preço, nós concordamos sem regatear. O dinheiro está disponível e vocês têm até amanhã ao meio-dia para retornar a seu primeiro preço ou procurar outro comprador.

Meshulem, que ouviu a história da filha somente no dia seguinte pela manhã, não escondeu sua satisfação.

— Um novo Irale! — Deu um tapa em meu ombro. — É uma lástima que você não tenha dito mais uma frase:"E vocês, meus amigos, não foram aprovados pelo nosso comitê de recepção." Mas não faz mal, o principal é que agora eles sabem que conosco não tem jogo.

E assim foi. Retiraram a exigência e, no dia seguinte, o novo Irale assinou o contrato e pagou a primeira parcela. Depois, fotografou a casa, revelou as fotografias no centro comercial mais próximo e viajou para mostrá-las à mãe.

Naquela época, ela estava no Hospital Hadassa, no setor de internação, deitada numa cama ao lado da janela.

Fiquei parado por alguns minutos à entrada, observando-a. Seu corpo estava fraco e delgado. Sua calvície, coberta por um grande lenço azul. Seu olhar se dirigia à paisagem — o Castelo, o Radar, Nebi Samuel — e, então, virou-o lentamente na minha direção.

— Olá, mãe — disse eu. — Lenço novo?

— Meshulem me deu.

Ela olhou as fotografias que eu levei.

— Estou feliz. É exatamente o lugar que imaginei para você. Vejo alguns pombos no telhado. Se eles vivem sob as telhas, tire-os de lá e feche todas as aberturas e fendas. Pombos no telhado são um pesadelo.

— Não sou um fotógrafo tão bom — disse — e é um pouco difícil ver nas fotografias como a casa fica dentro da paisagem. Esperemos até você se sentir um pouco melhor e a levarei até lá.

— Receio que isso não vai acontecer, Yair, mas Tirale, sim, vai fazer um trabalho maravilhoso. Você está em boas mãos.

Fiquei tão espantado que nem perguntei como ela sabia que Tirtza faria a reforma da casa.

— Você vai ficar boa — objetei — e vai ver a casa antes e depois da reforma, e irá para lá sempre que desejar, e ouvirá o vento soprando nas grandes árvores, e tomará seu brandy diante da paisagem que descreveu. Essa casa é mais sua do que minha.

Mas, no dia seguinte, minha mãe perdeu a consciência e, três dias depois, morreu. Meshulem disse que era recomendável adiar o início da reforma.

— A casa pode esperar. Antes, façam o luto como deve ser. O principal é que ela sabe que você achou a casa e que está em boas mãos. — E teve outra explosão de choro. — Desde que Gershon e minha Goldie, nunca senti tanta dor.

Pensamos em enterrá-la na cidade dela, Tel-Aviv, mas minha mãe deixou um testamento surpreendente e explícito. Ela queria ser enterrada no cemitério de Jerusalém, no topo do declive a noroeste. Meshulem providenciou, com seus contatos na sociedade funerária, o que era preciso e nos explicou:

— Foi isso o que ela disse a mim e ao advogado que lhe arranjei: "Não é para que eu possa ver Tel-Aviv. É para que Tel-Aviv me veja."

Ficamos os sete dias de luto no apartamento grande de Beit Hakerem: o Pai de Vocês, eu, Zohar, que se ocupou com o samovar, os copos e os biscoitos. E Meshulem, que trazia comida do bar do Glick. Os dois Ys gigantes, Yariv e Yoav, tiraram licença e vieram, criando uma sensação de que o apartamento estava cheio de visitantes, mesmo nos momentos em que não havia nenhum. Ao final da tarde, chegaram Liora e Benjamin, os que vinham em visita de pêsames e os amigos de meu irmão que contavam histórias de horrorizar a respeito de erros médicos. Tirtza não viria. Meshulem me passou a mensagem dela.

— Ela lamenta, adorava sua mãe, mas o engenheiro marcou com ela mais uma reunião, e os medidores irão em seguida.

Pensei: "Será que os dois homens que vi uma vez na casa de minha mãe também virão? O velho que me perguntou o que eu gostaria de estudar e o moreno manco que fazia um café forte, batucava e cantarolava 'o rei Assuero está fazendo *five o'clock*'?" Mas, em vez deles, vieram visitas de pêsames da parte do Pai de Vocês: colegas e alunos do passado, pacientes de quem cuidara ou de seus filhos — alguns deles vieram por reconhecimento e gratidão, e outros pela vontade de ver o que se escondia atrás da porta "Y. MENDELSOHN — RESIDÊNCIA PARTICULAR".

No sétimo e último dia do luto, caiu uma chuva forte e surpreendente, fora da estação. E, à noite, quando eu voltava com Liora para a rua Spinoza, em Tel-Aviv, já havia uma correnteza de água na rua. No rádio, ouviam-se relatórios sobre as inundações e enchentes, e um pensamento terrível se instalou em minha mente: que o seu túmulo recente tivesse sido arrastado pelo declive, do cemitério até o rio Shorek.

Na casa de Liora, ouvindo o ruído dos pingos que escorriam pela calheira e que caíam sobre o telhado e sobre as folhas no jardim, vi em minha imaginação cenas de terror: partes do corpo despedaçadas e ossos rolando. Pulei da cama e me vesti. Finalmente haveria uma utilidade para a nova capa de Gore-Tex e para as galochas que esperavam na caixa do Behemoth.

— Aonde você vai? — Liora perguntou do quarto dela.

Disse-lhe a verdade.

Estou com medo de que o túmulo de minha mãe tenha sido arrastado pela água e vou viajar até lá para ver o que está acontecendo.

— Como assim foi arrastado? Ela está enterrada dentro de um túmulo de concreto.

— Você não tem ideia do que as inundações podem provocar.

— Mas acabamos de voltar de lá. Que tipo de história você está inventando?

— Você pode vir comigo, se não acredita — falei.

Ela não iria. Ela não participaria das minhas loucuras.

— Nem mesmo filhos neuróticos judeus-americanos viajam para ver se o túmulo de sua mãe foi arrastado pela chuva, e pode acreditar que, na América, existem mães e chuvas muito piores do que as de vocês.

— Mas aqui os filhos são melhores — retruquei e saí.

O clima estava terrível. O vento soprava de todos os lados e a chuva golpeava em diferentes direções. Às vezes, batia no teto do carro, outras vezes era quase horizontal. Mas o Behemoth, determinado como seu dono, navegava com segurança, sem dar atenção às súplicas dos pequenos carros travados, passou pelo vale de Ayalon, subiu por Shaar Hagay, seguiu reto e desceu e subiu, e no sinal de trânsito em frente à entrada da cidade virou à direita três vezes e subiu até o cemitério.

Saí e corri entre os túmulos. Rios desciam pelos caminhos entre as tumbas, mas o túmulo de minha mãe continuava no lugar, com todas as coroas de flores. A coroa do hospital Hadassa, a do hospital Ichilov, a da Universidade Hebraica em Jerusalém, a da Associação de Medicina, a da Kirschenbaum Real Estate, de Tel-Aviv, Boston, Washington e Nova York, e a coroa da Construtora Meshulem Freid e Filha, e também a pequena placa branca de alumínio ainda estava fincada num monte de lama. Firme, molhada e determinada, com o nome RAYA MENDELSOHN escrito com tinta a óleo preta. Dei uma volta no túmulo, examinei e retornei ao Behemoth para telefonar para Benjamin.

— Está tudo bem — informei.

— O que está tudo bem? Sobre o que você está falando?

— Sobre mamãe. O túmulo dela está em ordem. Aguenta bem a chuva.

— Onde você está, Yair? Voltou ao cemitério?

— Eu estava um pouco preocupado. Um clima como esse, e o túmulo, que ainda não está coberto com uma pedra.

Benjamin perguntou se eu sabia que horas eram e eu respondi que sim, e ele se interessou em saber o que estava se passando comigo.

Eu disse que não era essa a questão e lembrei a ele que não lhe havia pedido ajuda ou opinião, que simplesmente queria contar o que estava acontecendo.

— Mesmo que você não tenha me pedido um conselho — disse ele —, vou lhe dar um. Se você já está em Jerusalém, vá até o Pai de Vocês e passe a noite na casa dele. Não vai lhe fazer mal algum ver um pediatra antes de ir dormir.

2

No DIA SEGUINTE, pela manhã, o céu clareou. Quando cheguei à casa, três agrimensores me receberam. Um era velho, moreno e enrugado; outro, aproximadamente da minha idade, era barrigudo e de nariz vermelho; e o terceiro, um estagiário grandalhão, alegre e aplicado, a quem às vezes os outros dois diziam "Traga água gelada", e outras gritavam "Pense em Brigitte Bardot, seu pau está caindo!", e soltavam uma gargalhada.

Depois que se foram, apareceu a dona da casa vizinha, fincou duas estacas e esticou ao longo do limite um fio comprido de sinalização.

— Faça uma cerca de verdade — sugeri a ela.

— Não é preciso uma cerca. — Esticou, amarrou, se aprumou e chispou: — Basta que saibam que aqui é o limite e que não me façam confusão ou causem problemas.

E, já no dia seguinte, saiu para o primeiro passeio de inspeção ao longo do novo limite.

— Já aconteceram coisas no passado — gritou ela quando eu saí da casa e a cumprimentei com um bom-dia. — Quando as coisas são claras, tudo fica melhor.

Não reagi à sua última declaração, mas fiquei espantado, pensando na distância que havia entre a aparência e o comportamento dela. Era uma mulher jovem e bonita. Sua beleza não era do tipo que deixava a garganta seca, nem do tipo que deixava os joelhos tremendo, mas com certeza deixava o coração feliz. Nada em seu sorriso e em seu andar e em seus modos indicava a ira e as preocupações que se aninhavam em seu coração.

Reconsiderei e disse a ela que, de acordo com o projeto que os agrimensores haviam deixado, o fio que ela havia esticado não estava passando exatamente no limite, mas abocanhando um pouco do terreno dela. O marido, que saiu da casa ao ouvir a discussão, não se controlou e sorriu, e a cólera dela se elevou a novas alturas de gritos. Estava cansada "de todas essas novas pessoas com dinheiro" que vinham até ali para se meter na vida deles.

O marido sussurrou: — Ele não se meteu em nada com você; nem comigo.

Ela ficou mais furiosa: — De que lado você está? Do meu ou do dele!?

Voltaram para casa e eu me sentei numa pedra grande, prestando atenção aos sons. A rápida saraivada de tiros era o pica-pau no tronco do cinamomo dos vizinhos. O que soava como passos furtivos de um assassino no matagal não passava de melros picando as folhas caídas de outono. O riso áspero era de um alcíone multicolorido e grande, cujo nome desconheço, e os mais barulhentos de todos eram os corvos, e nunca consigo saber se estão brigando ou brincando, praguejando ou fofocando.

O sol se pôs. Do campo vizinho, ouviram-se gritos altos. Levantei-me e me aproximei. Vi um bando de pássaros no chão. Seus corpos marrom-cinza-amarelados eram um pouco maiores do que o de um pombo, com pernas compridas, e berravam como loucos e saltavam com todo o vigor, recebendo a noite numa cerimônia de danças.

Os melros entoavam seus últimos alarmes, a escuridão se aprofundava, e dos montes ouviam-se os primeiros uivos dos chacais. De repente, lembrei-me de como os ouvíamos em Jerusalém, bem na periferia do bairro. Um bando uivava perto e outro respondia, e, às vezes, um terceiro, mais distante, cujo uivo só era ouvido nos intervalos dos outros dois. Perguntei a você por que eles uivavam, e você respondeu que eles não eram como os seres humanos, que investem muita energia em bobagens, e que os animais são criaturas muito lógicas. Cada comportamento tem uma explicação, e bandos de chacais, você disse, informam uns aos outros onde estão e onde pretendem buscar suas presas: "Caso contrário, eles brigariam a noite inteira, em vez de caçar e comer." Eu gostava dessas suas pequenas aulas de ciências naturais. Percebi que você também havia tido um professor na infância, alguém que lhe ensinava e cujas aulas você gostava de ouvir.

Voltei e entrei na casa. O colchão de acampamento foi estendido, inflado com obediência, e tirei minhas roupas, me estiquei e fechei os olhos. Lá fora, sopravam os dois ventos que você me prometera: um vento nas árvores grandes, e outro, diferente, nas pequenas. Adormeci e acordei várias vezes. Uma vez por causa do mocho-orelhudo, cuja voz me envolvia em mistério e magia: um som uniforme, oco, com intervalos tão precisos e permanentes que provocavam uma dor agradável. Outra vez, porque ouvi gemidos de agonia assustadores. Saí da casa, caminhei na direção deles e vi que eram as expirações de uma coruja que vivia no sótão da imobiliária. Voltei, deitei-me e não adormeci. Você estava certa — os finos arranhões em cima de mim são os passos dos pombos. Meshulem também estava certo — os fracos rangidos lá fora são os dentes das larvas na figueira. É preciso expulsar os pombos, tapar as frestas, arrancar a figueira e plantar uma nova em seu lugar.

E também do outro lado da fronteira subiam sons, e quanto a eles também não me enganei: o vizinho e a vizinha divertiam-se ali e, pela clareza dos sons, parecia que faziam o que faziam na varanda ou mesmo no jardim. Ele, em silêncio, e ela emitindo longos e prazerosos gemidos como um instrumento de corda, que iam se tornando cada vez mais fortes e não terminavam com um grande clamor, mas com um pequeno suspiro de resignação. Por eles, era fácil imaginar o prazer da pressão das coxas dela, e a suavidade do seu pescoço e a leve doçura de seu sexo. Que estique fios e marque fronteiras — uma mulher que emitia sons como aqueles sob o arco de seu amado não podia ser uma vizinha má, ainda que se esforçasse.

E a casa também emitia sons. Era como uma caixa de ressonância e de lembranças. Alguns sons eram acidentais e claros: uma persiana ao vento, uma porta batendo no umbral. Outros eram regulares e difíceis de perceber e identificar: quem sabe uma conversa entre os tijolos, sentenciados a viver o resto da vida um ao lado do outro? Ou talvez sons de outros tempos e pessoas, gravações antigas, palavras que haviam permanecido de pessoas que já haviam partido — a conversa entre um homem e uma mulher, os suspiros dos sonhos de crianças, o choro de um bebê. A luz que alguma vez foi absorvida pelas paredes e agora queria escapar na forma de som.

Escutei, aprendi, classifiquei, memorizei. Aqui é impossível culpar os apartamentos dos vizinhos — é a sua própria casa, respirando à sua volta, expandindo-se, fazendo som, contraindo-se, envolvendo. O chão, que aqui não é sufocado por vigas de concreto e aprisionado por faixas de asfalto, move-se numa lenta e ininterrupta dança, enquanto nós — casas, árvores, pessoas e animais — somos carregados em seus braços, movidos sobre sua fina crosta.

3

TIRTZA, desde o seu divórcio, não tem sua própria casa. A casa em que morava com o marido, Tirtza deixou para ele ao se separarem.

— Antes de tudo, por piedade. E, em segundo lugar, se é possível passar por isso sem brigas, é preferível. Quantos anos ainda nos restavam para viver? Mais sete anos bons seguidos de sete maus? Quem sabe apenas três, como aquele pobre Stevenson que você me contou, que morreu depois de ter construído sua casa numa ilha. Então, esse pouco que resta desperdiçaremos com bens e vinganças?

E cravou em mim um olhar inquiridor para ver se eu havia captado sua ideia.

— Que fique com a casa e seja feliz; o principal é que vá embora, que saia da minha vista para que eu não precise mais ver, ouvir e sentir a presença dele.

— E agora?

Agora ela não tem casa. Tem um carro e alguns quartos: um nos escritórios em Tel-Aviv, um no hotel em Haifa, um no hotel em Beer-Sheva e outro na casa-grande do pai, no bairro Arnona, em Jerusalém.

— E se você tiver uma visita de vez em quando?

— Pode falar claro, Irale. Um homem por uma noite? Por uma semana? É isso que você chama de uma visita de vez em quando?

—Você sabe como é...

— Não. Não tenho visita de vez em quando. Não por uma noite nem por duas. Há muito tempo. Mulheres podem viver muito tempo sem homem — e sorriu com um grande e repentino sorriso. — Mas Meshulem, para seu espanto, tem visitas de vez em quando.

— Não estou nem um pouco espantado. E onde ele dorme com elas?

— Ele não dorme com elas. Elas vêm e depois vão, e a parte do sono ele já faz sozinho, na cama de Gershon.

— É estranho.

— O que é estranho? Que elas não fiquem?

— Não. Que seu pai durma na cama de Gershon.

— Não há nada estranho. Meshulem é um pai enlutado do tipo comum. Além de ir ao monte Herzl, na cerimônia anual pelos soldados mortos em guerra, no cemitério militar, ele não faz nada. Ele nem mesmo fez um álbum em memória de Gershon. E é de lamentar, pois Gershon deixou alguns trabalhos extraordinários em química, da época do ensino médio e do Instituto Weizmann. Sugeri a Meshulem oferecermos bolsas de estudo, mas ele ficou irritado: "Meu filho está enterrado e alguém vai estudar e se tornar professor no lugar dele?" Você percebe como a cabeça dele funciona? Ele só fica chorando o tempo todo com o lenço, e exige que eu o chame de "papai", e não de "Meshulem", como estou acostumada, e dorme na cama de Gershon. E isso não faz mal a ninguém. Nem a mim nem às visitas dele, que de qualquer maneira vão embora, nem à minha mãe, que já morreu, e suponho que também Gershon não se incomode que o pai dele durma em sua cama. Ali há bastante lugar para os dois. Então, não estou entendendo por que isso parece estranho justamente para você.

Assim, a casa de Freid se transformou em hotel, e o galpão de jardinagem de Meshulem, que antes era seu canto, passou a ser a sua casa. Antes era um quartinho para ferramentas, fertilizantes e sementes, depois um mundo pequeno e proibido, com uma cama dobrável, uma cafeteria elétrica, um açucareiro e dois copos. E desde que Gershon foram acrescentados um fogareiro a gás, uma geladeira pequena e uma poltrona reclinável que sabia se transformar em cama, e desde que sua Goldie, o canto de Meshulem passou a ser a sua própria casa. Ao voltar do trabalho, ele vai direto para lá, descansa, lê e prepara pequenas refeições, e depois deita-se ali, com seu grande lenço estendido sobre o rosto, o azul marcado com linhas desbotadas pelo sal das lágrimas. E só à noite ele entra na casa, toma banho, se barbeia e recebe suas visitas. Depois a visita vai embora e Meshulem vai dormir na cama do filho morto, ouvindo as gotas pingando na telha, lá fora, "e por aí você vê toda essa bobagem de quartos com funções e nomes".

4

PELA MANHÃ, um novo barulho me acordou. Espiei pelo espaço entre as tábuas que cobriam a janela. Dois caminhões estacionaram ao lado da casa. Seus guindastes descarregaram sacos imensos de areia e cascalho, ladrilhos, tijolos e telhas sobre superfícies de madeira, canos flexíveis e sólidos de diâmetros e cores diferentes, redes grossas e finas de metal, caixas com materiais de eletricidade e hidráulica. Dois operários chineses empurravam uma pequena betoneira até a parede. Tirtza espalhou seus brinquedos no novo parque de diversões.

Vesti-me e saí até o pátio.

— Bom-dia, Irale — exclamou Meshulem. — Você está vendo? Que bom que você podou e limpou. Agora poderemos plantar aqui um jardim muito bonito.

Caminhou a passos largos, balançou as mãos, apontou, fez o que gostava de fazer — dar ordens aos outros. — Antes de tudo, é preciso aplainar essa inclinação. Vamos colocar aqui uma parede de pedras e jogar três ou quatro caminhões de terra. Tenho alguém que trará terra fofa, sem nenhuma semente de ervas daninhas, e isso não vai lhe custar nem um tostão, porque ele me deve um favor. — E cochichou alguma coisa junto ao ouvido da filha, e eu me diverti muito com a maneira como seus corpos compactos e robustos se aproximaram um do outro, a intimidade com que o pai apoiou a boca na têmpora da filha, a confiança com que a filha colocou a mão no ombro do pai, acariciando-o, dando-lhe forças e reduzindo sua dor.

— Não quero uma parede grande ali — apressei-me em dizer, antes que os dois determinassem meu destino. — Prefiro dois ou três pequenos terraços, e quero que tenha aqui um acesso traseiro para o Behemoth.

— É melhor uma parede grande — determinou Meshulem. — E, para o carro, você tem a rua inteira à sua frente. Por que você precisa chegar como um ladrão vindo do interior? E é preciso se apressar, porque, depois do verão, choverá e o campo inteiro vai virar uma lama só e os caminhões com a terra não poderão chegar nem perto.

Mas Tirtza também achava que seria bom deixar uma possibilidade de acesso pela parte de trás para o Behemoth, e que alguns pequenos terraços eram preferíveis a uma parede grande. Ela até sugeriu que eu os construísse sozinho.

— Olhe para ele, Meshulem — disse ela, apontando para mim. — Toda a energia que essa casa está lhe fornecendo não é conveniente aproveitá-la enquanto ainda existe?

— Não tenho noção alguma disso nem experiência — comuniquei.

— Nem uma coisa nem outra são necessárias. Esse é um trabalho que qualquer asno pode fazer — disse Tirtza. — Vou lhe dar a minha caminhonete. Saia por aí, procure pedras, carregue, traga, construa. Seu corpo é como o meu, gosta e precisa de esforço, e no final ainda descontarei do preço os terraços.

Ela também me orientou um pouco: um terraço não é uma casa. Não precisa de pedras de um tipo e de tamanho especiais. Ao contrário: pedras brutas, de diferentes tamanhos, tipos e tonalidades oferecem ao terraço mais beleza e personalidade. — E lembre-se — ela foi gritando atrás de mim —, a caminhonete também precisa voltar para a estrada, não a sobrecarregue a ponto de arrastá-la no chão.

A caminhonete que Tirtza me emprestou era muito diferente do Behemoth que Liora comprara para mim. Era bruta e dura, e nos caminhos pedregosos levantava a roda traseira em qualquer oportunidade. — Mas — como sua dona se gabava — nada a faria parar e ela prosseguiria a viagem mesmo quando a sua carruagem enfeitadinha já tivesse se quebrado em algum degrau.

Dirigi com cuidado, divertindo-me com o ruído do motor e com os golpes da embreagem, em comparação com a marcha automática e macia do Behemoth. Minhas mãos seguravam o volante no mesmo lugar das dela. Era como se eu estivesse vestindo uma roupa dela, sentindo seu cheiro, imaginando o calor dos quadris dela sendo absorvido pelo assento e, agora, subindo para dentro de mim.

Alguns minutos depois, no instante em que mergulhei no mistério do território morto no outro lado da montanha, parei para vasculhar os compartimentos do veículo. Cada pessoa deve verificar quem é seu empreiteiro, principalmente quando este é uma mulher. Descobri uma pequena e péssima coleção de músicas gravadas por bandas militares, óculos de sol pretos, um protetor labial, alguns isqueiros descartáveis, um pacote de fumo Drum, um canivete suíço de tamanho médio, um chaveiro com cinco chaves.

— Apresentem-se, amigas — disse a elas. — Uma a uma, por favor.

"Eu abro a casa que ela está construindo para você. Eu abro a casa da família Freid em Jerusalém. Eu abro o escritório da Construtora Meshulem Freid e Filha, e eu, o armário de documentos."

— E quem é você?

Silêncio.

Desci da caminhonete e abri a porta do assento traseiro. No chão rolavam um capacete de plástico de operário, sandálias de caminhada, surradas e usadas, bem diferentes das minhas. Três garrafas de água mineral, as três já abertas, papel higiênico, galochas. Sobre o assento, um chapéu de palha, uma máquina fotográfica digital, lenços umedecidos, creme para as mãos, alguns livros, todos traduzidos de línguas estrangeiras.

— Não suporto livros que escrevem sobre nós — disse-me ela depois. — Prefiro ler a respeito de outros países e outras pessoas. Sorriu. — Essa é a única pergunta que você tem para fazer depois de vasculhar o meu carro?

Atrás do assento, achei correias de reboque com ganchos vermelhos profissionais, cordas, um velho casaco militar com o nome SARGENTO

GERSHON FREID na gola desbotada e um par de luvas de trabalho. De lá, fui para a parte de trás. Ali me esperavam todas as ferramentas que um ladrão de pedras precisa: alavanca, picareta, mais um par de luvas. E agora — que alívio! — a quinta chave abriu a caixa de metal trancada. Achei nela algumas ferramentas, um kit para café, uma maleta Pelican fechada. Eu a abri: um vestido limpo, cheiroso, calças com vincos, duas blusas, dois pares de sapatos, artigos de banho, um frasco com uma delicada loção pós-barba, mais uma chave, roupas de baixo. Meu coração, justamente por estar bem tranquilo, contraiu-se com força dobrada. Onde você anda se divertindo, Tirale? E com quem? Quando você vai vestir este vestido comigo? E essa maldita chave adicional? O que acontece atrás dessa porta?

Coloquei tudo no mesmo lugar. Fechei. Prossegui caminho. De início, ao longo de um barranco, empenhando-me em cada porteira de gado; depois, na subida íngreme da colina para o outro lado; e, finalmente, cheguei à aldeia árabe em ruínas que eu havia descoberto em minhas perambulações no mapa das redondezas.

Todas as casas estavam destruídas. Algumas haviam desmoronado sozinhas, enquanto outras tinham sido sacrificadas nos treinamentos de ataque do exército. A cisterna estava destruída, mas um filete de água ainda escorria no canal que emergia do imenso matagal de framboesas e hortelãs selvagens. Em toda a volta, havia montes de pedras, aqui e ali, meia parede de pé ou um arco teimoso com pichação de soldados: EQUIPE YALI, SETOR DOS FERRADOS, NASCIDOS PARA MATAR O TIGRE VOADOR. E, como todas as aldeias como aquela, arbustos de figos-da-índia, amendoeiras que ficaram amargas, videiras se arrastando pelo chão sem ninguém para cuidar, cortar e colher. E havia também figueiras abandonadas e suplicantes, com as folhas caídas e seus frutos inchados e ainda verdes, demonstrando o terrível esforço da maternidade que investe os poucos fluidos que lhe restam a favor do fruto em gestação.

Perto delas havia ameixeiras selvagens. Seus frutos eram pequenos e azuis, e despertaram minha curiosidade. No passado, elas haviam sido combinadas com damascos e ameixas cultivadas, e como havia muitos anos que não eram cuidadas nem podadas, predominavam os galhos fortes e inferiores, que haviam gerado outros galhos e começado a produzir seu fruto pequeno e azedinho — nada bom e doce como o gosto de uma ameixa cultivada, mas atraente e agradável ao paladar por sua estranheza. Colhi alguns para levar a Meshulem porque se pareciam exatamente com as ameixas pintadas nas garrafas de *tzuika* dele.

Em seguida, dirigi-me às pedras. As opções eram muitas: pedras cinzeladas e outras simples do campo, pedras locais e pedras de lugares distantes. Identifiquei até pedras calcárias, que alguém trouxera do litoral. Algumas delas eram antigas de verdade. Podia-se reconhecer nelas reentrâncias de dobradiças ou de ferrolhos, testemunhas dos caminhos deste país — guerras, exílios, pessoas arrancadas do lugar e expulsas dali, pedras saqueadas, transferidas através dos tempos e dos lugares. Talvez eu guie meus observadores de pássaros por este caminho para observarem o voo das pedras migrantes: a pedra de um templo, de um cemitério e de uma casa de banhos, a pedra de uma catapulta e de uma calçada, a que rolou de uma sepultura ou da boca de um poço, a pedra que cobria, gradeava e cercava, a que foi usada como uma ponta, um topo, uma viga ou um mirante. Cacos de pedra e pedras de miliário, embaixo e em cima, para apedrejar e para compor mosaico.

E então, depois que acabei de escolher e carregar, quase caí dentro de um grande poço de água cuja abertura não vi. Inclinei-me e espiei para dentro do escuro vazio. Dois pombos azul-acinzentados brotaram dele com uma batida de asas que me assustou. Recuei. Os pombos subiram bem para o alto e sobrevoaram lentamente, esperando que eu fosse embora.

Joguei uma pequena pedra dentro do poço. Uma pequena pancada seca. O poço era profundo e estava vazio. Mas outros pombos surgiram do abismo. A batida de suas asas deu a partida para seus irmãos nos poços vizinhos, que também alçaram voo. A terra, assim me pareceu de repente, abriu a boca para mim e soltava pombos, cada vez mais, e eles voavam por cima de mim como uma nuvem de peitos reluzentes e asas abertas.

Depois os pombos se reuniram em um grande bando, traçando um enorme círculo sob o qual estava eu, bem no centro. E, quando saí de lá, baixaram e voltaram às suas chaminés como que absorvidos pelo abismo. Entrei na caminhonete de Tirtza e voltei para minha nova casa.

5

OS OPERÁRIOS acabaram de descarregar o material e o equipamento, tiraram uma geladeira velha de dentro de um dos caminhões, colocaram-na dentro da casa no espaço entre as colunas e ligaram numa extensão que entrava pela janela. Ao lado da geladeira, colocaram um armário e uma mesa, uma chaleira elétrica e um fogareiro a gás. Um rapaz alto e louro encheu a geladeira com verduras, iogurte, queijo cottage e queijo amarelo, garrafas de bebida, caixas de leite e ovos.

A descarga e as arrumações terminaram, as tropas de Tirtza subiram nos veículos e desapareceram. Meshulem pendurou na parede a placa do conselho regional, indicando que a obra tinha permissão e autorização para ser realizada.

— Você está vendo? Um telefonema de Meshulem liberou você de mil correrias.

Como se estivesse esperando por um sinal, o tratorista voltou a aparecer no pátio, colocou sua caçamba de entulho no lado de trás da casa, tirou de dentro dela um cano grosso de metal e o pendurou no limoeiro. Deu um golpe sonoro; dois chineses e o rapaz alto e louro, o próprio tratorista e mais um operário robusto se reuniram perto de Tirtza. Eu, que não sabia onde ficar, permaneci de lado.

— Pessoal — disse meu empreiteiro, que é uma mulher —, tirei vocês das nossas grandes tarefas por causa desse amigo que precisa de um lugar que seja dele. Vamos fazer para ele um pequeno paraíso. Ele terá chão e teto, água e luz, grama e árvores, pássaros e animais. Ele terá uma nova hidráulica, uma nova eletricidade, janelas, portas. Vamos reforçar as colunas, revestir e caiar, instalar um pequeno chuveiro do lado de fora e uma grande varanda de madeira para que ele possa se sentar e relaxar em frente à paisagem.

Os operários debocharam, olhando em minha direção, e entraram na casa.

— Que discurso! — disse a ela. —Você tem certeza de que eles entendem hebraico?

— Eles não precisam entender hebraico, Irale, esse discurso foi para você. Agora, vamos entrar porque já vai começar e você precisa estar lá logo que começar.

Em nenhuma outra coisa — nem na assinatura do contrato com o povoado nem com o primeiro pagamento — houve tanta determinação e tanto sentimento de início como naquele instante em que o trabalho começou, mais exatamente no primeiro golpe do pesado martelo na parede condenada à demolição.

A parede escolhida foi a do lado ocidental do quarto grande. Havia uma janela pequena e medrosa, cujas medidas expressavam seu desejo de se fechar, e não a possibilidade de se abrir. Agora, as duas — a parede e a janela — estavam condenadas a desaparecer. Tirtza disse que ali seria feita uma imensa abertura e, depois dela, seria construído o deque de madeira.

Ela ordenou ao operário forte que pegasse a marreta e fez um sinal com a cabeça e a sobrancelha na direção do outro lado da parede. O operário não cuspiu nas palmas das mãos nem esfregou uma na outra. Ele segurou o longo cabo de madeira bem na ponta, para aumentar o vigor do golpe, e o balançou sobre o ombro esquerdo. Como um pombo de ferro que sabia onde deveria pousar, levantou a marreta, que rodou em volta dos ombros e da cabeça do homem, golpeou e abriu um buraco na parede.

A casa estremeceu. Havia alguns dias que ela já percebia o projeto que a rondava, já se dava conta da profissão de Meshulem pelas batidas e pela voz, ouvia minhas conversas com Tirtza e via os medidores, o engenheiro, os caminhões descarregando o equipamento que traziam e já se preparava para os futuros acontecimentos: o golpe da marreta, a perfuração do cinzel e a alavanca, a serradura do disco e a desocupação e remoção. Mas nada disso conseguiu diminuir o golpe que ela sentia agora, e a consciência de que a coisa não terminaria nessa única pancada. Chegou um novo morador, e ele está mudando os hábitos da casa, suas entradas e saídas, criando sua luz e sua penumbra, apagando lembranças, pegadas e cheiros, declarando o estabelecimento de novas relações entre seu interior e seu exterior.

O operário golpeou em volta da primeira fenda, destruindo os tijolos com método e ordem. E, quando a parede se transformou num monte de entulho e poeira, os dois operários chineses se lançaram sobre ele com grandes pás e o empurraram até a caçamba que o tratorista colocara embaixo, no pátio.

— E fez-se luz! — disse Tirtza. — Veja quanta luz surgiu em sua casa, de repente.

Assim, o operário destruiu mais duas paredes internas e, com a serra do disco, aumentou as aberturas das janelas nas paredes externas. Os chineses esvaziaram e tiraram canos enferrujados, puxaram e cortaram cabos de eletricidade que agora, quando lhes foi tirada a força, pareciam cobras mortas. E arrancaram os parapeitos das janelas, batentes e vergas velhas.

E Titza disse ao rapaz alto: — E você, desça e prepare uma panela grande de sopa para que tenhamos o que comer no almoço.

— Que sopa? — perguntou ele, espantado.

— Uma sopa como a que você gosta de comer na casa de sua mãe.

— Mas eu não sei fazer a sopa que ela faz.

Tirtza lhe ofereceu o telefone celular que estava em seu bolso.

— Pegue. Telefone para ela e pergunte como ela faz.

O rapaz se desviou para o lado, começou uma conversa em russo, fez anotações detalhadas e depois se aproximou e disse alguma coisa para Tirtza, pegou com ela as chaves da caminhonete e alguns documentos, saiu com o carro e voltou. Pouco tempo depois, já subia do fogareiro a gás lá embaixo um cheiro bom. O rapaz preparou uma grande e espessa sopa que a mãe lhe havia ensinado — com batata, cevada, cebola, raízes, tutano, cenoura, alho e carne, e perguntou a Tirtza quando servir.

— Quando estiver pronta. Estou morrendo de fome.

E, quando ficou pronta, o rapaz bateu no cano de ferro que o tratorista havia pendurado no limoeiro e chamou todos para comermos o primeiro almoço em minha casa nova.

6

NO DIA SEGUINTE, Tirtza enviou o rapaz russo e o operário a outros locais de construção que ela trabalhava, e ficamos com os dois operários chineses.

— Com eles ficaremos o tempo todo — disse ela —, além de outros profissionais que virão depois.

Os dois subiram até o espaço vazio entre o teto e as telhas. Ouviram-se ruídos de serradura e arrancões. Pedaços de teto — reboco velho, esfarelando, numa rede de ferro corroído — caíram levantando poeira. Os pombos que viviam ali e que até aquele instante esperavam que se tratasse de um engano voaram afobados. Debateram-se no espaço da casa e fugiram pela janela grande, a nova.

Eu disse a Tirtza que minha mãe exigira que eu os enxotasse de lá.

— Ela está cem por cento certa. Enxotar esses imundos e cuidar para que não voltem — disse Tirtza. — Fechar todas as frestas e buracos. Era só o que faltava aqui, pombos na sua cabeça.

A remoção do teto dobrou o espaço da casa e a encheu de ecos. Tirtza pegou uma escada, subiu, andou com habilidade pelas vigas e encontrou os ninhos dos pombos. Imediatamente ela os destruiu com o bico do sapato. Os galhos finos, cobertos com adubo, caíram por terra com alguns ovos brancos, que se quebraram no chão.

— Pombos — disse ela — são muito bonitos quando estão voando, e ainda mais bonitos quando trazem cartas, e mais ainda com arroz e temperos, mas no telhado eles são muito desagradáveis. Aqui não, amiguinhos. Vão procurar outra casa.

E desceu.

— Quer trabalhar?

— Tudo bem — respondi —, mas lembre-se de que não sou profissional. Dê-me alguma coisa simples.

Ela despedaçou dois ladrilhos num canto distante do chão e me entregou uma alavanca:

— Pegue essa amiga aqui, arranque os ladrilhos velhos e esvazie o local com o carrinho de mão, junto com o entulho do teto.

Diverti-me com a submissão dos ladrilhos, com a despedida deles do chão, com a remoção das pegadas que pisaram na casa antes. Coloquei tudo no carrinho de mão e conduzi até a extremidade do quarto, no lugar em que antes do início do trabalho havia uma parede, e, agora, uma imensa abertura diante da paisagem. Eu virava o carrinho de mão na caçamba de entulho que estava lá embaixo e voltava para pegar mais. Depois limpei, com uma escova grande de limpar calçadas, até chegar à camada de concreto.

— Muito bem — elogiou Tirtza. — Gosto dessa etapa da altura máxima, desde o concreto até as telhas, sem o chão e sem o teto, o maior espaço possível.

E, quando ela acabou de falar, Meshulem apareceu com um velho magro e forte, com as palmas das mãos tão largas a ponto de parecer que as pegara emprestado de outra pessoa.

O rosto de Tirtza se iluminou.

— É Steinfeld, o ladrilheiro. O nosso operário mais antigo. Eu o conheço desde que nasci, quando ele tinha cem anos. Imagine quantos anos tem hoje.

Com a mão imensa, Steinfeld pegou um balde com um tubo transparente, flexível e comprido, um pequeno funil e uma trena. Um lápis grosso e amarelo estava apoiado atrás da orelha, e nas costas, uma mochila velha de escola com o couro em farrapos, as fivelas descascadas e as alças tão velhas a ponto de levantar a suspeita de que ele fora o aluno que a carregara na primeira série.

Ele desenhou numa das paredes um pequeno triângulo, aproximadamente a um metro do chão de cimento.

— Segure esta ponta aqui, rapaz — e estendeu o tubo na minha direção.

— Ele não é operário, Steinfeld, é o dono da casa — disse Tirtza. — O operário é aquele chinês.

— O *chineizer*? — perguntou Steinfeld. — Como vou dizer a ele o que fazer? Em ídiche ou em árabe?

Ele derramou água na entrada do tubo que tinha na mão e começou a puxar de parede em parede e de quarto em quarto e de canto em canto e de porta em porta, unindo e assinalando pequenos triângulos e gritando na minha direção: — Não se mexa!

— Você entende o que ele está fazendo? — perguntou-me Tirza.

— Não.

— Ele está fazendo o *stichmuss*.

— Agora eu entendi. Está tudo claro.

— Você não se lembra da escola, a lei das vasilhas encaixadas? Todos esses pequenos triângulos estão exatamente na mesma altura. Por eles será determinada depois a altura de tudo na casa — do chão, dos portais, dos parapeitos, dos mármores, das janelas. Bonito, não é?

— Espero que também esteja exato.

— O que há com você? O *stichmuss* é a coisa mais exata que existe. Não é uma medida com o metro ou a olho nu, nem com as mãos. Não é uma medida relacionada com o chão da casa ou com o teto. É uma medida relacionada com o mundo. Não é agradável saber que o parapeito da janela em cima da pia da cozinha e o parapeito da janela do quarto de dormir estão exatamente à mesma distância do centro da Terra?

— É agradável; claro que é.

Capítulo Treze

1

NO QUADRO EM MEMÓRIA aos soldados mortos em batalha na escola regional do vale do Jordão, constava também o nome de Bebê, mas a verdade é que ele era um aluno fraco, que quase não comparecia às aulas e cujos professores não paravam de repreendê-lo. Com a idade de quinze anos, decidiu que os pombos lhe interessavam mais do que tudo que lhe ensinavam lá, e, passados dois anos, Miriam também lhe disse que não tinha mais o que lhe ensinar.

E, de fato, aos dezessete anos, Bebê já era um *duvejeck* famoso, que participava de cursos de aperfeiçoamento, ganhava competições, cruzava machos notáveis com campeãs de corrida e, às vezes, viajava para Tel-Aviv para discutir assuntos ligados ao treinamento de pombos ou para se encontrar com a Menina, conversar e assobiar com ela, e tocar nela da forma como ela o tocava, e para levar e trazer pombos de um e de outro. E, quando completou dezoito anos, comunicou que havia chegado a hora de se alistar no Palmach.

Seu tio e sua tia temeram muito por ele, mas o Dr. Laufer os tranquilizou, dizendo que, no Palmach, Bebê continuaria com a mesma atividade, e, assim como Miriam, ele também iria instalar e dirigir um pombal.

— Todo mundo sabe acender uma fogueira, atirar com o Sten e roubar galinhas — disse ele —, mas quantos treinadores especializados existem? — Ele os tranquilizou, dizendo que o Bebê deles iria treinar, capacitar e criar pombos, e, quando necessário, despacharia um pombo para o comando central ou daria um pombo a um batalhão que saísse para combate.

Antes de se alistar, Bebê foi para a carpintaria e, com a ajuda do carpinteiro, preparou um pombal especial, do modelo de carregar nas costas, composto de quatro andares, sendo três construídos de madeira e tela, e o quarto, de uma costura de lona com compartimentos de cápsulas, fios, penas de ganso, formulários de pombogramas, um pacote com pó mineral, medicamentos, utensílio para comida e água para pombos, e chá, açúcar e uma colherzinha com um copo de vidro para o chá. Providenciou também um toldo para proteger os pombos da chuva e do sol forte, e seu tio costurou alças largas e grossas para os ombros.

E foi assim que ele se alistou: com botas e roupas cáqui desbotadas que recebeu no depósito do kibutz, um chapéu *tembel* novo na cabeça e uma maleta de mão, com roupas e roupas de baixo, e um suéter e um gorro de lã tricotado pela tia, e uma pasta com objetos para escrever, se lavar e costurar, e três pombos no pombal que carregava: um de Miriam e dois de Tel-Aviv.

Embora sobrecarregado e cansado, ainda tinha o olhar bem atento, tendendo para o alto, um pouco de lado, e a mesma constituição corporal, a mesma expressão de rosto que tivera no primeiro dia em que madrugara para ir ao novo pombal na casa das crianças: um olhar de curiosidade. E é fácil imaginar a reação que provocou ao aparecer dessa maneira no acampamento do Palmach em Kiriat Anavim, para onde foi mandado. Uma explosão de riso; alguém o chamou de "burro carregando pombos", e outro, de *kelbele*, quer dizer "bezerro", da mesma forma que sua tia o chamava, só que esse *bezerro* não era dito com amor, mas com uma forma de deboche, e o sorriso que o acompanhava era um sorriso mau, cheio de dentes compridos de ratazana. E, de repente, apareceu também um rapaz que estudou dois anos à sua frente na escola e disse:

— Pelo visto, a situação está, de fato, muito difícil, pois o Palmach começou a recrutar até os bebês. — E assim seu apelido se espalhou e se fixou aqui também.

Mas Bebê não se impressionou com nada disso. Colocou seus pertences no chão, deu comida e água aos pombos, e foi ver o pombal onde criaria os filhotes que logo chegariam do pombal central de Tel-Aviv. E, quando o viu, foi logo informando que o pombal e a localização não eram adequados para os pombos nem para as exigências das manobras.

— Um pombo deve gostar de sua casa — repetiu, em voz alta, o lema dos treinadores de pombos. — Para um pombal como esse, nenhum pombo vai querer voltar.

Em seguida foi, depressa à carpintaria e conseguiu convencer o carpinteiro — irmão gêmeo do carpinteiro rabugento de seu próprio kibutz, na verdade, mais um na série de carpinteiros rabugentos em todas as carpintarias em cada kibutz naquela época — que deixasse seu trabalho e o ajudasse a construir um novo pombal. O carpinteiro era um homem de estatura baixa, bem penteado e vestindo roupas de trabalho muito bem passadas e limpas. Não se atrevia a usar uma gravata, mas sua camisa estava abotoada até o pescoço, e na carpintaria havia um grande espelho, que nenhuma mulher, membro de kibutz em Chadera, possuía.

Os dois construíram juntos um grande pombal, protegido contra ventanias e umidade, mas inundado de sol e ar, de acordo com o que o Dr. Laufer dissera a Bebê: "Não existem regras definitivas para a construção de um pombal, assim como não existem regras definitivas para a construção de uma casa para os seres humanos. Tudo depende das necessidades e das possibilidades." Bebê achou um lugar tranquilo e longe da vista, e, com a ajuda do carpinteiro, de uma mula, de uma carroça e de dois rapazes do Palmach, transportou o pombal até lá e o colocaram virado para o sul. E, depois de cavar o poço para detritos, lavou as mãos e pegou um dos dois pombos da Menina, prendeu uma cápsula no pé dele e amarrou uma pena de ganso entre as penas da cauda do pombo. O pombograma da cápsula era dirigido ao Dr. Laufer: o pombal está pronto para receber filhotes e dar início ao treinamento. E o bilhete na pena de ganso era dirigido à Menina, e nele estava escrito "Sim e sim e sim": sim eu amo, e sim, sinto saudades, e, sim, eu sei e me lembro de que você também, porque, na carta anterior, ela escrevera para ele "Não e não", querendo dizer — não quero ninguém a não ser você, e não durmo à noite.

Ele ergueu as mãos, o despachou e o viu subir. No início, escuro, e então se dissolvendo e desaparecendo no céu azul-acinzentado como ele, e voltou a sentir aquele prazer que não deixara de sentir, mesmo depois de centenas e milhares de arremessos — desde o dia cada vez mais distante em que saíra com Miriam para os campos e despachara seu primeiro pombo até o dia cada vez mais próximo em que estaria deitado se esvaindo em seu próprio sangue e despacharia o último pombo.

2

QUASE NOVE ANOS se haviam passado desde que o pombo ferido pousou na varanda em Tel-Aviv e desde que o Dr. Laufer chegou com Miriam e com os pombos ao kibutz no vale do Jordão. Bebê e a Menina se tornaram um homem e uma mulher jovens. Miriam, a treinadora de pombos, já havia fumado mais de três mil cigarros avulsos à noite. A caminhonete verde acumulou quilômetros, horas de motor e anos de vida, envelheceu muito, e com muita dificuldade subia terrenos íngremes. Mas o Dr. Laufer, apesar do branco que começara a despontar na vermelhidão de seu cabelo, continuava com a energia e o entusiasmo de sempre. Ele apareceu em Kiriat Anavim com o equipamento e os filhotes, saltou rapidamente da caminhonete com as costas delgadas, compridas e encurvadas, e balançando os braços e o *nós* de realeza ou de modéstia na boca.

— Trouxemos uma surpresa! — exclamou na direção de Bebê, e de dentro da caminhonete saiu também a Menina, alta, séria e com o cabelo cacheado, olhos azuis, faces rosadas e cabelos claros, exatamente como em seus sonhos e em suas lembranças.

— Vim para ajudar você — disse ela, com um rubor que se estendia pelo rosto e com os olhos felizes.

O coração dele parou. Na presença do Dr. Laufer, ele não se atrevia a tocar nela, mas a Menina inclinou um pouco a cabeça. Seus rostos se aproximaram, tocaram-se, arderam. Pegaram as mãos um do outro, mas soltaram; não sabiam o que fazer com elas.

O carpinteiro chegou da carpintaria, arrumou os alçapões em suas armações. O Dr. Laufer inspecionou o trabalho feito e disse: "Está bom", "Está muito bom", e, como de costume, procurou no pombal farpas de madeira e pregos que pudessem machucar, e fendas por onde uma cobra ou um rato pudesse passar. Fechou, ajustou, bateu com seu pequeno martelo e repetiu o "Você pensou que não o vimos", que dizia em todos os novos pombais que testava.

A Menina e Bebê descarregaram da caminhonete as caixas com os filhotes, os sacos com as sementes e o equipamento permanente do pombal. O Dr. Laufer despachou alguns pombos que trouxera do pombal central, foi visitar o pombal da Haganá em Jerusalém e trouxe de lá outros pombos — uns jovens, para despachar em Kiriat Anavim, outros já treinados, de Chulda, e outros ainda mais capacitados, de Tel-Aviv.

— É preciso aproveitar cada viagem — disse ele, e depois desejou boa sorte a Bebê e desapareceu.

A Menina permaneceu mais dois dias em Kiriat Anavim. Eles arrumaram os sacos com as sementes sobre tábuas suspensas de madeira, cobriram-nos com uma rede de arame de trama apertada para impedir a entrada de ratos e depois prepararam argolas de identificação, com o mês e o ano da marcação, indicando também o período do nascimento do pombo e a primeira letra do nome do treinador de pombos responsável — para que não constasse escrito o nome do lugar ou da unidade. Eles enfiavam a argola nos três dedos da frente juntos, empurravam para trás, junto ao pé, e isso era tudo.

Depois, a Menina organizou o "cartão individual" de cada filhote e o "cartão de cabine" que seria preenchido depois que os filhotes ficassem adultos e acasalassem, e preparou os primeiros detalhes do livro do bando.

À tardinha, Bebê foi até o refeitório e trouxe pão com azeitonas. Eles se sentaram e comeram ao lado do pombal. A noite era de final de verão, quente e seca, e, como costuma acontecer nas montanhas de Jerusalém, alternavam-se também algumas carícias de inverno. Depois de comerem, os dois estenderam sobre o chão, ao lado do pombal, um cobertor de lã militar e se deitaram lado a lado.

De Abu Gosh, ouviam-se a primeira chamada noturna do muezim e os chacais, como em todas as noites, competindo e atacando. A Menina sussurrou junto ao pescoço dele: — Eles estão tão próximos.

— Eles estão menos próximos do que podem ser ouvidos — disse Bebê.

Alguns vultos passaram, deslizaram pela ravina e desapareceram.

— Quem são eles? — perguntou ela.

— É o pessoal da minha unidade. Estão saindo para uma manobra.

Antes do amanhecer, os dois acordaram juntos. Do vale ao lado subia o som metálico de escavação. Picaretas batendo na rocha, enxadas varrendo fragmentos de pedras e montículos de terra.

— O que é isso? — sussurrou a Menina.

Ele hesitou. Pensou em dizer que as pessoas do kibutz estavam cavando buracos para plantar, mas disse a verdade, que eram seus companheiros cavando túmulos para os que não voltassem. E brincou:

— Geralmente eu também cavo, já que não saio para as manobras, mas essa noite me liberaram, graças a você.

No dia seguinte, a Menina voltou para o pombal central. No pombal de Bebê havia apenas os novos filhotes, que ainda não estavam domesticados e treinados, por isso ele não tinha um pombo para dar a ela, mas ela lhe deixou um e subiu no caminhão que ia para Tel-Aviv.

Quando o caminhão desapareceu de sua vista, Bebê sentiu que estava mais solitário do que nunca. De repente se lembrou de sua mãe, que o abandonara, voltara à Europa e morrera no Holocausto — agora ele já sabia o que os adultos presumiam e sussurravam. E pensava no pai, que ia visitá-lo no kibutz, mas não o olhava nos olhos, e na mulher do pai, olhando em volta e dizendo: "Um lugar muito bonito; quem me dera poder viver aqui..." E se lembrava de si mesmo no dia em que dissera: "Não a traga mais aqui. Na próxima vez que você a trouxer, expulsarei os dois."

Seu coração ficou apertado e triste. Voltou até o pombal, pensando em como um início tão ruim chegara a um final tão bom: se sua mãe não tivesse se separado de seu pai e voltado ao país dela, o pai não teria se casado com outra mulher e ele não teria sido exilado no kibutz e não teria conhecido Miriam, o Dr. Laufer, os pombos e sua amada. E, então, despertou disso tudo e se consolou, pois dali em diante não haveria mais altos e baixos e voltas, mas somente amor à Menina e rotina de treinamento de pombos. Assim estava bom. Uma ordem do dia, cronogramas de trabalho, uma lista de tarefas — tudo isso acalmava e curava o coração, e a isso ele se dedicou com alegria.

Diariamente, acordava bem cedo, soltava os pombos em voos que iam ficando cada vez mais longos e os estimulava a voltar para o pombal, abanava as bandeiras e assobiava, dava-lhes comida, colocava-os nos compartimentos e os limpava. Nas noites, cavava túmulos, e, nas horas em que lhe era exigido trabalhar para o kibutz, fazia serviços no estábulo e na carpintaria. Alguns combatentes o olhavam com desprezo e até debochavam dele. Não saía em combate, não perdia amigos nem sangue, não colocava gravetos nas fogueiras, não participava dos comboios e, como costumavam zombar: não matara nenhuma vez nem fora morto. Mas havia algumas pessoas que o olhavam com curiosidade, porque ele tinha alguma coisa de mágico e de cativante, aquele rapaz baixo e gordinho, a quem os pombos — até mesmo pombos estranhos — baixavam na sua direção, adejando em volta de sua cabeça e pousando em seus ombros.

Os pombos, foi o que disse o Dr. Laufer numa das conferências, não aparentam o quanto são rápidos e determinados ao voltarem para casa e o quanto são maus e cruéis ao se empenharem por um ninho ou por um parceiro. E Bebê também dava uma impressão errada. Ainda tinha a constituição pequena e redonda da infância, mas sua autoconfiança ia crescendo e, debaixo das covinhas que todos os bebês têm nos cotovelos e nos joelhos e nas mãos, seus músculos se fortaleceram. Era um pouco magro — exatamente como eu, quando Tirtza trabalhava na construção de minha nova casa —, e pessoas que sabiam decifrar ângulos de lábios e de olhares viam nos dele sinais de assertividade e determinação.

E ainda pulsava nele o antigo desejo de ensinar aos pombos, que sabem voar apenas para um lugar, a voarem ida e volta entre dois pontos.

Esse tipo de pombo-correio, disseram os treinadores de pombos com espanto, existia apenas na Índia e nos Estados Unidos, a primeira com experiência e pioneirismo de milhares de anos com treinamento de pombos, e a segunda, jovem, mas com dinheiro sem limites.

— Vejam só o nosso Bebê — exclamou o Dr. Laufer na reunião de treinadores de pombos daquele ano —, que conseguiu aqui, sem ajuda e sem verba, treinar pombos com duas direções, que mantêm comunicação regular de Kiriat Anavim a Jerusalém, ida e volta.

Como fez isso? Bem, ele escolheu pombos jovens, com as asas prontas e os membros brotando, e, depois dos exercícios básicos de voo e retorno, ensinou-os que, a partir daquele momento, receberiam seu alimento no pombal onde viviam, mas a água em outro pombal, um pombal móvel assinalado com uma cor forte e vibrante. E foi afastando o pombal móvel gradativamente, até que os pombos passaram a comer em Kiriat Anavim e a beber em Jerusalém. E, como a distância entre os dois pombais era de dez quilômetros por via aérea — quer dizer, apenas dez minutos de voo —, os pombos voavam duas vezes todos os dias, ida e volta, bebendo ali e comendo aqui, transportando relatórios e instruções de um comando a outro.

— Até mesmo o pombo que retornou à Arca de Noé — contou ele para a audiência — pode ser considerado um pombo que voltou a um pombal móvel, muito visível por causa de seu isolamento. — E começou a planejar um grande pombal móvel que seria puxado por um veículo contendo muitos pombos e acompanhando as tropas. Só que, nessa fase, ele não dispunha de verba nem do veículo necessário, as estradas não eram seguras e os exercícios não eram possíveis. Assim, a coisa ficou no âmbito do sonho, e Bebê continuou a criar pombos-correio comuns, os que viviam com ele e os que pertenciam ao pombal de Jerusalém ou ao pombal central de Tel-Aviv. Os pombos esperavam saudosos, sem dar importância a nada, a não ser à tela de seu cárcere, ao imenso céu do outro lado da tela e à casa do outro lado do céu, sem saber o que carregavam nas asas — uma carta de amor ou instruções.

3

ENQUANTO ISSO, no jardim zoológico, uma nova e especialmente grande série de pombos completou seus exercícios, e o Dr. Laufer explicou à Menina que a eles fora destinada uma função importante. A guerra estava próxima, as colônias ao sul seriam a única barreira entre o exército egípcio e Tel-Aviv, e era preciso ir a todos esses lugares para distribuir pombos, para que a comunicação com o comando central se mantivesse por meio deles.

—Você vai para Negba e para Ruchama — disse ele —, para Dorot, para Gvaram, para Iad Mordecai e, se possível, também para Kfar Darom, para Nirim e para as fronteiras. Em cada um desses lugares, será preciso deixar pombos, para que possam trazer informações quando os soldados estiverem, Deus nos livre, sitiados. E não se esqueça de dizer a eles que será proibido deixá-los voar, pois, se nos libertarem, imediatamente voltaremos para casa, e a nossa casa é aqui em Tel-Aviv.

— Eu? Sozinha? — espantou-se a Menina.

— Destinaram a você um carro de comando com dois membros do Palmach. Isso é muito mais do que costumam dar para outras manobras. Um deles é um excelente motorista, e o outro, um ferido em combate, mas um bom excursionista que conhece bem os caminhos. Eles são os responsáveis por levar você a todos os lugares e trazê-la de volta, e você é a responsável por entregar os pombos e orientar as pessoas. Em Ruchama e em Dorot, temos treinadores e pombais organizados; tragam-nos de lá alguns pombos para que possamos enviar pombogramas para eles, e nos outros lugares tente pegar um pombo no estábulo. Se a distância não for grande, há possibilidade de que um pombo comum também volte. Vamos pintar nele duas penas, de amarelo e verde, para que saibam se voltou de fato.

Eles prepararam os suprimentos e o equipamento, escolheram, e marcaram e registraram os pombos em duas cadernetas iguais. Uma delas ficou com o Dr. Laufer, e a outra, a Menina enfiou na mochila.

No dia seguinte, ela acordou bem cedo, despediu-se de seus pais e seguiu para jardim zoológico. A mãe chorou, "Já não estão com os rapazes? Precisam agora mandar moças?" E o pai disse somente isto: "Eles estão contando com você lá. Cuide de si mesma e também dos pombos."

— Cada colônia vai receber seis pombos — disse o Dr. Laufer. — Quatro nossos e dois que você vai receber de Shimon, o treinador de pombos de Guivat Brener. Certamente, você se lembra dele, das conferências. Pedimos a ele que marcasse os pombos com argolas vermelhas, para que, em cada colônia, saibam qual pombo deve voltar para onde.

Ficou calado por um instante, e então completou:

— Esse é um passeio um pouco perigoso. Cuide, por favor, dos rapazes que estão indo com você para que não façam bobagens. E não se esqueça de levar um pombo do Bebê, para que ele não fique preocupado sem saber onde você sumiu de repente.

Ouviu-se um assobio vindo da rua. O gordo do jardim zoológico abriu o portão de abastecimento do jardim e o carro de comando entrou lentamente no depósito. Dois rapazes do Palmach estavam sentados; o motorista, baixo, moreno e troncudo, que a fazia lembrar-se um pouco de Bebê, mas com feições mais duras e agressivas que as dele, e o excursionista moreno, grandalhão e manco. Trouxeram um Shinel, casaco militar longo, para a Menina, — à noite ainda fazia frio, disseram eles —, e um revólver.

— Não sei usar isso — disse ela.

— É muito simples — explicou o grandalhão. — Você coloca os braços dentro das mangas e fecha os botões até em cima. Olha só, é assim. E o baixinho completou: — E se você ainda estiver com frio, levante a gola.

A Menina corou e ficou irritada. Os rapazes riram tão alto que assustaram os animais. — Tudo bem — disseram eles —, em Guivat Brener, vamos fazer um tiro ao alvo para você ver.

Sobre o carro de comando já estavam amontoados pacotes de equipamento de correio; o gordo do jardim zoológico colocou e amarrou as caixas com os pombos e os sacos com comida. A Menina se despediu do Dr. Laufer, subiu no veículo e se sentou no assento que os rapazes arranjaram para ela, feito com caixas e cobertores.

O carro de comando saiu do jardim zoológico na direção sul, passando pelas ruas da cidade. A proximidade da guerra era percebida em todos os lugares. Nas portas dos prédios, amontoavam-se sacos de areia formando uma barreira de proteção. Aqui e acolá viam-se barricadas, arame farpado e barreiras pelo caminho. Pairava o silêncio. Pessoas com roupa cáqui andavam com firmeza, mostrando um rosto tenso e pensativo.

Na saída da cidade, juntaram-se a alguns veículos carregados com víveres, que estavam esperando por eles, e, na primeira oportunidade, o pequeno comboio saiu da estrada e passou por caminhos de barro entre vinhedos e pomares. Ali não se via nenhuma característica especial, além dos sinais da primavera. Flores silvestres brilhavam, árvores frutíferas exalavam seu aroma, pássaros chilreavam em seus ninhos, lagartos andavam apressados, borboletas flutuavam no ar. O mês de abril, especialmente bonito, espalhava em volta seu reino, mas os dois rapazes examinavam o tempo todo os dois lados do caminho. O moreno baixo, que segurava o volante, até deixou duas granadas de mão numa pequena caixa sobre os joelhos, e o moreno grandalhão segurava seu Sten com as duas mãos, e seus olhos se alternavam entre o caminho indicado no mapa e o que trilhavam. Quando uma das caminhonetes atolou na areia, deram instruções para as pessoas se deitarem em volta, observando e se protegendo, até que o carro de comando conseguisse puxá-lo.

Chegaram a Rishon Lezion e, depois de passarem pelo lagar, separaram-se dos demais veículos. Os outros iam para Chulda, e eles se dirigiam a Guivat Brener, pelos campos. Shimon, o treinador de pombos de Guivat Brener, recebeu a Menina com alegria e perguntou se ela ainda se encontrava com Bebê.

— Quando é possível — disse ela.

— É um rapaz muito simpático — disse Shimon.

— Nós concordamos — disse a Menina, e Shimon riu. — É só essa guerra terminar e terão tempo para os assuntos de vocês — disse ele. E se desculpou: — Talvez eu esteja metendo o meu nariz onde não sou chamado. Agora, ficarei calado.

Os pombos dele já esperavam nas caixas, marcados com as argolas vermelhas.

— O Dr. Laufer acha que só um treinador de pombos especialista pode cuidar deles como é preciso, mas não há por que se preocupar — disse Shimon. — Eles não precisarão adestrá-los ou treiná-los, mas somente dar-lhes comida e água e ver se não estão doentes. E, afinal, todos ali são agricultores e sabem criar aves, e entre um pombo e uma galinha não há muita diferença.

— Só não diga isso na próxima conferência — pediu a Menina. — O Dr. Laufer vai ficar muito ofendido.

— E eu sugiro que, em cada localidade, você procure uma criança que fique como responsável, que cuide deles — disse Shimon. — Uma criança assim é melhor do que qualquer adulto — isso nós sabemos muito bem, porque já fomos crianças como elas. E se as retirarem, como já fizeram em outros lugares, então a criança responsável deverá levar alguns pombos e você a ensinará a despachar pombogramas para estimular os pais que permanecerem para o combate. E, agora, muita paz para você, boa sorte e até a vista!

Passaram por arbustos de giesta nevados no auge do seu florescer, ao longo de plantações infinitas de amendoeiras que já haviam florescido, às margens de vinhedos que floresceriam em breve. A terra vermelha ia ficando amarelada, o ar, mais quente, os rapazes contavam a ela a respeito das aldeias e cidades onde era preciso tomar cuidado com seus habitantes, e disseram os nomes que ela conhecia das manchetes dos jornais: Bureir, El-Barbara, Majdal, Beit Daras.

O rapaz baixo era um motorista inigualável. Uma vez, apareceu, de uma das ravinas, um bando gritando e atirando em sua direção e ele se apressou em se afastar, conduzindo de forma surpreendente o pesado carro de comando pelas dunas. O moreno grandalhão era maravilhoso ao dirigir, e, mais do que isso, em adivinhar o caminho certo, quando era preciso optar em todas as bifurcações. Em sua mochila havia uma caixa com doces de geleia *oznei-haman*. — Feitos por minha mãe — explicou ele. — Eu como *oznei-haman* o ano inteiro, não só na festa do Purim.

4

E ASSIM IAM ELES. De barrancos a colinas, de campos lavrados a abóborais, de campos não cultivados a plantações. Viajavam e paravam, de colônia em colônia, numa jornada que ela jamais esqueceria. Assim eles se dirigiam ao sul, ela e seus dois acompanhantes, que não paravam de diverti-la com charadas e casos, e de cantar para ela e preparar um café forte e sem açúcar, mesmo depois de ela ter despachado um pombo no meio do caminho e eles perceberem que o coração dela pertencia ao dono do pombal no qual o pombo pousaria.

— Certamente ele é alto, louro e bonito como você — disse o rapaz baixo.

Ela riu.

— Na verdade, ele se parece exatamente com você. Pequeno, feio e moreno, mas você já é um rapaz e ele ainda é um bebê.

— E o que ele faz?

— O mesmo que eu. Sente saudades, espera e cuida dos pombos do Palmach.

Em cada colônia, ela deixava pombos e ensinava tudo que era possível ensinar em algumas horas. Em cada colônia, ela os advertia de que era proibido deixá-los voar, já que a casa deles ficava em outro lugar. Em cada colônia, ela explicava ao carpinteiro como reformar um barraco ou um caixote velho, grande o bastante, em que os pombos pudessem voar em seu espaço interno sem incômodo, para que não se atrofiassem. Em cada colônia, ela sugeria que pegassem pombos comuns no estábulo e os levassem ao kibutz vizinho, para maior segurança. E, em cada colônia, achava e ensinava à criança cujos olhos se arregalavam e que fazia com que ela se lembrasse de si mesma e de Bebê.

Nos lugares em que não havia comboio que eles pudessem acompanhar, viajavam sozinhos durante a noite — as luzes do carro de comando apagadas, o motor silencioso, tão silencioso que era possível ouvir chacais gritando, o ruído do mar distante e os arranhões das unhas dos pombos nas caixas, esforçando-se em se firmarem no chão com o carro em movimento.

A lua estava quase cheia. O dourado da areia se alternava com prateado e azul. Os grandes sicômoros na região, naquele tempo, pareciam rebanhos de animais escuros. Uma chuva caiu de repente, enchendo os dois rapazes de alegria — a possibilidade de atolar na areia diminuiu, o grandalhão explicou a ela com a boca cheia de sementes de papoula —, e, quando as nuvens se espalharam, ele mostrou a ela o mapa do céu. Ele conhecia todas as estrelas, todos os heróis mitológicos e os signos astrológicos, e mostrou "Orion", o caçador, e, ao lado, o "Grande Cão" e sua vizinha, "Columba", a pomba celeste em seu voo incansável na direção sul.

— E ela tem até um ramo de oliveira no bico — disse ele —, mas para vê-la é preciso que não seja noite de lua cheia, e convém também um telescópio.

Em cada kibutz que visitavam, também não esqueciam essa jornada. Os três visitantes que apareciam de repente, um ponto que ia aumentando, surgindo da imensidão, logo se transformando em dois rapazes com casacos compridos; um, grande e manco, usando um velho chapéu australiano, e o outro, baixo, com um gorro de lã, e uma moça alta com um lenço de cabeça cor-de-rosa desbotado e os cachos dourados, vestida também com o casaco, e o rosto empoeirado. O boato se espalhou. Nos latidos, no sopro do vento, de bico a orelha, no arrulhar dos pombos no estábulo. E, em todos os lugares, já os esperavam, sabendo que "a moça com os pombos" estava para chegar de Tel-Aviv.

Ela distribuía seus pombos como se fosse um presente, como se estivesse proferindo uma sentença, trazendo cartas de amor e notícias de morte iminente. Ela nunca havia vivido situações tão opostas como aquelas, de temor, de esperança, de preocupação e de segurança. Ela percebeu que havia amadurecido de uma só vez, que sempre se lembraria daquele silêncio, mais aterrorizante do que o ruído da guerra que estava por vir e dos caminhos arenosos e traiçoeiros, tão mais agradáveis do que os seguros, e tão mais perigosos do que os pavimentados, e do ruído do ar quando os dois rapazes esvaziaram os pneus para não atolarem e atingirem seu objetivo com facilidade. E também deles próprios, cantando alto quando era possível e sussurrando quando era proibido. E dos membros do kibutz enchendo sacos de areia, cavando valas e se preparando para a guerra em suas casas, tentando não pensar em quem morreria nem adivinhar quem viveria.

E, mais do que tudo, ela via e se lembrava das unidades esperando ao longo das estradas. Pessoas caminhando, conversando, examinando o equipamento, limpando instrumentos de guerra, sentando em volta de pequenas fogueiras. Alguns acumulavam horas de sono, enquanto outros conversavam sobre o que já haviam feito, e outros ainda discutiam sobre o que estava para acontecer. Ela percebeu e soube que jamais esqueceria tudo que estava vendo naquele momento.

E, depois de alguns dias, deu-se conta de mais uma coisa — o elevado número de escritores de cartas; uns apoiavam a folha num canto do caminhão ou a encostavam no joelho, ou num tronco de árvore, ou no ombro de um amigo, enquanto este também escrevia nas costas de outro. E, às vezes, paravam o carro de comando e entregavam envelopes à Menina: "Coloque na caixa de correio quando você voltar a Tel-Aviv." Ela os colocou num saco de sementes que esvaziou e os guardou em confiança. Carregou essa cápsula de gigantes, que ia inchando cada vez mais, cheia de pedidos, instruções, temores, saudades, crianças que nasceriam para uns e não para outros, ilusões de retorno e de encontros, esperanças dos que haviam se separado, bênçãos dos que iriam morrer. E, de repente, um imenso desejo por um bebê inundou seu ventre, e uma alegria proibida: seu Bebê não sairia em combate, ele ficaria com seus pombos, esperaria por ela no pombal.

Capítulo Quatorze

1

— POR QUE VOCÊ não está bebendo? — perguntou o velho americano, ex-membro do Palmach.

— Minha mãe não me permite beber com homens estranhos — respondi.

Ele riu. — Você já é um rapaz grande.

— A verdade é que eu não gosto tanto de beber.

— Uma Virgem Maria para ele e mais um uísque *sour* para mim — disse ele ao garçom, apontando seu próprio copo.

— Se aquele Bebê não estivesse o tempo todo ocupado com os pombos dele — disse —, poderia ter sido um bom combatente. Uma vez nós até o vimos dando uns murros. Alguns de nossos homens, naquela época, foram a Beer Tuvia e ele lhes pediu que levassem pombos e os despachassem no dia seguinte pela manhã, bem cedo.

Às dez da manhã, Bebê já começava a rondar o pombal. Um pouco tenso, com os olhos erguidos para o céu, sondando e esperando. Um pombo-correio pode cobrir sessenta e até mesmo setenta quilômetros por hora, e ele estava preocupado. O sol já ia alto no céu — e os pombos não voltavam. O sol baixou — e nem sinal. Pôs-se — e nada.

Os pombos também não voltaram no dia seguinte. Quando um pombo jovem não volta, é possível dizer que se trata de uma possibilidade natural e de uma seleção inevitável, mas quatro pombos ao mesmo tempo? A preocupação de Bebê se transformou em temor. Os quatro eram saudáveis e fortes, crias de mães campeãs e pais ligeiros, e nos exercícios anteriores jamais haviam se atrasado. Dois deles até já tinham filhotes, o que aumentava ainda mais o desejo do retorno. Alguma coisa não ia bem, alguma coisa sombria havia acontecido.

Cinco dias depois, os rapazes voltaram. Eles foram até o pombal, apresentaram os formulários assinalados com a hora e o local exatos do despacho e as condições climáticas, e foram para o acampamento do Palmach. Alguma coisa no jeito deles despertou a desconfiança de Bebê. Ele ficou cismado com o fato de os rapazes não terem se interessado em saber quando os pombos haviam voltado e qual deles chegara primeiro, porque, às vezes, os rapazes faziam apostas em cima dos resultados, perdiam um cigarro ou ganhavam uma barra de chocolate. Ele se levantou e foi até o acampamento deles para fazer mais algumas perguntas. De uma das barracas, ouvia-se um estrondo de riso. Ele se aproximou, escutou e seu coração congelou. Dos trechos que se ouviam da conversa através dos toldos de lona, ficou claro para ele que, já na primeira noite, os rapazes haviam decapitado os pombos, e, em seguida, assaram-nos na fogueira e os comeram — um pombo para cada um.

Bebê invadiu a barraca e começou a socar e, em seguida, a bater e chutar como um louco.

— Assassinos! — gritou ele. — Filhos da puta! Vou matar vocês!

E, como por baixo da gordurinha de bebê e da pele lisa se escondiam músculos surpreendentes e uma fúria imensa, foram necessárias algumas pessoas para controlá-lo e uma corda para conter suas mãos e pés.

Como um carneiro amarrado, contorcendo-se, cuspindo e berrando:

— Aqueles pombos poderiam salvar a vida de vocês! Seus imundos! Vocês deveriam ter morrido no lugar deles! Tomara que a cova que eu cavar esta noite seja para vocês!

— Não era justo dizer isso para nós naquela época — lamentou o velho leão americano. — De qualquer maneira, já tínhamos muitos mortos. Os rapazes ficaram irritados, deram-lhe algumas bofetadas para que entendesse a diferença entre um pombo e um ser humano, arrastaram-no para fora e deixaram-no lá para que se acalmasse.

Depois que o soltaram, Bebê voltou ao pombal para se acalmar por meio da única forma que sabia: escrevendo um pombograma para sua amada. Dessa vez, acrescentou uma reclamação ao Dr. Laufer, relatando o que havia acontecido. Logo no dia seguinte, um pombo voltou de Tel-Aviv. De tanta alegria e contrariando todas as regras, pegou-o antes que ele entrasse no pombal. Mas o pombo não trazia nenhuma pena de ganso com uma carta da Menina, e o pombograma da cápsula não era do veterinário. Tratava-se uma informação de uma próxima manobra cujo objetivo era transportar suprimento em grandes comboios para a Jerusalém sitiada.

Ele correu até o oficial de manobras, um rapaz forte de Raanana, do qual se contavam histórias a respeito de sua coragem e de seu sangue-frio em combate. Ele leu o pombograma e quis saber por que havia sido aberto. Bebê se desculpou, dizendo que achava que era uma carta pessoal. O oficial de manobras o repreendeu: os pombos não se destinavam à troca de cartas particulares. Mas, logo depois, tirou do armário um casaco verde do exército americano, como os que os combatentes já usavam, e lhe disse: — E isso é para você. Porque você irá conosco, levando alguns pombos num desses comboios, e não queremos que fique resfriado de repente.

Bebê vestiu o casaco, e o oficial de manobras soltou uma gargalhada.

— Ainda vamos transformar você num combatente — disse ele. — Os pombos não o reconhecerão quando você voltar. — E apontou para as partes mais escuras nas mangas do casaco e no peito, onde antes estavam costurados os símbolos da unidade e da graduação, e disse: — Este casaco era de um sargento americano cujo nome e lugar onde lutou não sabemos, nem mesmo se está vivo ou morto. Agora ele é seu, cuidem um do outro.

Bebê ajustou o casaco ao corpo, sentindo imediatamente o agradável e cativante envolvimento em volta do corpo. E, em vez de se apressar até o pombal, correu para a carpintaria, porque queria se ver no grande espelho do carpinteiro. O sargento americano e anônimo era um homem grande, e a imagem de Bebê estava um pouco ridícula. Bebê pensou: será que ele poderia pedir à costureira do kibutz para ajeitar e adaptar o casaco às minhas medidas? E o vaidoso carpinteiro, justamente ele, disse que não precisava:

— Este casaco já pertenceu a outros soldados, em outros países e outras guerras. Veja, ele tem manchas que não saem, talvez de sangue ou de graxa, e dois remendos na altura dos quadris e das costas. Casacos como esse já sabem se adaptar às pessoas.

O carpinteiro concluiu sua aula e Bebê correu até o acampamento, ignorando o "Parabéns", o "Que elegância" e o "Olhem só quem está aqui" que lhe gritavam das barracas — para preparar seu pombal portátil para a manobra.

Ele não foi anexado nem ao primeiro nem ao segundo comboios. Em 17 de abril de 1948, duas semanas antes de tombar em combate, um novo comboio foi organizado. Ordenaram que ele levasse alguns pombos e acompanhasse os combatentes até Chulda. De lá, foi enviado a Guivat Brener e encontrou Shimon, o treinador de pombos do kibutz, que lhe disse:

— Sua namorada esteve aqui há um mês, levando pombos para o sul.

Bebê entendeu que o pombograma que havia recebido dela — "Não e sim e sim e não" — não fora despachado de Tel-Aviv e que ela não queria preocupá-lo. Olhou os pombos que ela havia deixado no pombal de Shimon, enquanto imaginava os dedos dela em suas asas e peitos. Pegou um deles com as mãos e foi atacado pelo desejo e pela saudade. E Shimon lhe disse:

— Ouça, um dos nossos comandantes está indo daqui até Tel-Aviv de motocicleta e volta ainda esta noite. Se você quiser, falarei com ele para que o leve até ela.

Bebê pegou um dos pombos que havia trazido de Kiriat Anavim e o escondeu no bolso de seu novo casaco. Foi até o comando central e esperou ao lado da motocicleta que estava do lado de fora.

— Você é o carona? — perguntou o comandante, que saiu pouco tempo depois.

— Sim.

— Alguma vez você já andou de motocicleta?

— Não.

— Coloque as suas mãos aqui e aqui. Entendeu?

— Sim.

— E não se atreva a me abraçar.

— Tudo bem.

— Combinado, então. Suba e vamos.

2

ERA O FINAL DA TARDE. O jardim zoológico já estava fechado. A motocicleta parou ao lado do portão e Bebê saltou. Agradeceu ao comandante e marcou com ele a hora do encontro. Depois, escalou o muro do zoológico e desceu pelo outro lado. A Menina, ele sabia, estaria no pombal. Ele esperava que estivesse ali sozinha.

Os animais em volta rugiam e emitiam sons como em todas as tardes em qualquer jardim zoológico, com bramidos, gritos, trinados e urros. E pairava também uma tristeza no jardim, como em todas as tardes em qualquer jardim zoológico. Bebê correu entre as jaulas, percebeu os olhares curiosos e esperançosos dos enjaulados, mas evitou retribuir com seu olhar.

No depósito ao lado do pombal havia uma luz acesa. A Menina trabalhava lá, organizando sacos, fichas e remédios. Ela ouviu os passos dele, virou-se para trás, soltou um grito de alegria. Abraçaram-se.

— Não muito forte. Tenho um pombo no bolso.

Ela colocou a mão no bolso do casaco e pegou o pombo.

— É para mim?

— É para mim — disse Bebê. — É para você despachar mais uma carta para mim.

A Menina marcou o pé do pombo com uma fita e o deixou numa caixa ao lado.

— Estou tão feliz por você ter vindo. De quanto tempo você dispõe?

— Uma hora.

— Só uma hora?

— Amanhã vamos subir para Jerusalém num comboio — disse ele —, e eu vou com os combatentes. Também ganhei um casaco como o deles, veja... de um sargento americano na Segunda Guerra Mundial. — Ele deu uma volta e riu.

— Maravilha — disse ela. — E eu ganhei um Shinel. E também me deram um revólver, e fiz tiro-ao-alvo, e circulei por todo o sul num carro de comando.

— E o pombo que você despachou de lá para mim foi mandado como se você estivesse em Tel-Aviv.

— Eu não queria que você ficasse preocupado.

— Shimon me disse que você esteve no kibutz dele também.

— Peguei pombos com ele também. Mandaram-me distribuir em cada kibutz.

— E como foi?

— Foi interessante. Amedrontador. Triste. Cheio de esperança e desespero. Vi os combatentes escrevendo para suas casas e pensei: que bom que você fica com seus pombos no pombal.

— O que houve que resolveram enviar você num comboio? Você nem sabe atirar.

— Sei um pouco, mas não será preciso. À minha volta, haverá bastante gente que sabe. E pare de se preocupar. Não vou sair em combate. Vou ficar atrás com os pombos nas costas.

— Não é verdade. Você é como uma conexão e deve ir ao lado do comandante, à frente.

E já foi limpando uma lágrima de fúria, ficou vermelha, deu-lhe um beijo e se afastou dele.

— Você veio para se despedir de mim?

— Vim para vê-la, tocá-la, falar com você, e também para me despedir. Tínhamos uma hora e, como você está discutindo comigo, restam apenas cinquenta e dois minutos.

Ela voltou a se comprimir junto a ele, pressionou os seios contra o corpo dele, a coxa, achou o lugar entre as suas próprias coxas, sentiu o calor do seu próprio corpo. Ela o acariciou através da calça. Ele suspirou, afastou-a e tirou o casaco. A Menina o abraçou e sorriu para ele com os olhos bem abertos e muito próximos.

— Me acaricie — disse Bebê. — Toque-me e diga o que você sempre diz: agora toque-me assim você também.

Entraram no pombal e, enquanto ele desamarrava os cadarços dos sapatos, a Menina começou a beijá-lo na cavidade da nuca, entre os dois músculos que desciam para as costas, e seus beijos eram quentes, prolongados e suaves.

— Odeio esses macacos — disse ela. — Olha só, estão nos olhando como malandros na praia.

Ela soltou os cordões dos toldos, e o arrulhar dos pombos cessou de uma só vez. Juntos, estenderam um cobertor militar, deitaram-se sobre ele e se beijaram com um longo beijo. Ele encostou o queixo no canto do pescoço dela e disse:

— É você. Seus dedos são como as pétalas de uma tulipa. Posso sentir que é você.

Ela o soltou, levou a mão à boca, cuspiu na concha dos dedos e voltou a segurá-lo.

— E agora?

— Como o ventre de um lagarto.

— E agora?

Ele gemeu.

— Como um anel de veludo.

— Agora toque-me assim você também — disse a Menina.

Ele alisou com os dedos entre as coxas dela e ela se comprimiu, retesou, relaxou. O cheiro dela encheu o ar.

— Vamos deitar — disse ela. — Vamos fazer agora. Já não somos crianças. Somos pessoas que distribuem pombos-correio no front e já saímos em combate.

— Quando eu voltar da guerra — disse ele.

— As pessoas do sul — disse ela —, que me deram as cartas que escreveram, eu as olhava e pensava: quem voltará para casa? Quem terá filhos e quem não?

— Nós teremos.

— Vamos deitar, meu amor — disse ela. — Vamos fazer o nosso filho agora mesmo.

— Estou com medo de fazer agora.

— Medo de quê? Do que os outros dirão?

— Não é isso...

— Então, de quê?

— De que, se nos deitarmos, não voltarei.

— Não fale bobagens.

— Coisas assim acontecem.

Ela se soltou dele, deitou-se sobre as costas, suspirou.

— Quero tirar a roupa, ficar nua. Tire você também.

Tiraram a roupa, ficaram nus e se deitaram sobre o cobertor.

— Abrace-me, meu amor — disse ela.

De onde vinha aquele temor? De onde vinha a tristeza no coração dela?

— Quando eu voltar da guerra — ele a abraçou —, faremos isso quando eu voltar. Quando você tem um motivo para permanecer vivo, não morre.

E, depois de um breve silêncio e dedos apalpando, ele disse:

— Quero que a nossa primeira vez seja uma vez de retorno, e não de despedida. Em casa, numa cama com lençóis, não no chão de um pombal. Nós já nos controlamos tanto, podemos esperar mais um pouco.

Juntaram seus corpos com toda a força, depois se afastaram um pouco para que a outra mão dela pudesse acompanhar.

— É maravilhoso — disse ele.

— O que é maravilhoso? Diga-me exatamente.

— Que você possa fazer com as duas mãos duas coisas diferentes ao mesmo tempo.

Riram e ficaram em silêncio. Ele, um silêncio de preparação e concentração; ela, de curiosidade.

— Gosto de ver seu sêmen jorrando — disse ela, e Bebê tremeu com o corpo todo, suas costas se arquearam, ele gemeu, colocou a cabeça entre os seios dela e riu.

— Esse seu riso. E esse seu cheiro, como na nossa primeira vez, você se lembra? Na Escola Achad Haam.

— Eu me lembro. Até agora não entendo como foi que aconteceu.

— Você sugou meus seios de repente e eu toquei em você, e seu sêmen era tão novo e branco — e demonstrou com os dedos juntos em forma de concha. — Já não nos encontramos há um bom tempo. Veja quanto... eu posso colocar isso dentro de mim e ter uma criança sua.

— Não se atreva! — disse Bebê, e pegou a mão dela, enxugando-a no próprio peito com força. —Vamos fazer a nossa criança depois da guerra. Voltarei vivo para casa. Vamos nos deitar no claro, com os olhos abertos, vamos nos ver, estaremos um no outro.

— Beije-me — disse ela.

De onde vinha aquela dor no estômago? Quem ia rolar a pedra de seu peito?

— E quando você estiver grávida, vou descascar amêndoas para você, para que você tenha leite branco, e a criança, dentes brancos.

Ele acariciou a barriga dela. Ela prendeu a respiração.

—Toque-me assim você também... — E Bebê se deitou sobre ela, os lábios vagando entre o bico dos seios, os dedos dela conduzindo os dele, contornando e definindo o desejo da carne dela, e ela permanecendo em silêncio, e suspirando, até que sua voz começou a ficar tão forte que Bebê lhe sussurrou: — Shhh... Alguém na rua vai pensar que está acontecendo alguma coisa com um dos animais...

— E não estará enganado — disse a Menina. Os dois sufocaram um riso e ela o provocou, prosseguiu, relaxou, emitiu gemidos e suspiros, e sussurrou: — Na próxima vez. Essa guerra vai terminar, você voltará, vamos fazer amor com os olhos abertos, você dentro de mim e à minha volta, e eu à sua volta e dentro de você, segurando as mãos e os olhos, e ficaremos um no outro.

—Vamos receber uma casa familiar no meu kibutz — disse Bebê — e teremos uma criança que andará descalça e se sujará na lama.

A menina não respondeu.

— Sim ou não? — perguntou Bebê.

Ela se levantou e, quando passou sobre o corpo dele, ele viu o sexo dela pairando sobre ele na penumbra, inchado, coberto de pelos e delicado, claro e escuro ao mesmo tempo. E a visão era tão atraente e bonita que ele se sentou, pegou-a pelos quadris e pôs os lábios entre as coxas dela. Respirou, beijou e quis se envolver e se embeber com o cheiro e o gosto dela, e voltou a perguntar:

— Sim ou não? Responda-me: sim ou não?

Ela riu. —Você está perguntando a mim ou a ela? — E estremeceu. — Pare... — e perguntou se o cheiro dela era bom, porque a administradora do depósito do jardim lhe dissera que havia rapazes que diziam coisas feias a respeito do cheiro das moças.

— A administradora de vocês é uma idiota, e o seu cheiro é maravilhoso — disse Bebê. — E agora não vou lavar o rosto nem as mãos até que essa guerra acabe, porque o seu cheiro bom vai me manter vivo e permanecerá comigo a cada respiração. Deite-se ao meu lado mais um pouco; logo precisarei ir.

Ela se deitou ao lado dele, que estava com a mão direita sob o pescoço dela e a esquerda sob o quadril, a perna entre as dela, a coxa entre as dela.

— Sim ou não? — perguntou Bebê. — Você não pode me deixar partir sem uma resposta.

— Sim — disse ela. — Depois da guerra, você vai voltar, e, sim e sim e sim e sim. Sim, vamos ter uma criança minha e sua. E sim, eu amo você, e sim, já estou com saudades, e sim, ficarei esperando.

A escuridão tornou-se mais profunda. Os sons noturnos do jardim zoológico se misturavam com os das pessoas da cidade. Um menino chorava ao longe. Um cavalo relinchava no padoque. Ouvia-se o grito de um homem na direção de Kiriat Meir. A hiena do zoológico ria e ao longe respondiam o canto em inglês de um bêbado, e os primeiros uivos dos chacais, que naquela época — como você me disse — ainda era possível ouvir de todas as casas em Tel-Aviv.

Ficaram assim deitados por mais alguns minutos, abraçados e em silêncio, ouvindo o vento nos grandes sicômoros e o som de seu sangue em seus corpos, e então Bebê se soltou e disse que precisava se vestir, porque, em pouco tempo, o comandante voltaria na motocicleta para levá-lo de volta.

— Dê-me um pombo, o melhor que você tem aqui.

Ela se sentou, empurrou-o para trás, inclinou-se e beijou-o na boca, puxou para perto as roupas de Bebê e as entregou a ele, e vestiu as suas próprias.

— Tenho um pombo belga novo, excelente, que concluiu o curso com louvor — disse a Menina —, mas o Dr. Laufer não concordará em me dar. Nem mesmo para você.

Ela estendeu a mão na direção de um dos pombos que cochilavam e o pegou.

— Ela parece um pouco delicada, mas é a melhor fêmea do país. Na semana passada, ela foi despachada em Chanita e voltou para casa duas horas e cinco minutos depois.

— É essa que eu quero.

— E o que vou dizer ao Dr. Laufer? Pombos-correio não desaparecem à toa. Alguém precisa roubá-los e não permitir que voltem.

— É exatamente o que você vai dizer. Diga que fui eu que o roubei, mas pode garantir a ele que, em breve, o pombo voltará.

— Está vendo essa lista fina? Ele é belga, mas o Dr. Laufer disse que esse é um sinal de que seus antepassados distantes viviam nos pombais do sultão em Damasco. Cuide dele. De fato, é um pombo muito bom.

— Não deixa de ser bom — disse Bebê — trocar pombos com você. Dar o meu a você e receber o seu.

Ele se levantou e vestiu a camisa e o casaco.

— Você consegue acreditar? Existem casais que não trocam pombos e não mandam cartas com eles — disse. Então, colocou o pombo que ela lhe deu no bolso e beijou-a rápido. — Até logo, meu amor. Estou com pressa. Até a vista.

Nada no abraço deles indicava que seria seu último encontro. Nada no beijo dele indicava que ele nunca mais a tocaria, exceto na imaginação e no sonho dela. Suas costas se afastando, seus passos apressados na direção do portão do zoológico, o casaco militar grande demais, irritante até as lágrimas e quase ridículo, o melhor pombo do país escondido no bolso, uma mão comprimindo-o para que não se movesse enquanto ele corria, a outra mão acenando um adeus, sem virar a cabeça para trás — tudo isso indicava que ele voltaria.

Os animais já haviam silenciado. Alguns afundaram no desespero; outros, no sono. Bebê passou pelo leão, pelo tigre e pelo urso, desapareceu na curva diante do cercado das grandes tartarugas e, no lugar em que estivera um instante antes, a Menina viu tudo que estava por vir: os dois caminhando na calçada entre os quartos do kibutz. Uma criança pequena, os traços do rosto ainda não visíveis, mas os pés já descalços, andando à frente deles na calçada, um deles ainda na maciez da grama e o outro já manchando com lama a solidez do concreto, e os dois sentindo como era bom serem diferentes um do outro. Eis a casa, chegamos; eis a porta; eis a chave, abrindo-se para papai e mamãe e, então, entramos. Sua mão gorducha, com dobrinhas, na maçaneta. Os olhos perguntando: apertar? Mamãe diria: Olá, casa. Diga você também. A casa responderia como costumam responder: com um delicado movimento no ar, no cheiro, no eco, na prateleira de livros, no quadro na parede, na cama, na cortina esvoaçante.

— Até breve — gritou a Menina para dentro da escuridão. De onde vinha aquela lágrima deslizando em sua face?

Era seu olho direito — lacrimejando, fechando-se, prevendo o futuro em sua cegueira, que o cérebro desconhece e o coração não aceita, exclamando: "Não vá!" Gritando: "Não, não, não, não!", com o único jeito que o olho sabe gritar — marejando, enchendo-se, escorrendo.

3

OUVIU-SE O RUÍDO da motocicleta. Sua luz fraca ia aparecendo. O comandante disse a Bebê:

— Segure-se bem e não adormeça.

De Guivat Brener, Bebê chegou a Rechovot e, de lá, a Chulda, onde deu comida e água ao pombo que recebeu da Menina, colocou-o em seu pombal portátil e o levou no comboio para Jerusalém. Em dois lugares estiveram sob fogo. Um dos combatentes foi ferido no maxilar por um projétil que penetrou pelas frestas do blindado. Ele caiu, gritando e sufocando com o próprio sangue. Bebê pegou a arma do combatente e devolveu fogo. E disse consigo mesmo: "Que estranho! Não sinto medo."

Ao voltar para o pombal em Kiriat Anavim, apresentou-se ao oficial de manobras, que lhe disse: — Parabéns pelo seu batismo no fogo; ouvi dizer que você se saiu muito bem. — Ele lhe deu um pombograma para encaminhar a Tel-Aviv. Bebê atou a cápsula ao pé de um dos pombos do pombal central, e, em sua cauda, amarrou uma pena de ganso com uma mensagem para a Menina: Sim, o amor e o pombo dela tinham voltado bem, e, não, não sabia qual dos dois voltaria antes para ela.

O pombo desapareceu aos olhos dele no instante em que apareceu aos olhos dela. Ela desatou, retirou e escreveu uma resposta a seu amado: "Sim, eu me lembro. Sim, tome cuidado, por favor; não, já não estou irritada; sim, eu e você." Colocou na pena de ganso, selou-a, amarrou e despachou. O pombo que Bebê havia deixado com ela alçou voo imediatamente, mas as mãos da Menina, que depois de cada arremesso permaneciam por um instante estendidas no ar, retornaram logo e comprimiram seus lábios para impedir que tremessem. Ela o acompanhou com o olhar até que ele aparecesse aos olhos de Bebê. Ela sentiu um calafrio, parecia-lhe que estava respirando e engolindo o cheiro dele. Uma dor surgiu de suas entranhas. Suas mãos, independentes e selvagens como o pensamento, desviaram-se da boca e apertaram seu ventre.

Capítulo Quinze

1

O BEHEMOTH ATRAVESSA o vale da Cruz, passa pelo pillbox inglês que foi pintado de vermelho sabe-se lá por quê e sobe pela rua. Tento descascar e fazer surgir as casas que foram construídas desde aquela época, e imaginar o caminho trilhado por Bebê e seus companheiros: um declive rochoso, oliveiras e degraus de pedra, um atalho sinuoso para burros entre pequenos terrenos. Os combatentes sobem por ele, um pouco encurvados sob o peso do equipamento e das armas, porém mais ligeiros do que os olhos podem imaginar e mais silenciosos do que os ouvidos podem captar. Seus cintos estão ajustados e apertados, ninguém se cansa ou vacila, suas pernas já estão treinadas e habituadas ao movimento noturno entre as pedras, e não precisam dos olhos para evitar tropeços.

Bebê carregava seu pombal portátil sobre os ombros, com três pombos: uma fêmea que acasalou com um companheiro do pombal do comando da brigada, um pombo grande e irritável do pombal da Haganá em Jerusalém, e a campeã belga de Tel-Aviv, de sua amada. A noite e a jornada pesavam-lhe muito, limitando seus movimentos, não somente por causa do peso e da escuridão, mas também por causa do temor, da emoção e da preocupação com a segurança dos pombos e da necessidade de pesar cada passo e direção do corpo. Ele ainda não tinha experiência com essa caminhada, que para os companheiros já era o pão habitual. Algumas vezes, tropeçou, e uma vez quase caiu, mas o combatente que ia atrás dele estendeu a mão forte e comprida e segurou a armação do pombal, ajudando-o a voltar a se equilibrar sobre as pernas.

O plano era andar assim o máximo possível sem serem vistos e se aproximarem do mosteiro, arrastando-se no chão. Mas os soldados da legião jordaniana e os voluntários iraquianos que estavam lá se anteciparam, ficando de tocaia entre as rochas, e abriram fogo pesado de diferentes direções. Muitos ficaram feridos. Bebê, assim como alguns dias antes, quando o comboio que ia a Jerusalém estava debaixo de fogo, não ficou assustado. Mas o pombal complicava e oprimia, e a falta de experiência o atrasava. Quando foi dada a ordem de recuar, seguiu com dificuldade seus companheiros pelo declive.

No dia seguinte, os combatentes voltaram a subir para o mesmo objetivo. Mais uma vez abriram fogo sobre eles, mas agora estavam mais próximos do mosteiro e optaram por avançar, e não recuar. A vantagem da escuridão, eles logo perderam, pois alguém jogou uma granada de mão e incendiou um barril de querosene que ninguém sabia que estava lá. O prédio próximo ao mosteiro pegou fogo e a labareda iluminou ao redor, mas os invasores conseguiram penetrar o mosteiro por um pequeno portão na parede norte e logo se organizaram para a defesa. Eles colocaram mesas ao lado das paredes, e sobre as mesas, cadeiras, para que pudessem ficar sobre elas e atirar pelas janelas altas e estreitas do salão de orações. Bebê, que não tinha experiência de combate, apoiava por trás um dos atiradores, para que não caísse com o impulso dos tiros.

O mosteiro estava sob fogo intenso que vinha de fora. Ouviam-se gritos de feridos. Bebê sentiu um tremor passando pelo corpo do combatente que se apoiava nele. O homem caiu da cadeira e rolou por cima do pombal. Os pombos se debateram em seu cárcere. O ferido gritava. Penas voavam. Bebê levantou o pombal e correu para achar outro lugar, quando se deparou com um dos comandantes de pelotão, que bateu no joelho dele com o cano da pistola-metralhadora, um *tommy gun*, e gritou: — Fique sentado quieto em algum lugar ou tome uma posição e comece a atirar; só faltava você aqui com os seus pombos ferrados.

Ouviram-se mais gritos de outros feridos. Bebê se dirigiu ao enfermeiro e perguntou se ele precisava de ajuda.

— Preciso de mais ataduras e mais luz — disse o homem.

Bebê achou lençóis e toalhas de mesa e os rasgou em tiras. Depois, dispôs à volta do enfermeiro castiçais com grandes velas santas. Lá fora, o fogo não se acalmava nem diminuía. O sino do mosteiro tocava, sibilando.

— Os homens morrem — lamentou o enfermeiro —, mas o sino, qualquer bala lhe dá um sopro de vida.

Homens com metralhadoras foram enviados para o telhado, mas acabaram sendo atingidos, um após o outro. O número de feridos ia crescendo; e seus gritos apavoravam e oprimiam os companheiros. O aparelho de comunicação foi atingido, parou de funcionar, e Bebê estava seguro de que, a qualquer momento, seria chamado para despachar um pombo, mas o comandante de pelotão voltou a repreendê-lo.

—Você ainda está aqui? Preste atenção. Tenho uma tarefa para você. A trinta metros daqui tem um depósito; é um pouco difícil vê-lo no escuro, mas ele está lá. Corra e ocupe-o.

— O que quer dizer com ocupar? Fazendo o quê?

— Não se preocupe. Mandarei mais alguns homens atrás de você. Se fizermos um contra-ataque, vocês vão nos cobrir de lá.

— E os pombos?

— Que pombos? Agora não nos interessam os pombos.

— Eu não abandono os pombos.

O comandante de pelotão sorriu de repente, um sorriso largo e mau, com dentes compridos. Bebê se lembrou de já tê-los visto antes, mas não sabia onde.

— Não tem problema — disse ele. — Leve seus pombos com você.

Bebê carregou o pombal portátil nas costas, ajustou as correias dos ombros, aproximou-se da porta e inspirou profundamente. Um medo inundou seu corpo, mas também um sentimento agradável. O comandante de pelotão espreitou o beco entre o mosteiro e as casas.

— Na extremidade do beco há um blindado deles — disse. — Se você ultrapassá-lo, estará a salvo. Caso contrário, vamos nos encontrar no inferno. — E o empurrou. — Agora! Vou cobrir você. Corra em zigue-zague! Depressa!

Bebê saiu, grudado à parede, e correu. Não em zigue-zague nem abaixado; correu em linha reta e, para sua surpresa, não foi atingido nem tropeçou. Apesar de ouvir tiros, não ouviu balas zunindo à sua volta, como nas histórias de guerra de seus companheiros. Correu através de um túnel transparente de silêncio e segurança, que só novos recrutas ou combatentes muito veteranos conhecem, sentiu o agradável calor de seu casaco verde e o peso do pombal, que não mais pesava, como na subida ao mosteiro; ao contrário, equilibrava suas costas e acelerava suas pernas, fazendo a corrida se tornar mais leve. Em seu coração desenhava-se um quadro: os pombos às suas costas esticaram suas asas, e ele foi carregado, voando.

A porta do depósito estava trancada. Apavorado, deu-lhe um chute que foi o bastante para quebrar a fina tranca de ferro. Invadiu o depósito, retirou o pombal dos ombros e só então percebeu que o Sten que ele tinha sumira, e não sabia se a arma caíra durante a corrida ou se esquecera de levar ao sair do mosteiro.

Colocou o pombal no chão e se sentou ao lado dele. "Estou tremendo como a perna de Miriam", pensou de repente, e se lembrou de que uma noite, logo depois de ser mandado para o kibutz, levantara-se de sua cama, saíra sorrateiramente da casa das crianças e se deitara sobre a grama, olhando para o céu, para pensar em sua mãe, e de repente sentira alguma coisa alisando sua perna; ao olhar, viu uma cobra, uma das grandes víboras do vale do Jordão. Não se moveu, mas, depois que a cobra desapareceu, começou a tremer e seus joelhos ficaram fracos a ponto de não poder ficar de pé. Era assim que se sentia naquele momento, mas tinha experiência e sabia que aquele tremor iria iludir o medo e acalmar seu coração.

Assim, ficou ali sentado, acalmando-se e esperando, mas ninguém vinha atrás dele, ninguém saía do mosteiro para o contra-ataque e ninguém aparecia na direção que o comandante de pelotão havia apontado antes. Ele esperava. O tempo, que em ocasiões como essa escapa de todos os métodos de medida, passava, apesar de tudo. Tinha medo de voltar para o prédio central, ainda mais porque a ordem do comandante de pelotão havia sido clara: permanecer lá e esperar. Seu cansaço e seu pavor aumentavam, e, apesar do tumulto, do medo e da tormenta do combate, ou talvez justamente por causa disso tudo, adormeceu. Quando acordou — sobressaltado, apavorado —, pensou "onde estou?" Em que litoral o sonho me vomitou? Será que eles se lembram de que eu estou aqui? E o que está acontecendo com eles?" O leste já estava rosa-acinzentado, permitindo que os olhos vissem ao redor. Detalhes tornaram-se nítidos à sua volta: paredes de pedra, um espaço pequeno e estreito. Vasilhames com brotos, sacos de fertilizante, instrumentos de trabalho de jardinagem — pá, enxada e forcado — que indicavam dias melhores. Sobre a parede, havia um quadrado fino de luz: uma pequena janela, coberta com uma persiana de madeira. Ele se levantou, abriu e investigou as redondezas. O ângulo de visão era muito estreito, mas seus ouvidos diziam-lhe que lá fora o ritmo dos tiros e a direção do fogo haviam mudado. Voltou a pensar no que fazer. Continuaria esperando? Pegaria o pombal e voltaria? E se a sorte não lhe sorrisse como lhe sorrira na corrida para lá? Será que, Deus os livrasse, os pombos seriam atingidos? Os pombos eram importantes, talvez mais ainda do que ele próprio.

Uma nova rajada atingiu o sino do mosteiro, e sua voz soou aguda e torturante. Outra rajada bateu na parede do depósito, e seu som era como os dedos do tio no kibutz, galopando como cavalos, na mesa. Alguns dias antes, no grande comboio que penetrou Jerusalém, o rá-tá-tá dos projéteis no caminhão blindado era diferente daqueles dois. Através de sua pequena janela, Bebê viu que, junto às paredes do mosteiro, aumentavam os mortos e feridos do inimigo. Tornou a se sentar, a levantar, sentar e levantar para espreitar. Viu um soldado do Palmach com metralhadora subir no telhado e ser atingido na perna. Bebê ouviu o grito. Alguém — jovem e forte — percebeu e subiu para resgatar o ferido, depois voltou ao telhado para substituí-lo e foi despedaçado por um ataque direto de um projétil de canhão.

E, de repente, Bebê ouviu outros gritos, não de dor, mas de fúria e demência. A porta no canto do mosteiro se abriu e o comandante de pelotão que o havia mandado para o depósito saiu para o beco, gritando e amaldiçoando e atirando com seu *tommy gun*: "Morram! Seus merdas! Estou chegando, seus canalhas!"

E Bebê o viu correndo e atirando como louco, e o cano da metralhadora do blindado circulando em sua direção como uma foice. O comandante de batalhão foi logo atingido. Caiu e começou a se arrastar e a gritar por ajuda, com um carretel vermelho e branco de cordas se arrastando atrás dele. Horrorizado, Bebê entendeu que eram suas vísceras, e o blindado não atirou mais, só ficou na extremidade do beco como um grande animal observando o suplício de sua presa, e até deixou que ele se arrastasse para a área descoberta, acompanhando-o num movimento lento com o cano da metralhadora, quase acariciando, até mesmo misericordioso, indicando o caminho à sua vítima: por aqui, por aqui, deite-se aqui. Daqui a pouco, a morte vai ter tempo para você. Nesse instante, ela está ocupada. Um pouco de paciência. Acalme-se.

Quando o cano chegou ao extremo de sua rotação, voltou a apontar para o beco, esperando por outra vítima, e o comandante de pelotão já se encontrava num lugar relativamente protegido, gemendo e gritando. Bebê se levantou e agiu: pendurou o pombal portátil num prego grosso cravado na parede do depósito, saiu e correu abaixado até o ferido estendido a seu lado.

O comandante de pelotão começou a gemer e suplicar: — Por favor... por favor... por favor... — Bebê perguntou: — Por favor o quê?.. Diga o quê... O comandante de pelotão sussurrou que estava com dor, com frio, com sede. — Traga-me água, ouviu? Minha garganta está seca — e se calou, e quando Bebê achou que já havia morrido, ele começou a falar de novo, dizendo que deveria sobreviver, e depois soltou uma curta rajada com seu *tommy gun* e gritou: — Venham já, canalhas, e você, mexa de uma vez o seu traseiro —, e, de repente, começou a falar ídiche, a língua que ajudara Bebê a identificá-lo. Era o rapaz que o havia chamado de *kelbele* no dia em que ele havia chegado no comando da brigada. Agora ele dizia: "*Di toibn*... os pombos... desculpe..." algumas vezes, e também palavras que Bebê conhecia, entre elas "Mame"... "Mame"... e *ela* — diferente do sino do mosteiro, que continuava a emitir som e a vibrar depois de cada golpe — morreu.

Bebê vomitou e ficou um pouco aliviado. Ninguém agora sabia onde ele e os pombos estavam. Precisava voltar ao depósito, pegar o pombal e retornar para o mosteiro, no caso de os comandantes precisarem despachar um pombo. Pegou o *tommy gun* do comandante de pelotão morto, colocou-o nas costas e começou a rastejar. Um projétil ricocheteou perto, e ele, com medo de ter sido descoberto, congelou. Depois, prosseguiu, lentamente, sobre o ventre e os cotovelos, o rosto colado no chão, tomando cuidado para não chamar a atenção.

2

COMO JÁ DESCREVI ANTES, em certas horas e circunstâncias, Bebê ficava firme e determinado. Seu corpo pequeno e gorducho escondia seus fortes músculos e uma coluna de aço. E tinha a qualidade da concentração. Numa direção clara, em linha reta, incansável. Se ele me visse em meus roteiros inúteis e sinuosos pelas ruas de Tel-Aviv, iria me repreender. Se ele me repreendesse, eu poderia ouvi-lo. Sei como eram sua aparência, suas ações e como foi sua morte; imagino o toque de seus dedos, mas não tenho ideia de como era a sua voz.

Arrastou-se por alguns metros, e um projétil atingiu sua coxa esquerda. Deu um impulso e rolou, surpreso com a força do tiro. Quem nunca vivenciou ter o corpo atingido por um projétil, principalmente quando ele atinge um osso, não pode imaginar como esse golpe é forte. A coxa se quebrou perto do joelho. Bebê soltou um grito e sufocou os que viriam depois, cravou os dedos na terra e continuou se arrastando até o pombal.

Sua boca estava seca. Seus olhos lacrimejavam por causa das dores e do esforço. Sua perna se arrastava atrás dele como um farrapo. Sua calça estava tomada de sangue quente, e sua camisa, de suor frio. Ele se aproximou de um muro baixo de pedra e começou a reunir forças para subir por ele e para suportar a dor que sentiria quando rolasse para o outro lado, protegido. Já estava conseguindo se segurar na camada superior e a puxar o corpo para cima, mas, quando estava lá deitado, imaginando como deslizaria para o outro lado e como seria terrível sua dor, levou mais dois tiros, que retalharam os velhos remendos na parte de trás do casaco e penetraram seu quadril e suas costas.

Gemendo, suspirando, Bebê caiu no outro lado do muro. Nenhuma das balas atingiu uma artéria ou um órgão vital, mas cada uma delas triturou os ossos da bacia e abriu grandes ferimentos de onde saía muito sangue na parte da frente de seu corpo, não em jatos artesianos e pulsantes de um tiro na artéria, mas num fluxo contínuo, constante e em grande quantidade.

Nesse estágio, um canhão também se juntou ao combate. Bebê ouviu e tentou descobrir se era o canhão do blindado ou um canhão de campo afastado, se sua meta era atingir o mosteiro ou justamente seu depósito, ou talvez estivesse atirando a esmo na esperança de acertar em alguma coisa por acaso. Agora, Bebê percebia o toque de investigação que combatentes veteranos sabiam perceber — eles, após longos meses de combates, e ele, em sua primeira guerra —, aqueles dedos delicados tocando sua pele, uma vez acariciando as costas e outra vez deslizando pelos dois lados da nuca, uma vez coçando atrás dos testículos e outra vez na cavidade do pescoço — o jogo agradável da morte que se aproximava, tentando preparar seu parceiro para recebê-la de boa vontade e com amor.

Nessas situações, é conveniente dividir a esperança em pequenos pedaços de realidade, não esperar pelo grande milagre no outro lado do caminho, mas buscar a misericórdia no metro mais próximo. Bebê disse consigo mesmo que não faria diferença se ele morresse de outro tiro ou dos que já o haviam atingido, e percebeu que ele não estava mais lutando pelo mosteiro nem por Jerusalém nem pela vida de seus companheiros, mas por seu amor pela Menina e pela vida da criança que lhe nasceria depois da guerra. Suas forças, ele sentia, cessariam em pouco tempo, e não quis outra coisa senão isso: voltar ao pombal e ao pombo que ela lhe dera.

Lentamente, em linha reta, com os cotovelos apoiados e se arrastando e puxando as pernas, o corpo triturado se esfregando no chão e os dedos cravando e puxando: para ele, para o pombal, para o pombo, e a morte seguindo-o, lambendo os beiços e se preparando para o que estava por vir.

Capítulo Dezesseis

1

NA CAMA DELES, que se transformou na cama dele, o Pai de Vocês estava deitado esperando a morte. Ele tinha dias piores e dias melhores, mas essa espera existia nas duas formas. Nos dias melhores, esperava lendo, ou então ouvindo música, e, nos piores, ficava deitado de costas, sem se mover. Seu corpo era delgado e ereto e comprido, os pés, cruzados nos calcanhares, um sorriso fino e tranquilo puxava delicadamente seus lábios, as mãos, ajustadas sobre a barriga. Um olho não pestanejava, para não perder o que estava projetado no teto. O outro estava fechado, para não perder o que se passava dentro dele.

— Isso não é possível, ficar deitado doente e sozinho o dia inteiro! — exclamou Meshulem.

O Pai de Vocês não respondeu.

— E se, Deus o livre, você cair? E se, Deus o livre, acontecer alguma coisa com o coração?

O Pai de Vocês cruzava e descruzava os pés. Antes, o calcanhar direito repousava sobre o esquerdo, e, agora, o esquerdo sobre o direito.

—Vamos providenciar um botão de emergência, conectar você a um centro médico e também a mim, e também a Irale, e a quem você quiser. Só vai precisar apertar e todos virão imediatamente.

— Meshulem — disse o Professor Mendelsohn —, acalme-se, por favor. Um ataque do coração não é motivo para convidar hóspedes. Não estou doente. Só estou velho. Exatamente como você. Se quer tanto um botão de emergência, providencie um para você.

Meshulem saiu. No dia seguinte, apareceu com o diretor e um técnico do centro médico, e um eletricista, funcionário dele. Benjamin e eu também fomos convidados para a cerimônia de instalação, mas Benjamin não apareceu.

— A ideia de um botão de emergência é completamente racional — disse-me ao telefone, e estava seguro de que Meshulem providenciaria da melhor maneira possível, mesmo sem a presença dele.

Agora, o Pai de Vocês arrumara um novo argumento para recusar:

— Se eu tiver esse zumbidor, ninguém virá para ver como estou passando. Só ficarão em casa esperando pelos zumbidos.

— O que você está dizendo? — pulou Meshulem. — Se até agora eu vinha três vezes por semana, a partir de agora virei três vezes por dia. Uma vez, para verificar por que o zumbidor está zumbindo, e duas, para verificar por que não está.

No final das contas, o Pai de Vocês comunicou que concordava. O técnico do centro médico conectou um microfone e um alto-falante, e o eletricista de Meshulem acrescentou um sistema dobrado de suporte que constava de bateria e eletricidade roubada da iluminação do corredor do prédio. Perguntei a Meshulem o que aconteceria se o roubo fosse descoberto, e ele disse:

— Primeiro, é tão pouca eletricidade que ninguém vai descobrir, e, segundo, o Professor Mendelsohn valorizou o preço dos apartamentos do prédio inteiro e da rua inteira; por que não mereceria uma gota de eletricidade de presente?

— Agora, Professor Mendelsohn — disse o diretor do centro médico —, vamos fazer uma simulação de um caso de emergência. Vamos todos para o outro quarto e você vai ficar aqui, como se estivesse sozinho em casa. Aperte, por favor, o botão, como se, Deus o livre, você estivesse se sentindo mal, e o nosso médico vai lhe responder pelo alto-falante na parede, como se ele o estivesse examinando e tratando de verdade. Vocês poderão ouvir e falar uns com os outros.

O Professor Mendelsohn fez um aceno de mão impaciente. Ele sabia o que era uma simulação e obviamente sabia o que é um caso de emergência, um exame ou um tratamento. Todos que desejavam seu bem se dirigiram à cozinha, e o diretor exclamou: — Aperte o botão, por favor!

Nada se ouviu.

— Ele não está apertando — observou o técnico.

Meshulem correu para o quarto do Pai de Vocês.

— Aperte, por favor!

— Mas eu o ouvi com a sua própria voz — disse o Pai de Vocês —, não pelo aparelho.

— Antes, você precisa apertar o botão, e então ouvirá no aparelho.

— Aperte, por favor, o botão, Professor Mendelsohn — voltou a exclamar o diretor.

O Pai de Vocês apertou. Uma voz metálica, mas agradável, respondeu:

— Alô, Professor Mendelsohn. Aqui é o médico do centro. Qual é o problema?

O Pai de Vocês pigarreou, limpou a garganta e disse:

— No ano de 1964, Raya, minha mulher, me abandonou e eu adoeci do coração.

Sua voz era ritmada e clara, um discurso pautado em conhecimento médico, saudade e repetições; minhas pernas evaporaram.

— Tive, então, um pequeno ataque do coração — prosseguiu o Pai de Vocês. — Eu o superei e não comentei a respeito dele com ninguém, somente com ela. Ela não voltou para mim e, desde então, minha saúde começou a ficar abalada.

Meshulem envolveu meus quadris com força e me apoiou em seu corpo compacto, robusto e curto, como o meu.

— Professor Mendelsohn — pediu o jovem médico no alto-falante —, meu pai foi seu aluno há muitos anos. Por favor, essa conversa se destina apenas à verificação de funcionamento técnico.

— Esta cama, onde estou deitado sozinho — continuou o seu discurso o Pai de Vocês —, era a nossa cama. Quando me deito nela, sinto-me muito mal, e quando me deito em outra cama, sinto-me ainda pior.

— Por que você não disse? — Meshulem se soltou de mim e invadiu o quarto do Pai de Vocês. — Trarei imediatamente camas novas!

— Obrigado, Professor Mendelsohn, o sistema está funcionando — disse o médico. — Estou encerrando.

O diretor, o eletricista e o técnico se despediram e foram embora. O cozinheiro que Meshulem trouxe para o Pai de Vocês apareceu, carregado de sacos de compras. Percebi, mais uma vez, que eu não era necessário, que um amigo e um cozinheiro seriam mais úteis para o Pai de Vocês do que eu.

— Fique para comer — disse Meshulem. — Daqui a vinte minutos teremos kebab e salada.

— Estou indo — disse eu, enquanto sentia em meu coração que não deveria ter ido lá desde o início. Como sempre, Benjamin estava certo. Há coisas que é preciso fazer com um amigo, não com os filhos. Com técnicos, não com familiares. Há histórias que é melhor contar a estranhos, por microfone, zumbidor e alto-falante, fios e botões de emergência.

2

DOIS DIAS DEPOIS, voltei para visitá-lo.

— Como vai, Yairi? Não o ouvi entrar; o botão não tocou.

Decidi não explicar nem corrigir.

— Como vão Liora e as meninas? — perguntou o Pai de Vocês.

Minha pele ficou arrepiada. Como esses fetos mortos tinham voltado à mente dele? Como eles tinham nascido de dentro de sua boca e se transformado em duas meninas com vida?

— Liora está bem — disse eu. Será que eu deveria mencionar o "era um menino" e o "era uma menina" daquele ginecologista observador de pássaros? Eu deveria citar também as palavras de Liora, não menos terríveis, "Somos nós, nós dois juntos, este é o problema"?

— Tenho uma piada nova. Você quer ouvir?

— De onde lhe vêm todas essas piadas? Você tem novos amigos que eu não conheço?

— Da internet. Eu as acho lá e anoto numa caderneta.

E foi logo esticando a mão bonita e branca para a mesinha ao lado da cama, abriu a gaveta e tirou a caderneta. Eu já disse que o Pai de Vocês gostava delas e que sempre tinha as suas cadernetas pequenas e pretas. E, como costumava classificar e separar todas as coisas, também as separava: caderneta de pacientes, caderneta de tarefas a realizar, caderneta de ideias, que ele retirava de repente do bolso, anotava alguma coisa e escondia, indicando mistério. E, apesar de ter se tornado conhecedor diletante de computadores, argumentava que, em certos casos, a caderneta era mais rápida e familiar. Agora, até as piadas tinham a própria caderneta, pois se, Deus o livrasse, chegasse uma visita, poderia ler uma piada, em vez de ser amável e entabular alguma conversa.

— Muitas pessoas querem ser nossos amigos — dizia a ele minha mãe —, e você constrói uma muralha entre nós e eles.

— Estou cansado — dizia ele, e — Ontem mesmo você já convidou pessoas — e — Estou com dor de cabeça.

— Esses são tipos de pretextos usados por mulheres, Yaacov.

Ele se ofendia e ficava calado. Descia para a clínica com as costas eretas.

Minha mãe gostava de visitas e as recebia bem. Ela sabia sentá-las de modo que a conversa fluísse e ninguém se sentisse abandonado ou distante. Ela sabia quem deixar perto de quem e, o mais importante — Meshulem brincava —, quem deixar distante de quem. Ela sabia qual mulher precisava ficar num espaço próximo do marido, e qual marido floresceria se a afastassem dele. Os olhos dela faiscavam ao recebê-los com um sorriso brilhante. Somente agora, em minha nova casa, anos depois de ela ter partido e alguns meses depois de sua morte, ocorreu-me que ela convidava pessoas para não ficar sozinha com o Pai de Vocês.

O bufê que ela preparava para seus visitantes exalava um cheiro gostoso. Era um prato simples que ficou famoso: um tipo de pequenos rolinhos de massa temperados e com uma pequena salsicha dentro. E o segredo, diziam as bocas abertas de tanto prazer, estava no molho em que eram cozidos, um molho "delicadíssimo" — como ela o chamava — de mostarda e cominho, que ela inventara e misturara.

Depois que minha mãe abandonou a casa, até os amigos e conhecidos do Pai de Vocês começaram a desaparecer. E ele, quando caíram as muralhas de sua altivez e de seu isolamento, descobriu que não havia ninguém atrás delas. Nem inimigo, nem amigo, nem adversário, nem hóspede. Restaram apenas uns poucos visitantes: médicos, estudantes, advogados pedindo um parecer em questões de negligência médica, e nós, Benjamin, raramente, e Liora, que o visita sempre que vai a Jerusalém a negócios, e eles se divertem, conversando em inglês, e eu, que vou a Jerusalém por ócio e sentimentalismo, e o par de Ys, seus netos, que mesmo hoje, com vinte anos, continuam brincando com ele no mesmo jogo que se iniciou quando eram bebês — o passeio pelas páginas do grande atlas alemão, o mesmo com que viajou também conosco, anos antes.

— Venham, crianças — diz-lhes, assim como dizia a nós no passado —, venham passear no atlas para todo tipo de países. — E os dois gigantes idênticos se sentam obedientemente, Y-1 à direita do avô e Y-2 à esquerda, mas não como eu e Benjamin, que íamos atrás dele pelo deserto, atravessando rios e serras, mas parando no mapa favorito deles: o mapa da comida e da agricultura. Investigavam os países da carne e os países do peixe, os países do azeite de oliva e os países da manteiga, com piedade dos países privados de purê, censurando os que comiam tofu, alface e algas. Excursionavam de país em país, fosse ele gordo ou magro.

O mundo é dividido, o Pai de Vocês voltou a lhes explicar. Nessa parte, come-se milho, nessa outra, arroz, e aqui, entre nós, comemos trigo. E eles informavam: — Já não é assim, vovô, todos comem de tudo, nós comemos milho, arroz e trigo também — e se interessavam em saber quando viria o cozinheiro do Pai de Vocês, um operário romeno cujos talentos culinários Meshulem descobrira e o enviara para trabalhar em nossa casa depois que minha mãe se foi. Era um trabalhador jovem quando chegou a nossa casa, e fora envelhecendo com Meshulem e o Pai de Vocês; limpava a casa, lavava e passava a roupa, organizava as compras, fazia as unhas dos pés do Pai de Vocês, quando ele não conseguia mais se inclinar, e o ajudava a entrar e a sair do chuveiro.

Meshulem o advertiu de que não se atrevesse a acrescentar cebola à salada do Professor Mendelsohn — e, em vez do prato romeno de polenta com ovas de peixe que esbarrava num indiferente "Não, obrigado", ensinou-o a preparar sopa de lentilhas com salame e temperar batatas com cebolinha francesa e manteiga, e da culinária romena ele servia picles, *ciorbă* e *mititei*.

Ele não se sentava com o Professor Mendelsohn à mesa, mas, às vezes, servia para os dois um pouco de *ţuică* de sobremesa, parava a seu lado, dizia *Salut*! e depois limpava a cozinha e ajudava o Professor Mendelsohn a sair para sua caminhada.

E o próprio Meshulem também ia. Três vezes por semana e, às vezes, até mais. Embora tivesse a chave, ele batia à porta, uma batida fraca ("Será que o Professor Mendelsohn está dormindo justamente agora?"), mais uma batida forte o bastante ("Será que uma senhora o está visitando justamente agora?"), e só então abria e entrava silenciosamente. Se o Pai de Vocês estivesse dormindo, ele dava seu "pequeno giro pela casa": colocava óleo nas dobradiças, verificava as correias das persianas — "Precisamos ajustar essa amiga" —, examinava torneiras e interruptores — "Precisamos trocar esse amigo." E, às vezes, subia ao apartamento grande do segundo andar, onde morávamos antes, para ver se estava tudo bem com os inquilinos, "para que não fossem incomodar a cabeça do Professor Mendelsohn se estivessem com problemas".

E se o Professor Mendelsohn estivesse acordado, Meshulem preparava um café para os dois, às vezes servia um cálice — "Raya gostava de brandy", os dois, então, se lembravam — e conversava com ele. Meshulem podia conversar com qualquer pessoa sobre qualquer assunto, e ele transformava sua ignorância em inteligência e curiosidade.

Eu disse ao Pai de Vocês que o invejava por essa amizade masculina. E, depois de pesar brevemente os prós e os contras, acrescentei: — Quer saber de uma coisa? Não paro de pensar que, se Gershon estivesse vivo, poderia ser meu amigo como Meshulem é seu.

— Gershon já morreu há muito tempo — disse secamente o Pai de vocês. — Sugiro, Yairi, que você encontre outro amigo.

— Não é nada fácil — disse eu. — Na minha idade já não se fazem amigos novos. — E acrescentei que cortejar um homem pode ser mais difícil do que cortejar uma mulher — porque você pode colocar o corpo na frente para fixar um limite. E, com um amigo, precisamos começar com a mente e com o coração.

Uma nuvem de insatisfação passou pelo rosto do Pai de Vocês. Ele dedicou alguns segundos de reflexão a essa possibilidade assustadora:

— Sim, Yairi, essa é realmente uma predisposição interessante.

E, de repente, acrescentou: — Ouvi dizer que você está construindo uma casa, Yairi.

— Não estou construindo, estou só reformando — disse eu.

— Mas você tem uma bela casa em Tel-Aviv.

— A casa em Tel-Aviv é de Liora. Ela escolheu o terreno, ela o comprou, ela a projetou. Agora, estou reformando uma casa para mim.

— Um lugar que seja meu — corrigiu-me o Pai de Vocês. Ele olhou para mim e eu fiquei espantado. Será que ele estava me interpretando ou citando você? Ele sabia que você havia me dado o dinheiro para comprar a casa? E, se sabia, quem havia contado? Meshulem? Você? E se ele sabia, quem mais sabia? Meu irmão? Minha mulher?

— Leve-me para lá, Yairi. Estou interessado. Quero ver.

— Com muito prazer.

— Vamos marcar uma data — e já foi tirando da gaveta ao lado da cama outra caderneta preta.

— Você precisa de uma agenda para marcar um encontro comigo?

Não sou nenhum desocupado, como Benjamin e você pensam — resmungou o Pai de Vocês. — Tenho encontros, ainda escrevo artigos, e todas as manhãs entro na internet, e tenho em meu correio eletrônico cartas de jornais médicos. E também procuro por mim lá. Isso indica que ainda estou vivo. Pessoas citam meu nome.

Eu o elogiei por sua rápida adaptação ao computador, ao correio eletrônico e ao processador de texto.

— Você também deveria ir em frente e se renovar; não lhe faria mal algum. Quem permanece no passado, louvando o que era antes, esquece que, nesse maravilhoso passado, metade de todas as crianças morria doente antes da idade de cinco anos. E por que ter medo de um aparelho que torna a vida mais fácil? Eu também baixo músicas, Yairi, e vou a concertos de Beethoven e de Mozart, participo de comissões...

— E os outros compositores?

— Não há outros compositores. Na minha idade já se sabe o que é muito bom e o que é menos bom.

— Mamãe gostava de óperas — disse eu.

— Ela não gostava de óperas, ela gostava de ópera. Só de uma — *Dido e Enéas* —, e, mesmo assim, só de uma ária. A única ária bem-sucedida numa ópera que é toda cansativa.

E começou a declamar com uma precisão solene:

Thy hand, Belinda, darkness shades me,
On thy bosom let me rest,
More I would, but Death invades me;
Death is now a welcome guest.
When I am laid in earth,
May my wrongs create
No trouble in thy breast;
Remember me, but ah! forget my fate.

E, como se quisesse exibir sua boa memória, acrescentou que "esse belo poema" também havia sido traduzido para o hebraico, e apressou-se em recitar:

Tua mão, Belinda, desce a penumbra,
Calado, descansarei no teu peito;
Para mim, a Morte trará o silêncio,
A morte, para mim, derrama tranquilidade.
Quando estiver no meu túmulo, jazerei calado,
Que o destino da minha vida não cause dor no teu coração.
Lembra-te de mim,
Mas não! Não da minha morte.

— Lembra-te de mim? — fiquei espantado. — Sempre pensei que esse fosse um poema de despedida para um homem.

—Vamos, Yairi — disse o Pai de Vocês. —Vamos marcar um dia para a viagem.

Eu também tirei minha agenda.

—Você está vendo? — disse o Pai de Vocês, recusando os três primeiros dias que sugeri. — Estou mais ocupado do que você.

Marquei uma data que fosse conveniente também para ele e sugeri combinar a viagem para casa junto com um pequeno passeio.

—Vou levar um pouco de comida, vamos nos sentar num lugar bonito e com sombra, você vai tomar um pouco de ar, refrescar a mente admirando a paisagem.

No caminho da casa dele para a dos Freid, comprei um CD de Beethoven, não a obra completa, mas uma coleção de trechos selecionados. Assim, ele iria usufruir no caminho e eu não sofreria. Comprei também uma cadeira dobrável, caso ele aceitasse a sugestão de estacionar no meio do caminho e comer alguma coisa. E também um travesseiro: talvez o Pai de Vocês ficasse cansado e quisesse cochilar.

3

NO DIA MARCADO, acordei e saí bem cedo de Tel-Aviv. Quando cheguei à casa do Pai de Vocês, encontrei lá também Meshulem.

— Às sete da manhã? — perguntei espantado. —Você também está dormindo aqui?

— Nós, velhos, acordamos sempre cedo, então vim visitá-lo. Se não nos ajudarmos um ao outro, quem ajudará?

O Professor Mendelsohn apareceu no melhor de sua aparência. O cabelo grosso coroava o alto de sua cabeça como um diadema prateado. A velhice não havia reduzido nenhum centímetro de sua altura, nem acrescentado nenhum grama a seu peso e nem diminuído a elegância e a leveza de seu corpo.

— Bom-dia, Yairi — irradiou em minha direção. — Estou pronto. E você, com certeza, pensou que iria precisar esperar.

— Olhem só para ele! Fresco como um ramo de palmeira no Sucot. Todo enfeitado! — disse Meshulem. — É preciso avisar à polícia. O Professor Mendelsohn está saindo de casa, tranquem todas as moças a chave.

Ele estava certo. O Pai de Vocês estava vestindo calça cáqui, muito bem passada, uma camisa azul-claro sob um pulôver de cashmere cor-de-terra e calçando confortáveis sapatos de camurça marrom.

— Esporte elegante — declarou Meshulem. — Só falta uma gravata para se transformar no príncipe de Mônaco.

Meshulem sustentou o Professor Mendelsohn, que tremia um pouco ao descer os quatro degraus, apressou-se em trazer um chapéu de palha e uma bengala, e, quando o Pai de Vocês a recusou, entregou ambos a mim, para que eu os colocasse no Behemoth. Apesar do desejo que queimava nele de ir conosco, e que era visível em todos os seus gestos, ele era sábio o suficiente e não sugeriu a ideia.

— Você sabia disso, Meshulem? — disse o Pai de Vocês. — Yairi está construindo uma casa para ter um lugar só dele.

— É uma ideia muito boa — disse Meshulem, fingindo inocência. — Uma casa pequena e velha, algumas flores, grandes árvores no pátio e, o mais importante, uma vista agradável. Como pode isso, Irale, você nem me contou? Posso ajudá-lo na reforma.

Colocou, então, ao lado do Behemoth, um pequeno caixote de madeira. — É um carro confortável, mas alto. Coloque o pé aqui, Yaacov.

O Pai de Vocês subiu e se sentou com um leve suspiro, disse "o carro, de fato, é muito confortável", prendeu o cinto de segurança e se acomodou melhor. Meshulem contornou o Behemoth e veio até o meu lado:

— Não lhe diga que estou envolvido nisso! — sussurrou ele, e logo elevou a voz: — E leve esse caixote com você, para que o Professor Mendelsohn possa descer e subir.

Somente quando Meshulem disse "Professor Mendelsohn", percebi que, antes, ele usara seu nome próprio. Mas o Behemoth já estava em movimento e Meshulem exclamou:

— E dirija com cuidado, Irale. Está ouvindo? Você tem um passageiro importante no carro!

Comecei a sair da cidade pelo bosque de Jerusalém e pelo povoado de Beit Zait, para desfrutar da vista. O Pai de Vocês abriu a janela, inspirou o aroma dos pinheiros com prazer, alegrou-se ao ver uma gazela saltando sobre os terraços no Centro Iad-Vashem.

Ele estava de bom humor.

— Antigamente, costumávamos passear por aqui, sua mãe e eu, e colher cogumelos. Aqui, por esse caminho, descíamos até a Rocha do Elefante. Voltávamos pela padaria e comprávamos chalá fresca dos funcionários.

— Nós também andávamos com ela por aqui — provoquei-o —, para olharmos a distância e nos lembrarmos de Tel-Aviv.

Mas o Pai de Vocês apenas sorriu.

— Sim — disse ele, de forma distraída —, ela gostava muito de Tel-Aviv. Gostava de gladíolos, de tomar um pouco de brandy, de salsa e também de Tel-Aviv.

Decidi aproveitar o clima agradável e joguei uma pergunta no espaço interno do Behemoth, um espaço íntimo entre pai e filho:

— Será que você se lembra de que lado ficava a covinha dela?

— De quem, Yairi?

— De mamãe. Pois se estávamos falando dela agora!

O Pai de Vocês é um homem velho, e um homem velho precisa identificar e aproveitar as vantagens quando elas aparecem em seu caminho.

— Ela tinha duas — disse ele. — Duas *grübchen*. Você sabe o que são *grübchen*? São covinhas, em alemão.

Será que ele estava fingindo? Será que também estava reescrevendo a nossa história? Será que ele realmente se esquecera inocentemente?

— Na última vez — lembrei-o —, você disse que ela não tinha nenhuma covinha, e numa outra vez disse que ela não tinha covinha no lado, mas no meio, no queixo.

— Pode ser — respondeu o Pai de Vocês e foi logo retrucando: — Mas, se eu já disse tudo isso, por que vocês continuam perguntando?

— Por que você está dizendo 'vocês'? Benjamin também pergunta?

— Vocês dois. Não param de me perturbar.

— É porque estamos discutindo a respeito, se a covinha era na face esquerda ou na direita.

Então ele ficou calado e, justamente antes de eu perder a paciência, prosseguiu:

— Nem na esquerda nem na direita. Ela tinha duas covinhas no final das costas. Aqui. — E esticou a longa e alva mão, com surpreendente rapidez e precisão, colocando-a entre o meu quadril direito e o encosto do assento do motorista do Behemoth. O dedo polegar e o indicador dele se cravaram nos dois lados da minha coluna como as presas venenosas de uma cobra.

— Duas. Uma aqui — pressionou ele, quase penetrando a minha carne —, e outra ali, no outro lado.

O toque da mão dele no local em que o velho americano do Palmach e o tratorista com o alfanje haviam me tocado, deixaram-me paralisado e em silêncio. E o Pai de Vocês, como se quisesse me machucar ainda mais, acrescentou:

— Eu gostava muito de beijar essas covinhas. Às vezes, ainda as vejo em sonhos. Ela não era uma pessoa fácil, Yairi, e é assim até hoje, quando já não está mais aqui. — E se calou.

— Fizemos um ao outro muitas coisas ruins — disse ele alguns minutos depois —, e lutamos em muitas guerras um com o outro, mas me abandonar e depois morrer para me derrotar? Isso foi demais. Para ambos os lados.

Ficamos calados por um longo tempo, até que o Pai de Vocês disse, de repente:

— Eu não aguento mais.

Fiquei apavorado, mas ele sorriu para mim como se estivesse feliz por conseguir imitar você. Depois adormeceu, e também assim, dormindo sentado, sua aparência era respeitável e elegante. E então acordou, e alguns minutos depois disse:

— Fiquei um pouco cansado com o nosso passeio, Yairi. Vamos voltar.

Protestei: — Mas você queria ver a minha casa. Chegaremos dentro de quarenta minutos.

— Eu a verei em outra ocasião; agora quero deitar e dormir.

— Acharei um bom lugar com sombra para descansarmos. Eu trouxe comida e vinho, tenho uma manta e um travesseiro, deite-se um pouco, descanse, depois prosseguiremos.

— Em outra ocasião, Yairi. Agora, por favor, vamos voltar.

Capítulo Dezessete

1

E QUANDO A MORTE o alcançou? Quando ele fugia dela em sua primeira corrida para o depósito? Quando voltou depois para ele? Rastejando e sangrando na terra? Ou, como dizia a Menina a respeito do pombo que aparecia aos olhos de quem o esperava, foi no momento em que Bebê desapareceu dos olhos dela na curva do caminho no zoológico?

Mais um estrondo a distância e, em seguida, outra explosão, exatamente na parede do depósito. Abriu-se um buraco e Bebê se arrastou para dentro do depósito por ele, gemendo e estremecendo de fraqueza e de dor. Deitou-se e ficou imóvel. Ele ouvia o barulho tumultuado do combate como um gemido distante, como se lhe chegasse através de um cobertor estendido sobre a sua cabeça. Seja forte. Não morra ainda. Abra os olhos. Olhe ao redor.

Pedras quebradas, ferramentas de trabalho espalhadas. O pombal portátil estava despedaçado no chão. Melhor assim, pensou ele, quem sabe eu consigo me esticar e o alcanço? E se ele tivesse permanecido pendurado no prego da parede? O grande pombo de Jerusalém, com a metade do corpo esmagada, debatia-se em suas últimas convulsões. O pequeno pombo de Kiriat Anavim estava deitado ao lado dele. Não se via nenhuma ferida em seu corpo, mas era óbvio que havia morrido. Pombos, ensinara o Dr. Laufer a Miriam, a treinadora de pombos, e Miriam ensinara a ele, podem morrer de medo. — Eles são como nós — disse ela. — Brigam, traem, comem em grupo, desejam a casa e têm ataques do coração. — O pombo da Menina não foi ferido. Estava abalado, apavorado com o barulho dos tiros e dos gritos, e com a proximidade do pombo agonizante e do pombo morto, mas com o corpo preservado.

Bebê esticou a mão, retirou de dentro dos escombros do pombal o rolo de tecido dos treinadores de pombos, desatou o cadarço e o esticou como se fosse um pergaminho sagrado. Tudo estava no lugar. O treinador de pombos gostava de organização e cuidava da limpeza. Lá estavam as penas de ganso e as cápsulas vazias, o tubo de vidro, o copo e as cadernetas de pombogramas. Lá estavam os fios de seda, a pequena e afiadíssima faca dos treinadores de pombos. Deitado de lado, arrumou tudo que precisaria e depois cortou a correia do *tommy gun* que pegara do comandante de pelotão morto e a deixou cair. Que bom que ele amolava a faca! Estava tão afiada que não precisou fazer nenhum esforço.

Abriu o zíper do casaco, introduziu a lâmina entre a calça embebida em sangue e a sua pele, cortou o tecido com cuidado até a virilha, e depois à esquerda, descendo pela coxa quebrada. Puxou os cortes da calça para os lados e para baixo, o quanto era possível, e, como não tinha força para erguer a cabeça, virou-se para o lado, baixou os olhos, olhou na direção dos quadris e suspirou de alívio. Seu pênis estava são e salvo. Embora estivesse manchado de sangue, não havia sido atingido e, à sua maneira, retribuía-lhe um olhar amigável e tímido. Era curto e grosso, assim como seu dono, e agora se encolhia não muito distante dos dois grandes furos de saída das duas balas que haviam penetrado suas costas e seu quadril. Uma criatura resignada, pequena e confusa, com muito medo da luz, do frio e da perda de sangue.

E assim permaneceram ali os quatro: Bebê, ferido, seu pênis, intacto, e o pombo e a Morte, aguardando-o ao lado. O pombo e o pênis não se moviam, mas a Morte estendeu sua mão fria e agradável, e voltou a tocá-lo, exatamente como a mão de Bebê, que tocava, naquele momento, a si mesmo, e suas duas mãos que não paravam de vagar e acariciar, pressionando um pouco: o fruto já havia amadurecido? A hora era apropriada?

Ainda não, e Bebê empurrou a Morte de cima dele. Deitou-se de costas e voltou a acariciar o pênis. Ele não tinha mais sangue suficiente no corpo para uma ereção, mas o órgão percebeu a necessidade urgente de seu dono, e também a diferença do toque, e entendeu que não se tratava de mais uma oportunidade de descarga, mas de uma coisa muito importante. Era jovem e inexperiente como seu dono, e, assim como ele, sabia que morreria virgem, e, assim como ele, sofreu — enfim, tratava-se de um órgão que podia se alegrar, e por que então não poderia sentir tristeza?

Bebê levou a mão aos lábios e tentou untá-la com saliva, para lubrificar, proporcionar prazer e acelerar, mas sua boca estava seca como argila e não produziu nenhuma gota. Derramou, então, na palma da mão um pouco de água do cantil e voltou à ação. Seus dedos imitaram o anel de veludo, o cálice de tulipa e o ventre de lagarto, mas seu corpo lhe insinuou que o tempo era curto e a morte sussurrava que o trabalho era intenso, que seria melhor que ele parasse com aquelas amenidades e voltasse ao caminho simples e normal dos homens, e seu órgão — se por compaixão ou pela compreensão da necessidade e da urgência — conseguiu ficar um pouco ereto.

Bebê ficou com medo de que a Morte perdesse a paciência e, nessa corrida terrível, sua alma conseguisse deixar o corpo antes. Ele tinha esperança de que, por causa da curiosidade, a Morte esperasse até o fim do ato, e se apressou, evocando imagens e sensações que o conduzissem pelo caminho certo: nos dedos da Menina, na agradável carícia no lugar que ele chamava de "ali" e ela chamava de "aqui" — "Se ele tivesse uma gravata borboleta, seria bem aqui", ela dizia, rindo.

Ele imaginou o corpo dela aprumado e suas pernas se abrindo ao passar por cima dele, viu sua bela genitália pairando sobre seus olhos na penumbra do pombal e viu a si mesmo, pondo-se de joelhos e segurando as coxas dela, e beijando entre elas, fazendo-a — e a si mesmo — estremecer. O cheiro dela voltou a seus lábios e, por um instante, deu um sopro de vida à sua carne e se concentrou em suas narinas, permanecendo em sua respiração.

Quando sentiu o milagre acontecendo, o sêmen subindo pelos seus canais, não jorrando, mas se arrastando e querendo fluir, ele se virou de lado outra vez, gemendo de dor, apontando para o tubo de vidro, e ejaculou. O sêmen escorreu lentamente e em pouca quantidade, e quando essa perda branca e pequena se somou à perda de sangue, vermelha e grande, esgotou-se a força dos músculos de Bebê, o calor abandonou o espaço de seu ventre, a memória se apagou em seu cérebro. A expressão de riso ao se imaginar entre os seios da Menina, exatamente num momento de descarga como aquele, transformou-se num riso deformado.

Mais uma compressão, mais uma gota, e Bebê descansou. A ejaculação aguçou seus nervos e aumentou sua dor. Bebê estava feliz. A dor adiaria a morte, concederia a ele mais alguns minutos. Ele inclinou o corpo no tubo de vidro. "Mais depressa", ele encorajava e conduzia o fluido, ajudando com o dedo. "Apresse-se, minhas mãos estão começando a ficar frias, o tremor está esperando de tocaia", e fechou o tubo com uma tampa, voltando a se deitar de costas e dizendo para si mesmo: "Não perca a consciência. Não morra. Só mais um pouco, você ainda tem o que fazer."

O tempo todo o pombo belga olhava os acontecimentos com os olhos redondos, sem pestanejar. No início, viu Bebê chegar rastejando, sangrando e gemendo, depois o viu cortando a calça e se desnudando, e fazendo o que a Menina havia feito com o corpo dele no pombal. E depois o viu abrir a tampa da cápsula, colocar o tubo dentro dela e voltar a fechar, tremendo e balbuciando, e então viu que a mão que antes segurava a própria carne agora se estendia em sua direção. O coração do pombo palpitou debaixo da pele, da carne e das penas. Bebê não sabia mais de seu próprio corpo, já não sentia o que estava segurando, se o pombo ou a si mesmo, mas o calor do corpo do pombo imbuiu-o de força, a palma de sua mão sentiu a expectativa dos músculos das costas e das asas do animal. Exatamente como naquele pumbal, quando segurara seu primeiro pombo.

Ouviu-se um grande estrondo. Dessa vez, o projétil vinha do canhão do blindado, derrubando mais pedras e levantando uma nuvem de poeira. Mas Bebê não se alarmou. Quando a Morte está tão próxima, não há mais o que temer. E o pombo também não se alarmou. Ele cobriu os olhos com as pálpebras finas, transparentes, que nenhum ser humano tem igual, e começou a se preparar para o arremesso, juntando forças para a subida. Bebê prendeu a cápsula em seu pé, e só então se arrastou como se flutuasse em sua própria fraqueza, até tirar, pelo buraco na parede, a cabeça, os ombros, a mão e o peito. Ele estendeu a mão e soltou de leve, espantado de conseguir sentir, mesmo naquele momento, alguma coisa do prazer que acompanha todo arremesso e alguma coisa da emoção, e o pombo se soltou com rapidez, quase brotando da mão dele.

A Morte, que estava lá esperando o tempo todo, soltou um urro de fúria, percebendo que havia sido ludibriada. Mas Bebê não comemorou sua vitória. Virou-se um pouco de lado para poder ver seu último pombo subindo, mas não teve força para se virar completamente. Ficou assim deitado, em diagonal, sem gemer nem se mexer. Daquele momento em diante, tudo estava fora do seu controle. Daquele momento em diante, ele só poderia depositar confiança no pombo: que voasse em linha reta e segura, que seu caminho fosse bem-sucedido, que se desviasse de todo projétil, pedra ou flecha, que não fosse capturado, que não fosse seduzido, que não pousasse para comer, beber ou descansar, que entendesse o que havia na cápsula, cujo conteúdo jamais havia sido despachado antes — assim diria o Dr. Laufer num futuro próximo — em toda a história mundial de treinamento de pombos, desde o início até agora.

Um frio emergiu de seus ossos e inundou sua carne. Seu coração se encheu de tranquilidade. Será que estou imaginando tudo isso ou estou sentindo de fato? Alcançou seu casaco, cobriu com ele os quadris e cruzou os braços sobre o peito. E assim, com os olhos abertos, viu o pombo alçar voo. No início, claro e se distanciando, depois subindo e se tornando mais escuro, com o peito delicado e inchado e com as suas asas fortes, tão belo que sentiu vontade de se levantar na direção dele para pegá-lo e beijá-lo antes de morrer, mas estava estendido no chão, embaixo, e o pombo se elevava ao céu, em cima. Pairou o silêncio ao redor e, dentro dele, só se ouvia o som das asas, batendo ritmadas e cada vez mais distantes.

E o pombo se apressou e subiu. Por cima do fogo, por cima da fumaça, por cima dos tiros, por cima dos gritos, para o azul-celeste, para o silêncio. Para casa. Para ela. Atravesse o grande oceano de ar que não tem fronteiras nem vozes, além do vento zunindo em suas penas, da pulsação do sangue, e do grito de minhas palavras em seu pé.

2

AQUELA ERA uma típica manhã de primavera em Jerusalém, fria e clara. Nos jardins da vizinhança próxima ao mosteiro, os limoeiros e os arbustos de jasmim floresciam, trocando plantão com as prímulas. Os olhos dos combatentes abandonaram os alvos por um instante, seus dedos, os gatilhos; todos olhavam apenas para ele. E o pombo, antes escurecendo diante do céu claro, e depois diminuindo na imensidão, e, então, o bater de suas asas silenciou e ele se tornou azul-acinzentado até se dissolver no céu cinza-azulado como ele. E, depois do silêncio, o som do tumulto — rajadas e gritos — se renovou, e a guerra voltou.

Soprava uma brisa. No declive da colina, entre a extremidade do gramado de hoje e os balanços, Bebê estava deitado com a metade superior do corpo fora do depósito e a metade inferior dentro. O sêmen que escorrera e o sangue que se esgotara reduziram muito seu peso. E deitado assim, entre a posição sobre as costas e de lado, descobriu que aquele vento suave era suficiente para o pombo. Leve e fraco, no início se movendo à brisa como semente de erva, e depois sendo arrastado como uma pena, até que se fortaleceu e se elevou no ar e voou.

E o pombo, apesar do pedido e das instruções expressas de Bebê, olhou para trás, e, quando viu que ele o estava seguindo, tranquilizou-se. Sem sobrevoar em círculo, como pombos-correio costumam fazer antes de determinarem a direção exata, sem hesitar, por menor que fosse a hesitação, com a rapidez e a precisão de uma flecha, foi direto para sua casa. O deserto e a montanha atrás de si, o mar à frente, e, atrás dele, voava Bebê. Um homem jovem, vestido com um casaco, a calça rasgada e terra na cabeça. Seu corpo estava oxidado com sangue, mas os olhos permaneciam abertos e viam: ali estava o pombo, lá, a cidade, e ao longe, duas faixas de litoral, e mais abaixo, uma aldeia com plantação, uma montanha e um barranco. Aqui, um bosque prateado de oliveiras, um camponês com uma mula, andando lentamente num caminho; ali, cabras deslizando. Penhascos espalhados pelos leitos do rio Achzav. Ontem, caíra uma tempestade sobre o rio, e agora havia apenas as últimas poças d'água, que se iluminavam e se apagavam diante do seu voo. Ali estava o rio Shorek, e lá estava o Castelo, e mais adiante Kiriat Anavim. Bebê ficou emocionado. Ali estavam o estábulo, o refeitório, o acampamento do Palmach. Ali estava o cemitério no vale. Dois de seus companheiros estavam trabalhando, empunhando enxadas e picaretas. O som do metal na rocha chegou até ele, muito familiar e claro, no ar frio. Ele ouvia e via e sabia: estavam cavando seu túmulo.

E ali estava o pombal que ele havia construído com o carpinteiro rabugento e vaidoso. E o camarada-galinheiro que o substituíra, abrindo as portas, e ali estavam seus pombos voltando do voo matinal. A bandeira branca estava abaixada, e a azul já tremulava para eles. Bebê ficou com medo de que também o pombo da Menina pousasse ali. Mas ele não baixou o olhar nem reduziu a velocidade. Prosseguiu voando. Adiante, adiante, na única direção que a bússola de sua espécie indicava.

Para casa. Suas asas não paravam de cortar o ar, seus olhos, de investigar e identificar, seu coração, de extrair e sondar. Por cima dos caminhos sinuosos dos que não se atrevem a seguir em linha reta. Por cima das pegadas dos que não conseguem alçar voo. Por cima dos antigos pombais que já haviam sido abandonados por seus moradores. Por cima das chaminés, fendas de rochas que lhes serviam de refúgio. Por cima o pequeno país no qual pombos sorvem o céu com facilidade e seres humanos fracassam nas rochas e tombam sobre a terra e retornam ao pó. Para casa. O pombal e o útero o atraindo e fazendo-lhe sinais, e o cuidadoso farfalhar das sementes apressando-o por detrás.

"Odisseu das aves" — e até mais do que isso. Nada o fazia atrasar. Nada o fazia pousar. Nada o fazia desviar de seu caminho — nem Circe nem Calipso nem os Ciclopes. Nem o falcão que atacou de repente, e ele se esquivou com uma virada e um mergulho. Nem o depósito de provisões nem os grãos que caíram e foram deixados nos celeiros. Nem o redemoinho brincalhão de ar convidando-o a se divertir nos penhascos à entrada dos barrancos. Nem as águas tentadoras de um riacho: desça, minha pomba, imaculada minha; venha se lavar e saciar a sede.

E Bebê — às vezes, voava atrás dele, outras vezes, sem esforço algum, pairava a seu lado. E, às vezes, como que para se divertir, no ritmo das asas: estou morto. Estou de volta. Estou vivo. Estou voando. E já se havia acostumado e até já gostava da altitude, virava-se e decolava e mergulhava. Seus ouvidos ouviam o bater de asas, o vento zunindo através delas e as exclamações de alegria e de medo sufocadas na cápsula que havia atado à perna do pombo. Seu nariz sentia o cheiro do oceano de ar, seus olhos viam o país passando por baixo. Como ele é pequeno durante nossa vida, pensou, e como é grande quando morremos: colinas descobertas, patamares na montanha, seu campo lutando pela vida numa última rebelião de verde. Bandeiras amarelas de vitória, a primavera retrocedendo. As montanhas se tornaram menores e arredondadas, as colinas ficaram planas.

E o pombo sobrevoou uma pequena cidade, percebeu a torre branca que se erguia ali, lembrou-se de que já a vira no passado e soube que a casa estava próxima. Dali em diante, a terra começou a se adornar com largas e extensas roupagens da obra de mãos humanas, com o verde-claro dos vinhedos e o verde-escuro dos laranjais. O ar se tornava mais quente. O aroma da vegetação se elevou até Bebê como uma última graça, como uma comprovação: os mortos também podem se alegrar, também podem sentir prazer, também podem lembrar, reconhecer um favor. E já era a faixa dourada das dunas e o mar azul, nas imediações de Tel-Aviv. Como a cidade é bela, pensou. Azul e rosa e dourada. Ondas e telhados e areia. Os olhos dela, sua pele, seu cabelo.

De uma só vez, o pombo fez um mergulho. Bebê se apressou atrás dele e já se via, embaixo, a colina de pedra calcária. Os sicômoros às suas margens, a piscina no topo e o pequeno jardim zoológico cercado e colado junto ao flanco do declive. O pombo se lançou ao pombal e Bebê parou, adejando e vendo: as jaulas dos animais e os próprios animais — os que dormiam e sonhavam, e os que estavam acordados, as grandes tartarugas e o lago das aves aquáticas, e também viu o leão e o urso, e, então, viu-a também, sua amada, correndo e saindo do pombal. A mão dela se elevou, seu rosto era esperança e alegria.

O pombo pousou na prateleira do alçapão e penetrou o compartimento do outro lado. A Menina o recebeu com a mão delicada, experiente, servindo água fresca e sementes de haxixe, acariciando e desatando. Bebê viu quando ela retirou o tubo, observando, abrindo e aproximando do nariz. Seu nome chegou até ele. O grito dela rasgou o ar. Não e não e não e não. Mas os ouvidos dele já haviam ensurdecido. Estava morto.

Capítulo Dezoito

1

NAQUELA MANHÃ, a Menina havia pedido tarefas simples: verificação de sacos de alimento, limpeza de vasilhas, raspagem do chão do pombal. Quando o coração está pesado de preocupação, não é bom fazer acasalamentos, e obviamente não é bom despachar pombos ou treinar a nova geração. Numa situação como essa, é possível até errar no preenchimento dos cartões.

Ela fazia seu trabalho em silêncio e com organização, tirando um descanso de sua rotina, e de repente ouviu o bater das asas bem dentro de sua cabeça, tão forte a ponto de todos os animais do zoológico se calarem e, assim como ela, apurarem ouvidos e olhos e congelarem, cada animal em seu lugar. Nenhum macaco tagarelava, nenhum leão rugia, nenhuma gazela se assustava, e a Menina se virou para trás e correu para fora, erguendo a mão e o olhar.

O pombo desceu na direção dela com tanta rapidez que lhe pareceu que o céu estava se abrindo. Por um instante, ela ficou sem saber se estava vendo um espírito ou um corpo, um pombo de verdade ou uma imagem com o aspecto de um pombo, mas, em casos como esse, o corpo sente e reconhece e compreende antes da mente e dos órgãos dos sentidos, e a alegria brota e sobe do diafragma, em vez de descer da cabeça:

o pombo que ela dera a ele voltara. Ele o arremessara para ela. Ele estava vivo. Estava tudo em ordem.

O pombo pousou no parapeito que sobressaía na abertura sudeste do pombal, empurrou a tela de arame do alçapão, penetrou no compartimento do outro lado e parou ali, imóvel. A Menina separou e abriu as penas da cauda, com os olhos buscando a pena de ganso, e, como ela não estava lá, desatou a cápsula.

Uma surpresa. Dentro da cápsula não havia um pombograma, mas um tubo de vidro com tampa. A Menina o examinou à luz e viu que também ali não havia bilhete algum, mas algumas gotas de um líquido turvo. Ela tirou a tampa, cheirou, enquanto a alegria pelo retorno do pombo ia recuando diante do espanto — o corpo já havia entendido e ficou petrificado, a boca se abriu e ela gritou, gritou o nome.

Os joelhos dela tremiam, mas a preocupação com o conteúdo do tubo fortaleceu suas mãos. Não derramar! Não deixar cair! O luto e a morte foram adiados. Agora era preciso se controlar. Não fraquejar! Ela voltou a fechar o tubo com a tampa, envolveu-o com um pedaço de algodão, colocou-o no bolso da blusa e apertou-o com a mão. E assim saiu do pombal e correu para o quarteirão do Dr. Laufer, próximo ao depósito do jardim zoológico.

— O que aconteceu? — perguntou espantada a administradora do depósito. — Nunca vi você desse jeito. Tome cuidado, por favor, você vai acabar quebrando alguma coisa aqui. O que há com você?

— Uma seringa... Preciso de uma seringa... — gaguejou a Menina. As mãos dela puxavam gavetas, esmiuçavam e vasculhavam, e de repente gritou: — Preciso de uma seringa e de uma colher! Você não está entendendo? Você é mulher como eu, você não entende o que significa quando uma mulher precisa, de repente, de uma seringa e uma colher?

— Não. Eu não entendo, mas, se é o que você precisa tanto de repente, então tome aqui uma colher, e aqui uma seringa. — E a administradora levantou uma tampa de objetos de metal em cima da prateleira. — Pegue. Direto da esterilização, justamente debaixo do seu nariz. E por que você está gritando? E o que ser mulher tem a ver com tudo isso? Que número de agulha você precisa?

— Sem agulha, só a seringa... Rápido! É urgente! — E a Menina arrancou a seringa da mão da administradora e a colher de cima da mesa, e escapuliu.

A administradora exclamou atrás dela:

— Já ouvi falar de moças que precisam de chocolate com urgência, ou de homens com urgência, ou de poesias com urgência, mas de uma seringa sem agulha e uma colher?

Mas essas sábias palavras não foram mais ouvidas. A Menina corria de volta ao pombal e entrou nele contrariando todas as normas, características e mandamentos. Ela estendeu o cobertor militar sobre o chão e colocou nele um pequeno saco de grãos. Parou, inspirou profundamente e abriu as portas do pombal. Um bando grande e surpreso saiu e se elevou por cima do jardim zoológico, mas não se afastou nem alçou voo, só sobrevoou em círculos, lentamente. Com quatro vigorosos puxões, a Menina soltou os cordões dos toldos de tecido pesado, que caíram, produzindo uma penumbra que subia do chão. Ela pegou o tubo e abriu a tampa. Com uma cuidadosa e delicada batida com o dedo, fez com que o sêmen de Bebê escorresse para a colher. Puxando suavemente com o êmbolo, absorveu-o para o espaço interno da seringa. Quanto havia ali? Não mais do que algumas gotas.

Ela tirou a roupa e se deitou de costas sobre o cobertor, lembrando-se de que justamente sobre aquele cobertor ela estivera com ele na última vez, abraçara-o, beijara-o, tocara e acariciara, e ficara feliz por ter lhe proporcionado tanto prazer, e lamentara por não ter insistido em se deitar com ele, e pelo sêmen que derramara em sua mão. Chega de chorar! Abriu, então, largamente as pernas e, segurando a seringa com a mão direita, levou os dedos da mão esquerda à boca, molhou-os com saliva e os enfiou em sua vagina. Tornou a levar os dedos aos lábios e, colocando neles mais e mais saliva, enfiava-os muito bem em si mesma, em toda a volta e profundamente. E então prendeu a respiração, introduziu a seringa inteira e pressionou o êmbolo.

Ela juntou as pernas, colocou os joelhos contra o peito e os abraçou. Dali em diante, não lhe restava mais nada a fazer. Dali em diante, ela podia confiar somente em seu corpo e no sêmen dele, que soubesse o caminho, que descesse, que achasse. Ficou assim deitada, com os olhos fechados, ouvindo o voo do sêmen, embaixo, embaixo, embaixo, vagando e mergulhando dentro dela.

Assim está bem, disse ela com seu coração, desçam, desçam mais, para casa, em linha reta. Mil pequeninas asas escavavam nela, pairavam sobre o abismo de seu corpo. Desçam, desçam, para as profundezas, para a escuridão, para a proteção, para dentro, para dentro, para dentro. Para o vivo e o quente, para o envolvente e o úmido, nós fizemos a nossa parte, e agora façam a de vocês. Escavem, não virem a cabeça para trás.

E o sêmen, como se ouvisse a voz dela, precipitava-se e mergulhava. Para casa. Para baixo, para baixo. Dos céus da morte para os abismos da vida, da friagem exterior para o calor interior, do zunido do voo sob o sol para a escuridão silenciosa das profundezas.

2

ALGUNS MINUTOS DEPOIS, a Menina entreabriu as pálpebras e viu que o pombo não abandonara o pombal com seus irmãos, mas estava próximo à sua cabeça. Ela e ele se entreolharam. A Menina, através das pestanas úmidas, e o pombo, com o olho redondo e agradável, a cabeça um pouco inclinada, como costumam fazer quando querem ver melhor.

— De onde você veio? — perguntou a Menina.

Pombos não sabem indicar direções e lugares. Quem tem os olhos como telescópio, o bico como bússola e a saudade como mapa não precisa de nada disso. Assim, o pombo respondeu de forma vaga, ainda que mais poética do que se esperava e mais alegórica do que era preciso:

— Do topo da montanha — pronunciou ele. — Do barulho e do fogo, de lá Bebê me arremessou antes de morrer.

— E quanto tempo você voou?

— Quarenta minutos.

— E o sol?

— Atrás de mim. O tempo todo.

— Quarenta minutos do sudeste — disse a Menina. — Você veio de Jerusalém.

— Que seja — arrulhou o pombo. — Para nós, pombos, não faz diferença de onde viemos, contanto que voltemos para casa. — E, com uma sensação de importância, acrescentou: — Sou o último pombo dele. O último pombo que Bebê despachou.

As pálpebras da Menina ficaram cansadas e pesadas. Grandes lágrimas brotaram de dentro delas e escorreram por suas faces. Agora que o ato terminara, ela voltou a pensar na morte de seu amado, não mais no que ele lhe havia enviado e não mais no que ela havia feito com aquilo.

— Conte-me o que aconteceu — pediu ela. — Ele estava carregando você no pombal, nas costas, no instante em que foi ferido?

— Não — disse o pombo. — Ele nos deixou num lugar seguro e saiu. Um sino batia, ouviu-se um estrondo, uma língua de fogo surgiu. Meus dois companheiros morreram, o pequeno imediatamente e o grande depois. Fiquei sozinho, esperando.

Ele se calou. Catou um grão do chão, bebeu água, indicando que havia terminado de comer, retirou-se de perto da vasilha e olhou para a Menina.

— E Bebê?

— Voltou escorrendo sangue, voltou com a carne dilacerada, rastejando e gemendo.

Esse estilo cerimonioso assustou a Menina. Ela controlou o choro para que seu corpo não tremesse e não interferisse na viagem do sêmen dentro dela.

— E o que ele fez?

— Cortou a roupa, desnudou sua carne e fez com o corpo coisas que você fazia exatamente aqui.

Os dois sorriram. O pombo, com muita graça e uma contração da pálpebra e com o bico só um pouco aberto, e a Menina, com os olhos inclinados, lacrimosos, e os lábios brancos.

— Se ele tivesse asas, teria vindo até você por si mesmo, exatamente como eu, todo ele direção e distância e avanço e finalidade. Derramou e recolheu e entornou e fechou e atou em mim a cápsula. Pegou-me e rastejou e arremessou e faleceu.

— Se eu tivesse asas, voaria para salvá-lo — disse a Menina.

— Eu fui as asas de vocês — poetizou o pombo. — Sou a carne e a alma, sou o sopro do corpo e o emissário do amor, sou o espírito e as forças.

Os pombos que sobrevoavam o pombal desceram em círculos. Talvez estivessem com fome ou sede, ou talvez quisessem atinar com o sentido da conversa. Alguns pararam no telhado do pombal, enquanto outros pousaram e caminhavam arrulhando pelo chão.

— Calados — silenciou-os o pombo. — Calados. A semente voltou para seu lugar. Sejam pacientes.

— Calados — suspirou a Menina. — Ele voltou, ele está vagando em mim e voando. Estou sentindo.

Os pombos que estavam do lado de fora voltaram a alçar voo, dando voltas sobre o pombal. A Menina retirou a seringa de seu corpo e, sem dirigir nenhum olhar ao espaço vazio, lançou-a ao chão. Suas pálpebras se fecharam, seus membros enfraqueceram, todo seu corpo ficou fatigado de uma só vez. Foi assim que o Dr. Laufer, que veio correndo alguns minutos depois, todo suado e afobado, a encontrou. Ele viu os pombos sobre o zoológico aproximadamente meia hora antes, a distância. Pairando, sem pousar e sem alçar voo, sem se aproximar e sem se afastar, só flutuando em volta de um círculo cujo centro era claro, e viu apenas um e entendeu que alguma coisa havia acontecido.

Já não era um homem jovem, mas o medo que sentiu fez suas pernas se parecerem com as de uma gazela, e sua imaginação injetou nelas juventude. Correu como louco, saltando cercas, afundando nos pátios de areia, abanando e engolindo e escavando à sua frente, encurtando o caminho por jardins, saltando e gritando "Por favor, agora não! Estamos com muita, muita pressa!" para todos que tentavam detê-lo, atrasá-lo ou fazê-lo parar. E, quando chegou ao zoológico, não desviou na direção do portão, prosseguiu na mesma linha reta, trepou no muro, caiu no outro lado, levantou-se e foi direto para o pombal.

Ele abriu a proteção de tela e viu a Menina deitada no chão. No início, achou que ela estava morta, mas depois percebeu que dormia, e só então se deu conta de que ela estava nua. Nua e com as pernas escancaradas, com caminhos ressecados de lágrimas brilhando no rosto, e caminhos ressecados de saliva desbotados entre as coxas. E o que fazia lá o pombo belga que havia desaparecido? Por que ele permanecia junto ao ombro dela; ele estava cuidando do quê?

Imediatamente virou o rosto para não continuar vendo a nudez da Menina, pegou seu cobertor de algodão cinza, com o qual se cobria quando algum animal estava doente ou com dificuldade de dar à luz, e então ele ficava para dormir numa cama de acampamento no jardim zoológico. Andando de costas, entrou no pombal, estendeu o cobertor sobre a Menina e saiu, fechando a porta atrás de si. Voltou tropeçando, a seu pequeno escritório, onde encontrou a administradora do depósito, que lhe sussurrou, exaltada, que a Menina havia enlouquecido.

— Completamente, Dr. Laufer — disse ela. — Estou lhe dizendo, Dr. Laufer, que ela enlouqueceu completamente. Apareceu no depósito aos gritos, e o senhor não vai acreditar, Dr. Laufer, o que ela pediu. Uma colher e uma seringa, Dr. Laufer, não entendo para quê.

O Dr. Laufer também não entendeu o significado daquilo, mas, diferentemente da administradora, conhecia a Menina e percebeu que não se tratava de loucura, mas de uma finalidade. Ele voltou ao pombal e ficou esperando do lado de fora, até que os toldos foram levantados e a Menina — desperta e vestida — saiu. O pombo belga estava de pé sobre o ombro dela, e os outros, que um instante antes sobrevoavam, entraram no pombal para comer.

— Esse é o pombo que desapareceu há alguns dias — disse ele.

— Bebê morreu — disse a Menina.

— Onde? Quando? — gritou o Dr. Laufer. — O que quer dizer com morreu?

— E, antes de morrer, ele o despachou para mim.

— Sobre o que você está falando? Quando você deu este pombo a ele?

— Ele veio me dizer adeus; despedir-se de mim antes do combate. Eu o dei a ele e ele partiu.

— Antes do combate? — gritou o Dr. Laufer, sentindo que os fatos iam se apresentando um após o outro à sua volta. — Que combate? Ele é treinador de pombos, não é um combatente. Que combate foi esse? E por que você está dizendo que ele está morto?

— Esta manhã, ele tombou em combate, em algum mosteiro em Jerusalém. Num mosteiro com um sino e um canhão...

Nesse instante, a Menina explodiu num grande, amargo e pesado choro, gritando. O Dr. Laufer abraçou os ombros dela e disse:

— Shhh... shhh... shhh... Quem informou a você que ele morreu? Baseada em quê você está dizendo isso?

— Ele próprio me informou. E também o pombo.

— Como alguém pode informar que morreu? Como pombos podem falar? Isso não pode ser!

A Menina ficou calada.

— E o que ele enviou com o pombo?

A Menina lhe apresentou a cápsula aberta e o tubo vazio.

O Dr. Laufer observou. Suas pernas cambalearam antes de cheirar. Seu nariz confirmou o que seu corpo entendeu, o que seu coração aceitou e sua mente rejeitou. Ele se sentou lentamente em uma das caixas, abraçou a Menina em volta das coxas e colocou a cabeça na barriga dela. Seus ombros tremiam. Sua garganta sufocava.

— Desculpe-nos — disse ele. — Desculpe-nos, por favor, por estarmos chorando. Prometeram-nos que ele só criaria pombos, que só instalaria um pombal. Mas o que sabemos, afinal? Nós somente curamos animais e criamos pombos. O que nós entendemos?

E se levantou com toda a sua estatura, apoiou a cabeça dela em seu ombro e balbuciou:

— E você... é inacreditável... por isso você pediu à administradora a colher e a seringa... e sem vacilar, sem pesar os prós e os contras, uma decisão como esta...

— Era o que eu e ele queríamos. No último encontro, falamos a respeito de uma criança, uma criança que faríamos depois da guerra. E foi isso o que ele enviou.

— Uma nova história de milagres — disse o Dr. Laufer, tomando coragem, como se a força renovadora da Menina fluísse sobre ele. — Uma história de que não se tem notícia na história mundial do treinamento de pombos. Vamos contá-la na próxima conferência de treinadores.

3

PASSARAM-SE ALGUNS DIAS, acumularam-se, tornaram-se semanas. O Dr. Laufer se conteve e não contou nada a ninguém, mas, na conferência que se realizou meio ano depois, todos os treinadores de pombos já percebiam o barrigão da Menina e o pombo belga que não saía de seu ombro. Três meses depois, ela teve um menino que se parecia muito com o pai, e não é preciso se esforçar muito para adivinhar sua identidade.

Quando o filho completou seis meses, a mãe o levou à conferência de treinadores de pombos seguinte. O Dr. Laufer a fotografou sentada ali, com o pombo belga no ombro, o filho mamando ao seio — onde está essa foto hoje? Quem me dera saber — e os treinadores de pombos não se continham de tanta emoção. Aproximavam-se dela, um a um, participando de seu luto e de sua alegria, sorrindo e derramando uma lágrima.

A Menina amamentou o filho por um tempo relativamente longo, uma dúzia de meses, aproximadamente, e, quando o Dr. Laufer insinuou que havia chegado o tempo de parar — "Como veterinários, entendemos mais dessas coisas do que pediatras" —, apareceu no jardim zoológico um visitante que quase havia sido esquecido: o rapaz que estava com ela na varanda naquele dia, o dia em que o pombo ferido pousara. Tratava-se do filho dos vizinhos que fizera o curativo no pombo, fora com ela ao jardim zoológico, trouxera pão seco, estudara o livro de anatomia de Corning e o dicionário de inglês, e que fora estudar medicina em Chicago, nos Estados Unidos.

Desde então, haviam se passado dez anos, que, aos olhos dele, pareciam cem. Não houve um só dia em que ele não tivesse pensado nela, não houve uma só noite em que ela não pousasse no sonho dele. Não era mais um garoto, mas um homem jovem, de quem o mundo esperava suas escolhas e seus atos. Deixou atrás de si uma dúzia de convites de trabalho que foram rejeitados, uma dúzia de tentativas fracassadas de convencê-lo e quatro corações americanos partidos. Ele desceu do navio no porto de Haifa, beijou os pais orgulhosos e emocionados, e, uma hora depois, viajando de táxi para Tel-Aviv, perguntou-lhes a respeito da Menina.

— É melhor que você não saiba — disse a mãe. E o pai: — Falaremos sobre isso em casa. — E a mãe acrescentou, resmungando: — A cidade inteira sabe. Uma vergonha.

Já não moravam na casa da rua Ben Yehuda, em cima do apartamento dos pais da Menina, mas num apartamento mais novo e maior, próximo à praça Dizengoff. Ele deixou as malas no quarto que os pais haviam preparado para ele e lhes disse: — Estou saindo. Volto depois.

— Aonde você vai? — gritou a mãe. — Acabou de chegar da América e já vai sair?

— Volto daqui a pouco — disse ele. — Preciso vê-la.

Suas pernas não o conduziram à rua Ben Yehuda, mas à direção oposta. O homem gordo pegou dele o pão seco que arranjou pelo caminho e o deixou entrar pelo portão do jardim zoológico, mas estava confuso e baixou o olhar.

O jovem médico entrou no zoológico, subiu pelo caminho e viu a Menina junto ao pombal, sentada e amamentando um bebê. Seu sangue coagulou nas veias. Sua carne enrijeceu. A Menina não o percebeu porque estava com a cabeça inclinada, como as mulheres costumam fazer ao amamentar. Ele conseguiu recuar, e ali, escondido atrás de uma curva no caminho, recuperou as forças. Depois voltou a se aproximar e parou perto dela.

— Olá, Raya — disse ele.

— Olá, Yaacov. — Raya levantou a cabeça.

— Você era uma menina quando nos separamos e agora já está amamentando um bebê.

— O nome dele é Yair.

— É um bonito menino.

— É parecido com o pai. Se fosse parecido comigo, seria mais bonito.

— Voltei dos Estados Unidos. Terminei meus estudos em medicina.

— Parabéns.

— Para você também. Voltei para casa há meia hora. A primeira coisa que fiz foi vir ver você.

— Obrigada.

— E onde está o pai de Yair?

— O pai dele tombou na guerra.

— Lamento muito. Eu não sabia.

E, de repente, se encheu de coragem, e já não conseguiu mais conter e aprisionar o que dizia repetidamente em seu coração durante todos aqueles anos, ao se levantar, ao andar pelo caminho, na biblioteca da universidade, no laboratório, no hospital, em sua cama à noite. As palavras explodiram:

— Talvez, Raya, eu devesse ter permanecido aqui e, em vez de estudar medicina na América, ter ido à guerra. Talvez eu devesse ter aceitado o convite do Dr. Laufer para trabalhar com você aqui no pombal. Isso também é possível. Mas ele disse também que eu poderia ser um bom médico, e ele estava certo.

— Engraçado — disse minha mãe. — Como o Dr. Laufer traçou o destino de todos nós! O seu, o meu, o do meu bebê que nasceu e do meu Bebê que morreu.

Ela me transferiu de um seio a outro num movimento decidido — um rápido salto, do medo até a segurança — e disse: — Dr. Yaacov Mendelsohn. Foi um prazer.

— Eu esperava esquecer você, Raya — disse o jovem médico —, mas não consegui.

Ela não respondeu.

— Enviei para você sete cartas no primeiro ano, e dez no terceiro, e mais cinco no quarto, e então parei porque você não respondeu.

— Não fazia sentido.

Ele se sentou diante dela e disse:

— Sempre amei você, Raya, desde quando você era uma menina, quando você ficava lendo, deitada de bruços na varanda de vocês, e ainda antes de o pombo ferido chegar. Muitas vezes, fiquei olhando para você de nossa varanda, no andar de cima. Uma vez, sua blusa levantou um pouco e vi as covinhas que você tem nas costas, e lá de cima fechei os olhos e dei um beijo nelas.

Ela ficou em silêncio.

— E a nossa blusa que caiu na varanda de vocês no dia em que o pombo ferido pousou fui eu que joguei. Ela não caiu.

— Imaginei isso.

— E se você me perguntar qual foi a coisa mais importante que aprendi na escola de medicina, direi: que é possível consertar coisas. Não só no corpo. É possível também na alma. É possível consertar e sarar. Em hebraico, existe curar e também sarar, sarar é para a alma, eu acho, e é isso que nós precisamos fazer agora.

Ela ficou em silêncio.

— Eu nem sabia que você havia se casado — disse ele. — Meus pais me escreviam a respeito de tudo, mas não contaram que você havia se casado.

— Eu não me casei — disse minha mãe.

O jovem médico respirou profundamente. Ele decidiu adiar todos os esclarecimentos e todas as surpresas para outras conversas, em outros momentos.

— Sugiro que você se case comigo — disse ele. — Que tenha uma filha nossa, quero uma menina, e criarei este bebê exatamente como se fosse meu filho.

E assim foi, mais ou menos. Quer dizer, alguns dias depois, minha mãe comunicou a ele: — Nós concordamos —, mas, em vez de uma irmã, nasceu um irmão, e o Dr. Yaacov Mendelsohn se transformou em "o Pai de Vocês", um apelido confortável para todos, em todos os sentidos possíveis.

Capítulo Dezenove

1

— Aí está — disse meu empreiteiro, que é mulher. — Destruímos e jogamos fora tudo que era preciso. Chegou a hora de construir.

— Por onde você vai começar?

— Geralmente se levantam divisões internas e se faz a preparação para a água e a eletricidade. Mas vamos começar com o chuveiro externo.

Ela chamou o operário chinês. — Derrame o concreto aqui — disse-lhe ela. — Um metro e meio por um metro e meio, para que haja lugar para dois, com caimento de dois por cento até o escoamento.

— Você está certa de que este é um bom lugar? — perguntei. — Não quero que todas as crianças do povoado venham espiar.

— Não se preocupe. Os chineses inventaram o Miojo, as pipas de papel, a pólvora e o chuveiro externo. Eles sabem construí-los de forma que ninguém possa ver.

O operário perguntou alguma coisa incompreensível, e Tirtza apontou e disse:

— A água vai escoar para aquele limoeiro. Puxe um cano de duas polegadas.

E a mim ela disse:

— Isso é tudo. Agora é preciso deixá-lo. Os chineses são exatamente como nós, ficam irritados quando alguém não para de encher a cabeça deles.

— Como entendeu o que você disse a ele?

— Quando cada um fala a sua língua, a música da voz é normal, os movimentos das mãos e do corpo são naturais, e assim nos entendemos.

— Como ele entendeu o caimento de dois por cento?

— O que quer dizer 'como'? Ele é profissional. É óbvio para ele que o caimento é de dois por cento.

— Então, para que você disse a ele que é de dois por cento?

— Para que saiba que o seu empreiteiro também entende, mesmo que seja uma mulher, para que me respeite.

Assim, então, começou o trabalho de construção da minha nova casa: com o chuveiro externo. O operário chinês nivelou a terra, construiu uma moldura de madeira para derramar o concreto, colocou uma malha de ferro, ligou nela o cano de escoamento, misturou e derramou e alisou com movimentos longos. Quando o concreto endureceu um pouco, ele sugeriu com um sorriso amável e com movimentos naturais que eu marcasse nele as palmas das minhas mãos como lembrança. Fiz isso e sugeri que ele marcasse as dele também. Ele riu, recusou, recuou e, por fim, ajoelhou-se a meu lado e fez o que lhe pedi.

No dia seguinte, saí para observar as corujas no vale de Beit Shean, e, quando voltei, Tirtza me comunicou:

— Seu chuveiro está pronto, venha ver.

Fui até lá. Um caminho estreito de ladrilhos — "Para que não fique cheio de lama entre os dedos" — conduzia para meu novo canto onde havia tudo que era preciso num chuveiro externo: um ralo para escoamento, suportes para pendurar toalhas, sabonete e esponja, e até um pequeno espelho, um complemento de iniciativa própria do operário chinês que adivinhou o que Meshulem e Tirtza não sabiam: que eu gosto de me barbear no banho, debaixo de um fino gotejar e com o rosto ensaboado.

— Verifique se tudo está funcionando — disse Tirtza. — Não venha depois com queixas ao seu empreiteiro.

Abri a torneira. Uma chuva abundante e leve caiu — uma torrente afiada e forte que não combina com um chuveiro externo —, a água desapareceu na abertura do chão e surgiu perto do limoeiro.

— Ele não está menos feliz do que você — disse Tirtza.

— Por que você escolheu justamente esse limoeiro? Você poderia fazer com que a água escoasse para outras árvores também.

— Ele merece. Ele exala um perfume e dá boas frutas — disse ela, e me empurrou na direção do operário. —Vá agradecer a ele. Os chineses são exatamente como nós, gostam de louvores e elogios.

Agradeci calorosamente em hebraico e com movimentos de corpo naturais, e ele brilhou e se inclinou e sorriu. Retribuí com uma mesura e lhe disse que o chuveiro estava à sua disposição em qualquer tempo. E Tirtza voltou de sua caminhonete com sabonete, xampu, creme para as mãos, quatro toalhas novas, tablado de ripas de madeira para os pés, esponja, uma escova pequena e dura para as palmas das mãos e as unhas, um aparelho de barbear e cinco velas fúnebres.

— Ficou louca? Vamos tomar banho de luto?

— É agradável tomar banho à tardinha, à luz de velas, do lado de fora, e velas fúnebres não pingam e não caem, e ficam acesas por muito tempo. Além disso, é bom se divertir e saber que outros morrem, mas você, não.

2

O SOL SE PÔS, Tirtza deu ao tratorista as chaves da caminhonete, disse-lhe para levar e deixar os operários, cada um em seu lugar, e que a trouxesse no dia seguinte. Ficamos sozinhos.

— Irale — disse ela —, quer inaugurar o novo chuveiro que eu construí para você do lado de fora?

— Tirale — disse eu —, você quer cortar a fita e tocar cornetas?

— Não, só tomar banho nele pela primeira vez.

— Nu? Do lado de fora?

— Você pode tomar banho vestido. E, antes que faça mais perguntas tolas, então, sim, eu também.

Observei-a enquanto se despia, abria a torneira, caminhava para a torrente. Os olhos dela, que geralmente são amarelo-esverdeados, ficaram azuis debaixo da água. Ela ergueu o rosto, passou os dedos pelos cabelos, espremeu os cachos, rodopiou no lugar.

—Você não vai me acompanhar? — perguntou ela.

Despi-me e fui acompanhá-la.

— Desde que Gershon, não tomei mais banho com você — disse ela, e, dois minutos depois, fechou a torneira.— Hierosolimitas não conseguem ver água jorrando à toa. — E começou a me ensaboar com sofreguidão, como se costuma ensaboar uma criança pequena, também atrás das orelhas, cotovelos, pipot, joelhos e entre as nádegas.

— O que você está fazendo? — debochei das cócegas, do embaraço e do prazer.

— Estou limpando você, meu queridinho. Estou retirando tudo que está grudado em você. Agora você também vai me lavar assim.

O corpo de Tirtza era forte e robusto. A pele, naturalmente morena, não tinha marcas brancas e marrons do bronzeado de sol. Eu a ensaboei, antes com hesitação, e depois, à volta toda, nuca e barriga, mãos e costas. No comprimento e na largura, entre e em volta, na frente e atrás. Assim como eu ensaboava os gêmeos Ys quando eram pequenos e vinham para um final de semana com o tio. Lavei seus cabelos fortes e curtos. Ajoelhei-me ao lado dela e dei-lhe uns tapinhas no calcanhar; ela riu e me deu um pé, depois o outro, como um cavalo, quando colocamos nele as ferraduras. — Eu me lembrava de como você é bobo, mas me esqueci de como é doce.

A mão dela, atrás das minhas costas, voltou a abrir a torneira, bem fraquinha, não um jato forte e uniforme, mas respingos finos e gotas pesadas e jatos acidentais e surpreendentes. Nossos corpos se encheram de alegria. Tirtza se chegou a mim e disse:

— A coisa de que mais me lembro é como você estava ao lado da janela da casa de vocês olhando para mim e como gostei de você imediatamente.

—Você tinha dez anos — disse eu.

— O que você acha? Que uma menina pequena não pode entender o que sente? — Ficou calada por um momento e depois disse: — Houve um tempo em que eu pensava que éramos irmãos, que meu pai havia tido um caso antigo com sua mãe. Isso me perturbava terrivelmente.

— Se fôssemos irmão e irmã, seu pai não iria tentar nos juntar com tanto entusiasmo.

— Não me responda com a lógica. Eu sabia que não éramos.

As sombras escapavam. Soprava um vento noturno. Um tremor agradável e molhado. Os últimos raios de luz salpicavam a pele de minha queridinha. Nossas mãos vagavam e paravam. Nossos olhos, nossos lábios experimentaram e viram. Nós nos abraçamos. Entre as coxas dela, senti sua umidade — ela estava molhada além da umidade da água e mais quente do que ela.

— Deite-se no chão — disse ela. — Até agora, tomamos banho e brincamos, agora vamos inaugurar o chuveiro como deve ser.

E depois, quando ela se virou e se deitou a meu lado, comunicou que dessa forma iríamos marcar e inaugurar também o novo chão, o novo telhado, a nova varanda e a nova cozinha, um de cada vez.

— Para que você saiba que estou construindo uma casa para você, que esta casa é sua, e para que a casa também saiba.

— Eu poderia terminá-la em uma semana — disse ela. — Eu poderia trazer para cá quarenta profissionais para trabalharem seis dias e descansarem no sétimo. Mas isso aqui não é mar e firmamento, nem árvores, terra seca e animais. Aqui é cimento, é concreto, é reboco e barro. Cada amigo desses leva alguns dias para secar. Não são seres humanos, meu queridinho, nem Deus; são materiais que atrasam o trabalho.

Foi assim que a coisa começou e foi assim que continuou. E é assim que eu me lembro daquele dia, quando a casa já estava concluída e Tirtza me abandonou e se foi. Lembro-me de como ela construiu e inaugurou minha casa, uma etapa após a outra — apontando, dizendo "Haja parede" e "Haja janela" e "Haja entrada" e "Haja varanda". Construindo, nomeando, inaugurando, marcando, passando para o dia seguinte.

Capítulo Vinte

1

O POVOADO é uma poça pequena e estagnada em que cada pedra abala o verde que há na superfície, e Tirtza e eu, e a casa que ia sendo construída, atraíamos visitantes e curiosos. Havia aqueles que tinham bons modos. Como eu ainda não havia colocado as portas, eles batiam nos portais, enfiavam a cabeça e perguntavam: "Pode-se entrar?" E havia os que não tinham bons modos. Como eu ainda não tinha feito as portas, eles apareciam e, sem me cumprimentar, entravam na minha casa como se fosse a deles. Examinavam a casa e o pátio com olho rápido e sabido de doninha, avaliavam a quantidade de sacos de cimento, os canos e as malhas de ferro. Em questão de segundos, calculavam incorretamente a envergadura e o orçamento da reforma, e quando meu olhar pousava sobre eles, logo recuavam para o matagal.

Não fico irritado. Cheguei recentemente e eles são nativos. E, num lugar como esse, maduro e antigo, onde as árvores já estão grandes e as calçadas já têm rachaduras e capim, onde as vinganças já foram feitas e os rancores e os amores já se acalmaram, uma pessoa nova também é uma ameaça. Suas lembranças e sua experiência vêm de outros lugares, e ela não conhece a ordem local de prioridades. Um homem assim pode abalar tradições. É preciso avaliá-lo.

E também pessoas que moraram antes de mim na casa começaram a aparecer. O boato se espalhou e elas vieram. Verificar, aprovar, reprovar, admirar. Um homem mais velho do que eu chegou e pediu permissão para colher um limão da árvore.

— Meu pai o plantou, e esta figueira também. O que houve com ela? Por que você não cuida dela? Olhe os buracos no tronco. Por sua causa, ela vai morrer...

Seus lábios tremiam. Seus olhos passavam de um ponto a outro. Sua boca, das acusações para as lembranças:

— Aquelas casas não existiam naquela época, e aquela estrada era um caminho de terra para carroças, e meu pai ia de lá até o cruzamento a pé, pois o ônibus não entrava no povoado. E aqui ele fez uma pequena bacia de concreto, a única do lugar, e nela dava banho em mim e na minha irmã. Onde ela está? Você a destruiu? Com que direito? — disse isso e se foi.

E um casal jovem também apareceu de repente. A moça viveu aqui meio ano em sua infância, e agora, às vésperas de seu casamento, queria mostrar o lugar ao eleito de seu coração — é importante que ele saiba o que permaneceu e o que desapareceu, o que havia e o que não havia.

É uma mulher jovem, mas a escavação das lembranças dava-lhe um aspecto de velha. — Aqui havia um balanço. — Ela o conduzia entre pontos de referência que não existem mais. — E aqui pendurávamos roupa lavada... aqui havia uma bacia de concreto que meu pai arrancou e jogou fora... esse depósito não existia, só um espaço entre as colunas. Aqui tirávamos e limpávamos as botas no inverno enquanto ela gritava: "Não tragam lama para dentro..."

E, de repente, dirigiu-se a mim:

— O quê? Você está fazendo um quarto grande no lugar dos quartos pequenos?

— Sim — disse eu sucintamente.

— Por quê?

O rapaz lhe acariciava a nuca. Seus dedos ainda falavam de amor, mas a palma de sua mão ia ficando pesada. A voz estava perdendo a paciência:

— Vamos. Nós o estamos incomodando.

Mas, em sua maioria, os visitantes vinham por simples curiosidade. Queriam ver os operários e a mulher virtuosa — Tirtza é minha mulher, como todos pensavam desde o comitê de recepção — que regia o trabalho e já havia conquistado o apelido de "Furacão" entre os veteranos.

Alguns pediam sua opinião em assuntos de construção: qual a sua opinião, Liora, a respeito de blocos isolantes? O que você acha, Liora, de casas pré-fabricadas? De reboco térmico? De aquecimento sob o piso? E em relação à construção com madeira, Liora, o que você recomenda? Pinho? Pinho vermelho? Tratado? Pintado? Cru?

Outros pediam a ajuda dela: será que seu chinês poderia dar um pulo lá em casa para dar um jeitinho na cozinha? Alguns perguntavam se estava tudo em ordem e davam conselhos: conhecem uma loja barateira e confiável para comprar chuveiro de mão, calha galvanizada, telhas Marselha, mármore imperial. E eles também têm um ladrilheiro excelente e barato, ou um pintor ou especialista em telhados ou gesseiro.

Outros davam conselhos agrícolas: como cuidar do limoeiro agonizante, como exterminar ervas daninhas, eliminar a larva que continuava a perfurar túneis na carne da figueira. Mas, no âmbito da jardinagem, não preciso de conselhos. Meshulem é um grande conhecedor e, como ele não quer discutir com a filha a respeito da construção, prefere se concentrar nesse tema.

Dou atenção a todos os visitantes, procuro me comportar com paciência e amabilidade — quem mais do que eu se lembra do conselho de minha mãe ao Pai de Vocês: seja amável com eles, isso poupa tempo —, e, pela mesma razão, tento aumentar os sorrisos e reduzir as respostas.

As regras são claras. Eu não sei nada a respeito deles, e eles, além da minha profissão e das mentiras que Tirtza contou no comitê de recepção, não sabem nada a meu respeito. Mas eles conhecem os que moraram em minha casa no passado, as crianças que cresceram lá e que já são adultas. Eles sabem as alegrias que ocorreram ali e as dores que encheram os quartos. Eles guardam em seus corações os gritos e o riso, e o som dos garfos e copos, os gemidos e o choro que pairavam entre as paredes e transbordavam pelas janelas.

— Esta casa pode contar muitas histórias — disse-me um deles, esperando que eu perguntasse o quê e, como não perguntei, ele prosseguiu: — É melhor que não pergunte — e se foi.

Não perguntei. Não quero saber. No final das contas, fiz conforme você disse, escolhi minha casa de acordo com a sua orientação: uma casa velha, pequena, num lugar antigo, no qual outras pessoas já haviam morado antes. A respeito do primeiro, nada sei, e a respeito do último, sei que deixou quatro galinhas presas morrendo de fome e sede. Para mim, já é o bastante.

E também meu jovem vizinho, aquele cuja mulher esticou a linha divisória entre nós, apareceu de repente para uma visita, trazendo uma grande tigela cheia de melancia perfeitamente cortada em cubos. Cubos vermelhos e exatos, tão frescos que o orvalho gotejava sobre eles. Só uma mulher que cuida para que as coisas fiquem claras poderia cortar melancia de forma tão impecável.

— Um presente de minha mulher — disse ele. — Como vai a reforma?

— Está tudo muito bem.

A voz dela subiu, irrompeu:

— Deu a ele? Não se esqueça de trazer a tigela de volta.

Ele se levantou do lugar. De tanta perplexidade, pegou a tigela, embora ainda restassem alguns pedaços nela.

— Bem, então, até a vista.

— Muito obrigado — gritei, enquanto ele ia. — Diga à sua mulher que agradeço e mande-lhe também meus cumprimentos.

Ele virou o rosto. — Saiba que ela é muito gente boa!

— Eu sei. É um pouco difícil se acostumar de repente com um vizinho novo. Diga a ela que eu também não sou tão terrível assim.

E, em meu coração, acrescento:

— E diga a ela que ouço vocês à noite, e que estou calmo e tranquilo — uma mulher que se diverte assim com o marido obviamente é gente boa.

E também veio um fiscal de construção do conselho regional. Jovem, baixo e enérgico, os olhos bons e alegres, e o sorriso mau. Onde estão os projetos? Ele quer ver os projetos. Os projetos estão no conselho? Verdade? E como não mostraram a ele? Sim, ele está vendo a placa de permissão de construção, mas por que o carimbo aparece aqui, e não ali? E, de repente, o telefone tocou no bolso dele e ele disse "Alô, Sr. Freid" e "Eu não sabia que eram vocês, Sr. Freid" e "Não, não é preciso que o senhor se comunique com o presidente do conselho, Sr. Freid", e foi embora.

— Eu acho que Meshulem fica parado naquela colina com um binóculo, observando o que está acontecendo — disse a filha de Meshulem.

E outro fiscal apareceu. O irmão de Liora, meu cunhado Emmanuel. Geralmente sou eu que o pego e conduzo em suas visitas pelo país, mas, dessa vez, surpreendeu-me e veio de táxi.

— Deixe-me apresentá-lo à minha empreiteira — disse eu.

— Muito prazer — disse Tirtza.

Emmanuel deu uma volta em torno da casa e depois entrou.

— Tome cuidado onde pisa — disse Tirtza. — Hoje estamos instalando os canos.

Tornar-se um judeu praticante encurvou suas costas e abrandou seu passo e sua voz, mas sua fala era agressiva e direta. Ele queria saber se a história que Liora lhe havia contado estava correta, e, ao ver com os próprios olhos que, de fato, estava, queria saber dos custos e da origem do dinheiro.

Meshulem, que, ao que tudo indica, também o viu com o binóculo, apareceu alguns minutos depois.

— O que você tem a ver com isso? — disse ele. — O dinheiro é dele.

— Quem é você? — perguntou Emmanuel.

— Sou um amigo. Um amigo da família Mendelsohn. E você?

— Sou o cunhado dele — disse Emmanuel. — Irmão de Liora Mendelsohn.

— Amigos nós escolhemos — disse Meshulem. — Cunhados, nós recebemos sem alternativa. Agora eu me lembro. Vi você no casamento de Irale e a sua irmã. Naquela época, você não era o exemplo de virtude em que se transformou agora. Naquela época, você chegou da América com duas galinhas de cada lado e sapatos de pele de cobra.

— Quanto você pagou por essa casa? — Emmanuel se dirigiu a mim.

— O quanto foi preciso.

— O quanto foi preciso?

— Venha, vou lhe explicar de onde veio o dinheiro, de forma que você também entenda — disse Meshulem. — Esse nosso amigo comprou um peixe para o shabat no mercado e achou uma pérola dentro dele.

Acompanhei Emmanuel até o táxi. Antes de entrar, ele me preveniu:

— Fique sabendo que essa casa não lhe renderá investimento algum.

— Isso não é um investimento — disse eu. — É um presente.

— De quem?

— De mim.

— E esse peixe era Elias, o Profeta! — exclamou Meshulem enquanto ele ia embora. — E compre para você também alguma coisa como essa. É muito saudável ganhar um presente de si mesmo.

E alguns vinham para ver o próprio milagre. O comprador. Eu. A pessoa que, numa época tão difícil, não discutiu preço, pagou o valor integral de uma só vez e adquiriu uma ruína que seria possível comprar por menos. Esses, do nada, debochavam de mim, mas cravavam em mim um olhar estudado e entendido, para que soubessem identificar pessoas parecidas comigo e não desperdiçassem oportunidades.

Não esperem encontrar outros compradores como eu, disse-lhes no meu coração. Não existe outra pessoa cuja mãe determinou sua profissão e o colocou em contato com sua mulher e deixou como herança em vida um dinheiro para que pudesse comprar uma casa que fosse sua: Pegue, Yair, com a mão quente. Uma casa que o envolva, proteja e satisfaça. Que vocês se construam e se curem reciprocamente, que um seja para o outro telhado e chão, ergam paredes, abram janelas e portas, gratifiquem-se mutuamente.

2

No meio do dia, sem aviso prévio, chegou outro visitante: Benjamin. Estacionou atrás da caminhonete dos operários e gritou: — Yair!

Fui na direção dele.

— Essa é a casa da qual todos estão falando? — perguntou ele.

— Sim.

— Quem a comprou para você?

— Eu.

— E quem está pagando a reforma?

— Eu também.

— Onde você arranjou o dinheiro?

— Você quer a resposta verdadeira ou a que vai deixar você tranquilo?

Ele me examinou. Desde o período de luto por minha mãe, não voltamos a nos ver, e a mudança que a casa provocou em mim o surpreendeu.

— Você está com boa aparência — disse ele. — E é óbvio que eu quero a verdade. Liora já me disse que não lhe deu esse dinheiro, e ela também vai ficar feliz em ouvir a resposta.

— Percebo que vocês dois estão preocupados.

— É óbvio que sim. Cada qual com seus motivos.

— Meshulem me emprestou o dinheiro para comprar a casa — disse eu. — E Tirtza está fazendo a reforma como um presente.

— Foi o que pensei — disse meu irmão, aliviado. — Mas Liora tem justamente outras suposições.

— Você está vendo? — disse eu. — Por fora você parece muito esperto, mas é muito fácil fazer a sua cabeça. Você quer mesmo saber a verdade?

O rosto dele se anuviou. — Mamãe deu a você? E cravou em mim os dois olhos azuis. — Responda-me! — E se aproximou. — E não me venha com mais truques. Foi ela que deu esse dinheiro a você?

— Sim — disse eu. — Alguns meses antes de morrer. Ela me chamou, pôs um cheque na minha mão e disse: Vá procurar uma casa para você, para que tenha um lugar que seja seu.

— De que valor era o cheque?

— Não muito alto. Oitenta e cinco metros quadrados. Exatamente do tamanho desta casa.

— Eu sabia — disse Benjamin. — E lhe agradeço pela sinceridade. — E acrescentou: — É um presente muito bonito. Surpreendente. Não somente para quem recebeu, mas também para quem não recebeu.

— Certamente — disse eu. — Um presente surpreendente, e como!

— E eu que pensava que ela gostava mais de mim — disse ele, inclinando a cabeça na minha direção, com uma benevolência agressiva.

— De fato, ela gostava mais de você — disse eu —, e por isso fui eu que recebi o cheque.

Benjamin sorriu. Todas as vezes eu penso: como ele é parecido com você e com o Pai de Vocês. Não somente no físico, nas cores e no aspecto. Também na elegância dos movimentos. E na mesma alegria e reconhecimento por parte das roupas, por terem tido o mérito de vestir justamente um corpo bonito como aquele — a camisa ajustada ao peito, a calça abraçando a cintura. Como é bom estarmos em você e não em outra pessoa, elas devem dizer.

— Você está enganado — disse Benjamin —, mas que diferença isso faz agora? Ela morreu e não tenho com quem reclamar. A pergunta é se, no seu ponto de vista, está tudo bem.

— Está muito bem — disse eu. — Não tenho nenhum problema com isto.

— Então é assim? — perguntou Benjamin. — Um irmão recebe um presente do tamanho de uma casa e o outro nem um tostão?

— Essa foi uma decisão dela, não minha. E eu não me relaciono com esse dinheiro como um presente, mas como uma compensação.

— Ninguém tem culpa por você ter tido outro pai — disse Benjamin.

— Eu não tive outro pai. Ela teve um namorado que me gerou, mas quem me criou foi o Pai de Vocês. Ele é meu pai e me criou muito bem.

— Fico interessado em saber o que ele pensava dessa história durante todos esses anos.

— Não importa o que pensamos. Importa o que fazemos e como nos comportamos. Ele disse a ela que me criaria como se eu fosse filho dele, e foi o que fez. Ele é um pai exemplar. É uma lástima que você tenha herdado dele só a forma.

— Naquela época, não se aceitava o sexo antes do casamento.

Não o corrigi. Eu já dissera duas verdades naquela conversa, e, como diz Meshulem: "Dizer a verdade é muito bonito, mas não precisa fazer disso um hábito."

— Ela me contou tudo — prosseguiu Benjamin.

Tudo? Agora havia chegado a minha vez de desconfiar:

— O que ela contou?

— Que o namorado dela foi visitá-la antes do combate, e foi então que aconteceu.

Um orgulho estranho se notava na voz dele, o orgulho de um filho que se sente o preferido da mãe. Há filhos cuja mãe lhe dá dinheiro, e filhos cuja mãe lhe abre os segredos do coração. Eu não o corrigi. Se foi isso que você decidiu contar a ele, que seja.

— E quanto ao dinheiro — comuniquei —, sua mulher e eu tivemos uma ideia que pode solucionar o problema.

Benjamin se animou e se encheu de desconfiança ao mesmo tempo:

— O quê?

— Vou deixar esta casa como herança para Yariv e Yoav.

— É uma ideia muito boa — disse meu irmão, depois de pensar um pouco.

— E não pense que isso é por sua causa — disse eu. — É por eles. E também por Zohar. Você não merece uma esposa e filhos como eles.

— Você mudou — disse Benjamin. — E não é só por causa da casa. Estou sentindo cheiro de amor por aqui.

3

O TRATORISTA VOLTOU. Encostou sua caçamba na parede da esquerda e se deitou para descansar à sombra das alfarrobeiras. Os dois operários subiram no telhado, começaram a soltar as velhas telhas de cimento, jogando-as no pátio. Assim trabalhavam, arrastando-se para trás, arrancando e atirando o telhado que um instante antes estava sob seus joelhos.

Ao meio-dia, Tirtza voltou e, alguns minutos depois, apareceu mais uma caminhonete branca da Construtora Meshulem Freid e Filha, mas, diferente da anterior; aquele veículo andava sem motorista.

— É Iluz, nosso consertador de telhados — disse Tirtza. — Que pontualidade!

A caminhonete parou, a porta se abriu, e um homem muito magro e pequeno, um anão de verdade, saiu. As mãos eram compridas, e a cabeça, grande, e ele sorria. Cumprimentou Tirtza e, com a rapidez de um macaco, subiu na estrutura do telhado, andou pelas beiradas de concreto e traves de madeira, examinou e pronunciou seu julgamento: "Está podre!" "Isso também", "Isso fica", "Isso precisa ser trocado!"

Ele tirou um martelo do coldre pendurado no cinto, arrancou pregos, soltou e jogou fora algumas estacas, mediu e anotou números na palma da mão. Depois se juntou a nós para o almoço tardio e acrescentou à refeição um molho picante que tirou da pasta. E, então, disse que a maior parte da estrutura do telhado "estava perfeitamente bem" e que, no dia seguinte, voltaria com o irmão e com os pedaços novos. Tirtza disse a ele que levasse os dois operários a seus lugares na caminhonete dele, liberou também o tratorista e disse que estava com vontade de "inaugurar o nosso novo não telhado".

— Como? — eu ri. Percebi que fazia muito tempo que eu não me ouvia rindo.

—Vamos nos deitar dentro da casa e ficar olhando para o céu. Vamos ver se a escuridão cai, como se diz, ou se ela sobe.

Tiramos as roupas, deitamos um ao lado do outro. As paredes nos escondiam dos olhos humanos, o telhado escancarado nos expunha aos olhares de cima — dos pássaros migrantes, dos pombos que retornam, talvez também a seus olhos, se você está ali de verdade.

O grande astro se pôs e desapareceu. A luz foi se consumindo até que se apagou. No início, perdeu sua presença, depois, sua existência, e por fim, seu nome. A escuridão não caiu nem subiu. Não foi criada de uma só vez como a luz, o mar, as árvores e o homem, mas foi se bordando, estendendo-se, densificando-se, e se fez. As traves expostas do telhado, que antes eram muito negras em contraste com o céu, foram engolidas por ele. O pequeno astro, uma estreita foice naquela noite, clareava a oeste. Estrelas brilhavam felizes. Estendidos e nus, segurando as mãos — isso também era uma encenação de Tirale, obviamente —, víamos como elas se multiplicavam e faziam a abóbada celeste parecer uma peneira.

Depois, minha queridinha começou a me acariciar, com afagos que se pareciam muito com os que ela me fazia antigamente, quando seu irmão ficava sentado a nosso lado dando instruções e observando: "Pegue no pipi dele, pegue você também no dela, façam assim, quero ver..."

Encostamos um no outro. Nos beijamos. Apertei-a, rosnei, gargarejei e esfreguei o corpo dela. Tirtza riu:

— Irale...

— O quê?

— Você me ama.

E depois disse:

— Temos em casa fotografias do seu casamento. Vemos, principalmente, Meshulem e seus pais, mas aqui e acolá vemos também você e Liora. Ela é muito bonita.

Não reagi.

— E um dia, há uns dois anos aproximadamente, eu a vi na rua Achad Haam, em Tel-Aviv. Ela estava saindo de um restaurante com um homem e uma mulher que pareciam do exterior. Não entendo o que ela faz com você, afinal.

— E o que você faz comigo, você entende?

— Eu sinto em você a sua mãe.

— Não me pareço em nada com ela.

— Não importa. Além disso, nós somos parecidos, e os feios precisam se preocupar uns com os outros.

— Não somos tão feios assim.

— Não somos a Medusa nem o Corcunda de Notre-Dame, mas as pessoas não viram a cabeça por nossa causa.

— Por sua causa, sim. Você irradia, é cheia de luz. Você tem um andar bonito, pernas compridas e o pescoço forte. Seus mamilos são de duas cores, e sua pipot é doce.

Ela riu.

— Elas também disseram coisas boas de você.

— Vi como as pessoas olham para você. É para mim que não olham.

— Homem não precisa ser bonito. Um pouco mais bonito do que um macaco é o bastante. — Tirtza citou o antigo provérbio de sua mãe, e acrescentou: — Talvez seja isso que Liora goste em você, que todas as manhãs o marido dela agradeça a Deus por ter uma mulher alta e bonita como ela.

— Por que precisamos falar nela?

— Porque me deu vontade. Porque uma vez, pelo menos, eu quero sentir como é ser bonita de verdade. Sair à rua pela manhã e saber o que sente uma mulher bonita. Passar pela rua como ela, todas as manhãs, de casa para o escritório, como se fosse um quebra-gelo no mar do Norte, e não só quero que isso aconteça, mas quero saber antecipadamente, com certeza total, que assim será.

— Você a está seguindo?

— O que há com você? Foi você que me contou a respeito da ida dela ao escritório, incluindo os olhares dos admiradores que esperam por ela nas esquinas. Quando eu era pequena, vi a expressão "mulher cativante" num livro e fiquei louca por ela. Gershon me disse que se refere a uma mulher que provoca uma virada de cabeça, que faz com que o homem abandone o bom caminho. E minha mãe disse que isso não tem a ver com virar a cabeça, mas com encanto, e Meshulem disse que isso não importa e que tudo é a mesma coisa.

— Você incluiu a família inteira nesses seus pensamentos?

— E por que não? Assim como agora estou incluindo você. Na carteira de identidade talvez você seja Mendelsohn, mas para mim e meu pai você é Freid.

Duas horas depois — o marrom ainda predominava e a escuridão se densificava —, escapulimos para o chuveiro lá fora. Tomamos banho e nos vestimos à luz de uma das velas fúnebres dela.

— Está vendo só? Essas velas são muito boas. E você ainda teve o atrevimento de fazer cara feia para elas.

E depois acendemos a corrente de lâmpadas elétricas que foi esticada entre os galhos das alfarrobeiras e preparamos uma refeição noturna de salada, como se come no kibutz de Zohar — com queijo branco, ovos cozidos e azeitonas pretas —, e Tirtza riu quando quebrei as cascas dos ovos — *Plaf!* —, o primeiro na minha testa, o segundo na testa dela.

Ela serviu um pouco de arak com gelo, acrescentou algumas folhas de hortelã que havia recolhido nas beiradas do cano de escoamento do chuveiro externo. Pedi um pequeno gole.

— É um pouco forte para você.

— Serei cuidadoso.

— Beba pouco e devagar. Isso amacia o coração e dissolve os tecidos.

— Não os meus.

— Porque, na primeira vez que você bebeu, lhe disseram para esvaziar o copo em um só gole.

Leves e alegres, voltamos para nossa casa sem telhado, para nos amarmos e dormirmos sob o céu feito por Deus e em cima do cimento feito pelo homem. Tirtza se deitou de bruços, derretendo na boca um pedaço de chocolate.

— Deite-se em cima de mim — disse ela. — Gosto do seu peso. Ele é perfeito para o meu corpo.

Adormecemos assim por alguns minutos, acordamos, tiramos a roupa e nos deitamos face a face, com poucos e vagarosos movimentos, olhando um para o outro. É agradável deitar com a mulher amada e, quando inauguro assim a minha nova casa, o amor que sinto pelo meu empreiteiro ilumina a minha penumbra e paira sobre o meu vazio. Noite e manhã, dia após dia, e a casa ia se criando.

4

NO MEIO DA NOITE, meu telefone celular tocou. No visor iluminado, apareceu o nome "Pai de Vocês".

— Yairi — disse ele —, sua mãe está na sua casa?

— Não — disse eu, assustado com o que viria depois.

— Se, por acaso, ela for até aí — a voz dele parecia tranquila e ponderada — diga a ela...

Eu o interrompi:

— Ela não virá. O que você quer dizer com "Se ela for até aí"? Você sabe muito bem que ela não virá.

— Por que ela não irá? Vocês brigaram? O que aconteceu?

Sentei-me.

— Porque ela morreu — exclamei. — É por isso que ela não virá. Você não se lembra de que fomos ao enterro dela?

Minha voz se elevou e ecoou pelo espaço vazio. Tirtza se mexeu a meu lado. Percebi que os olhos dela estavam bem abertos.

— É óbvio que me lembro do enterro — disse o Pai de Vocês. — Como é possível esquecer uma coisa como essa? Lembro-me também do período de luto. Vieram muitas pessoas, até demais, se você quiser saber a minha opinião. Mas, se ela passar por aí, Yairi, diga-lhe para entrar em silêncio quando voltar para casa, porque, se eu acordar, depois será difícil eu adormecer.

— Está bem — disse eu. — Direi a ela para entrar em silêncio.

— Então, boa-noite. Vou dormir, e durma você também.

Eu não dormi. Como era possível adormecer depois de uma conversa como aquela? Fiquei deitado de costas. Por um instante, eu me surpreendi com a falta do telhado, e logo senti o prazer da mudança do negrume da noite para o azul profundo que a alvorada espalha antes de chegar. Tirtza se sentou com as pernas cruzadas na barra do cobertor e acendeu uma vela. Eu a observei. Seu corpo estava nu, o perfil do seu rosto, iluminado. Aqueles lábios bem moldados que passaram por todo o meu corpo, os dedos que não deixaram em mim nenhum território inexplorado, a vergonha que não sentíamos naquela época e que, ao que parece, jamais sentiremos.

— O telefone acordou você?

— Não tem importância. Preciso sair cedo para um lugar ao norte. — Ela colocou um bule de café no fogareiro a gás. — Não vou fazer para você porque você ainda pode dormir duas ou três horas.

E misturou, serviu e bebeu da xícara:

— Mas, em relação à conversa que você teve agora, há uma coisa que eu quero lhe contar — disse, e sentou-se.

— O quê?

— Que fui visitar sua mãe alguns dias antes de ela morrer.

Eu também me sentei.

— Era preferível ter me dado café. Onde?

— No hospital, obviamente.

— Como não vi você lá? Você foi a título de quê?

— O que quer dizer "a título de quê"? A título de Tirtza Freid. Meshulem havia estado com ela, telefonou para mim e disse: "Tirale, acabo de sair de uma visita a Raya Mendelsohn com o advogado que levei para fazer o testamento. Se você quiser vê-la, esta é, ao que parece, a última oportunidade." Eu disse a ele: "Eu quero, mas não gostaria de encontrar lá nem Irale nem o resto da família." E ele disse: "Então, largue tudo e venha agora. O Professor Mendelsohn já esteve aqui antes com o Dr. Benjamin, e Irale esteve antes deles, e nem bem começou a chorar e ela ficou irritada com ele, que ficou ofendido e se foi. E agora eu também saí, e você poderá ficar sozinha com ela."

— Amável da parte dele.

— Amável? Astuto e esperto, isso sim. Nada de amável.

— É sim — disse eu. — Seu pai é amável. Não tem jeito.

— Ele não é nada amável. Você não tem noção de como ele não é amável. Mas a pequena cota de amabilidade que ele tem, ele concentra em quatro pessoas somente e, como você é uma delas, acha que ele é assim.

— Quem é o quarto?

— Ele mesmo.

— E o que aconteceu?

— Entrei no carro e fui vê-la. Era final da tarde e não havia ninguém lá. Ao que tudo indica, por causa do seu pai ela recebeu um quarto particular.

— Ou por causa do seu pai — observei.

— Ela estava acordada. Muito, muito fraca e magra, mas me reconheceu imediatamente e disse: "Tirale, é bonito da sua parte vir me visitar. Como se você estivesse sentindo que eu queria que viesse." Eu disse: "O tempo passa, Raya, como você está?" E ela disse: "Como estou aparentando." E eu disse: "Meshulem me disse que eu podia vir". Ela disse: "Você ainda o chama de Meshulem? Por que você não o chama de papai? Isso, com certeza, lhe faz falta duplamente, desde que Gershon foi morto." Eu não quis discutir com ela porque, de repente, aquilo soou como um último pedido. Eu disse: "Vou me esforçar, mas não prometo." E ela disse: "Se ele disse que agora era adequado para vir me visitar, significa que adivinhou que você queria vir." Eu disse: "E significa que ele sabia que você também queria que eu viesse." E ela disse: "É verdade, eu queria que você viesse."

Minha mãe sorveu ar. Tossiu. Tirtza quis perguntar a meu respeito, e a respeito da minha vida, da minha felicidade e da minha mulher, mas pesou os PRÓS e os CONTRAS, e decidiu não perguntar.

— Chegou o tempo do Messias: Tirale ficou sem palavras... — disse minha mãe e dirigiu o olhar para a janela. — Ali, na escuridão, está o Castelo, e Bab-el-Wad e Nebi Samuel e o cemitério, voando em minha direção até mesmo na escuridão, e não conseguem chegar. E lá, ao longe, está Tel-Aviv. Eu vim de lá, mas permaneci aqui.

Tirtza segurou a mão dela, quieta, e minha mãe segurou a mão de Tirtza e disse:

— Você perguntou a respeito do que eu estava pensando, Tirale? Estou pesando os PRÓS e os CONTRAS, o que é mais conveniente, morrer ou viver. — E o riso dela se transformou num suspiro, e o suspiro numa tosse, e a tosse numa convulsão.

— E então ela me contou que você havia achado a casa e assinado o contrato, e que você estivera lá e mostrara a ela as fotografias e, sem que eu comentasse nada, disse: "Então, Tirale, talvez em torno dessa casa vocês tenham uma segunda chance."

— E você disse a ela que sabia, que já estivera na casa e que também tinha ido comigo ao comitê de recepção?

— Não — disse Tirtza. — Eu disse a ela: "Tenho a impressão de que você e meu pai planejaram algo, que vocês dois têm uma história que está acima, antes e além do fato de o Professor Mendelsohn ter salvado a vida do meu irmão.

— Claro que tem uma história — disse minha mãe. — Sempre tem uma história, mas não há uma trama. É preciso apenas consertar algumas coisas, consertar e sarar, e me preocupar com o meu bebê antes que eu morra.

— E qual é a sua história, Tirale? — eu também perguntei, mas como costumo fazer — não em voz alta, e sim dentro do meu coração.

— E eu não me surpreenderia em ouvir — prosseguiu Tirtza — que Meshulem deu a ela esse dinheiro para que ela pudesse dá-lo a você, para que nos reencontrássemos. É isso o que ele é, o seu amável amigo. Quando quer alguma coisa, ele não tem limites. Mas o que me importa? Eu também queria encontrar você e, quando Meshulem me contou que você achou uma casa, entendi imediatamente que esse poderia ser mais do que simplesmente um encontro.

— Da minha parte, tudo bem — disse eu. — Eu também queria encontrar você e já estou acostumado a brincar com teatro de fantoches.

— Mesmo que ele não tenha dado a ela o dinheiro na mão de verdade — disse Tirtza, fingindo não ter escutado —, sei que há muitos anos ele a orientou a deixar algum *knipele* de lado. Uma pessoa precisa ter também um dinheiro só dela, principalmente quando é uma mulher. E ele também investiu para ela uma quantia em dinheiro. Sabe, nos lugares do tipo que pessoas como ele investem, que, se você ganha, ganha muito e, se você não ganha, precisa de alguém como Meshulem para arcar com as consequências.

Pessoas demais me tocam e me conduzem, revelam segredos e fazem planos para mim, pensei.

E Tirtza se levantou e disse:

— E, afinal, o que importa? Por enquanto, não estamos, na verdade, sofrendo. Você tem um empreiteiro que é uma mulher, que se deita com você, ama você, não o engana e não desaparece de repente no meio do trabalho, e eu tenho você. Você me ama também, Irale. Eu sinto.

5

ELA SE LEVANTOU, se vestiu, se inclinou, me beijou os lábios e disse que eu continuasse dormindo. Fiz o que ela pediu. O amor e a bebida do dia anterior, a noite quente, o céu aberto e infinito sobre a cabeça, a história em que eu queria mergulhar e ao mesmo tempo fugir dos seus detalhes

— tudo isso aprofundou e prolongou meu cochilo. Quando acordei, o sol já estava alto, o tratorista estava parado a meu lado e disse:

— Sr. Dono da casa, você precisa se levantar. Estão trabalhando aí em cima e alguma tábua pode cair na sua cabeça. — E, na estrutura do telhado em cima de mim, corriam não um anão, mas dois, Iluz, o consertador de telhados, e Iluz, seu irmão, duas sombras que trocavam o madeiramento com rapidez.

— Não se assuste! — exclamaram. — Somos pequenos, mas somos homens como você. Não tem importância termos visto você dormindo sem roupas.

O tratorista se foi e Meshulem chegou.

— Tirale não está? — perguntou com alegria. — Muito bom. Porque eu quero fazer aqui alguma coisa para que a minha mão também toque na nova casa.

Ele olhou em volta e comunicou que iria fazer o rejunte, porque isso ela não iria perceber. Misturou cimento e água num recipiente, cimentou e arredondou os ângulos retos entre o chão do banheiro e as paredes — senão, o rejunte vai rachar e haverá umidade aqui outra vez.

Almoçamos juntos e depois Meshulem disse que ia levar os chineses ao alojamento — pois a casa não é urgente, e daqui a pouco Tirale voltará, e vocês, com certeza, querem ficar sozinhos.

Levou-os consigo. Daqui a pouco, meu empreiteiro estará de volta. Nós nos sentaremos de frente para a vista, conversaremos e nos encheremos de amor e de alegria. Diremos "está bom" pelo que já foi construído, marcaremos a data e inauguraremos a casa e daremos nomes.

Capítulo Vinte e Um

1

UM VENTO SOPRAVA entre os pinheiros do mosteiro. Crianças brincavam num velho tanque que agora já havia sido removido. Um jovem professor balançava as mãos, apontava para um lado e para outro, contava aos alunos a respeito do combate que havia ocorrido ali e sobre os "heróis que tombaram na Guerra da Independência".

— Tenho uma história para lhe contar — disse minha mãe. — Ela será sua também. Você poderá passá-la adiante. Para quem você quiser.

Para os meus filhos, se nascerem. Para um amigo, se eu encontrar um. Para a mulher amada, se ela deitar em meu peito. Para mim mesmo, se todos esses não existirem. Uma história que tocará não somente o intelecto e o conhecimento, mas também fará minhas entranhas e músculos se contraírem, flutuará e palpitará nos olhos e no coração.

— Uma história, e um lugar, e ar e amor, e dois picos de montanha, um para permanecer e o outro para contemplar, e dois olhos para observar o céu e esperar. Você entende o que toda pessoa precisa, Yair?

— Sim — respondi.

Uma história. Não necessariamente de bravura e de palácios, de fadas e de magia, mas também não daquelas histórias de temas insignificantes. Já basta a insignificância da realidade. Uma história que tenha alguma dor e alguma confissão, e também alguma cultura e alguma polidez, um pouco de diversão e a insinuação de um segredo. E, já que você não está mais comigo, direi isto também: esta é a minha história, eu a encurto e alongo, invento e confesso, escrevo "minha mãe", e não "nossa mãe", apesar de ter um irmão; caio na tentação e profetizo também suposições e adivinhações. E mais uma coisa direi a você: você não é a heroína desta história, mas sim eu. Não é você, mas sim seu filho.

2

CIRCUNDAMOS TODO O MOSTEIRO.

—Você se lembra — perguntou minha mãe — de que visitamos esse lugar quando você era pequeno? Desta porta saiu, então, uma monja e nos serviu água, e você ficou preocupado: o que acontecerá com os copos?

Voltamos para os balanços. Paramos perto da placa do memorial. "AQUI A VIDA OS ABANDONOU, MAS A CORAGEM NÃO", alguém gravou em cima dos nomes dos soldados tombados.

— É bonito, mas não está correto! — exclamou minha mãe. — Quando a vida abandona, tudo abandona. O amor, a coragem, o conhecimento e a memória. Você já está com dezesseis anos, Yair, já pode saber e entender.

E contou a respeito do pombo ferido com o "SIM OU NÃO?", do pombal no jardim zoológico de Tel-Aviv, do Dr. Laufer, que falava no plural, do filho dos vizinhos que viajou para a América para estudar medicina e voltou e se tornou o Pai de Vocês, e de Miriam, a treinadora de pombos, e do pombo belga, e dos tios de Bebê no kibutz, e do pai de Bebê, da madrasta, da mãe verdadeira e do próprio Bebê.

— Aqui ele foi morto e daqui ele despachou o seu último pombo antes de morrer. E ele era meu namorado e você tem o nome dele.

No início, fiquei com raiva. Pensei que, se ela não tivesse esse namorado e se ele não fosse morto, eu não teria recebido o nome dele.

Eu seria parecido com meus pais, receberia deles tanto os cachos claros quanto o nome Benjamin, e Benjamin não teria nascido, pois eles não teriam erros para corrigir.

E, quando continuei a refletir a respeito, outra possibilidade surgiu em minha mente. Dessa vez, fiquei com raiva de Benjamin, que nasceu depois e me deu sua primogenitura. Se tivesse nascido antes de mim, seria ele que se pareceria com um criminoso e receberia o nome do namorado morto, e eu seria ele: leve e bonito, com cara de anjo e cachos dourados, roubando quiosques, lendo letreiros de lojas passando pelas janelas dos ônibus e nomes de poetas nos túmulos.

Meshulem também estava conosco naquela visita. Caminhava atrás de nós a uma distância que só ele sabia calcular. Uma distância cuja pequenez era de proteção e preocupação, e cuja grandeza era de consideração e bons modos. Ia tomando cuidado para que só eu escutasse, para que nenhuma palavra caísse no chão.

— E você sempre teve um pombo dele, e ele, um pombo seu? — perguntei.

— Sim.

— E vocês enviavam cartas um para o outro?

— Pombogramas. Quando era possível.

— Quantas palavras podem ser escritas, afinal, em bilhetes tão pequenos?

— Você vai ficar admirado, Yair. Às vezes, uma pequena informação é suficiente. Sim e não, e sim e sim e sim, e não e sim e não.

E mencionou o que o Dr. Laufer contava a seus treinadores de pombos, que os gregos antigos, ainda antes da invenção da cápsula para mensagens, limitavam-se a pintar uma única pena na asa do pombo, em cores convencionadas antecipadamente para boas ou más notícias. E disse o que o Dr. Laufer não dizia — que o próprio pombo também é um tipo de carta. No agitar e no pairar das asas, no pouso, no calor do corpo, nas marcas dos dedos que o seguraram e despacharam, nos olhos que o acompanharam até que aparecesse aos olhos que o esperavam.

E se calou. Eu já conhecia os silêncios dela e esperei pacientemente. Minha mãe tinha silêncios longos e silêncios curtos. Tinha silêncios largos e silêncios estreitos. Silêncios com sorriso e silêncios fechados.

E tinha o silêncio mais calado de todos, o que começou com o "Eu não aguento mais" e que continua até hoje. E eu me lembro também das noites de insônia sazonais dela — "Do Purim até Pentecostes, eu não durmo" — e da dose diária de brandy, da bela canção de despedida que não parava de tocar em sua pequena vitrola: "Para mim, a morte trará o silêncio; a morte, para mim, derrama tranquilidade."

Por fim, perguntei:

— Então, é verdade? Foi daqui também que ele enviou o pombo para você?

— Despachou, Yair, não enviou. Já é hora de você se lembrar.

— Foi daqui também que ele despachou o pombo para você?

— Sim. O último pombo dele.

— Com uma carta?

— Sim.

— E o que ele escreveu nela?

— Nada.

— Então, o que foi que ele despachou daqui para você? Um simples papel em branco?

— Não. Daqui, ele me mandou você.

E contou.

Capítulo Vinte e Dois

1

BALDES DE CONCRETO foram derramados entre as traves do telhado, vigas de concreto, colocadas em volta das aberturas das janelas e das portas. Tirtza levantou divisórias internas e inaugurou comigo os dois novos espaços — o muito grande, onde eu moraria, e o pequeno, do qual talvez viesse a precisar. Ela instalou e concretou vergas e umbrais, colocou o parapeito nas janelas e disse que estava bom.

Iluz e seu irmão colocaram uma rede de metal para o teto novo. Trocaram caibros, colocaram as telhas, taparam toda brecha que desse chance a ratazanas e pombos — e Tirtza disse que estava "muito bom!".

Percebo o amor dela e o meu, não somente quando ela toca em mim, não somente no apelido "queridinho", mas também na construção que ela faz em minha casa. Na maneira como ela mede, avalia, orienta os operários sobre o que fazer. Na maneira como a casa que ela está construindo para mim ganha forma. Em nossa refeição conjunta no final do dia. Quando ela vai a outro lugar e eu fico sozinho.

E, às vezes, o corpo e o cheiro dela me tiram a razão, e todo esse amor transborda e derrama em mim um espírito de tolice. Sou arrastado para ela como um filhote de cachorro, esfrego-me nela, aconchego-me a ela, rosnando e roncando e gemendo, roendo a carne dela.

E então ela ri e diz: — Irale...

E eu digo: — O quê?

E ela volta a dar seu diagnóstico: — Você me ama.

— E daí?

— Você me ama, eu sinto — e seu tom de voz é o tom de outras mulheres; assim suponho, não tenho como comparar, quando dizem "Eu te amo".

2

E YOAV E YARIV também apareceram de repente, grandes e sorridentes.

— Olá, tio Yair. O que você tem para comer?

— Olá, par de Ys — disse eu alegremente ao vê-los. — O que houve que vocês resolveram visitar o tio?

— Papai disse que depois que você morrer essa casa será nossa, então viemos ver.

Meu amor por eles não anula a dor que senti no dia em que nasceram. Por acaso ou não, eu estava na casa de minha mãe quando meu irmão telefonou do hospital. Não ouvi o que ele disse, mas vi luz no rosto dela e a ouvi dizer:

— Finalmente, sou avó. Muito obrigada, Benjamin.

A inveja que me invadiu naquela época era muito parecida com as outras dos tempos de infância, e minha mãe foi obrigada a me tranquilizar com palavras e outros meios que também foram tomados emprestado daquela época.

— Por que você faz isso quando estou aqui? — gritei. — Por que você tem que agradecer dessa forma justamente quando estou ouvindo?

— Acalme-se, por favor — respondeu.

Eu prossegui:

— E o que é esse "finalmente sou avó"? Sou culpado porque Liora não consegue ter meus filhos? Que você não é finalmente avó por minha causa?

E você tornou a dizer: — Acalme-se.

Uma expressão de insatisfação surgiu em seu rosto, mas seus dedos foram logo enviados, por eles mesmos, para me consolar e acariciar.

— Por favor, acalme-se, Yair. Benjamin também é meu filho.

Não me acalmei, mas o tempo fez sua boa parte. Descobri que as coisas que o Pai de Vocês lhe disse ao pedir sua mão foram corretas: é possível consertar, é possível curar e sarar. Os anos passaram e eu aprendi a amar os filhos enormes de meu irmão. Em determinados pontos de vista, até achei neles algum consolo pelos dois abortos que ocorreram. Foi assim na infância deles e é assim até hoje, quando já são soldados. Os dois, como eu, são enfermeiros, mas não se ocupam com curso de especialização e ficam em duas clínicas militares em duas bases diferentes.

É difícil criar gêmeos, principalmente com um parceiro como Benjamin. Quando Yoav e Yariv eram pequenos, Zohar pedia que eu a ajudasse, que os levasse, às vezes, para a minha casa. Já mencionei que entre mim e ela existe afeição, e, às vezes, eu pegava os Ys por algumas horas, e, quando eles cresceram, começaram a vir também nos finais de semana. Brincávamos, passeávamos, líamos, eu contava histórias para eles e escavava algumas lembranças.

— Vocês sabem — contava eu para eles — que antigamente havia um jardim zoológico perto deste bairro? Vocês querem passear? Eu mostrarei a vocês onde ele ficava, exatamente.

— Depois. Primeiro nós queremos comer.

— E, todas as noites, os vizinhos ouviam os animais. Imaginem, no meio da cidade, rugidos, urros e bramidos. E lá havia também um pombal.

— Para que é preciso ter pombos no jardim zoológico? Há pombos suficientes na rua e papai diz que eles trazem doenças.

Seus corpos se voltaram em direção à cozinha. Seus pescoços se esticaram para que pudessem ver a imensa geladeira de Liora.

— O que vocês têm aí dentro para comer?

— Daqui a pouco. Tia Liora vai chegar e vamos comer todos juntos. Enquanto isso, vamos ver os álbuns.

Meu dedo passava de rosto em rosto nas velhas fotografias de casamentos.

— Quem é esse?

— É papai.

— Não. Esse é o pai dele quando era jovem. Eles são muito parecidos.

— E esse? — perguntou Y-2.

— Esse sou eu.

— Você não se parece com ninguém, tio Yair.

— Sou parecido comigo mesmo quando era bebê.

— Olhe um empadão — disse Yoav a Yariv, apontando para o prato do Pai de Vocês.

Contei a eles que vovô Yaacov não gostava de ficar na fila que se formava ao lado das travessas e bandejas.

— Faça um prato para mim, Raya, por favor — pedia ele.

Eles riram.

— Então, faça um prato para nós, Yairi, por favor.

Estremeci.

— Onde vocês ouviram esse nome?

— É assim que papai pergunta quando voltamos: "Vocês se divertiram com Yairi? O que Yairi deu para vocês comerem?"

— É assim que ele diz? Yairi? De verdade?

— Sim. Mas mamãe diz para ele parar, e que isso não é bonito.

— Olhe uma carne assada, olhe. E costeletas.

— É sinal de que é o casamento dos tios no kibutz.

Folheei o álbum adiante. Yairi. Justamente Yairi. Não Yair nem Irale, nem meu irmão nem o tio, justamente Yairi, entre todos os nomes.

Agora os dois estavam excursionando pela casa, pelo pátio e pelo jardim.

— Um lugar muito bonito — disse Y-1.

— Um lugar maneiro — sintetizou Y-2.

— Aqui nós vamos construir um grande grill e um forno a lenha — disse Y-1.

— Vamos traçar pizzas e bifes de manhã até a noite.

— E batatas assadas.

— Se vocês não se importam, crianças, ainda estou vivo e tenho planos de morar aqui mais trinta anos, pelo menos.

— Nós temos paciência.

3

SIGAL TELEFONOU. Tinha dois assuntos a tratar: o primeiro, que o pai de Liora pedia para irmos a um evento familiar nos Estados Unidos. Referia-se às Grandes Festas e era recomendável reservar as passagens aéreas com antecedência. Quando era conveniente para eu ir e voltar?

— Não é preciso reservar para mim. Não vou viajar para nenhum Estados Unidos.

Sigal: — Vou passar você para a sua mulher.

Um piano ao fundo. Em outros escritórios tocam música eletrônica durante a espera. Liora contratou Glenn Gould para tocar Bach para seus amigos.

Liora: — O que houve, Yair? Quais são os seus problemas agora?

Eu: — Não estou com vontade de viajar.

Liora: — Essa não é uma questão de vontade. É uma questão de educação e comportamento.

Eu: — Não gosto de viajar e também estou ocupado.

Liora para mim: — Quero uma resposta clara: você vai viajar ou não?

Eu para ela: — Não.

Liora desligou. Sigal retornou, mencionando o segundo assunto. Ela se desculpava pela notícia em cima da hora, mas alguns observadores de pássaros holandeses que chegaram ao país queriam que eu os levasse para uma excursão de três dias. A partir de amanhã, se fosse possível.

Possível? É óbvio que era possível. As viagens com observadores de pássaros são mais agradáveis e lucrativas do que as com conferencistas e atores de teatro. Eu os peguei no hotel na rua Nes Ziona, em Tel-Aviv, muito próximo ao restaurante romeno onde eu e Benjamin cobramos nossas apostas um ao outro, e, ao meio-dia, chegamos à pousada que eu havia reservado na Galileia.

O dono, um homem magro e alto, parecia amargo e cansado. Alguns anos antes, ele arrancara sua plantação de lichia e construíra quartos para alugar. Por algum tempo, sua ocupação prosperou.

Depois, com todos os problemas no país, os turistas pararam de vir. Numa determinada época — completou —, fui obrigado a alugar quartos para casais. O que quer que eu diga? Não é nada agradável. Eram casais casados com outras pessoas. Entende?

— Mais ou menos — disse eu. E comigo mesmo: "Se algum dia eu vier com Tirtza à Galileia, procurarei quarto em outra pousada."

— Mas agora, finalmente, organizaram a reserva do vale do Chula e estão espalhando milho para os grous, para que eles não comam o grão-de-bico que plantam nos campos. Então, espero que venham mais pessoas por essa razão do que por outra qualquer.

Não apenas grous. Pelicanos e cormorões também permanecem ali, e alguns tipos de gansos, gaivotas, patos e aves de rapina, e todos chegam à tardinha para seu descanso noturno. O céu fica salpicado com as asas abertas e com os bicos exclamando e berrando. Os pelicanos, com seu corpo troncudo, compacto, descem até a água com segurança, mas, um instante antes do contato, eles são atingidos por um medo engraçado, como se tivessem descoberto algum defeito no mecanismo de pouso. Suas pernas batendo e respingando, e suas asas — principalmente as das aves mais jovens — se embaraçando. Os grous, com as pernas longas e o pescoço esticado, não são nadadores. Eles pousam em águas rasas; antes de pousar se agitam um pouco, como dançarinos pendurados em fios, e só então se entregam à força da gravidade, caem e param entre seus companheiros, comprimindo-se uns aos outros — um aglomerado de letras *caf-sofit*, todas elas escritas por você.

Meus emocionados turistas holandeses saíram do Behemoth carregando binóculos e máquinas fotográficas. Uma delas, uma velha alta e ossuda, tirou da pasta um bloco para desenho, tintas à base de água e pincéis, sentou-se e desenhou as aves com rapidez e precisão inacreditáveis. Seus companheiros espiaram os desenhos, pronunciaram algumas palavras de espanto e voltaram a observar os pássaros verdadeiros. Eles sempre incluem um ao outro nas descobertas. Pronunciam palavras diretivas e curtas — o nome do pássaro, direção e distância — que são diferentes em cada idioma, mas mantêm o mesmo tom de urgência. Então, todas as cabeças giram imediatamente e os binóculos se levantam. E há sempre alguém que capta alguma bela presa também no telescópio. Com um gesto de vencedores generosos, ele convida seus colegas para olharem seu espólio e logo se forma uma pequena fila, educada e agradecida, diante da lente.

Assim como os velhos *Vogelkundlers* que o Pai de Vocês me apresentou, e que me ensinaram os melhores lugares para observar, os observadores holandeses também não se ocupam com etologia nem com ornitologia, mas somente com identificação. Por isso, eles também competem entre si — quem viu e quem conhecia mais aves e tipos. E discutem — seria uma rola ou uma pomba-rola, um gavião ou um falcão pigmeu? Pode ocorrer de as discussões serem resolvidas com a ajuda de telescópio ou binóculos melhores, mas, às vezes, o pássaro em questão desaparece com rapidez, ou a distinção é especialmente difícil entre um falcão vermelho e um falcão comum, por exemplo, e principalmente quando o céu está limpo, sem nuvens —, e, então, as vozes se elevam e a discussão esquenta.

Aos poucos, o sol foi se pondo. Os patos machos perderam o brilho de suas cores, a água ficou prateada, as íbis marrons escureciam o fundo. A penumbra apagava as tonalidades acinzentadas das asas dos grous, e depois, as brancas das asas dos pelicanos. Por fim, permaneceu somente o último brilho da água, com sombras na superfície. Então, elas também se recolheram, e eu recolhi meu pequeno grupo, e voltamos ao local de pernoite.

Depois do jantar, os observadores de pássaros permaneceram à mesa, comparando suas presas e prosseguindo com as discussões. Eles até tentaram me incluir, para decidir entre os falcões — nos dois sentidos —, e logo minha ignorância no assunto se revelou e fui repreendido:

— É inaceitável que um guia não saiba coisas tão elementares como, por exemplo, que as asas da águia-das-estepes são mais longas do que as do bufo-malhado.

Mas eu, quanto mais a questão se relacionava a essas pequenas coisas — comprimento de asas, cores de paredes, maçanetas de armários e portas —, mais rápido eu desistia delas. As grandes percepções já eram suficientes para mim: altura do voo, arqueamento do céu, a linha reta, o ar enchendo o espaço da casa, a proximidade completa do corpo.

4

LEVANTEI-ME antes da alvorada, acendi o fogo da chaleira que estava à nossa disposição para a noite ao lado da entrada e acordei meus turistas. Eles queriam ver as aves que haviam pousado à tardinha levantarem voo ao amanhecer. Antes que saíssem de seus quartos, enchi uma garrafa térmica grande com café, tirei da geladeira na cozinha as caixas com sanduíches que o dono do lugar preparara para nós e, enquanto ainda estava escuro lá fora, saímos para a reserva do vale do Chula.

Um forte vento oriental soprava em nossa direção, levantando nuvens de poeira, encurvando copas de árvores e até mesmo o nariz pesado do Behemoth balançou. À entrada do lugar, contei a eles a história da recuperação do lago Chula e suas consequências. Isso, eu faço sempre, e eles estalam a língua, repetindo com prazer as palavras locais, e até anotando algumas delas em suas cadernetas como lembrança. Daqui a uma semana, já estarão em suas cafeterias dizendo para os amigos *Agur*, *Sharkia*, *Chula* e *Saknai*, como se tivessem recebido essas palavras no leite materno, tomando cerveja e mostrando-lhes as fotografias.

O vento e a poeira nos forçaram a entrar no "Aquarium", uma construção toda de janelas, destinada à observação. A porta estava fechada, mas o guia aplicado — eu, mamãe, seu filho primogênito — circundou a construção e achou uma janela que não estava trancada. Desloquei-a pelo trilho e convidei meus turistas a entrar.

Daquele momento em diante, as coisas foram acontecendo como que por elas mesmas, como uma projeção invertida do dia anterior: as vozes do despertar aumentando, a escuridão se tornando acinzentada, a claridade da água desenhando na superfície as sombras das aves, o sol subindo, o movimento começando. Aqui não há líder ou governante ou organizador, e cada pássaro levanta voo a seu tempo, de acordo consigo mesmo e no ritmo que lhe é mais confortável.

Os pelicanos, pesadamente, os grous como dançarinos no ar nos primeiros movimentos, gansos e patos correndo sobre a água com o pescoço esticado e batendo as asas. Todos tentando, fracassando, agitando-se, pousando, esperando o sol ficar mais forte para aquecer o ar e os músculos.

Aos poucos, o céu volta a se encher de movimento, asas abertas, acenos, vozes e, de repente, o telefone celular tocou no meu bolso, e, apesar do olhar de repreensão dos observadores de pássaros, apressei-me em atender, pois no visor apareceu escrito "PAI DE VOCÊS".

5

O PAI DE VOCÊS não telefona com frequência. Certamente, não numa hora como aquela. Os judeus-alemães, geralmente, evitam ser um transtorno, fazer pedidos aos outros. Além disso, quando o Pai de Vocês precisa de alguma coisa, ele se dirige a Meshulem Freid. Mas, desde aquela conversa com a terrível pergunta "Mamãe ainda não voltou para casa. Ela está com você?", o nome dele no visor do telefone me desperta preocupação.

— Lamento muito por incomodar você, Yairi — disse ele com a voz agitada e cansada. — Pensei muito se eu devia telefonar ou não. Você precisa vir para cá depressa.

Pedi desculpas aos meus observadores de pássaros e saí.

— Estou no norte com turistas. O que aconteceu?

— Alguém está tentando arrombar a casa.

— Telefone para a polícia. Imediatamente!

— Agora não. Agora já está claro. É à noite, todas as noites... Alguém força a maçaneta da porta, tentando abrir. Já faz algumas noites que eu não durmo.

— A porta está trancada?

— É óbvio que sim.

— Você só está ouvindo vozes — tentei acalmá-lo. — Casas sempre fazem ruídos. Principalmente apartamentos. E tarde da noite, quando tudo está em silêncio, basta alguém dar a descarga no terceiro andar para você já ter certeza de que estão tentando arrombar a porta.

—Você vai me desculpar, Yairi, mas eu ainda consigo discernir entre alguém tentando arrombar a casa e dando a descarga no terceiro andar. E também não tenho alucinações, se é o que você está tentando insinuar!

E bateu o telefone. Ultimamente, adotou o detestável costume americano de finalizar conversas ao telefone sem se despedir. Não dei atenção a isso e telefonei para ele. Eu disse: — A ligação caiu. — E ingenuamente: — A ligação aqui não é boa. — Assumi um tom de humor: — Será que é Meshulem verificando se o Professor Mendelsohn se lembrou de trancar a porta antes de dormir?

A voz do Pai de Vocês ficou feliz comigo, como se não tivesse ficado irritado um instante antes.

— Já perguntei a Meshulem, Yairi. Foi a primeira coisa que eu fiz.

— E o que ele disse?

— Ele disse que vai mandar alguém da empresa de segurança dos escritórios dele para ficar aqui fora.

— É uma boa ideia.

— É uma má ideia. Aqui não é a casa do primeiro-ministro. Você mesmo disse: é um prédio de apartamentos. Não preciso de um brutamontes com um revólver no corredor da escadaria.

—Você também falou com Benjamin?

Os pássaros levantam voo. O bater das asas me envolve. O vento ruge ao redor. Mas o suspiro do Pai de Vocês foi perfeitamente audível: — Não tem sentido falar com Benjamin. Ele está ocupado.

— Então, é por causa disso que você se dirige a mim? Porque eu estou menos ocupado? Eu também trabalho às vezes, se você, por acaso, se esqueceu. Neste exato momento, estou com turistas. Com observadores de pássaros da Holanda. Levantei às quinze para as quatro da manhã para mostrar a eles as aves migrantes no Chula, e isso fica um pouco longe.

— Lamento estar incomodando, Yairi. Dirigi-me a você porque você é meu filho mais velho.

Nessa tarde, viajei na direção sul com meus observadores de pássaros para a estação seguinte — o vale do Jordão. Cuidei para que todos tivessem um quarto e uma refeição, e viajei até Jerusalém pelo vale. Às dez e meia, estacionei o Behemoth na rua Hechalutz, no bairro Beit Hakerem. Peguei o cabo da enxada que ficava sempre no carro e a cadeira dobrável que ficara ali desde o passeio interrompido pelo Pai de Vocês e subi a rua Bialik pelo jardim do memorial, às escuras. Se alguém me vir, o que pensará? Um homem na flor da idade, com um porrete numa mão e uma cadeira dobrável na outra? Para onde ele está indo? O que ele pretende fazer? Não é preciso se esforçar para adivinhar. Esse homem é o menino que anos antes desceu a este jardim com sua mãe. Agora ele subia pelo jardim para proteger o pai que o criou como próprio filho.

Foi como eu pensei. Um dos carros da CONSTRUTORA MESHULEM FREID E FILHA estava estacionado do lado de fora. Coloquei a cadeira no jardim, debaixo da figueira que Meshulem mandou para nós anos antes e que já havia se tornado uma árvore grande, e me sentei na escuridão. Ali ninguém poderia me ver, e eu consegui ficar olhando para a porta do Pai de Vocês. Um pouco depois das onze, a porta se abriu, Meshulem disse "Boa-noite", trancou-a por fora, saiu do corredor da escadaria e olhou em volta. O que lhe direi se ele me descobrir, apesar de tudo? Direi a verdade. Meshulem vai ouvir, tirar o lenço e dizer: "E quem cuidará de mim? Desde que Gershon" e vai se oferecer para ficar no meu lugar ou arranjar uma amiga para mim.

Mas Meshulem não percebeu que eu estava lá. Entrou em seu carro e se foi. A luz do banheiro acendeu na casa do Pai de Vocês. Eu o ouvi tossindo e cuspindo. Quando havia pessoas por perto, ele não tossia e, com certeza, não cuspia. Depois a luz apagou também em seu quarto e ficou somente uma luz fraca na cozinha.

Fiquei assim sentado, entediado e cansado, e, de repente, a luz acendeu no corredor da escadaria. Fiquei atento, mas foi em vão. O inquilino do Pai de Vocês desceu do segundo andar, tirou alguma coisa de seu carro, travou uma breve conversa ao celular, acompanhada de risadas controladas, voltou e subiu as escadas. Duas vezes chegaram pessoas e subiram até o andar superior. Então, eu me encolhi todo, porque

Benjamin apareceu e se aproximou da porta. Ele escutou, não tocou na maçaneta, não tocou a campainha e não abriu a porta. Não me levantei do meu lugar, e meu irmão foi embora.

Ao poucos, o ar foi esfriando e se enchendo de umidade. Os transeuntes iam diminuindo, até que cessaram. Um vento de depois da meia-noite despertou repentinamente, fazendo um leve ruído nas árvores pequenas e um grande barulho na árvore grande. Ao longe, ouviu-se, de repente, um grito curto e terrível de uma mulher, e, em seguida, silêncio, e, depois, latidos. Morcegos circulavam o poste de luz, capturando insetos que eram atraídos pela claridade.

Às três horas da manhã, deixei o lugar. No bar do Glick, a luz estava acesa. O Sr. Glick já estava trabalhando na cozinha.

— Se você esperar cinco minutos, farei um sanduíche para você — exclamou ele para mim da janela. — Por enquanto, tome um café.

Aceitei. O Sr. Glick perguntou: — Faço um também para a filha de Freid?

Corei.

— Não vou vê-la hoje.

— Isso não é nada bom — disse o Sr. Glick. — Uma mulher como essa, cada dia sem vê-la é um desperdício.

—Você está certo, Sr. Glick — disse eu. — Lamento os dias sem ela.

Ele me entregou o sanduíche.

— Não o coma logo. Dê-lhe alguns minutos para que os sabores dentro dele se misturem um pouco. Desde que ela nasceu, eu digo isso. Tirtza Freid é uma coisa especial, não é como as outras. Então, se vocês se apressarem antes que eu, com a ajuda de Deus, finalmente morra, prepararei para vocês a comida do casamento.

Ao longo de toda a descida de Jerusalém a Jericó, pensei no Pai de Vocês, se devo contar a ele a respeito da noite que passei no jardim de sua casa ou não. E, durante a maior parte da viagem na direção norte pelo vale, pensei em mim, na minha história e na necessidade da história em geral, e o que resta a um homem cujo auge de sua história aconteceu ainda antes de nascer. E, mais adiante, perto do kibutz onde Bebê cresceu, desci por um caminho de terra em que ele ia de bicicleta com

Miriam. Parei ao lado da construção abandonada que antigamente abrigava uma bomba de água, e o pensamento, apesar da independência que costumamos conceder a ele, vagava pelo caminho racional e previsto, do primeiro ao último arremesso. Somente alguns treinadores de pombos foram ao enterro de Bebê. A guerra ainda não havia terminado, o trabalho era imenso, e as estradas, perigosas. O pai veio de Jerusalém. O tio, a tia e Miriam, a treinadora de pombos — do kibutz. No cabelo de Miriam já se notavam alguns precoces fios brancos. O tio e o pai permaneceram distantes um do outro, cada um chorando à sua maneira, e não trocaram uma só palavra.

O Dr. Laufer e a Menina também estavam presentes. A Menina sentia dificuldade de se mover e de respirar. Em intervalos de alguns segundos, ela abria a boca e tragava o ar com uma convulsão. Mas as duas células em suas entranhas já haviam se dividido e formado quatro, e as quatro se dividiriam ainda no mesmo dia em oito, que seriam as dezesseis, que seriam trinta e duas, que seria eu, hoje. O Dr. Laufer, o único além dela que sabia, fez o discurso fúnebre, e o seu *pluralis majestatis* no feminino, que sempre provocou risos entre os ouvintes, dessa vez causou sentimentos de terror, pois parecia um discurso fúnebre dedicado a mil mães, filhas, irmãs e amadas.

É preciso aproveitar cada viagem para fazer arremessos, e cada treinador que foi ao enterro levava na mão um cesto com pombos, um cesto de palha trançada, com tampa e alça. No final do enterro, foram despachados pombos para bem alto, por cima do pranto, do luto e do túmulo recente. O Dr. Laufer disse:

— Esse é um exercício de treinamento e também é bonito. Talvez façamos disso um costume nas cerimônias de lembrança aos mortos.

Capítulo Vinte e Três

1

— QUE PENA que você não estava aqui hoje para ver a equipe de caiadores de Tirtza fazendo o emboço da casa que você comprou para mim: um grupo de homens, todos da mesma família de Ussafia, com bigodes grandes e solidéus coloridos. Primeiro, eles armaram andaimes no lado externo da casa, e então subiram e ficaram sobre eles, dois, no andaime superior, e dois, no inferior. Untaram as palmas das mãos com azeite de oliva para proteger a pele, fizeram o emboço de uma só vez e revestiram juntos, exatamente com os mesmos movimentos.

— Por que quatro homens na mesma parede? — perguntei. — É melhor que cada um pegue uma parede e trabalhe nela.

Tirtza disse que a parede inteira precisa secar ao mesmo tempo e com o mesmo sol — para que não haja diferença na textura e na tonalidade.

Primeiro jogaram a argamassa e aplainaram a camada impermeabilizante do concreto, sobre a qual eles colocaram outra camada, depois lixaram com plainas de ferro redondas e afiadas — e besuntaram com mais uma camada de estuque. O revestimento dentro da casa seria em breve pintado com tinta amarelada, não exatamente branca — Tirtza e eu não gostamos de branco — e o revestimento externo seria coberto com argamassa colorida, com a cor que Tirtza disse se chamar pêssego.

Um quinto pintor trabalhou dentro da casa. Subiu e ficou numa escada baixa e pesada, examinou a rede de metal do teto como se examinam as cordas de uma harpa, com beliscões e puxões. A rede sussurrou-lhe para que ele já enchesse seus olhos vazios, e ele atirou nela argamassa, atirava e alisava, e, quando acabou, Tirtza disse:

— É isso aí, agora este é o nosso teto, não o teto de alguém que morou aqui antes, e daqui a pouco os operários irão embora e eu fico feliz ao ver que você tem força e desejo, Irale, porque temos uma dupla inauguração para fazer. O teto e o emboço.

2

OS OPERÁRIOS CHINESES passaram a camada impermeabilizante no chão do banheiro. Colocaram tubos de plástico verde e preto, e os prenderam ao chão com um punhado de concreto. Um bombeiro e um eletricista chegaram e embutiram canos e fios. E, quando tudo ficou seco e instalado e alisado e redondo e impermeabilizado e ligado e examinado, Meshulem voltou trazendo Steinfeld, o ladrilheiro.

— Olá, Steinfeld — exclamou Tirtza. — E olá, Meshulem, os rejuntes ficaram muito bons.

Steinfeld chegou com sua velha mochila escolar pendurada nas costas e com o mesmo balde na mão. Dessa vez, carregava nele um martelo, um nivelador, uma espátula e um travesseiro. Ele continuava a soltar reclamações, como se tivesse terminado naquele instante o trabalho de *stichmuss* que começara semanas antes:

— Está vendo? Esse é o martelo de ladrilheiro a que me refiro, de um verdadeiro profissional. Não de plástico ou de borracha, como os de hoje em dia. A cabeça é um quilo e meio de ferro, para esculpir saliências e ângulos, e o cabo é de madeira de álamo, para bater e aplainar. Um cabo de dezoito centímetros, exatamente igual ao meu *shmekele*, só que mais grosso e mais macio.

— Por que você está inventando histórias? O seu martelo é usado até hoje para pisos antigos, e o novo, de borracha, é para cerâmica — observou Meshulem.

— O piso antigo é mais bonito — queixou-se o ladrilheiro. — E as cerâmicas nunca são exatas. — E praguejou também contra os pisos de mármore, dizendo que "por causa deles as casas novas ficam parecidas com o banheiro da criada de Rothschild".

— Você é o dono da casa aqui, não eles! — dirigiu-se a mim, para o grande prazer de Tirtza e de Meshulem. — Deixe os Freid colocarem o que quiserem na casa deles. Para sua casa, vou trazer piso como o de antigamente — vinte por vinte.

Tirtza protestou:

— Isso significa utilizar mais piso, ter mais trabalho, mais poeira nos olhos, e a máquina não pode cortá-los para o acabamento.

— Você se esqueceu, Tirale, de que é Steinfeld, o ladrilheiro, que está fazendo o trabalho. Aqui haverá muito pouco acabamento, e esse pouco vamos cortar à mão, com um disco.

— Ele nem precisa de torno para cortar — Meshulem sussurrou para mim, espantado. — Um judeu de oitenta anos, com uma mão ele segura o piso, e com a outra corta. Você vai ver e não vai acreditar; o disco, com ele, passa como gato com manteiga.

Uma hora depois, chegou uma caminhonete e descarregou o piso. Mas, enquanto isso, uma nova discussão havia começado: Steinfeld exigiu um forro de areia sob o piso, e Tirtza preferiu usar cascalho fino. Ela até me incluiu na tomada de decisão: na areia é possível misturar um pouco de cimento, e assim ele se prende melhor ao barro, mas, por causa de seus pequenos grãos, ele passa umidade de um lugar a outro, "e então será preciso quebrar metade da casa para achar a origem".

— Não gosto de cascalho debaixo do piso — opôs-se Steinfeld. — A areia fica em silêncio, e o cascalho eu fico ouvindo assim: krrr... krrr... krrr...

Tirtza riu, mas dessa vez não fez concessão.

— Antes de mais nada, você não vai morar nesta casa, e, em segundo lugar — apontou para mim —, ele não vai ouvir o krrr-krrr. Você é a única pessoa no mundo que ouve isso.

Steinfeld resmungou mais alguma coisa e se rendeu, e Tirtza disse:

— Não importa. Você venceu com o piso, e eu, com o forro. Sua vitória é visível, e a minha, não.

Meshulem se encheu de alegria:

— Você viu isso? Viu como ela luta por você? Rangendo os dentes! Com as unhas, de verdade!

— É isso que deixa você feliz? — disse Tirtza ao pai depois. — Que a sua filha, que construiu hotéis, hospitais, centros industriais, centros comerciais e viadutos, e que vence todos os funcionários do Ministério da Segurança, do Ministério da Habitação e do Ministério dos Transportes com uma só mão, conseguiu submeter Steinfeld, o ladrilheiro, à sua vontade?

— Não se mexa — disse Meshulem. — Sabia que você já tem na testa dois fios brancos?

— O que vai ser de você, papai? Quanta bobagem você tem na cabeça.

— É tão bonito! Finalmente posso morrer.

— Tudo bem que eu chore por esses cabelos brancos — disse Tirtza. — Mas você? Coloque de volta esse lenço no bolso. Depressa!

— Não é por causa dos cabelos brancos. É porque você, finalmente, me chamou de papai.

— Não me venha com histórias. Continue, então, e diga: Se meu Gershon estivesse vivo, ele também teria agora cabelos brancos.

Steinfeld ficou irritado:

— Chega! Vocês estão atrapalhando o meu trabalho!

Ele esticou um barbante na largura do quarto para indicar onde ficaria a primeira fileira, e o operário chinês mais jovem espalhou o cascalho sobre o cimento descoberto. Steinfeld o orientou a derramar no recipiente da mistura a areia branca e a areia comum, a cal e o cimento, e ele mesmo acrescentou água.

O chinês levou a enxada ao recipiente, rindo consigo mesmo debaixo da chuva de gritos irritados do velho:

— Você está vendo? Exatamente por causa disso eu não o queria! Tem blocos! Vá explicar ao *chineizer* que a cal precisa ficar lisa e gostosa com fígado picado.

Ele colocou no chão um travesseiro bordado e se ajoelhou sobre ele com um gemido. O operário trouxe um balde cheio de cal. Steinfeld meteu a mão de ladrilheiro e colocou uma bela porção no cascalho, alisou e acrescentou um pouco mais, e voltou a alisar. Seus movimentos eram rápidos e cautelosos. Com a ponta da espátula, marcou na cal dois pequenos raios, parecidos com a letra Z.

— Assim toda a cal não vai escapar para fora; com a pressão isso vai se encher e alcançar toda a extensão.

E, então, colocou o piso, bateu delicadamente com o cabo do martelo e, com a ponta da espátula, recolheu o excesso que foi empurrado debaixo dele e para fora. Colocou o nível de sul a norte e de oeste a leste, e disse:

— Está vendo como está reto? Mesmo que você coloque uma bola de gude em cima, ela não vai sair do lugar. Nem mesmo a mesa de bilhar do presidente da América é tão nivelada como o chão que eu estou fazendo aqui para você.

Tornou a alisar o cascalho com a palma da mão, resmungando: — Areia é melhor! — Voltou a colocar mais cal, alisou, esboçou seus pequenos raios, colocou mais um ladrilho e bateu novamente. Suas batidas eram surdas e calculadas, com um ritmo especial, como se ele e a casa estivessem passando informações um ao outro, como prisioneiros em suas celas. Acariciou os dois pisos, alisou ao longo da junta com a ponta experiente de seu polegar, voltou a pegar o nível e colocou-o sobre os dois.

— É impossível esconder os erros da ladrilhagem — explicou-me Tirtza. — A eletricidade e a instalação ficam escondidas nas paredes e no chão. O construtor, o caiador e o pintor responsabilizam uns aos outros e encobrem os erros uns dos outros. Mas o ladrilheiro fica exposto e, por causa dos ângulos retos e do comprimento das juntas, até um olho não profissional vê logo cada erro.

— Você é uma menina atrevida — resmungou Shteinfeld —, mas entende um pouco do trabalho.

Duas horas e meia depois, aproximadamente, quando terminou de colocar as três primeiras fileiras de azulejos, o velho ladrilheiro estendeu a mão ao velho empreiteiro e disse: — Ajude-me a me levantar.

Meshulem o segurou e puxou. Os dois gemeram por causa da dor e do esforço.

— Depois que Steinfeld colocou as três primeiras fileiras como só ele sabe fazer, qualquer um pode continuar a partir dali até o final — disse Meshulem, e Steinfeld comunicou: — O que eu fiz aqui para vocês nem mesmo o governo conseguirá estragar. O *chineizer* pode continuar sozinho, só tomem cuidado para ele não colocar arroz embaixo, em vez de cascalho.

Saí com ele. Ele viu a geladeira e disse:

— Tirale, que tal um pedaço de arenque?

— Está tudo aí — respondeu ela de dentro da casa. — Só é preciso procurar.

— E que tal um pouco de vodca junto com o peixe?

— No horário de trabalho não, Steinfeld. Pegue uma cerveja, e já é o bastante.

Steinfeld tirou da geladeira também pepino verde e queijo amarelo, achou pão na caixa, tirou uma faca do fundo de sua velha mochila escolar, cortou um pedaço do peixe e se sentou numa cadeira. Sua mão direita tremia.

— Já está assim há alguns anos — disse-me ele. — Nenhum médico consegue me curar. Ela só para quando eu fico de joelhos para trabalhar. — E me entregou o pepino: — Descasque-o para mim, por favor.

Descasquei o pepino para ele e me ofereci para servir a cerveja no copo. Mas Steinfeld disse que ele preferia beber direto da garrafa.

— No copo, derramo tudo. Não vá contar a Tirale, hein?

Depois que ele comeu e bebeu, estendi para ele um pano à sombra de minhas alfarrobeiras, e ele se esticou e adormeceu. Meshulem disse a Tirtza:

— Dê ao operário alguma outra coisa para fazer e nós vamos continuar um pouco com o chão. — E a mim disse: — Tirale e eu já colocamos alguns pisos na vida e você vai misturar e nos dar o barro e aprender uma nova profissão.

Misturei, dei, Meshulem Freid e Filha ficaram de joelhos e colocaram o piso, e depois Meshulem me disse:

— Então, Irale, coloque você também alguns ladrilhos; é o seu chão.

Ainda consigo me lembrar exatamente de seus lugares. Até hoje, alguns meses depois que Tirtza me abandonou e se foi, consigo identificar os meus ladrilhos e os dela, e as marcas invisíveis de nossos corpos no chão.

3

MAS, NAQUELA ÉPOCA, ainda estávamos juntos e Tirtza admitiu:

— Steinfeld estava certo. Os vinte por vinte são, de fato, mais bonitos. E, no dia seguinte, comunicou: "Venha, o barro já secou. Vamos inaugurar o nosso novo chão."

— Você não quer estender nada no chão?

— Não. Quantos casais podem dizer que estão deitados no chão que eles mesmos ladrilharam? Deite-se em cima de mim, meu queridinho, quero sentir o seu peso.

Deitei-me em cima dela. Nossos peitos se tocavam, nossos quadris estavam colados, nossos lábios se encontravam. Nossos joelhos tremiam. Nossos braços estavam esticados para os lados, e nossos dedos, entrelaçados, como se tivéssemos sido crucificados um no outro.

— Vamos tirar a roupa toda. Vamos sentir o calor do corpo inteiro sobre o frio de todo o chão.

O pôr do sol encheu a abertura que foi feita na parede no primeiro dia de trabalho, inundando e iluminando o espaço de minha nova casa.

— Você sentiu saudade de mim?

— Sim.

— Então, eu vim até você. Sou eu. Estou aqui.

— Que bom!

— E quando eu não estava?

— Quando você não estava o quê?

— Você também sentiu saudade?

— Sim.

— Quando mais?

— Tirale, eu vi você hoje de manhã.

— Não estou falando desta manhã. Não estou falando de hoje. Nesses anos todos, nos anos que se passaram desde aquela época, você também sentiu saudade de mim?

— Sua chata.

Ela riu.

— Nós vamos brigar? Pois, se me irritam, depois não consigo me conter.

Nós nos viramos. O rosto de Tirtza ficou sobre o meu, afundando lentamente na direção de meu rosto. Estremeci. Não somente de prazer, mas também pela sutileza imediata do quadro. Há quem capte a realidade por meio dos órgãos dos sentidos. Mas eu, meus órgãos do sentido pairavam entre realidade e lembrança, mas não cada órgão em seu próprio setor. Às vezes, o nariz pairava entre o som e a imagem, e às vezes o ouvido apalpava, o olho se lembrava de cheiros, os dedos viam.

Tirtza beijou e fez meu pescoço estremecer, erguendo-se um pouco, para que eu pudesse ver seus olhos e seu corpo. Seus mamilos, embora ela já tivesse engravidado e dado à luz, ainda eram pequenos e bem definidos, o esquerdo era rosado, e o direito, púrpura. Às vezes, ela os examinava com os dedos úmidos de saliva e com sopros leves.

— Olhe para eles, este eu tirei da nossa romã ácida, e este, da doce.

Não me canso de pensar nela. Seus seios pequenos, seu cabelo denso, a pequena saliência na barriga. Seu corpo curto e robusto, e suas longas pernas. O umbigo, sobressaindo um pouco, e abaixo dele, a densa escuridão que cada vez me deixava mais espantado de novo, como em nossa adolescência, no tempo em que ela ria e dizia "Está crescendo palha de aço no meu pipot", e embaixo, a única maciez do corpo dela, como um riacho entre canas e juncos.

Acariciamos um ao outro, como Gershon nos orientou quando éramos jovens. Todas as células da memória e do corpo despertaram para a vida, as dos músculos, da pele e das pontas dos dedos.

— É insuportavelmente prazeroso — disse Tirtza.

— O quê? — perguntei.

— A nossa mistura, o eu e o você, o que fizemos antigamente e o que ainda faremos.

A mão dela, com os dedos bem abertos, movia-se da minha cintura para o declive das minhas costas. Ela me fez um sinal com uma pequena pressão com a mão. Venha. Cada mulher no meu corpo se juntou, nela, ao seu irmão. Cada célula na minha carne achou nela suas irmãs.

Capítulo Vinte e Quatro

1

NO DIA SEGUINTE, os irmãos Iluz voltaram para a casa e começaram a construir o deque. Cavaram sapatas e derramaram dentro delas concreto com pedras para firmar as colunas de ferro que sustentarão os caibros de madeira. A construção da varanda durou três dias. O chão é feito de tábuas, com um parapeito à volta toda, onde os anões consertadores de telhado estenderam toldos presos a cabos de aço que deram à varanda a aparência de um veleiro.

Na quarta noite, depois que a inauguramos e adormecemos, acordei com um forte barulho de alguma coisa quebrando e caindo. Tirtza não acordou, e eu entendi imediatamente o que havia acontecido: a figueira caíra. Meshulem estava certo. Aquele fora o ruído da realização de uma profecia.

Pesei os PRÓS e os CONTRAS, e decidi não levantar. É melhor examinar as coisas à luz do dia. À noite, elas parecem diferentes do que são na verdade. Permaneci deitado, ouvindo. O silêncio voltou, encheu o espaço criado pela queda e então foi seguido pelos sons comuns: o sopro do vento, os latidos distantes, o coaxar dos sapos, e depois voltou a ocorrer também o sibilo oco e ritmado da coruja pequena, e passos do ouriço na mata cerrada.

Tirtza não ouviu e não soube de nada. Ela se levantou e saiu antes de o sol nascer, e eu acordei uma hora depois e saí para o pátio. O tratorista já estava lá, equipado com uma pequena serra mecânica. Os galhos da figueira estavam no chão. A folhagem se espalhara ao redor. O tronco quebrado parecia um saco de serragem que arrebentara. Somente então entendi como o ataque das larvas de besouro que escavavam a figueira era destruidor. Quando viu que eu acordei, o tratorista ligou o motor da serra e partiu o cadáver, colocou tudo na caçamba e se foi, para jogar no lixo.

Ao meio-dia, Meshulem apareceu com uma muda nova de figueira. Um ramo que foi plantado num balde e que já estava brotando.

— Você sabia. Você o preparou antecipadamente — disse eu, sem saber se estava reclamando, espantando-me ou me rendendo.

— Então! — disse ele. — Pois vimos os buracos no tronco dela no dia em que você me trouxe para ver a casa. Eu o avisei já naquela época que ela iria cair.

— É uma muda grande. Você a preparou ainda antes de vir aqui pela primeira vez.

— Meshulem está sempre preparado. Para o bem e para o mal. E esta é uma figueira verdadeira — disse ele —, não como a que você tinha até agora. Esta vai lhe dar frutos bonitos. Ela não vai abortá-los, como acontece com algumas figueiras.

— Já não somos pessoas jovens — disse eu.

— Quem?

— Não se faça de ingênuo, Meshulem, eu e Tirtza.

Meshulem não ficou embaraçado nem se ofendeu.

— Hoje você tem no Hadassa doutores que engravidarão até a esposa de Matusalém.

Ele voltou a seu carro, trouxe uma enxada, uma picareta e um forcado para cavar, e mais uma ferramenta nova e estranha — um cano galvanizado grosso e comprido, em cuja extremidade estava cravada uma lâmina de enxada, com o lado mais largo virado para fora.

— Essa é uma ferramenta de lavradores, Irale. Um amigo como esse você não encontrará em loja alguma.

Ele explicou que, antes de começar a escavação, é preciso "pensar muito bem", imaginar como será o aspecto do lugar anos depois, "porque essa pequena muda se transformará numa árvore grande e precisará viver em paz com os vizinhos. Se os vizinhos forem plantas, se forem casas e se forem pessoas."

Um álamo, por exemplo, é proibido plantar perto de uma casa — "É um desastre!" —, porque suas raízes fortes levantam pisos e calçadas, e penetram o esgoto. O lilás-da-pérsia é bonito e perfumado, mas atrai pica-paus, e, no final, também cai na sua cabeça. O ficus faz sujeira e atrai moscas, "mas" — Meshulem sorriu com apreço —, "ele envia raízes para muito longe e rouba água do jardim dos vizinhos. É isso que eu chamo de uma boa árvore."

— E árvores frutíferas, principalmente de damasco e ameixa, dão frutos de uma só vez; procure colher e organizar panelas e jarros, e prepare-se para fazer geleias. É o que minha Goldie fazia todo verão. Se ela estivesse viva, eu já teria brigado com ela e arrancado todas aquelas árvores frutíferas, mas não é nada simpático fazer isso depois que ela já não está.

Levamos em conta todos os fatores, imaginamos o futuro por acontecer e, no final das contas, Meshulem fincou o calcanhar e marcou uma pequena cavidade no chão.

— Aqui! — orientou ele. — Você vai cavar para ela um belo buraco aqui, e deixe um pouco do seu suor pingar dentro. Essa é a primeira árvore que você está plantando na casa nova, então que seja feito como é preciso.

2

PRIMEIRO CRAVEI o forcado e soltei grandes pedaços de terra. Depois cavei com a enxada e, quando o buraco ficou fundo, Meshulem me deu seu cano de ferro com a lâmina de picareta.

— Agora tente com este amigo aqui. Você está vendo? De cima para baixo, como com uma escavadeira na pedreira. Assim você terá um buraco para plantar como deve ser: profundo e com as paredes retas.

Cavei, alarguei e aprofundei até Meshulem dizer chega. Ele encheu o buraco com água e deixou até que ela fosse absorvida, até desaparecer, e voltou a espiar, "para que a árvore tenha uma recepção molhada e bonita". Depois, encheu o terço inferior do buraco com terra misturada com adubo e espalhou fertilizante químico em pedaços.

— Também é possível usar esterco de vaca, completamente seco e já sem um pingo de cheiro, mas de jeito nenhum esterco de aves. Agora, vamos tirar a muda do balde.

Ele se ajoelhou, pressionou as laterais do balde à volta toda, e eu puxei.

— Segure embaixo também. Não deixe que o torrão com as raízes se desfaça.

— E coloquei a muda no centro do buraco.

— Que ela se ampare no seu ombro, que vocês sintam a fraqueza e a necessidade um do outro. Hoje ela se ampara em você, e amanhã você se sentará à sua sombra.

E arrastou um pouco de terra para dentro do buraco, recuou, viu e comentou que a muda estava torta, para que eu a inclinasse com delicadeza para o lado esquerdo e apertasse um pouco.

— Coloque mais terra. E não cubra o pescoço do tronco, para evitar apodrecimento! Não aperte com os pés, seu selvagem! Não a sufoque! Esta é a sua primeira muda na sua casa nova. Fique educadamente de quatro e aperte com as palmas das mãos. Com um pouco de força e com muita delicadeza.

A figueira estava plantada. Meshulem trouxe de sua caminhonete três varas altas de madeira. Nós as fincamos em três lados em volta da árvore. Meshulem explicou como amarrá-las ao delicado tronco: — Com tiras de tecido. Um barbante vai cortar a casca.

Ele examinou se as tiras estavam frouxas, para que a muda pudesse se mover um pouco ao vento. — Isso a obriga a se exercitar um pouco, fazendo com que o tronco fique mais grosso e forte. — E recuou alguns passos. — É isso. Está plantada. Agora vamos regar com mais água e, quando arrumarmos o jardim, colocaremos alguns canos de irrigação à sua volta. Por enquanto, você a visitará todos os dias com um regador. Para que ela aprenda a esperar e a se alegrar com a sua chegada, e enquanto você a rega, olhe bem para ela. Examinando as folhas e a casca do tronco você saberá como ela está se desenvolvendo e se não há nenhum problema com ela, e ela saberá que você não a plantou simplesmente e se foi, e que você continua se preocupando.

Nós nos sentamos ao lado da minha nova figueira. Eu, sobre a terra, Meshulem sobre o balde invertido. Ele acendeu um cigarro e disse:

— Que bom que você não fuma, Irale. Quero que a minha Tirale tenha um rapaz forte e saudável. E quero lhe dar mais um conselho, pois não sei se ainda estarei aqui quando essa árvore der frutos. Você estava certo. Preparei esta muda ainda antes de você chegar com essa sua casa, e a retirei da minha figueira, a que Tirale gosta mais entre todas, a de frutos brancos com a ponta amarelada na casca. E vou lhe dizer como servi-los a ela: bem frios e cortados na largura, não no comprimento, para que pareçam com o que um figo deve parecer. Você entende a respeito de que estou falando, não é? Porque assim você estará dizendo a ela que é isso que você quer e ama nela, mas com bons modos, sem grosserias. E, ao lado do figo, você servirá a ela um pequeno recipiente com um pouco de arak no fundo.

— Ela vai ficar muito feliz — garantiu ele —, você vai ver. Ela vai ficar emocionada. Ela vai rir. Uma mulher gosta quando o homem dela sente do que ela gosta, mesmo que não lhe diga expressamente. Então, não diga que eu lhe ensinei a patente, para que ela pense que você sabe sozinho tudo a respeito dela.

E refletiu por um breve momento e mudou de ideia:

— Na realidade, se Tirale lhe perguntar, diga-lhe a verdade. Sim, Tirale, foi o seu pai que me revelou o segredo. Ele queria que eu lhe agradasse, ele queria que ficássemos juntos e decidiu ajudar um pouco. E, depois, ela vai rir. "Então, é isso; toda atitude gentil que você tiver comigo devo pensar que foi uma ideia que meu pai lhe disse para fazer?" E você dirá: "Não, Tirale. Não é isso. Foi só a respeito do figo." E, então, ela perguntará: "Você tem certeza? Ele não lhe revelou outras coisas de que eu gosto?" E você dirá: "Não, Tirale, a maior parte das coisas de que as meninas gostam os pais não sabem, e não vamos mais falar nele, porque agora somos só eu e você, e o que nos importa esse velho chato? É isso o que você vai dizer a ela. Agora, Tirale, somos como Adão e Eva.

Não há outras pessoas aqui, só eu e você. E este é o paraíso que fizemos para nós, e ninguém vai nos expulsar daqui."

3

DEPOIS QUE Meshulem se foi, deitei no chão da minha casa. Assim está bom. Apesar de amar meu empreiteiro, que é mulher e que não estava lá deitada, foi muito agradável a sensação de ficar sozinho. A construção já estava quase no final; os caibros do telhado já foram consertados e trocados, as telhas, colocadas, o teto fazia uma separação entre mim e elas, os ladrilhos de Steinfeld, debaixo de mim. As janelas e as portas foram consertadas, o mármore, as pias e as torneiras estavam instalados, e as paredes emassadas e pintadas. Só faltavam os móveis, armários de roupas de banho, e a cozinha. E ainda era preciso fazer retoques na caiação e na pintura, e instalar a iluminação.

Deitei-me sobre o chão da casa vazia, olhei para cima e tive uma sensação estranha, como se eu estivesse flutuando dentro dela. Geralmente, não durmo depois do almoço, mas dessa vez adormeci e finalmente tive mais um sonho com minha mãe. Desde aquele sonho, em que ela me dizia ao telefone "Yair?... Yair?...", não sonhei mais com ela. Agora consegui vê-la também.

No meu sonho, eu saía da casa para o pátio. Dezenas de operários trabalhavam ali, e muitos visitantes — alguns eram conhecidos, e a maior parte, completamente desconhecida — caminhavam e conversavam comigo. Um quê de comemoração pairava no ar. Alguns tratores estavam em ação, escavando e arrastando e agitando, e um deles era especialmente grande e dirigido pelo meu tratorista, carregando um enorme bloco de rocha, puxado pela pá do trator com correias largas de carregadores. A rocha era tão pesada que o trator balançava de forma perigosa. Fiquei espantado: onde está Tirtza? E Meshulem? E onde estão os dois operários? Voltaram para a China?

Aproximei-me e vi que, na parte da frente do meu pátio, o que dava para a rua, havia um grupo de pessoas, e você estava entre elas, bonita, vivaz e feliz, usando um dos vestidos que eu mais gostava desde a minha infância, do tipo que hoje não se veem mais: vestidos largos de algodão florido e de cor clara, com a cintura estreita e as mangas curtas, o decote redondo que parecia mais generoso do que realmente era e que também era adequado para mulheres com os seios pequenos.

Obviamente, eu sabia que você havia morrido, tanto no sonho quanto em vigília, e até senti o assombro que costuma acontecer quando se sonha uma coisa assim. Mas o fato de saber e me espantar não impediu que eu me enchesse de felicidade. Eu disse a você: "Que bom que você veio!" Você me abraçou, me beijou e não disse nada, e eu — por que, diabos, não introduzi outros assuntos à conversa? — repeti, dizendo: "Que bom que você veio, mamãe" e "Como você está bonita", e desse momento em diante o sonho se dissolveu como se não tivesse ocorrido, como os sonhos que são esquecidos durante o próprio sono, ainda antes que o sonhador consiga dizer à pessoa sonhada tudo que queria dizer e antes de ouvir as respostas.

Não senti meu despertar, mas de repente eu estava acordado, o prazer que senti no sonho continuava além do sono. O crepúsculo e a friagem indicavam que já era noitinha, que o meu sono da tarde se alongara demais. Exclamei "Tirtza... Tirtza..." algumas vezes, para contar o sonho a ela, e talvez até me gabar por ele, mas Tirtza não estava, nem os operários; no entanto, eu não me sentia sozinho, isso eu percebia claramente.

Acendi a luz e vi um pombo. Estava no chão, sem se mexer. Meu corpo congelou. Meu cabelo ficou arrepiado. Um pombo de aparência comum. Azul-acinzentado. Pés avermelhados. Parecido com mil outros pombos. Olhos redondos. Com listras negras nas asas e na cauda, como as de um xale de orações.

Soltei um grito. O pombo também se assustou, voou com um bater de asas, foi de encontro ao teto novo e caiu. Levantou voo outra vez e achou de novo o obstáculo, e começou a sobrevoar o espaço sem rumo, até que pousou num canto distante. Eu estava parado no centro do quarto grande. Olhamos um para o outro. Caiu um silêncio.

— De onde você veio? — perguntei finalmente.

Pombos não sabem nomes de lugares e direções.

— Para você — disse ele.

— Não quero você — disse eu. —Volte para a sua casa.

—Voei o dia inteiro — disse o pombo. — Dê-me um pouso para os meus pés, um abrigo por uma noite.

— Não nesta casa. Não comigo. Não você.

— Ficarei encolhido num canto — sugeriu ele. — Não incomodarei. Você não me verá e não me ouvirá. Ninguém mais do que você sabe que pombos podem se recolher, esconder-se num cesto de palha, numa caixa de madeira, até mesmo no bolso.

— Agora! — gritei. — Saia daqui agora!

— O sol já se pôs — implorou ele.

Mas eu estava tomado pela raiva. Percebi que eu o estava segurando com força. — Fechei todas as aberturas do telhado. Vedei todas as frestas. Aqui não há lugar para um pombo.

—Você fechou, barrou, vedou, e eis-me aqui. Um pombo.

Levantei-me. O pombo voltou a voar no espaço do quarto e eu me inclinei e peguei uma das tábuas que os anões consertadores de telhado haviam deixado ali, dei um salto à frente com uma rapidez que surpreendeu até a mim mesmo. Dei um golpe nele como no jogo de beisebol, enquanto ele estava no ar. Ele bateu no chão, agitou-se e então fez-se silêncio. Sua asa direita quebrou e se deslocou num ângulo estranho. Podia-se ver o osso oco e quebrado embranquecendo a carne dilacerada. Seu bico escancarado respirava. Seus olhos ficaram turvos de medo e de sofrimento.

— Sou a carne e a alma — disse ele, como um gravador cerimonioso.

— Fique quieto — disse eu.

— Sou o sopro do corpo e o emissário do amor. Sou o espírito e as forças.

Segurei-o, fui para fora, decapitei-o e joguei a cabeça com toda a força para dentro da escuridão. Arranquei de seu corpo as penas delicadas da barriga e do peito, e a plumagem da nuca e das costas. O corpo sem a cabeça, depenado e exposto, estava nu e pequeno. As asas pareciam pertencer a outra criatura. Se não fosse a dor que se via nele, eu diria que era até cômico.

Tirei e abri o Lederman do meu cinto — na próxima vez que Liora ou Benjamin rirem de mim, poderei dizer que finalmente achei uma utilidade para meu equipamento supérfluo —, cortei com ele as pontas das asas e a cauda. Com uma rápida fenda do peito até o ventre, abri a barriga e separei as duas metades para os lados. Todos os órgãos internos — o esôfago, o estômago, os intestinos, as bolsas de ar, o coração grande, os pulmões desenvolvidos —, juntei-os com a mão, arranquei e joguei para longe.

Fui até a extremidade do pátio, liguei as lâmpadas dispostas entre os galhos das alfarrobeiras, recolhi alguns espinhos e gravetos e ateei fogo. Durante meia hora, tive um belo amontoado de brasas sussurrando. Assei nelas o meu pombo e o comi. Um gosto forte e agradável de sangue encheu a minha boca. Será que era o gosto do sangue dele ou os ossos partidos e afiados cortavam a minha boca por dentro?

Tirei a roupa, acendi uma vela fúnebre da minha queridinha, entrei no chuveiro que ela construiu para mim. Lavei as mãos do sangue e meu corpo de todo o resto, e, quando fechei a torneira e fiquei nu, deixando a água pingar no meu corpo, ouvi, de repente, uma grasnada suave pingando também. Ergui os olhos para a escuridão e não vi nada. Nem sempre os grous passam por essa região, e a grasnada, assim como o bater das asas, podia ser ouvida não só das alturas do firmamento, mas também das minhas profundezas.

Capítulo Vinte e Cinco

1

O HOMEM da companhia elétrica instalou um novo medidor. O homem do conselho regional instalou o medidor de água a partir de zero. O homem da companhia de gás instalou recipientes e canos. O homem da Bezeq, a companhia telefônica, instalou uma linha. A casa — um golem cuja carne é de tijolo e cimento, areia e cascalho — sentiu uma corrente em suas veias e se levantou para renascer. Seus tendões se alongaram. Suas janelas abriam e fechavam, absorvendo luz e escuridão, paisagens e quadros. Suas traves davam suporte, suas paredes separavam, sua porta ficava entreaberta ou fechada. Tirtza concluiu seu trabalho.

Os homens foram embora. O telefone novo tocou, de repente. Levantei o fone, um pouco surpreso, e ouvi o riso dela.

— Sou eu, meu queridinho. O seu empreiteiro que é mulher. Estou aqui, ao lado das alfarrobeiras no pátio, eu só queria inaugurar a nova linha.

A noite caiu. Comemos, tomamos banho e entramos na casa. Tirtza disse:

— Já é a nossa casa, com chão embaixo dos pés, paredes em volta do corpo e um teto sobre a cabeça. Ela ponderou que o meu colchão de acampamento era "um colchão para um faquir sozinho, e não para um casal em busca do prazer. Chegou a hora de comprarmos uma cama para nós.

No dia seguinte, acordei muito tarde. O sol já se aproximava do meio do céu e havia no ar um cheiro de verduras cortadas. Tirtza espremeu um limão dentro da palma da mão, deixou o suco pingar entre os dedos para a salada e jogou fora os caroços.

— Acordou, finalmente? Estou preparando a primeira salada da cozinha.

Ela esfregou as palmas das mãos uma na outra.

— Aprendi isso com a minha mãe. É bom para a pele e dá ao corpo um cheiro bom de limão.

Enquanto ela terminava de preparar a salada, eu cortava o pão e o queijo salgado que ela havia trazido, e coloquei na mesa pratos, facas e garfos.

— Agora que todos os outros amigos estão esperando à mesa — disse Tirtza —, preparamos os ovos.

Sentamo-nos na varanda de madeira que ela construiu para mim, fizemos a refeição matinal, a primeira que preparamos na nova cozinha.

— É isso, Irale — disse Tirtza. — Agora só é preciso comprar móveis e retirar as ferramentas de trabalho e a sujeira, pois o trabalho está terminado e eu tenho um presente para você. — Ela me ofereceu uma pequena caixa embrulhada. Abri. Dentro havia duas chaves e uma pequena placa de cobre: "Y. MENDELSOHN — RESIDÊNCIA PARTICULAR."

Era outono. Nos olhos de minha queridinha, o amarelo prevaleceu e o verde recuou.

— São para você. Se você quiser me dar uma chave, é hora de pesar os PRÓS e os CONTRAS, e decidir.

Dei a ela uma chave e ela ficou feliz. Eu também fiquei feliz, e do céu voltou a se ouvir aquela grasnada suave das aves migrantes, entrando, a princípio pela pele, e depois, capturada pelos tecidos, e só então se tornando compreensível e audível.

— O que você está vendo aí? — perguntou Tirtza ao ver minha mão fazendo sombra sobre os olhos dirigidos para o alto.

— São grous. Estão voando para o sul, para o segundo quarto deles. Veja.

— E por que só três? Geralmente eles voam em grandes bandos, não?

— O grande bando virá daqui a algumas horas. Esses são os escoteiros. Estão procurando um bom lugar para pousar e comer. E quando eles acham, chamam todos os outros para que pousem.

Os três grous baixaram o voo, passando sobre o povoado. Meu coração pulsou. Minha mente ponderou: Onde. Quando. Então. Agora. Minha barriga se contraiu a ponto de doer. Minha boca disse:

— Preciso viajar, Tirtza.

Ela ficou surpresa.

— Para onde?

— Para Tel-Aviv.

— Sua casa é aqui — disse Tirtza. — Está pronta. Pregue a placa à porta e teste as chaves.

— Quero trazer Liora aqui. Quero que ela veja.

— Para quê?

— Quero que ela saiba que eu achei, comprei e construí um lugar meu.

— Ela sabe que foi você que a construiu. Ela também sabe que eu estou aqui. Também mandou para cá o irmão dela e o seu irmão, aquelas duas cobras, para que vissem por ela.

— Eu só quero que ela veja a casa construída e pronta.

— Você não precisa dessas vitórias. Não a traga para cá. Estou lhe pedindo.

Minha barriga se contraiu mais ainda, mas eu me levantei do lugar. Tirtza se contorceu de repente, levantou-se e correu para fora, e, quando eu corri atrás dela, vi que estava curvada e vomitando a nossa refeição matinal na terra do pátio. Coloquei a mão no ombro dela, mas ela se afastou de mim.

Comecei a andar em direção ao Behemoth. Tirtza me alcançou com três passos rápidos e se postou à minha frente.

— Espere um instante. Pese os PRÓS e os CONTRAS, como sua mãe fazia.

— Só quero que ela veja esta casa. Não é nada demais.

Tirtza saiu do meu caminho. Fui a Tel-Aviv.

2

A RUA DE LIORA me fez as honras com uma boa vaga para estacionar. A porta se abriu para mim obedientemente, como uma porta automática no aeroporto. O alarme me recepcionou em silêncio, consentindo. A própria Liora estava me esperando, esticada na cama, os olhos olhando para um impresso do computador. Tirei os sapatos e me estiquei ao lado dela.

— Minha casa está pronta — disse eu.

— Parabéns. Estou certa de que Tirtza fez um bom trabalho.

— Ainda não tem móveis — disse eu —, mas tem água e eletricidade, portas e janelas e chão para os pés e um teto para a cabeça.

— Então, você veio se despedir desta casa?

— Vim convidar você para ir lá. Chegou a hora de você ver a casa.

— Quando?

— Agora.

— Não dá para mim. À noite, tenho encontros com clientes. Vamos telefonar para o escritório agora e Sigal achará um horário mais adequado para nós.

— Precisa ser hoje e precisamos sair agora. Chegaremos à noitinha e ficaremos lá até amanhã, para que você possa ver a paisagem.

— Isso também inclui um convite para dormir? Já tem cama lá?

O sorriso inclinava os olhos dela e se infiltrava em sua voz, mas não se notava em seus lábios.

— Ainda não tem nada lá. Levaremos o seu colchão. Levante-se. Coloque algumas roupas numa mala, vou colocar o colchão em cima do Behemoth.

— Mas amanhã pela manhã também tenho encontros.

— Adie-os também. — E, com a sutileza de quem se fortaleceu e emagreceu, e construiu e se reconstruiu:

— Já vi você solucionando problemas mais difíceis.

Ela se levantou, abriu o armário e tirou de dentro uma bolsa de viagem. E eu, com movimentos rápidos, espaçosos, tirei o lençol do colchão.

Levantei-o, puxei-o de cima da cama e o arrastei para fora do quarto. Passamos pelo corredor; eu, empurrando e conduzindo, e ela, guiada e empurrada e irritada, e todos os quartos de Liora — os quartos da manhã e da tarde, do isolamento e da solidão, da discussão e do tratamento e de dormir e de apaziguar — nos viram à nossa passagem e abriram as portas.

Saímos e deslizamos, degrau após degrau, câmera fotográfica assustada após câmera fotográfica espantada, para o pátio e para o portão e para a rua. Coloquei o colchão no teto panorâmico do Behemoth. Amarrei-o com correias, e Liora, que havia descido atrás de mim — bonita demais, com seu vestido leve e de cor clara e com a bolsa de viagem combinando na mão —, me olhou com olhar divertido. Este é Yair? De onde vem essa energia repentina?

Saímos de Tel-Aviv, mergulhando no ar quente ainda do verão que lutava por vida e contra o inverno que se aproximava. Não falamos muito. Minha mão, que passava no espaço entre os assentos, tocava, às vezes, a mão dela. A mão dela sentiu o contato da minha mão, segurou-a por um instante e a apertou. Senti que estávamos nos movendo num enorme corredor, indo de um quarto no mundo para outro quarto. Numa parede, um sol avermelhado se punha, na parede oposta, uma lua, e no meio, nós, a mistura malsucedida.

O sol desapareceu. A lua foi subindo. Uma grande bola amarela se transformou num disco branco-azulado. O Behemoth seguiu na direção do cruzamento. Fez curvas na estrada, decidindo não descer dessa vez aos campos. E a entrada do povoado chegou. À direita, perto da imobiliária, o enorme pinheiro, os pássaros já pernoitavam nele. Os ciprestes que alegrariam seu coração. Um jardim abandonado e outros dois bem cuidados.

O Behemoth parou. Saí, apressei-me para o outro lado e abri a porta solenemente. Uma perna comprida, alva, se esticou, e depois dela mais uma. Liora parou perto de mim. Observou. A lua iluminava. Não o bastante para mostrar toda a paisagem onde a casa estava inserida, mas podia-se sentir a amplitude que a cercava.

— É uma lástima que sua mãe não esteja aqui. É uma casa perfeita para ela.

— De fato, é uma lástima.

— Quantos quartos você tem aqui?

— Um muito grande e um muito pequeno, e embaixo há um depósito.

— É muito pouco.

Descarreguei o colchão do teto panorâmico do Behemoth, arrastei-o ao longo da calçada cheia de fendas, passamos pela porta, pelo quarto grande, em direção à varanda de madeira que a minha queridinha construíra.

— Aqui? — perguntou Liora. — Do lado de fora? Por que não lá dentro?

— Venha, deite-se ao meu lado — disse eu —, tenho uma surpresa.

Juntos esticamos o lençol que ela trouxera sobre o colchão. Ela ajeitou o vestido graciosamente, sentou-se e se deitou a meu lado num movimento suave.

— Então, qual é a surpresa?

Ficamos assim deitados. Os dois juntos, sobre as costas. Um, deitado de costas, era longo, claro, bonito e tranquilo, esperando pelo que não sabia. O segundo era curto e escuro, emocionado pelo que estava por vir.

Deitados. Nossos olhos se acostumavam à iluminação da lua, e nossas mãos, uma à outra, até que Liora perdeu a paciência e perguntou: — E então, o que está acontecendo? — E eu disse: — Espere com paciência.

Deitados. O tempo passava, calculado entre os sibilos ocos da pequena coruja, acumulado nas folhas caídas e secas das alfarrobeiras, entrecortado pelos uivos dos chacais de perto e pelos mugidos do gado ao longe. E, então, caiu o silêncio. O grande silêncio. O silêncio que precede o suave ruído. Acima dele, o céu escuro começou a se encher e, com ele, os espaços do corpo, de início lentamente, e, então, mais rápido, num sussurro que podia ser ouvido e num movimento que não podia ser visto. O sussurro se transformou numa batida, e a batida, numa troca de ideias, e a troca de ideias, numa conversa. O mundo se encheu de sílabas e asas, e a escuridão orvalhava as vozes. A lua cheia saltava e acenava, cobrindo-se e se descobrindo através das sombras que passavam.

— Mamãe, mamãe — disse Liora com a voz chorosa de um grou bebê —, quando vamos chegar?

E virou o rosto na minha direção.

— São eles.

Um caminho fino e cintilante se insinuou na sua face. Seus dentes confirmaram o brilho de um sorriso. E eu, apesar da dublagem que ela fez dos grous naquele instante, e apesar de que eu também me lembrava da resposta dela no passado, sobre "Daddy Crane", "Mommy Crane" e do pequeno grou saindo para sua primeira jornada, repeti minha pergunta a respeito do que eles estavam falando.

— De nós — disse ela. — Eles estão dizendo: vocês se lembram, crianças, da história que nossos pais ouviram dos pais deles e que nós contamos a vocês? Do casal que vimos naquela noite deitado na grama do kibutz? Então, aqui estão eles novamente. São eles. Vejam.

Ela se apoiou sobre um cotovelo. Sua bela cabeça se aproximou. Seus lábios se entreabriram e eu estiquei o pescoço para o beijo dela. A mão dela passou pelo meu peito, pela minha cintura e seus quadris pressionaram minha coxa.

— Olá, você — disse ela.

Meu corpo suspirou e respondeu.

Senti a foice da sua coxa se movendo e descendo, até que repousou na minha barriga. Os grous já se afastaram. A batida de suas asas já emudecera, mas suas grasnadas suaves não cessaram, atravessando tempo e distância. A mulher que minha mãe profetizou para mim se arqueou e se escancarou, levando-me de volta para dentro da sua carne.

3

QUANDO ACORDEI pela manhã, eu a vi. Seu corpo longo, claro, descalço, dentro de um jeans com uma blusa branca, seu relógio no parapeito da varanda, tomando café e observando a paisagem.

Sentei-me.

— De onde é esse café? Você pegou o fogareiro a gás no Behemot?

— Nada disso. A vizinha trouxe para mim. Uma moça muito simpática. Ao que parece, ela está pensando que eu sou sua amante e Tirtza é sua esposa.

— Ela aparenta ser, mas não é nada simpática.

— O que é aquilo ao lado dos alfarrobeiros?

— É um chuveiro, e não são alfarrobeiros, são alfarrobeiras, no feminino.

—Você toma banho do lado de fora?

—Você quer experimentar?

— Seremos vistos.

— O operário que construiu é chinês. Eles sabem construir chuveiros de forma que ninguém veja.

— E de quem são as mãos no cimento? Suas e de Tirtza?

— Minhas e dele.

— Não acredito em você. São as mãos de um homem e de uma mulher.

— Os chineses têm mãos pequenas.

Levantei-me para explicar a ela as marcas das mãos e mostrar a paisagem. Meus olhos ainda não haviam digerido a vista que se revelava a eles, e minha mão já descia apontando, e eu sentia meu coração morrendo. A área à volta da minha casa era desocupada, limpa e vazia. As ferramentas de trabalho, as caixas de azulejos e as telhas que haviam sobrado, os restos do cimento, de areia, de ferro e de cascalho, o recipiente da mistura, as espátulas, a geladeira, a mesa — tudo havia sido recolhido e levado. O pátio estava varrido. Até a pequena betoneira se fora, certamente passara diante de nós na noite anterior, puxada pelo comboio de caminhonetes brancas da CONSTRUTORA MESHULEM FREID E FILHA para outro lugar.

Tirtza, assim parece, convocou todos os homens de todas as suas obras, de todos os viadutos que ela estava erguendo, de todas as pontes que estava construindo. Entre as horas em que eu viajava a Tel-Aviv e voltava, apagaram-se todas as pegadas e de todas as testemunhas. Nem um pingo de cimento, um grão de areia, uma ponta de cigarro, uma rolha de garrafa. Restou somente uma lata apoiada na parede da casa, ao lado da janela.

Ouviu-se um ruído familiar. O tratorista apareceu, arrastando atrás de si a caçamba de entulho vazia. Ele parou, foi até o limoeiro, retirou de entre os galhos o cano de ferro que Tirtza colocara no primeiro dia e o jogou na caçamba.

Ouviu-se um som forte. O tratorista disse "O seu empreiteiro se foi", subiu até o seu assento e saiu dirigindo.

4

FUI PROCURAR uma casa. Cheguei até ela como quem voltava, e não como quem entrava. Olá, casa, eu disse, e ela respondeu.

Construí e me reconstruí, fui amado e amei, fiz uma pele para a minha alma, um teto e um chão e paredes.

Tenho uma varanda de madeira e um chuveiro externo, e tempo e uma história e uma paisagem, e uma lata para ouvir a chuva do inverno que se aproximava, e dois olhos para colocar a mão em cima para olhar para cima, fazendo sombra, e esperar.

E há duas semanas recebi a primeira carta em meu novo endereço. Um envelope marrom e grosso, enviado de Leiden, na Holanda. Aquela velha e ossuda holandesa, que desenhara os pássaros no vale do Chula, enviava-me cópias de algumas de suas aquarelas: PÁSSAROS DA TERRA SANTA e PÁSSAROS MIGRANTES.

"Como agradecimento pela bela excursão", ela escreveu e introduziu entre os pelicanos e os grous uma surpresa — o meu retrato, que ela fez com algumas pinceladas, sem que eu percebesse. Eis-me aqui: um pássaro negro e compacto, não migrando, mas retornando, sem se incluir no grupo.

"Espero que me perdoe pelo atrevimento", ela se desculpou, e acrescentou que ainda na juventude, quando o mandato britânico dominava o país, "e você, com certeza, ainda não era nascido", ela se interessava por pássaros, e já naquela época viera atrás deles na Terra Santa. "E eis mais quatro desenhos, de algumas dezenas que eu fiz naquela época, caro Sr. Mendelsohn. Talvez lhe interesse, porque hoje já é difícil ver essas aves e paisagens em seu país, o que é lamentável."

Aí estão eles: águias se amontoando no cadáver de uma vaca, um grande bando de estorninhos salpicando o olho do céu, um bando colorido e alegre de pintassilgos sobre espinheiros altos e secos, e um jovem sentado num banco na estação de trem com um cesto de palha trançada sobre os joelhos, um cesto de pombos com tampa e alça.

Onde estão eles hoje?

O PROFESSOR YAACOV MENDELSOHN pegou seu computador, suas cadernetas, seu botão de emergência e seus livros, abandonou o apartamento no bairro Beit Hakerem, em Jerusalém, e passou a morar na casa dos Freid, no bairro Arnona, em Jerusalém. Ele e o cozinheiro romeno cuidam juntos de Meshulem, que teve um derrame cerebral e ficou com metade do corpo paralisada.

O Professor Benjamin Mendelsohn deixou o país. Ele vive em Los Altos Hills, na Califórnia, como professor e pesquisador na Universidade de Stanford. Raramente visita Israel.

Zohar Mendelsohn o acompanhou e, um ano depois, voltou para Israel. Ela abriu uma cafeteria em Ramat-Hasharon e, bem ao lado, uma bem-sucedida loja de roupas, uma loja especializada em tamanhos grandes.

Liora Mendelsohn continua tendo sucesso nos negócios.

Yair Mendelsohn morreu num acidente de trânsito aproximadamente dois anos após o término da construção de sua casa. Estava a caminho do vale do Chula para pegar Tirtza em um local de construção no sul da Galileia. Um caminhão, cujo motorista adormeceu, se desviou do caminho e o atingiu de frente. Yair ficou gravemente ferido e morreu uma semana depois.

Tirtza Freid, que voltou para Yair alguns meses depois de tê-lo abandonado, saiu da casa que construiu para ele logo após a sua morte.

Eles conseguiram viver juntos durante "dezessete meses de amor e felicidade e uma semana de terror" — foi o que ela disse. Agora ela está vivendo um "romance superficial", segundo a sua própria definição, com um piloto da companhia aérea El-Al, que conheceu numa noite de canto coral.

Yoav e Yariv Mendelsohn foram aceitos na Universidade de Beer Sheva de medicina e se dedicam aos estudos de forma inesperada. Eles frequentam muito a casa que Yair lhes deixou de herança. A namorada de Yoav também vai, e todas as crianças do povoado conhecem o lugar de onde é possível ver os três tomando banho juntos no chuveiro externo.

O último pombo de Bebê nunca mais saiu do pombal. O Dr. Laufer o encarcerou com a finalidade de procriação, e, quando o pombo morreu, ele o empalhou e colocou sobre a sua escrivaninha. A ave empalhada desapareceu na mudança do jardim zoológico de Tel-Aviv para o Safári de Ramat Gan.

O próprio Dr. Laufer morreu bem velho, na região do Ruhr, na Alemanha, para onde foi convidado a dar palestras e servir de juiz em campeonatos de pombos.

Miriam, a treinadora de pombos, recusou alguns pretendentes do kibutz e do Palmach, e, no final da Guerra da Independência, se mudou para Jerusalém e trabalhou na Agência Judaica. Ela não se casou nem teve filhos, mas escreveu e ilustrou livros infantis maravilhosos, que só foram publicados em alemão. Até seu último dia, ela não revelou sua paixão e seu amor pelo Dr. Laufer, nem para ele nem para ninguém. Ela morreu no verão de 1999, de câncer no pulmão.

O tio e a tia de Bebê tentaram manter o pumbal do Palmach, mas não conseguiram criar e treinar novos pombos-correio. Quando cheguei lá, no ano de 2002, não havia nada, a não ser um monte de tábuas, algumas vasilhas e telas. Uma velha, membro veterano do kibutz, que me viu observando, examinando e fazendo anotações, aproximou-se de mim e disse que antigamente havia ali um pombal do Palmach, onde trabalhava "um menino nosso", que depois tombou na Guerra da Independência.

— Entre nós, ele era uma criança de fora — disse ela. — Não se dava tão bem com outras crianças, mas gostava muito dos pombos.

— Qual era o nome dele? — perguntei.

— Ele tinha um apelido. "Menino", ou talvez "Bebê".

— Menino ou Bebê?

— Que diferença isso faz hoje? Ele já não vive mais, e também o enterraram em outro lugar. Nós nos lembramos de muitas coisas, mas quem consegue se lembrar de tudo?

E me lançou um olhar como que se desculpando.

— Muitos anos se passaram desde então, e, enquanto isso, outros também tombaram. Os pombos também não nos visitam mais.

*